李妙

—— 著

血鹰传奇

之沉宸篇

敦煌文艺出版社

图书在版编目（CIP）数据

孟婆传奇之沉宸篇 / 李莎著 . -- 兰州：敦煌文艺
出版社，2023.11

ISBN 978-7-5468-2439-0

Ⅰ.①孟… Ⅱ.①李… Ⅲ.①长篇小说—中国—当代
Ⅳ.① I247.5

中国国家版本馆 CIP 数据核字（2023）第 192837 号

孟婆传奇之沉宸篇

李莎　著

责任编辑：张家骝
策划编辑：王阿林　赵洁如
封面设计：董绍华
插画创作：董绍华
封面题字：季　风

敦煌文艺出版社出版、发行
地址：（730030）兰州市城关区曹家巷 1 号
邮箱：dunhuangwenyi1958@126.com
0931-2131579（编辑部）
0931-2131387（发行部）

三河市龙大印装有限公司印刷
开本 710 毫米 ×1000 毫米　1/16　印张 20.75　插页 3　字数 340 千
2024 年 3 月第 1 版　2024 年 3 月第 1 次印刷

ISBN 978-7-5468-2439-0

定价：78.00 元

如发现印装质量问题，影响阅读，请与出版社联系调换。

推荐者简介

苏牧

　　北京电影学院文学系教授、博士生导师，北京市高等院校优秀青年骨干教师（1996年），香港中文大学访问学者。北京电影学院"金字奖"第二届、第七届评审会主席。主要著作有《荣誉》《太阳少年》《新世纪新电影》，其中《荣誉》16次印刷，为北京电影学院、中央戏剧学院、中国传媒大学、上海戏剧学院、北京大学等国内著名艺术院校学生必读书。《荣誉》2004年获"中国高校影视学会优秀学术著作一等奖"，《荣誉》（修订版）2007年入选教育部中国高校"十一五"国家级教材，2008年入选教育部中国高校"十一五"国家级教材精品教材。

　　主要科研项目：北京市教育委员会2013年社科计划重点项目《中外电影大师精品解读》。

序一　青鸾舞镜与孟婆牺牲

在北京电影学院给学生上课时，我讲过侯孝贤导演的电影《刺客聂隐娘》。《刺客聂隐娘》是一部古装武打电影。中国古装武打电影有很多，其中李安导演的电影《卧虎藏龙》在精彩的武打背后，有着我们中国和东方的神韵。但是，我认为，侯孝贤导演拍的《刺客聂隐娘》更胜一筹。

为什么《刺客聂隐娘》更胜一筹？《刺客聂隐娘》拍摄的故事背景是中国唐朝，唐朝是中国历史上最伟大的时代之一。《刺客聂隐娘》表现了唐朝的精神。唐朝的精神是唐朝伟大的根本原因，体现在它的胸怀，它的壮阔，它的海纳百川。从人物角度讲，《刺客聂隐娘》中的人物窈七、道姑和公主身上都不同程度体现了唐朝精神。窈七是为爱情而牺牲，道姑是道家的行规和准则，公主是为国献身的伟大情怀。电影中更描述了青鸾舞镜的故事。

"罽宾国王得一鸾，三年不鸣，夫人曰：'尝闻鸾见类则鸣，何不悬镜照之？'王从其言。鸾见影悲鸣，终宵奋舞而绝……"

青鸾不舞，是因为没有同类。看到镜中的另一个青鸾（自己的影子），它误以为是同类，一夜起舞身亡。

青鸾起舞是为精神而死，为知音而死。不与鸡犬之辈同流合污，这正是伟大的唐朝精神。

女作家李莎的小说"孟婆传奇"系列中的孟婆，是古代神话传说中人物。李莎书写的孟婆的故事惊心动魄、优美动人。在李莎的笔下，孟婆不仅仅是美丽、善良、助人、达观的美的化身，如同《刺客聂隐娘》中的窈七，是性格刚烈、忠贞不贰的女中豪杰。又如同《刺客聂隐娘》中的青鸾，三年不鸣，见到同类，终宵奋舞而绝。

"孟婆传奇"系列中的孟婆形象的光彩夺目、与众不同，与李莎的女作家身份相关。李莎是我中欧商学院电影课程的学生，她对电影的理解，独到深刻，感悟极佳。春节前夕，李莎告诉我：她要将她的小说"孟婆传奇"系列改编为电影剧本。

祝贺李莎，那必将是一部与众不同、出类拔萃的讴歌女性的电影，如同侯孝贤导演的电影《刺客聂隐娘》一样。

苏牧

2020 年 4 月 5 日于北京

序一　青鸾舞镜与孟婆牺牲

推荐者简介

毛利华

北京大学心理与认知科学学院副教授，博士生导师，九三学社社员，现任北京大学心理与认知科学学院工会主席。北京大学主干基础课《普通心理学》《社会心理学》，全校通选课《心理学概论》，线上线下混合式课程《探索心理学的奥秘》主讲教师。

序二　着眼当世，一心向善

　　孟婆或许应该算是中国民间最家喻户晓的名字之一了，而相对于神话传说中的人物，我更愿意把她看作是古老中国文明体系中极为关键的角色，因为她承接了生与死之间的桥梁。

　　对死亡的探究应该是每个人类文明最为着迷的话题之一，因为我们渴望了解生的意义，所以同样也在追求死亡的本质。在这个星球最近35亿年的历史当中，无数的生命在生生死死之间更迭，活过一世，完成传承的使命，一次又一次重复着同样的故事。直到几百万年前，人类的祖先阴差阳错地突然小小地打破了一下这个困住所有生命的当世牢笼，将思维的触角伸向了将来，我们意识到了将来，拥有了希望，拥有了对永生的渴望，也开始畏惧死亡。

　　人类文明的传承一直都在尝试着去理解生与死的本质以及背后隐藏的秘密，而对生的渴望和对死亡的恐惧使得人们努力地试图打通生死之间的壁垒，建起一座跨越生死的桥梁，衔接起生与死的世界。

　　古埃及人相信人死后不会消亡，会以灵魂的方式存在，因此他们将死者制成木乃伊，而死亡女神伊西斯（Isis）会引导亡者的灵魂依附于其上，带着所有曾经的过往，以这种形式继续存在。古希腊人也相信灵魂不死，但是他们觉得死亡或许是一场净化之旅，能够使人们洗脱罪恶。柏拉图在《理想国》中描述的遗忘平原（Lethe）以及后来在但丁的《神曲》中拥有同样名字的遗忘之河（Lethe），都是为了洗净灵魂中那些罪恶的记忆，而将美好永存

下去。古代中国则用另外的形式诠释着生与死之间的承接，对个体来讲，死亡并不是结束，而是意味着抛开所有的过往，重新开启生命新的旅程。不仅是人类，万灵万物都被包含在这个宏大的轮回体系当中，重复却又独特地有序运转着。因此，或许古埃及人相信的永生是换了一种存在的形式，而古希腊人的永生意味着洗净罪恶后以最美好的形式留存。

古代中国文明则是彻底抛开所有的过往，无论美好还是罪恶，以全新的独立的个体继续存在。孟婆作为由死至生的最后一个环节，则是在奈何桥头用一碗特殊熬制的孟婆汤，使所有的灵魂忘却前世种种一切，重新开启新的轮回。在那个重启的轮回里已经不再是当世的这个我，所以在古老的中国文明传承中，人们会着眼当下，追求当世的长生，甚至超越轮回的永恒不灭成了个体跨越生死的最重要的手段。但是着眼现世并不意味着可以为所欲为，因为不同轮回中的个体其实并不是两个独立而不相干的个体。在这个系统当中还有另外一个真正贯穿始终而不变的最基本的规则，那就是因果报应，恰恰是这个规则使得整个轮回系统成了一个圆满的体系。

灵魂对前世的忘却只是个体层面的忘却，但是系统还存在着因果循环这个宏大的规则，记录着每个个体的因果，从而把无数个独立的轮回联系成为一个整体。"何为前世因，今生受者是；何为后世果，今生做者是。"这样也形成了中国传统文化当中敬畏因果、行为向善的特质。因此，中国人活在当世，着眼当下，但是却又讲求报应，一心向善。在这个轮回体系中，孟婆居于最关键的起承转合的位置，正是因为这个角色使得这个体系有序地运转。

李莎笔下的"孟婆传奇"系列恰恰描述了这种传统的文明特质，在她的故事里，孟婆作为一个普通而平凡的个体，在一个宏大的前生今世的故事中经历了人世间的爱恨情仇、悲欢离合。李莎讲的故事深深吸引了我，也使我看到了在这所有的文字背后始终流淌着的"经历当世，一心向善"，从而促使我想到了上面的这些文字。

而我也相信，每位阅读者都会从李莎的故事中获取自身的不一样的感悟。因为，或许孟婆是一个使得个体忘却前生故事的人，但是同时也是一个收集故事的人。她经历了在这个世间存在过的所有个体的一世一世的记忆，阅尽了人世间的悲欢离合、一切种种，那么她定也有自己精彩的故事。从传统的中国文化来讲，每个人心中孟婆的故事可能都是携带有自己前世的过往，今世的精彩以及对后世的理想吧。

毛利华
2020 年 4 月 8 日于北京

作者自序

一百个人心中有一百个孟婆。或许，每个人想象中的孟婆都是截然不同的，包括那碗"孟婆汤"的滋味和功效，也是众说纷纭。想象一下自己手捧孟婆汤时的心情和生发的感慨，大概每个人都不一样，因为在尘世活过的人，每个人都有一番属于自己的际遇与感悟。

写这本书的初衷源自 2019 年初，彼时我正和清华积极心理学班的两位同学一起聊天。人到中年，大家都忽然感叹起现在社会上似乎很多人越来越缺少敬畏心。面对这种信任危机，好像没有特别行之有效的方法能够改变。

说起这些，忽然觉得小说、电影、电视剧都是现在的青年人关注得比较多的东西，如果能把这部分的力量好好使用，或许可以让更多的人了解更深的世间法则的自然运行。在我们忙碌的日子里，是否会在夜里抬眼看看天空的繁星，放下自己的执着，感受天道万物自然的运行呢？

想到这里，我忽然就决定以"孟婆"的故事来做基点。孟婆汤是一个深入人心的名词，我也曾经想过，若是将来自己终老之时，会不会不舍得喝下那碗孟婆汤？会不会对前世的生命还有所眷恋？其实也想过，若是自己可以选择性遗忘，会遗忘哪段回忆呢？细细思量了很久，觉得自己哪段回忆都不该去遗忘，哪怕是痛苦的、伤心的、失望的。这些都是构成现在的我的基础要素，既然是我的一部分，又怎么能随意地遗忘呢？只不过换种心态去看待过往的回忆罢了。这样想来，就没有那么多情绪的起伏和纠葛了。

小说中想表达的只有一句话：相濡以沫，不如相忘于江湖。这是我亲爱的大舅舅生前经常说的一句话，可惜他走得早，没能看到这部小说的出版。

但是我相信他在天有灵，一样可以感受到这本书承袭了他的一部分观念，亦能得知他永远活在爱他的亲人朋友们心中。

人生不如意为常态，小满即可。无论一生有何种经历，最终人还是要与自己和解。生是死之根，死是生之苗，天道自然，人道自为。

小说以中国传统文化的道学思想为基础，以孟婆的经历为故事主线。小说中的人物有你、有我、有他，在众生一体之中我们总能窥见自己的身影。

很感谢能邀请到我的两位老师：北京电影学院文学系的苏牧教授和北京大学心理学系的毛利华副教授，来为整个"孟婆传奇"系列写序言。两位良师都是启迪我深入思考与探索的灯塔。

谨以此书献给我挚爱的家人与朋友们，因为你们的支持，才让我可以尽情地学习探索，发掘那些未知的领域，体验更加丰富的人生。同时也以此书纪念所有我已经逝去的亲人们，生是一段全新的旅程，死也同样是一段全新的旅程。

天下人与事，都因岁月而物换星移。

李莎
2019 年于广州工作室

作者自序

目录

第一节

　　人烟云集之处，不免有七情六欲，今日是载着新娘子的喜轿敲锣打鼓地入了大宅的门，明日又是隔壁院内的新妇生的婴孩正啼哭。情与欲中滋生的鬼魅之色，与在高处的寂寥仙界倒映而望，又与地下的阴冷冥界遥遥相隔。左右是时日匆匆，一春，一夏，一秋，一冬，数不尽的荣华洒落在生命的尽头与新生，人世间悲欢离合、爱恨交织，却也算不上是终处。

　　然，在凡尘中昼与夜模糊的边界，每逢夜晚降临时，自会有另一个世界缓缓醒来。

　　如您所看，这是个人、神、妖共处的三界。凡人存于明处，神明生于天界，妖魔活于暗处。有长相类似于凡人的妖魔，也有比不上妖魔性善的恶人。魑魅魍魉在这种错综复杂的繁华之中蠢蠢欲动，于是便有了可以降服它们的族群。

　　或是精通咒术的法师与高僧，抑或是擅长除魔降妖的灵者道士，再者是——守望在冥界河畔的摆渡人。

　　天衍二十六年。

　　中元时节，不知名的山脚下是无边无际的黑暗，然而却能看到黑暗中跳动起来的一盏一盏的橙红色灯笼。长而蜿蜒的队伍在缓慢前进着，看不见尾，只有前方提着稍显大些的灯笼的引路身影，看上去像是长着龙头的人。

　　而跟在龙头人身后的提灯鬼们正是负责押送鬼众的鬼差。

　　恰在这日中元子时逢魔，鬼差们带着死后的鬼众穿鬼门，渡忘川，路过三生石，穿过两生花，途经血珠藤蔓，深嗅曼珠沙华，飘飘荡荡地踏上了奈何桥。但鬼差也不忘收集鬼众身上的过路费，腰包鼓鼓是鬼差们在此节中的要事。假设谁奉上的银两少了，定是要吃鬼差鞭子的。

牛头和马面带着新的一批鬼众慢悠悠地向奈何桥走去。远远就看见今日的孟婆身着青色凤鸟纹华衣，领襟上绣的纹路异常艳丽，眉间一道红色疤痕深入眉骨，仿若心间裂痕映进眉心成殇。再看她面颊微丰，柳眉下镶着一双桃花眼，朱唇轻点，耳坠玉石，腰间系的紫色玉佩环着九结十八转。

"是孟姑娘。"马面遥望着桥那端的孟婆喃喃自语，"美是美矣啊。"

牛头敲他一记："吃错药啦？这般感叹作甚？"

"哎，你不觉得这任孟婆大有来路吗？她熬的汤里总是带着一股子淡淡的药香味道，众鬼饮下后总觉身心舒畅。"

牛头思索半晌，道："听你这般说，我竟也想去尝尝她的孟婆汤了。"

"先别说那些了，眼下这人间又闹起瘟疫了，明天来这报到的小鬼应该更多了，我们又有得忙了！"牛头抱怨道。

"对呀，说不定还会有小鬼闹事，我们还是事先禀告冥帝，让林冉冉将军来镇守奈何桥吧。"马面提议道。

牛头马面聊得热火朝天，已一路走到了孟婆面前。为了引起孟婆的注意，牛头马面又刻意提及林冉冉的名字，他们知道，孟婆与林冉冉素来有交情，可即便如此，还是没有引得平日里很喜欢攀谈的孟婆加入话题。

"孟姐姐，你这汤里是不是加入新的草药了，我怎么闻着味道和平日有些不同？"牛头问孟婆。

孟婆很不自然地点了点头，说道："加了几味草药，可保他们来世不再受到瘟疫影响。"

"孟婆姐姐可真是善良得很！哎，原来孟婆姐姐会治疗瘟疫呀？"马面忽然提高音量说道。或许是吃惊，又或是觉得能做到孟婆这个职位的都有其非凡之处。

"你孟姐姐我前世可是医者，自然是很厉害的。"孟婆有点夸夸其谈地说道，表情要多骄傲便有多骄傲，但是眼神里那转瞬而逝的空洞之色却足以证明她的心情有些低落。

"既然孟婆姐姐能治瘟疫……哈，若去人间一趟，救治瘟疫中的人，定可大赚一笔功德，来世也能投个好胎了呀。"马面大大咧咧地说出了自己的想法。

牛头一巴掌打向马面的头，气哼哼地说道："越说越不知好歹，莫要开这般玩笑，你又不是不知，这三界之中，切不可干涉彼此事务。假设孟婆贸然前去，是会遭到反噬的，冥界也会因治理不善而受到牵连。"牛头继而转向孟婆龇牙一笑，"孟婆姐姐，莫听这小子乱说。"

孟婆并不介意，只无奈地一笑。

"牛头，你怎可胡乱打人！"马面摸着自己被打痛的后脑勺，大声抱怨道，"况且我也不是乱说，这也不是不可能的，毕竟还有那种方式！"

"你小子别没完没了的。"牛头气哼哼地教训马面，毕竟孟婆走了，他们的日常工作会更加繁忙，而且这马面的嘴巴有时候简直像是开了光，特别灵。

"可越是乱世，越会有意难平之人，假设真的有人要自愿跟孟婆定下契约，那孟婆去人界的可能性便会增加了。毕竟'乱世出英雄'嘛。"马面不觉得自己哪里说得不对。

孟婆纠正道："马面，那个词可不是这样用的。"此时的她面无表情，看不出什么情绪。说罢，她走向奈何桥头，迎接新到来的鬼众。

这一批鬼众很是守规矩，全然没有想要逃跑的，在牛头马面的监督下陆陆续续地饮下孟婆汤，死白的脸上不复此前种种的戾气与怨气，个个通体舒畅。他们捧着汤碗不松手，只因眷恋碗上残留着的淡淡药香。

队伍最末有一个十三四岁大小的姑娘。豆蔻少女身形瘦削，四肢纤弱已如枯槁，孟婆看得见她眉宇间的凄楚哀戚。这个姑娘个子不高，身穿白袍，脚步轻盈，脸色有些苍白，眼神有些飘忽不定，带着一丝渴求和希望。孟婆看着她朝自己缓缓地走过来，心中不免想到这个姑娘生前，定是一个可怜人。

孟婆以为这个姑娘会和其他鬼一样，将孟婆汤一饮而尽之后遂投胎转世，再生为人。可这个姑娘径直地走到了她的面前，定定地看着她，嘴里喃喃道："你就是孟婆姐姐吗？"

这姑娘竟一眼便识出她是孟婆。

孟婆不由蹙眉，对她心生好奇，更仔细地上下打量她。她脸色比在远处看起来更为苍白，像是生了一场大病。眉间黑气浓重，似有不良之物曾在生前折磨着她。她的手指微微蜷缩，有些紧张，指甲缝里全是黑泥。远处看到穿着在身的干净白袍，近看下竟有些喷洒上去的血迹和一些污秽之物！孟婆向来平静的心也不由得颤抖了一下。

这小姑娘，不知是受到了多大的苦难。

她停留在孟婆面前，嗫嚅道："我在路上听几位鬼差大人说，阴曹地府中有位孟婆姐姐可帮人圆三界心愿，我……我是来找孟婆姐姐做交易的，你可是她？"

孟婆微怔。这少女竟连死后也目光如炬，且一眼能识出她即是孟婆。许多年了，从她成为孟婆那日开始，她是第一个同自己谈及交易的鬼众。

"我是孟婆不假。"她凝视着她，不禁放柔了那素来淡漠的语气，"你叫什么名字？再与我说说看，你想圆什么愿？"

"我叫无痕，我的妹妹叫无芯，她在人世之中染了瘟疫，希望孟婆姐姐可以帮我照顾她，并去凡尘救她。"无痕说着，泪已流下。

看来这是一个在凡间便已了解死后之事的姑娘。小小年纪，已看淡凡尘身后事，着实不易。孟婆心中有些许动容，却也觉得她年少，怕是无知冲动吧？便同她讲明——

"我帮她可以，但是，你需要付出极高的代价。"

无痕十分坚定地点头道："我知道的，他们说同孟婆姐姐做交易的代价是不会再有转世，且要化作一缕青烟，永生永世在冥界徘徊。"

不止如此。孟婆心中叹息。要放弃永生，圆生时愿，那便是要灰飞烟灭的，生生世世，三魂七魄散尽，变为微末，化为尘埃。而孟婆则要替对方在阳世待一年光景，来满足对方的心愿。

"小妹妹，若是连一缕轻烟都不是，而且永远没有为人的机会，你可还愿意？"孟婆将最坏的结果告知无痕。

"我愿意。"无痕说道。

"你这丫头，真是不知轻重。"孟婆忽然语气凝重地说道，"你可明白，彻底消散为何意？自是魂飞魄散归于虚无，即便你妹妹能逃过此劫，也不过须臾数十年，只为这短短年月，便毁了自个儿，这不值得。"

"我已经死去，但无芯还活着，她尚有活下去的机会。我只愿她活下来，去找父亲……"无痕喃喃道，旋即猛地双膝跪地。

"生死自有命数，缘起一世，缘灭一世。在我孟婆处，无关尊卑，不论老少，一碗孟婆汤下肚，再入轮回，哪里还记得什么前世血亲至爱。你与她此生缘尽，来世你仍会有父母双亲，有妹妹，兴许会比现今更幸福，你可愿意投胎转世吗？"

　　孟婆鲜少与来阴间的鬼众言语过多，今日着实让牛头马面开了眼界，一时间目瞪口呆。孟婆也顾不得牛头马面，一心只想说服无痕早些喝了孟婆汤，转生为人。

　　她并非天生热心，只是瞧着无痕，便觉得分外亲切，不由自主地生出几分关切来。

　　她双目无神，眼底似有泪光隐现，双臂垂在身侧，仍是不愿接过那孟婆汤，倔强地说："来世若有妹妹，那也不再是无芯了。无芯，只有一个。哪怕是我魂飞魄散也罢，若能保住无芯，我亦无怨无悔。"

　　孟婆的眼中流露出一丝落寞，她深深地望着无痕，仿若从她的身上看到了某种前世的印记。猛地发现这孩子的模样怎么有些像那个故人。

　　孟婆的心中一颤，情不自禁地回想起了某个名字，就像是心底深处的匣子即将被打开那般无措。她蹙眉，轻轻吐息，不愿去想心中之事，再看向面前的无痕，忽然觉得——倘若魂飞魄散也是这姑娘亲自选的结局，又为何要去阻拦她呢？身为孟婆，除去熬汤，不正是要实现他人心愿、收集福报吗？有什么可犹豫的呢？

　　忽然，孟婆感觉身后有人走来，转头一看，不远处竟是冥帝和墨，他不知何时走到了自己身后。

　　孟婆示意无痕等一下，自己向冥帝方向走去。作了个揖，轻声问道："冥帝驾临，不知所谓何事？"

　　和墨轻叹了口气，历任孟婆当真是一个赛一个的表面温顺，实则倔强。他淡然一笑："历任孟婆之中，对此等交易无甚兴趣的不少，但似你这般生生将交易往外推的，你倒是头一个。"

　　冥界司孟婆一职者，若有不愿投胎者，将其福报以及后世因缘一并交予她，换取愿望，孟婆便可得一福报珠子。若这福报珠子积攒够了，便可携珠投胎，重新为人。

　　和墨敛去唇边笑意，沉声说道："归根曰静，静曰复命，复命曰常，知常曰明。你可明白？"

　　孟婆抬眸望向和墨，对上他那双幽深的眸子，如忘川河一般深不可测，探不到底，她回道："万物归集回它的根本是谓清静，清静是谓复归于生命，

复归于生命便成自然，识得自然可谓聪明。冥帝的意思，是我慧根不足，愚钝有余。"

和墨轻声道："万物自有根本，从何处来，往何处去，皆有它自己的缘法。这名为无痕的幽魂，既愿意同你做那交易，便是她自身的造化，你若横加阻拦，无非是平添自身孽缘，反倒是于你的修行无益。三界六道，唯我冥界公平，所谓善者自兴，恶者自病，吉凶之事，皆出于身。福祸无门，唯人自召。善恶之报，如影随形。在天地间有司过之神，行善积德则可延年益寿，乃至成仙。犯过作恶，则依所犯轻重，给予减少生命年限的惩罚。即便无痕日后灰飞烟灭，亦是她的善恶结果。你拦与不拦，终究也是你自身的缘法，所结之果，终是要自己来担。孟婆，你细想清楚吧。"言毕，冥帝和墨就转身走了。

孟婆目送冥帝离去，心中却再三默念冥帝留下的那句话，她清楚冥帝要她顺其自然，而非凡事强行干预。

其实方才一见无痕，孟婆便觉似曾相识一般，如此才不顾一切地阻拦她与自己交易，不愿她化为轻烟。现如今惊动了冥帝，又教导了她一番，更是令她觉得不能简单应付此事了。自她接任孟婆一职至今，冥帝鲜少似今日这般对她，只怕无痕确是与她有所干系。

但鬼魂与她交易，本就是强行干预轮回之事，这又如何说得明白？

孟婆心事重重地走回无痕面前。

"孟婆大人，无痕求您应允了我的请求，相救我妹妹，助我们二人找到父亲。"无痕再次开口，清秀面容上已是泪水涟涟。

轻摇蛮首，孟婆将脑中的烦乱思绪暂且搁置。

"成交。"孟婆终于点点头，露出无奈的笑。

"谢谢孟婆大人！"无痕惊喜地说道。"这个给孟婆大人吃。"无痕从自己口袋之中掏出生前还没舍得吃的几个坚果递给孟婆。

"谢谢你，我们换着吃。"孟婆从自己随身的小荷包里拿出些瓜子递给无痕。

只见无痕并没有舍得吃掉那些瓜子，而是将其放在了有些磨白的口袋里。

"不喜欢吃吗？"孟婆问。

"我要留着给妹妹吃。"无痕认真地说道。

孟婆忍不住笑了出来，摸着无痕的小脑袋说道："你拿冥界的东西给你妹妹，不怕她折寿吗。"

无痕的大眼睛闪了两下，这才意识到自己身在冥界，便也跟着笑了起来。这下，无痕终于得偿所愿，眼中一度闪烁着璀璨之色，却仍掩盖不住一丝忧虑，半晌过后，她问道："孟婆大人，我家乡瘟疫横行，无芯身染重疾，可否即刻出发，找寻无芯？"

"喊我孟姐姐吧，你先去前面凉亭等候，我去去就来。"孟婆怜惜地对无痕说完，转身去了一个地方。

冥界空寂，终日不见日光，也是了无生趣。在这里要耐得住寂寞，长年同鬼差、幽魂打交道，身上都有股子腐味了。

但在中元节这天却不同，鬼差自然是要为冥界的节日做准备，岂能不让地府繁华热闹一番？官职小的鬼差们倒是可以纵情一些了，可借由此节造访人间，逛逛鬼市，又或者去供奉自己的庙中吃吃贡品，也是极为欢喜的。只是像牛头马面这样当了几百年差的角色却不在意中元节的欢纵了，做鬼的时间长了，死人游魂见得多了，阅尽世事与悲欢，反而更愿在最该热闹的时候自顾慵懒，也是难得清闲。

这会儿牛头马面正站在鬼门前清点最后一批入门的幽魂，忙完这段，中元节的差事也算是告一段落，谁知一抬头便看见了在不远处飘来飘去的老妪，她朝牛头笑了笑，凸牙豁唇，正是兔面。

旁边有几个跟班小鬼悄声嘀咕，这只老兔妖在鬼门前转悠一整日了，为何不进城来？

马面听见小鬼们的话，便趁势给他们当众提醒，示意那只老兔子天天都会在城门口绕上一百圈，最后又会沿着原路折回去，日日如此，年复一年。

小鬼们想问缘由又不敢多嘴，马面继续告诉他们，说那只老兔妖生前是一只花兔子，生性胆小，却偏爱上了一个穷书生。她天天摘草药去卖了换钱，供那书生入京赶考，不料那书生命不好，屋漏偏逢连夜雨，遭了山贼抢劫，又被害死，花兔子知情后哭瞎了眼，却又不肯好好修道成仙，等了几百年也等不到那穷书生转世，花兔子就跑来冥府想要寻那穷书生，看他是否已喝了孟婆汤，可谁叫她不知天高地厚呢，竟想要偷孟婆手上喝汤之人的生死簿，后被孟婆驱逐。永远不准她踏入鬼门已经是很轻的惩罚了，那花兔子不敢靠近，却又放不下执念，便天天在鬼门前来来回回，实在是痴执得很哩！

马面最后强调道：莫要效仿那只花兔子，人间有人间的法律，冥界有冥界的规矩，礼法永远不能逾越。

孟婆姐姐是何等人也？连冥帝都要礼让三分，小鬼们哪敢效仿那花兔子去偷孟婆的生死簿呢？

但人、仙、鬼三界中的嗔痴数不胜数，自然会有千千万万种结果。

人既有情，妖亦有爱，芸芸众生心之所向，有愿为心上人而殉情的，也有随着心中痴恋而急不可耐地踏入轮回的，更有为报仇雪恨而拒饮孟婆汤的……可愿为人世心愿而放弃轮回之人，却少之又少。

孟婆偶尔也会想起那些喝下她所熬之汤的幽魂的眼神与表情，皆有不同，恐慌、留恋、悲痛，抑或是疯狂，即便再如何拒绝，喝下一碗孟婆汤，前尘往事统统都要烟消云散了。

而这时，孟婆既已接了交易，就理应去冥帝处辞行，再领取凝时珠。

前往冥帝所在的正殿要经过忘川，架在河上的是一条二十八孔石桥，下了桥，走进了正殿的大门，鹅卵石铺就的庭院，长长的九重石阶，两侧炽烈的火焰仍在熊熊燃烧。墨黑的石柱闪烁着忽明忽暗的光，只觉这是一幢雍容的建筑，而赤金色的府门两旁，坐落着玄鸟石像，那是冥帝的信使。

入幽冥殿时，冥帝和墨正坐在高处看向远处。见她一来，瞬即回神，温和地看着她。孟婆打量了一眼黑衣华袍的冥帝，狭长的凤目从他腰间古玉上闪过，继而对其作揖问安。

冥帝和墨微微一抬手。她将无痕所求的交易之事详细地向冥帝禀明，冥帝只是静静地听着，并无任何回应。待她语毕，冥帝和声道："去吧，这是你接的第一个福报珠子，至于分发孟婆汤，本该让值守藏经阁的招弟去替你一年，但近两年藏经阁在重新整理文书，她也分身乏术。就让那暂且不愿投胎的何露来代职一年吧，也算她还你个人情。"

孟婆不承想冥帝竟已安排妥当，末了，他又将一锦盒交给了孟婆，孟婆知道那锦盒之中的就是凝时珠。这凝时珠是黄泉忘川中凝结的宝物，可以让尸身复活一年，旁人全然察觉不出，这一年之间，尸身和灵魂合一，宛若再生。

孟婆只能道谢，然后退出了冥府。

待孟婆走后，牛头马面打了一架，当时牛头气喘吁吁地说道："马面，你个乌鸦嘴，每次都是好的不灵、坏的灵。这下可好，孟婆姐姐真的走了，冥帝大人念招弟工作繁忙，就让其继续守着藏经阁，让那何露'厨神'来代任孟婆之位一年，这下我们不但更忙了，连好吃的都没有了！"

马面自知理亏，默默陪着牛头打架，甚至当靶子，并且一言不发。

牛头却当他是在挑衅，打得更猛了……

离开冥帝住处后，孟婆回往奈何桥上，无痕正在不远处的凉亭里默默地等着她回来。见到她出现，无痕立刻迎上前，像是担心她会失约一般。

孟婆既要带着无痕回到人间，就要飞跃忘川，她从鬓上摘下一支簪子，抛入空中幻化作白虎神兽，健壮无比，气势慑人。夜色中，白虎口中喷出青色的火焰，眼睛闪着灼灼凶光。

"我们所去之处叫什么？"孟婆问无痕。

"叫玄机城。"无痕道。

孟婆闻之色变。因为一个地名，用了多年努力好不容易才锁到记忆深处的回忆，若开闸的洪水来势汹汹。孟婆有点无力承受，那些曾经再次呈现在脑海之中。

一触而发的瘟疫，人潮涌动的都城，歇斯底里的怒吼……

一袭红衣女将的陨落，一代老将的英雄冢，一个若阳光般明媚的少年，一个温润如玉的师兄……

随后的一切缩为一个离去的背影，是一个穿着一袭青衫，手拿一把折扇，明朗风流的少年，少年的身上带着一股不该有的沧桑。

而后，那道深入眉骨状若桃花的疤痕，渗出鲜血。

"孟婆姐姐，你流血了。"无痕有点害怕，颤抖着小手将有些破烂的手帕递给孟婆。

孟婆意识到自己的失态，安慰无痕道："姐姐没事，就是离人间越近，有些……激动。"

"无痕陪着姐姐。"无痕安慰孟婆。

孟婆轻笑，说道："到了凡间之后别叫孟婆姐姐了，我原名沅宸，你可以叫我宸姐姐，也可以叫我孟姐姐，但是不要叫孟婆，可记住了吗？"

"记住了。"无痕点头，很是乖巧，道，"宸姐姐与孟姐姐叫起来，都十分顺口。"

孟婆应声笑笑，要无痕一同骑上白虎。可无痕看着凶猛的白虎往后退了

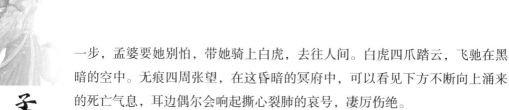

一步，孟婆要她别怕，带她骑上白虎，去往人间。白虎四爪踏云，飞驰在黑暗的空中。无痕四周张望，在这昏暗的冥府中，可以看见下方不断向上涌来的死亡气息，耳边偶尔会响起撕心裂肺的哀号，凄厉伤绝。

无痕颤声问道："这是谁在哀哭？"

孟婆语调平和说道："来到冥府中的鬼魂非人。既非人，前世又有孽债，到了地下自然要经受各样酷刑，忍受各种痛苦，也不乏会出现残杀吞噬之景。在轮回之前，他们都要经历死亡，循环往复。"

无痕闻言，只幽幽一句："幸好来到这里的人是我，而不是无芯。"

孟婆知道无芯是无痕的妹妹，不由打听起无芯的情况："她现在如何？"

无痕叹息道："她同我一样，都染上了瘟疫，可她尚且有活下去的希望。如今的人间已是瘟疫肆虐，一个村子接一个村子地覆没，我们所在的家乡已如同死城，四处都是尸首，白骨成山。"

孟婆眼神沉沉，不再言语。

落地之处，玄机城。

玄机城，高大的城墙，巍峨壮丽，久经战争的磨砺后，带着古朴的气息，更显得沉稳。因为瘟疫肆虐，此刻的玄机城带着一股吞噬生灵的气息。

当正义染上邪恶的颜色，悲剧便会发生。

孟婆盯着玄机城古老的城墙，嘴里喃喃道："我回来了。"

她的确是再一次回来了……希望没有太迟。

玄机城宽阔的街道不见人影，城墙守卫也越来越少。虽然不知道具体情况，但城中一片薄雾弥漫，便让人心里发寒。

更让人心里发颤的还是原野上冲天的火光，以及若有若无的哭泣声。

孟婆一想到无痕提及的瘟疫横行，不禁蹙起了眉，"瘟疫"二字勾起了她来自前世的记忆，那些曾经铺天盖地地席卷而来。当她还不是孟婆，当她还只是凡体肉身之时，她也曾在染了瘟疫的人群之中奔走不停，那如同行尸的病人们痛苦地呻吟，他们向她伸出手，企图寻求救助，而她也日夜行医，只为救活那些尚有一丝生存希望的性命。然而，闪电划破长空，令人作呕的血腥味弥漫在死寂的大地上，为了争夺稀少的治病药材，百姓们竟相互残杀，在濒死之际彼此猜忌、殴打，毫无人性可言。那些来自人体与人性的腥臭味浓重得让人作呕，而堆积成三米小山的破败残躯显得更加狰狞可怖，一具具年轻而了无生气的躯体，支离破碎地散落在孟婆眼前，她看着那些死不瞑目且还留有余温的尸首，再看向为了药物而残害彼此的活人，她悲痛欲绝，实在不敢，也不愿再回忆下去……

冥帝和墨早在她来到冥府之时便告诫过她，并非人世无情，而是人性有恶有善，无人能够左右。见惯了生离死别，也便无须再怜惜性命。可纵使百年来已见惯了生死，孟婆还是会因想起身而为人时的点滴而心中凄楚。

那并非怜悯之痛，更像是一种无力怅然。然而，如今的她已实在不愿再去想起。

来到了人间，白虎神兽化成一股云烟随风而散，无痕站在空旷的土地上望了望四周，终于激动地叫喊道："是这里了！前面不远就是我家，孟姐姐，快随我来！"

孟婆被无痕拉着向前走，她每多走一步，心中的情绪就越发异样。她以为这么多年过去，她已经不会再有心中的波澜，但是看到那熟悉的建筑，内心依旧无法平静。

这里就是希国军队驻扎的城池玄机城，也是她曾经还是沉宸时的故乡。

在夜色之中踏入故地，满地病尸的画面呈现在沉宸的眼前。已分不清是记忆还是现实，她只看得到尸横遍野、血流满地。

孟婆愣在原地，一回神，竟发现自己已然同无痕来到了一间破败的草屋。屋内简陋不已，连张像样的桌子都没有了，像是避难所。无痕还在东跑西找地呼喊着妹妹无芯的名字，焦急万分。

而孟婆深知必须要让无痕回到自己的肉身里。既然已经返回了人间，魂魄归体才能让肉身存活。孟婆走上前，脚下碰到了硬物，她低头去看，在一堆干燥的柴草里，无痕瘦弱不堪的尸体正躺在上面，死不瞑目，双瞳黯然。

的确，无痕早就已经死了。

孟婆掏出锦盒里的凝时珠，找了点清水，让无痕的魂魄躺在尸体之上，再用法术将其打入体内，片刻之后尸体竟然舒展四肢，踢踢腿，伸伸臂，孟婆转了几转手指，将凝时珠和着清水让其服下。不过多时，那早已没了生气的躯体开始变得血肉鲜明，如一般常人无异。

看着复生的无痕，孟婆心中竟有股淡淡的忧伤。是为无痕，也是为了脚

下这片故土。

这片苍茫大地之上有三个势均力敌的国家紧紧相邻，其一，是以武立国的希国；其二，是擅长巫蛊之术的南蜀国；其三，是擅长医术的东陵国。

三国之间的势力互为消长，希国和南蜀国因地界接壤，多有小规模冲突和争端；而东陵国则置身事外，也乐于看到两国争端，互相消耗。

孟婆闭上眼，希国的繁华故景逐渐清晰地浮现在眼前——可那却是沸腾的红莲般的战场，耳畔是呼啸的风声。孟婆看到的是两国交战的凄厉景象，那场面是倒立着的，缥缈得犹如幻觉，死亡却触手可及。

突然，残肢断体的士兵们的模样变成了染了瘟疫的百姓，血与水交织的污泥染脏了孟婆的衣衫，他们哭喊着、哀叫着，手指紧抓住孟婆。就在孟婆动摇时，战场上突然出现一道耀眼的白光，一声雄浑悠长的龙吟破空响起。

窗外忽然有脚步声传来，孟婆的思绪中断，她立即警惕起来，无痕却认出了窗外之人，惊喜地叫道："无芯！"

果然是无芯，她正缠着一位医者，无芯正企图要他来救治自己染病的姐姐。

第二节

"小妹妹，请放开在下，在下的衣角快被你扯破了。"那医者无奈地叹气。

尽管无芯已经瘦弱得形同枯槁，可她还是死死地拽着医者不肯撒手："求你了，你既是背着药箱子的人，就定是神医！求你救救我姐姐，她刚刚已经没有呼吸了！"

背着药箱的人怎么就必定是神医了呢？已年过不惑的医者实在是哭笑不得，只得好生劝道："小妹妹，在下不是什么神医，在下姓何名心隐，还在苦修学医。"

姓何名心隐，何心隐。这三个字如芒刺背，孟婆的双眼都不由得亮起了光。她从破败的草屋里一路走出去，目光紧紧地停留在那名医者身上挪不开……可真的是他？总是喜欢缠着自己和衷赢的何心隐，曾经羸弱得连药箱子都背不起的何心隐，如今已经是位可靠稳重的成年男子了，他的鬓角甚至都已添了白丝，人世间竟也已过去了这么多年头了吗？

顷刻间，关于前世的种种回忆，都如同暴风一般铺天盖地地袭向她。她想起了东陵国的药王山谷，想起了衷赢，他是大师兄，何心隐是她的小师弟……那一幕幕、一段段载着欢声的时日如琳琅珠玉，令孟婆猛然间回到了过去。

数年前，当孟婆还只是沉宸，她为了逃避自己内心的挣扎，前往短期的求学之地——东陵国的药王山谷。

说来也是巧合，她性格好胜，但不会多管闲事，可在学医的时日中，小师弟何心隐身材弱小，总是遭到其他弟子欺负，沉宸偶尔会替他出头。

有一次何心隐又被其他弟子们堵到了师门下，要他把手里的糖葫芦分给大家吃。何心隐不肯，那些弟子们就去抢。穿着桃红色绣花鞋的沉宸恰好撞见这一幕，她愤恨地咬了一口手中拿着的烤红薯，冲过去三下五除二地就把

那群弟子们给踢走了。

何心隐委屈巴巴地抽噎几声，沅宸看他可怜，又哀其不幸怒其不争地训了他两句："你不会还手呀？总被欺负。"

何心隐却感激道："沅宸师姐，你救了我，我要报答你。"

沅宸一听，立刻眉开眼笑："那就把你手中的糖葫芦给我吃吧。"

何心隐有些犹豫，沅宸却一把抢过来连着咬掉好几颗，含糊不清地说着："以后你有好吃的就拿来给我吃，我保证你不被别人欺负。"

何心隐有点怀疑地看着她，很快，他的怀疑就被验证了。因为沅宸这个调皮鬼真的是要把他这个小乖乖拉下水才罢休，她要挟他必须瞒着师兄，然后带他去酒窖里偷酒。那天正好是同门三师兄的大喜之日，整个山谷里都热闹非凡，沅宸非说三师兄藏了好东西在酒窖，是他媳妇带来的稀罕酒。何心隐替她把守着酒窖大门，只听"扑通"一声，是沅宸掉进酒缸里了，这下可好，她不仅如愿以偿，还喝了个饱。

新人们拜完天地，在敲锣打鼓声中被送进洞房，新郎官掀开新娘子的盖头，两人羞羞涩涩，正欲互诉衷肠时，喜门一下子被人从外面撞开，屋内两人吓了一大跳，醉鬼沅宸东倒西歪地站在两人面前打了个酒嗝，她双颊绯红，走路不稳，嘻嘻笑着道："三、三师兄，师嫂的酒……是桃子味的佳酿呀！"

三师兄和三师嫂目瞪口呆，很快便见到大师兄衷赢出现，一把横抱起沅宸扛在肩头，道了声："恕我看管不周，两位大喜之日，莫要放在心上。"说完便关上了房门。

沅宸的声音还在门外回荡："大师兄你放下我！咦……怎么世界都倒过来了呀？"

"乖乖听话，不要吵了。"大师兄叹息似的低斥。

大师兄……衷赢……

他的容貌一点点地浮现在孟婆的脑海里，从模糊到清晰，他有一双灿若星辰的眼睛，如刀雕的那般，五官线条棱角分明。他总是会在沅宸需要他的时候出现，总是……

耳边传来鸟鸣声，似是凤头鹦。仙雾缭绕的山谷上空，风都是柔情万种的。

那风吹进了孟婆的梦里，那梦是沅宸十九岁的初春，她听见有人唤她的名字，转头去看，正是出外归谷的衷赢。

多日不见，沅宸内心喜悦，飞快地跑去衷赢身边，以撒娇的形式来传递心中想念。衷赢微笑，视线落在她鬓角的桃花上，替她扶了扶花枝，轻声道："沅宸，我与药圣侄女订下了婚约。"

挂在沅宸肩上的药篓，忽然就坠落到了地上，"啪"的一声。

突然间的心痛令孟婆回过了神，那些是她不愿碰触的记忆，如若不是重归故地又遇故人，她也绝非要刻意想起。这时，她意识到有人朝自己走来，便抬头望去。

只见背着药箱的何心隐向自己走来。

前世与如今的记忆仿佛在此刻相互重叠，孟婆看着曾经年少的何心隐与如今年过不惑的何心隐合二为一，就如同她的前尘与今生凝聚到了一处。

孟婆从冥界来到人间时就一直戴着素纱帷帽，面容透过白纱隐隐约约显露，犹抱琵琶半遮面似的如雾似云。何心隐也才注意到她，只见这女子的纤腰裹在一袭青衣中，身形清瘦，浑然一身的冷傲之色，空灵中不失优雅，腰肢又曼妙，可谓宛若惊鸿，又似游龙。即使是身处如此破败萧条的村落中，都无法将她的美丽掩盖住半分。

何心隐自然会好奇这般遗世独立的女子为何会出现在这里。他觉得她有几分神似多年前的一位故人。但是他立刻在心中摇头失笑并否认自己那一瞬间的奇思妙想。是啊，怎会是她呢？毕竟她已经——

"姐姐！"无芯的声音闯入，她看见站在孟婆身后的无痕，整个人激动不已，跌跌撞撞地扑向无痕，不敢置信道："姐姐你没事了？你刚刚没了呼吸，我害怕极了，我当真以为我失去你了……咳咳，你还活着，我这不是在做梦吧？"

无痕望着被病痛折磨得消瘦不已的妹妹，心疼至极。她不禁泪流满面，将无芯一把搂入怀中哭诉着："无芯，这不是梦，一切都是真实的，我终于又见到你了，你我姐妹再也不要分离！"

瞥见这感人至深的姊妹情固然令人动容，可眼下瘟疫肆虐，这姐妹俩都是染了病的，怕是要双双命不久矣。何心隐低叹，忽又想到那女子，赶忙抬头道："在下何心隐，敢问姑娘如何称呼，可是本地人士？"

孟婆与之略微点头，轻声回道："我姓孟，是这双姐妹的远亲，此次前

来是专程探望她们的，却没想到这里已暴发了瘟疫。"说到这里，孟婆的神色变得悲伤而忧郁，幸好有素纱为其遮挡。

何心隐惋惜道："孟姑娘如若不是本地人，还请早日离开此地。瘟疫之下不分亲友与老幼，还需明哲保身。这瘟疫来得极其迅猛，老人和儿童一旦感染，多数一命呜呼。眼下也还没有合适的药方，只能靠病人自己的身体和意志来抵抗。"

孟婆却问道："何药士不怕自己染病，反而关心起我这个素昧平生的人会感染吗？"

何心隐摇头表示："我等医者药士，生来救死扶伤，怎能言怕？更何况这一次的大病还未找出根源，我等药士也是束手无策，只望减少感染。"

孟婆斟酌着他的话，追问一句："可有减少感染之策？"

何心隐无奈地道："眼下除了隔离染病之人和焚烧尸体之外，只得减少人口的密集度，别无他法。而且，目前也只能用最基础的药物来缓解瘟疫，但这实在不是长久之计，如此下去只会出现更多的感染者。虽然我也知道天地尚不能久，而况于人？唉，回想许久之前，在下也曾遭遇过类似的瘟疫，可惜在下那时尚且年幼，且当时能够救治患者的药方也不知所踪了。"

即便有那药方，怕是也不能完全控制此次瘟疫了。孟婆心里想着，这次的瘟疫明显同二十几年之前的那场有所不同，何心隐刚刚所言"尚未找出根源"也只是保守说辞，怕是不想过于动摇人心。即便他已认不出她，并将她当成了一个普通的外乡女子，可凭孟婆对他曾经的了解，他真正想说的，定是"根本找不出解决瘟疫的法子"。

"咳，咳咳，何药士，我家虎子昏死过去了！快来救救他吧！"一位染病的农妇救子心切，哭天喊地地奔向何心隐求援。

何心隐立即捧着药箱随同前往，全然顾不得自己是否有染病风险。孟婆也紧随其后，何心隐发觉她试图前往之后欲加阻拦，孟婆语气坚定道："何药士但且放心，我懂得保全自己，救人要紧，多个人帮助，多一分希望。"

这话倒是情真意切，何心隐只好交代她道："要离病人远一些，尽可能减少肢体接触，一切都由在下来做，孟姑娘只需辅助就好。"

孟婆点头，三个人便急急地赶往农妇家中去了。农妇姓张，是村里做烧饼的张阿嬷，年岁已高，虎子是她家幺子，也是唯一的男丁。张阿嬷一路上哭诉着原本是家中婆婆先染上了病，高烧不退，本以为只是普通的发热之状，谁知几日之后婆婆的身上出现溃烂，城内有人道出现在正有一种病在蔓延，许是瘟疫。如此一来可吓坏了张阿嬷，连找了好几位大夫都束手无策，婆婆就是在剧痛之中悲惨死去的。

"可怜我的几个孩子也都染上了病，虎子本就体质虚弱，又病得最重，我希望能用我的命去换他健康长大……"张阿嬷胡乱抹掉眼泪，脏且黝黑的面颊上便多了几道泪迹。她言语悲切，实在是可怜天下父母心。

何心隐也感同身受般地随之叹息，这些时日，他见多了死亡和伤痛，也恨自己无能为力，低声道出："张阿嬷隔壁的李姓一家只剩下一个五岁的小女童了，前几日在下赶去时，她已经独自在房内吃了三天的生米，仅有的一碗生米没了之后，她又吃了几日干草充饥，因为她家长辈都已染病而死，她竟然同那已经开始生蛆的尸体们在一起生活了几日，每日晚上也不顾腥臭地躺在母亲的尸骸旁，蜷缩一团地睡去。"

说到此处，何心隐的眼眶里闪着泪光。

孟婆看着他，心中叹了口气，小师弟依旧如往昔般医者仁心。

孟婆的面容渐渐变得凝重起来，强忍着眼中的泪水。她听着何心隐说起了许多瘟疫之下的惨剧。本是约好近日婚嫁的新郎和新娘因此而被拆散，在肆虐的瘟疫之下，爱情与欢乐都显得微不足道，仿若谢幕的皮影戏，只剩下一地残骸。

可悲的是姑娘并不知情郎染病，姑娘生的人家好，是殷实的大户，一直住在城内，她以为情郎忽然失踪是因为不愿见她。她非常失落，每天神思恍惚，不料染上了瘟疫，一下子病倒了。

而她不知道的是远在村内的情郎也同样病得厉害，根本没办法下床。他们彼此都在煎熬之中，两人皆是一天天地临近死亡，而何心隐唯一能做的就是在他们临死之前把对彼此的爱意捎给对方，让姑娘知道他并非失踪，也让情郎知晓姑娘仍旧深爱于他。

孟婆不由伤心起来，眼眶微红，道："有情人何辜？"

"不仅仅是有情人，这玄机城内的万千百姓又何辜呢？"何心隐眼神忧愁，缓缓讲述着："城东陈举人家，书香世家，其一日外出归来就忽染伤风，家人也只是当伤风去治，谁知才三日就突然暴毙，这才知道染上了瘟疫。我到陈府之时，发现他家剩下的六口人皆已染病。此病没有良药。全凭各人体质不同，只能加以扶阳祛邪，一周之后家中五人相继死去，而在下努力医治

好的家中独子，见家人皆死，令他万念俱灰，随后选择上吊自杀，一家人齐齐整整共赴黄泉。那日我再踏入陈府，大堂之上依次摆放了七口棺材。陈少爷在自杀之前取出了家中的全部银两和房契分给周围贫困的百姓，说自己也用不着了，等他死后劳烦大家将他们全家七口合葬于祖坟之处。唉，我看着那七口棺材依次被抬出陈府，心中惋惜不已，一家人就此灭门了。"

"还有即将濒临生产的妇人，她已染病，冒死生下婴孩后不愿抱她一下，绝非她心狠，而是担心自己的碰触会令孩子染上瘟疫。第二天趁着夜色留下一封书信，独自一人爬去悬崖跳崖而亡，尸骨难寻。为的就是怕家人给她收尸，恐连累家人。"

"城中丝绸庄的王老板家境殷实，却不慎染病，为了不传染给妻儿老母，自己跳河而死。那么多银钱在这瘟疫面前变得一文不值，再富有也救不了他的命，他能做的就是尽量保存家人，且选择自我牺牲。"

"官府没有什么控制瘟疫的法子吗？"孟婆问。

"哼，官府？自打瘟疫一暴发，官府就下令任何人不得出城，怕这瘟疫蔓延到其他地方。这么做本也无可厚非，但是之后的生活供给出了大问题。官府给每家每周只派一斤米和几根萝卜。有些人家就三口，还能煮点粥，配上自己的存粮干熬着。但有些人家七八口人，这一斤米一日都不够吃。瘟疫来得迅猛只是一方面，因此而来的物价飞涨、囤积居奇更是不胜枚举，连最普通的草药的价格都是往常的十余倍，米面更是卖出了天价，至于油和肉，那都是想都不敢想的事情。这般一本万利的买卖自然不乏官府的人参与其中，心安理得地赚着这染着血的钱。因为瘟疫，人人不敢出门，闭门在家，只有医者们可以走动。官府每日派兵四处巡逻，见到胆敢四处走动的人，都抓了起来。你想想这普通人家，家中多是没有积蓄，若劳力们不能去劳作务工，哪里来的钱粮糊口，养家活儿？因而断粮的人家在无奈之下纷纷摘树叶为食。有饿得不行的半大小子去偷他人家的一碗粮，被官府抓住，以往本是小事，也就罚打几下板子，可这非常时期是用重典，判了斩立决，杀一儆百。瘟疫若是天灾，那么如此多的悲剧怕就是人祸了。正所谓'三分天灾，七分人祸'，实在是令人觉得瞠目结舌、惨绝人寰了。"

"太多太多的残酷之事在这里上演，每日皆不休。日月明明都可更替，可这瘟疫，仿佛看不见尽头。"说到这里，何心隐含着泪光悲叹一声，"实在是人间炼狱。"

孟婆沉思片刻，安慰他说："何药士宅心仁厚，医者行医救人，这是上天赐予你的能力。"

隔着那一层薄如雾霭的面纱，何心隐望进她的眼睛，勾动唇角苦笑道："上天不会赐予在下这种痛苦又悲伤的能力，这是在下亲自选择的能力。救苦救难绝非一己之力，在下不是顺应天意，而是顺应己意。"

仅此一句，令孟婆的心中一颤。这句话原本并非出自何心隐之口，而是那个人经常挂在嘴上的。

救苦救难，绝非一己之力，不是顺应天意，而是顺应己意。

孟婆回想起那个总是说这句话的人。他的音容笑貌，他的温言良语，她忽地想起她与他之间的那份朝夕相处、知无不言。

那时的她深爱着药王山谷，山谷里的景色如同仙境，美轮美奂，云端之上更是飞舞着成群结队的飞鸟，它们衔着花枝，羽毛光亮，欢快地朝天际那边的云阁飞去。

她心里觉得有趣，便也想跟随飞鸟走下山去。然而走着走着，她被脚下异物所绊，低头去看，竟是一个梨木制成的雕花酒壶。

她疑惑着俯身去拾，却被一双手抢先提起了酒壶。他随即饮下一口烈酒，立刻蹙眉，转手抛给她，对她道："沉宸师妹，你就不能给你的大师兄带些可口的佳酿吗？这般烈酒哪里适合登山采药时喝？怎么也该懂事理地放些桃花进去中和一下味道才是。"

沉宸打量起他的尊容，眉眼清秀，眸中流光，左眼角下方一颗痣，更添风流。可他神情中却偶尔会带有一丝戾气，且那股子气焰几乎要与他的那身黑衣融为一体，又显得冷漠如渊。

"哼，大师兄，我好心好意偷偷带酒给你，你不领情反而还埋怨我。下次才不要管你呢！"沉宸背过酒壶，气呼呼地双手叉腰。

这少年略有一怔，随后明朗笑道："好师妹，师兄刚刚是逗你的，哪能当真呢？来，笑一下，还真的生气了不成？"

沉宸扭头，不理他，佯装赌气的样子道："我是那么好哄骗的吗？才不信你花言巧语那一套，要看实际才行。"

他一副"拿她没辙"的表情，嘟囔着知道了知道了，然后从口袋里掏出一小包杏花酥糖递给她："赔罪的，请笑纳。"

沉宸瞥见那一小包，立刻眉开眼笑，可又不想这么快就放下架子，怎

么也还得再表演一会儿才行。他自然看出了她的小把戏，故意叹气道："唉，看来我家师妹最近不喜欢吃糖了，不如我这个做师兄的替她享用好……"

"了"字还没说出口，沉宸已经一把抢过杏花酥糖，嘻嘻笑着往山下跑去，耀武扬威地同他炫耀自己手中的战利品："大师兄，我可是一块都不会留给你的，全部都是我的！"

"沉宸！你不要跑得那么快，山路崎岖，小心脚下！"

"后回去的人要再输一包糖！"

"你怎么能私自决定？"

"我不管，我做得了大师兄的主！"

"师妹，你可代替不了我意，也代替不了天意！"他哈哈笑着，沉宸回过头去看身后追赶的他，眼波流动，极尽俊美的容颜仿若盛世繁花。

天意，我意，那是他经常会说的词语，这些本是会令人觉得充满希望的字眼，如今对照眼前的此情此景，孟婆却心怀忧伤。

张阿嬷家的虎子躺在土炕上，虽然全身都包裹着厚实的被褥，他还是冷得直打哆嗦。再看向其他孩子，她们是虎子的姐姐们，皆是痛苦不堪地蜷缩在被子之下，有的因高烧而胡言乱语，有的因身体溃烂而痛声哀叫，甚至咬破了自己的下嘴唇。张阿嬷心疼地安抚着孩子们，急得痛哭不已，祈求何心隐想想法子。

何心隐连忙从药箱里拿出些基础的药材，孟婆见状，立即找到铁壶烧起开水。然而不知是谁听闻有大夫前来医治，整个村子的染病之人都蜂拥而至，一股脑地挤到了张阿嬷的家门口。

在这一群病恹恹的人中，有一个已全身溃烂得不成模样，简直像是地狱里的恶鬼，满面血红，化脓不止。他一把抓住何心隐手中的药，二话不说就要往自己嘴巴里塞。

何心隐惊慌不已，赶忙高声制止道："万万不可！此药还未调剂，是有毒性的！单独服用极其危险，快快吐出来！"

那人哪肯听何心隐的话，只管狼吞虎咽地咽下药草。其他人见状，纷纷来翻弄何心隐的药箱，生怕抢不到草药。在如此拥挤的状态下，有人撞倒了张阿嬷家的烛台，烛火燃着了地上的干草，火势顷刻间蔓延开来，那人的头发和衣服都轰然焚烧起来。

旁人见他通身燃起了熊熊烈火，全都吓得惊慌失措，他们担心火苗殃及自己，拼了命地往屋外挤。

这狭小的茅屋本就拥挤不堪，这一下只听得一片鬼哭狼嚎，众人相互踩踏推搡，甚至还有人逃到土炕上，踩得虎子和他的姐姐们痛苦地呻吟。

张阿嬷又着急又痛心，她上前去撕扯那些病人，可她年老又干瘦，且手无缚鸡之力，两三下就被推倒在地。她只能坐在地上绝望地号啕大哭起来，而周围的人都和炸了锅一般相互乱踩、乱挤，何心隐与孟婆被发疯的病人们一路跟跄着挤出屋外。何心隐险些站不住脚，慌忙之中紧紧地护着怀里的药箱，本就稀少的药材全部落到了地上，被狂乱的病人踩得稀碎，又被他们跪下来全部舔舐殆尽。

大火暴烈、熊熊燃烧，茅屋顷刻间倒塌，张阿嬷一家全部在劫难逃。孟婆根本来不及去救他们，只能眼睁睁地看着茅屋如雪山一般倾覆。而其他病人们也都被烈火席卷，歇斯底里地拍打着自己身上的火焰，痛得撕扯起他人的头发。他们哭喊、求助，撕心裂肺！

这番情景，是何等的炼狱之象啊！

孟婆身在冥府多年，见惯了诸多的生死、别离，却真没有哪一幕能同此刻人性的残酷与无情相提并论！牛头马面总是说有些凡人不如鬼怪真性情，孟婆从来都只当作是他们在打趣，不承想，那言语里的无奈与嘲讽都是百年来的殇所积淀而成。

眼前为求生而不惜抢夺别人生存机会的病人，究竟是人，还是鬼？践踏着他人生命而苟活，是否还尚存良知与悲悯？

曾几何时，孟婆也是身处在这人间炼狱中的一员。而这一刻她已肝肠寸断，她终于意识到，这座城池已被瘟疫吞噬了，瘟疫在啃噬人们的肉、骨，连同心也一起泯灭了。

玄机城由中心城和旁边数十个村落组成，而这里已经全部被隔离，只许进不得出，似乎希国的其他百姓也未曾得知此处的惨状，只是隐隐有闻边境的玄机城暴发瘟疫，已经封城，绝不会传染给其他地区。有官府的保证之后，希国的其他地区为庆祝一年一度的月娘节，依旧歌舞升平、夜夜欢宴，哪管此处白骨成堆、阖家灭门。

张阿嬷的村子只是其中之一，周围其他村庄的人们同样是病殃殃的、哀哭不断。孟婆竟觉得自己的前世与今生都是在这般无情的瘟疫中度过的，而前世的自己，就好像是今生的何心隐，他在走着她曾经走过的路。救死扶

伤、医者慈悲，何心隐所做的一切都是她曾经做过的。同样是病尸堆成白骨山，同样是行医不问生与死，那绝望、那悲欢、那分离……她本不愿再重复上一辈子的事了，为何身为孟婆，却不能送自己一碗孟婆汤？饮下大可忘却所有，方得圆满。可是看着抱头痛哭的病人们、为失去草药而难过的何心隐、有气无力且在生死边缘挣扎着的村民、抢夺生存机会的所有病患……这一刻，孟婆念着自己的名字：宁沉宸。

她蹙起眉，紧紧地握起了双手，终于下定了决心。

第三节

从张阿嬷的村庄回来时，夜色已经极深了。

孟婆与何心隐皆是风尘仆仆，路上两人一言不发，内心的沉重之情溢于言表。尤其是何心隐，他为了顾全药箱，靴子的皮革边缘处都烧得焦黑。两人一路上不发一语，谁也没有料到此行竟是赔了夫人又折兵，不仅搭上了张阿嬷一家六口，连箱子里仅有的药材都被抢夺一空了。

回到村落里，何心隐沮丧地自言自语："还需要及早采药回来才是……"

似乎是为了安慰他，孟婆劝道："何药士，今晚你先好生休息，待到明日鸡鸣，我同你一起去采药。"

何心隐漫不经心地点点头，他清瘦的面容被火熏得乌黑，同孟婆道："在下不打紧，孟姑娘且先去那两姐妹的住处吧，她们一定在等候你。"

孟婆还想再说些什么，何心隐已经转身离去，前往需要他的病患集中的地方。

永远都是当局者迷，我不过是看清了别人的局，却迷失在自己局里的人。孟婆望着何心隐逐渐远去的背影，心中喟叹。

而这个时候，无痕突然惊叫起来，她慌慌张张地找到孟婆："孟姐姐，我妹妹……我妹妹无芯她昏倒了！"

孟婆赶忙去帮忙，她随无痕回到茅屋，将体力不支的无芯安顿在一旁还算干净的干草堆边，又吩咐无痕去找些水来给妹妹喝。无痕抹掉眼泪，立刻去寻水。

无芯非常虚弱，她与无痕一样都染了瘟疫，茶饭不思，消瘦憔悴，病恹恹地躺着，仿佛真的快要死去一般，看上去十分煎熬。孟婆难得温柔地去抚了抚她的额头，实在是烫得厉害。这小妹妹不知还能活多久，除非找到解药，不然真是时日无多了。孟婆抬眼看向屋外，其他病重垂危的人也都是愁

苦满面，又想到今日下午所经历的那些，她心中的惆怅之情便越发深陷。

无芯在这时缓缓地醒了过来，她有气无力地握住了孟婆的手，恍惚地问道："这位貌美的姐姐……您定是救了我无痕姐姐的恩人罢。"

恩人？

无芯继续喃喃道："您把无痕姐姐带回到我身边来，您的大恩大德，无芯无以为报。只愿快快好起来，好偿还姐姐您的恩情。"

她竟然要偿还恩情，殊不知，孟婆已经与她姐姐交换了最为重要的契约。"小妹妹，如果我说你姐姐原本没有机会再与你相见，你可会信吗？"孟婆轻声问。

无芯不懂。

孟婆温和地看着她，继续说道："其实也是有人劝过你姐姐的，要她放下这执念，也许会有更好的福报。想必你也听说过，人终有一死，死后赴黄泉，过忘川，有个叫孟婆的女人会给死去的人喝一碗孟婆汤，喝了之后就会忘记过去的一切，重新开始轮回，也会有一段崭新的生命。终归是天有所短，地有所长，圣有所否，物有所通，有坏也会有好，万物都不是绝对，喜悦终会落幕，又何必执着于这一世的短暂亲情呢？"其实这番话，孟婆虽然是在对无芯说，可更像是在对自己说。

无芯懵懂地眨巴了几下眼睛，迷茫地问道："姐姐，您难道是孟婆吗？无痕姐姐难道和您做了什么交易吗？"

孟婆有些于心不忍，她回想起曾经也有一个女童这般情深意切地唤着自己"姐姐""姐姐"，就像是无芯之于无痕那般。于是孟婆否认道："我不是。"末了，又安慰道："但你要清楚，我是想要救你的，也是想要救你姐姐的。"

"谢谢姐姐。"无芯听到这句话，像是安心一般地笑了。那笑容纯真清澈，缓缓地流淌进了孟婆的心中。她道："姐姐，世间真的有神明吗？如果有，为什么不来救救我们，却要您这样柔弱的女子来担负起救我的重任呢？难道是我求助神明的诚心还不够，还是我前生做过不好的事情呢？"

孟婆却抚慰道："神明是存在于你我心中的，他们尚未出现并不是因为他们抛弃了我们，而是给予我们自己渡过难关的机会，让我们更加珍惜这每一寸光阴，一树、一草、一木、一日。当我们更加珍惜这一切时，神明自然会给予暗示来指引你我的。"

彼时，无痕捧着一碗浑浊的水回来了，瘟疫肆虐的苦境之下水源稀缺，望着无痕扶起无芯饮下那泥汤般的水，孟婆更加坚定要写下前世所知药方的主意了。

也许是出于答应无痕的条件，可能是出于救治无芯的责任，也可能是想要帮助曾经的小师弟的私心，还可能是想要救治更多无辜的生命……孟婆匆匆起身，走回了那间破败的草屋，她从袖中取出一张纸摊在桌子上。尽管写下这个药方的人是她心中不敢触碰的一道伤痕。

她从不喜欢月华。

再美丽，再皎洁，终也还是会消失。

她更加憎恶分离。

可他离去的背影是那样坚决，那一头黑发，仿佛是种永远都不会消散的风华。

天空飘着雪，沉重而硕大的雪片沉落入地，浩瀚的天空被微风洗涤成了有些许压抑的灰色，在这片四处充斥着矮小桃花树的高处悬崖上，周身的一切岩石与生灵都被蒙上了一层淡薄的雾气，如同斑斑驳驳的凄凉灰烬在哀诉。

站在他身后的，是尚且年少的沉宸。

身穿鲜艳衣衫的女孩，眉眼秀丽，伸出纤手紧紧地抓住他的衣襟，祈求似的声音中流露出不安。

"师兄！"她在做最后的恳求，"不要走，别丢下我！"

逆光所造成的阴影，使她无法看清楚他的面容，更别说是表情。仅仅能够从他嘴角勾起的弧度判断出，他对她露出了一抹含义不明的笑。可即便是如此真诚的低声下气，他也没有给予任何回答，而是推开了她的手，跨上马背，指向天际的尽头。

她顺着他指的方向看去，有诡异的隐隐红光在那里跳动，似乎还闪过了几道幽蓝色的闪电，忽明忽灭。沉闷的雷声低低响起，轰鸣在乌云层间。

即使远远地观望，她也感到了一丝畏惧。如果他去了，一定不会再回来。不知为什么，她就是有这种预感，她害怕这预感真的会实现。

所以不要走，她一遍又一遍地念着：不要走！

然而她的挽留太过微不足道，他已更加坚定了离去之心。他低下头，用那修长的手指去轻抚她的头，最后看了她一眼，然后，他终于策马离去，徒留她一人站在空荡荡的原地。周遭那般静，静得仿若没有生灵，一如她被掏

第三节

025

空般的心。

多日之后，她收到了一份药方，与一支干枯的辛夷花。那辛夷花像是在提醒沅宸，他走了，不回来了，也不会再有人用一份婚约来束缚她，她自由了。然而睹物思人，沅宸知道，这辛夷花的含义只有他与她知情。那是他们之间的暗号，每当药王山谷的厨房里有好吃的吃食时，衷赢都会偷偷在她的房前留下一株辛夷花，提醒她——他已留出一份放在老位置，待她前来享用。

一株又一株的辛夷花，一次又一次的暗号，那些美味佳肴，粉蒸藕、狮子头……都是他为她偷偷留出来的心意。

心意，辛夷。是啊，那些全部都是他的心意啊！

可她，为何懂得这样晚？为何要在失去一切之后才追悔莫及？那日的沅宸哭了一整夜，伤心得肝肠寸断。直到隔日寻药之时，眼睛都红肿得像只小白兔。但其他弟子们却没人敢嘲笑她哭肿的双眼，他们同样为她的境遇感到惋惜。

往事随着孟婆的叹息声而烟消云散，她终于凭借着刻骨铭心的回忆写出了前世所得的药方，于是便走出草屋去寻何心隐。已经是夜深人静了，他却还在不辞辛苦地为染病之人制作着缓解病情的基础草药。孟婆要他借一步说话，见她神神秘秘又面色严肃，他立即放下手中的药草，随孟婆来到隐蔽处。孟婆从袖中取出药方，递给了他。

何心隐惊讶地问道："这是？"

孟婆道："这是一个治疗瘟疫的药方，极为有效，拿去救人吧。"

何心隐抹了一把额上的汗迹，将信将疑地接过药方，快速地看了一遍，表情逐渐由凝重变为喜悦，最后竟欣喜若狂地笑道："皇天不负有心人！这正是当年治疗瘟疫的正确药方！"

孟婆欣然点头。

何心隐追问："孟姑娘，你怎么会有这珍贵药方的？从何而来？写者何人？"

他一连串的问题让孟婆忍俊不禁，她轻遮掩面，淡淡地道："不瞒何药士，时曾机缘巧合，小女子曾得一道人青睐，授予一本医书，医书上恰好有治疗此种瘟疫的药方。"

何心隐思虑着孟婆的一字一句，他渐渐冷静下来，过了一会儿，道：

"孟姑娘，在下有一个大胆的提议，如若孟姑娘觉得并不冒犯的话，在下认为你我二人可以合力对此药方稍作调整，结合染病之人自身的实际情况，还需对症下药才是。"

孟婆沉思了片刻，道："何药士，并非我推诿，而是我毫不懂得医术。"

何心隐却执意道："以孟姑娘的天资，在下相信很快就会得到顿悟的。"

有那么一瞬间，孟婆察觉到何心隐是有意为之。可眼下人命关天，孟婆也觉得多一份力量就会多一份帮助。

"那好吧。"于是她不再拒绝，同意与何心隐一同调配药方。

两人争分夺秒地试验了各种有可能的药草，在默契的合作与废寝忘食的尝试之下，何心隐在隔日鸡鸣之时便试药成功了。他很久没这般欢喜了，想着这个调试过的药方即将可以拯救千万人的性命，他便高兴得不能自已。

很快，何心隐配齐了药方上的药材，率先做出了一碗自己喝下。孟婆知道，尽管药已配成，可天性细腻善良的何心隐还是会有所顾虑——万一药中有疏忽之处，是万万不可拿去给村民们服下的。待到他先试毒无误之后，那才算是真正的大功告成。

"如若今夜我身无大碍，明日一早便能拿药去救人了。"何心隐似乎终于能够松下一口气了。他坐在石地上，一抬头，便能看见高挂于空中的皎白残月，几朵乌云飘来遮挡，豆大的烛火，勉强能照亮村庄。

这里可不是看月亮的好地方，而这般月色，也着实没有看头。但孟婆却没有转身离去，而是同他一起坐到石地上，就好像过去那般齐肩而坐的景象。

总角之宴，言笑晏晏。当年圆月，今夕残月，少了手持折扇的青衫少年郎，多了荒草萋萋的英雄冢。可怜谁家的温良姿容，转眼白了发。

然而此番情景，不由得令孟婆忆起曾经的药王山谷。她也会像这般，时常同何心隐坐在石台上观月。他自小就喜欢月色，同她恰恰相反，她无心观景，所以他为了让她能陪着他，总会好吃好喝地"贿赂"一番。

"又是竹荪蘑菇啊？小师弟，我不是和你说过吗，晚餐过后你要拿些点心给我才像话嘛，你上次就是打包了晚饭剩下的竹荪蘑菇，我对空口吃菜这种事可是毫无兴致的。"药王山谷的沉宸不满意地扣上了小竹篓的盖子，鼓起两腮闹情绪。

少年模样的何心隐面目清秀，一双浓黑眉眼似女子般细腻温和，他的白

衫衣襟上镶嵌着金丝纹路，是修炼阶级的标志。最下层是青丝纹，中层是银丝纹，上层是红丝纹，上上层则是金丝。他的医术一直精湛，总是会比沉宸早一步获得镶金纹路的新衣衫。

"师姐，你别不高兴，我这就去给你寻点心来，你等我片刻。"何心隐禁不住沉宸的抱怨，他手脚麻利地跳下石台，往后厨方向跑去。

沉宸暂且独自坐着无聊，忽然一串穿成串的蜜饯枣晃到她面前，她立刻双眼放光，伸手去抢，不料蜜饯枣被人一下子举得更高，沉宸踮脚去夺，那人干脆直接举过头顶，并伸手按住沉宸的头，轻笑道："小师妹，想吃吗？"

"大师兄！别闹了，你快给我啊！"沉宸蹦来跳去的，就是抓不到，头又被衷赢按着，根本无法得手。

衷赢故作伤心地叹了口气，酸溜溜地道："想不到小师妹和小师弟撇下我这个大师兄，跑来这里双双赏月，要不是我路过此处，还真要被一直蒙在鼓里了。"

沉宸望着那串圆润、饱满的蜜饯枣直流口水，她耐不住嘴馋，甚至推卸起责任来："可不关我事，都是何心隐抓我来看月亮的，这鬼月亮哪里好看了？"

彼此距离近在咫尺，衷赢俯看着她的清秀面容，沉宸也发现他在看着自己，不由得停下了动作，彼此凝视，四目相望。沉宸忽然想起："大师兄，你今晚不是在师父书房中抄药谱吗？"

衷赢只是默然凝望着她，月光之下，她整张脸的轮廓闪着清韵，是某种熠熠波光，如同落进明灿星子。他的声音低沉而轻缓，慢慢靠近她耳边："扣掉你的一颗蜜枣。"

"为什么？"沉宸扯着嗓子抗议。

衷赢反而不高兴似的道："不为什么，就是想扣，谁叫你这么笨。"

她笨？

沉宸作势要发怒，何心隐捧着一小盒蜜饯枣跑了回来。见到大师兄和沉宸站得那般近，他反而羞红了脸，赶忙背过身去语无伦次道："大、大师兄，我……我不知道你也在，我只拿了一盒蜜饯枣！怕是不够分了！"

衷赢闻言，忽然得意地上扬起了嘴角，他吃掉一颗手中的蜜饯枣后才转手递给沉宸，沉宸如获珍宝。衷赢走近何心隐问了句："小师弟也喜欢蜜饯枣吗？"

何心隐立即摇头："是师姐喜欢吃。"

"真巧。"衷赢又道，"你我都记得她喜欢吃的东西，太多人宠她，怕要宠坏她。小师弟以后不要事事顺她，知道了吗？"

何心隐困惑地看向衷赢，小声发问："我不能事事顺她吗？"

衷赢很认真地点头："事事顺她的人，有我一个就够了。"

塞了满嘴蜜饯枣的沉宸支吾不清地叫起来："你们两个在那边神神秘秘地说什么啊？"

衷赢只转头对她一笑，并无回答。

那夜的风微凉，吹动莲池水面，波光粼粼，桂香微微，衷赢衣襟上的靛青丝纹路在淡淡的月华下泛着幽静的光晕。除了师父的无色纹路之外，整个药王山谷，衷赢衣衫上的纹路也是独一无二的。

孟婆有时回想起他那晚的笑意，仿佛一种无声的倾吐。记忆幽深，时光重叠，思绪回到今夜，孟婆想着那碗竹荪蘑菇的难吃味道，不禁调侃起身旁的何心隐："如若何药士是位将军，今夜过后，你定会功成名就。"

已不再是当日少年的何心隐笑道："救死扶伤乃医者天职，又何须荣华加冕？"

孟婆心觉他的确是变了，岁月的洗礼让他早已褪去了青涩，便不禁感慨道："何药士这般气度，令我十分佩服。"

何心隐看着孟婆，不由得出神起来，直到孟婆与之四目相对，他才局促地低下头，带着歉意道："在下并无冒犯孟姑娘之意，只是孟姑娘的气韵与说话方式都像极了在下曾熟识的一位故人。在下一时失了神，将你错认成了是她，还请孟姑娘别介意。"

"我不会介意。"孟婆的眼神变得忧伤起来，她幽幽地道，"那位故人何在？"

何心隐望向远方，叹息道："故人早已不在。"

孟婆轻声道："看得出，你很怀念故人。"

何心隐长长地舒了一口气，自嘲似的说道："也许是你太像她了，抑或许是在下又在痴人说梦呢。在下很清楚，就算再像，也不可能会是真的。孟姑娘这么年轻，如若她还在，也是在下这般年逾不惑了，所以孟姑娘又怎会是她呢？"

孟婆无言。

第三节

029

接着，何心隐不由自主地同孟婆讲起了故人的往昔："孟姑娘，你知道吗？以前在下都是叫她沅宸师姐的，当初的她，还有我们的大师兄衷赢，我们三个人总是形影不离。那时在下总会傻乎乎地想着来世也要和他们做师兄姐弟，没想到一语成谶，怕是真的要来世才能再相见了。"说到这里，何心隐的眼眶微微泛红。

孟婆沉沉说："天下的宴席再热闹，也是要散的。"

何心隐倒也赞同，却还是说着："可让在下觉得孟姑娘和沅宸师姐相似的，不仅仅只有外在，还有方才的那份药方。当年，在下的大师兄衷赢为了得到药方，硬生生地闯进了山谷里百年来无一人敢踏入的禁地。闯过那禁地之后，便可得到秘籍。可是痴心的大师兄仅仅要了那一份治疗瘟疫的药方，至于其他的，他一概未动。在下当时十分担心大师兄会受到伤害，果然不出所料，大师兄虽然闯过了种种难关，可也受了重伤，且落下了终生的顽疾。"

孟婆惊讶："顽疾？"

"正是。"何心隐点头，"而后，大师兄是在那般情况下忍受着身体的剧痛写下药方，并火速传书给了沅宸姐姐，他全然不顾及自己，只一心念着沅宸姐姐。"说到这，何心隐的眼眸已是深红了，"在那之后，在下就与大师兄失去了联系，唯一得知的就是他做了道士，遁世而去，再无其他有关他的踪迹了。"

"衷赢……我是说何药士的大师兄，他是不是疯了？他竟是那样得来的药方……他简直将自己的生死置之度外。"孟婆听了这一番话，不由自主地吐露出了内心的真实感受。所幸她及时调整好了语气，才不会过分地流露出震惊与真情，"我是说，他太固执了。"

"是啊，在下也时常像孟姑娘这样觉得，大师兄在为了某个人做某些事的时候，真的像是疯魔了。"何心隐试探性地去打量孟婆此刻的表情，见面纱下的人依旧是不动声色，这令他开始怀疑起了自己——难道真的是他痴心妄想了？

这个来路蹊跷的奇女子或许真的和沅宸毫无关联，否则在听到关于衷赢的事迹时，她怎还能这般平静？

"时候不早了。"孟婆在这时说道，"何药士，我放心不下无痕与无芯，先回去了，你也请便。"

何心隐点头称好，孟婆转身离去，心中却早已翻江倒海般乱成了麻。她的情绪开始浑浊不清，耳边的呼唤声也似细碎的风声般经久不息。

沉宸，沉宸……

她深深地闭上眼，本不愿去忆起了，冥帝和墨曾叮嘱过她，归根曰静，静曰复命，复命曰常，知常曰明。她知道冥帝的意图，也知道自己不能深陷曾经。可是那些旧人旧事再一次如狂风骤雨般袭向了她。

前世过往皆涌现，窣湘裙，摇汉佩，月照纱窗，缥缈见梨花淡妆。有娘亲的温言细语，有父亲的宽厚笑意，还有油纸灯笼燃着红灿灿的烛火……可那些片段很快就被燎原的烽火撕碎了。孟婆猛然一转头，时间飞速地倒回到了往日光景。

第四节

天启十八年。

月明星稀，朝露天涯。

宁沉宸是孟婆的前世，她是赫赫有名的盛产"青藕"的希国边境重镇宁城人士。其父宁将军是宁城中赫赫有名的英雄，家中世代驻守边境；其母宁夫人出身贵族，自是端庄优雅，饱读诗书。

在她刚会为自己梳发的年纪时，结识了还在牙牙学语的宁灵霁。那是宁将军友人的女儿，只比沉宸小两岁。那日沉宸在家中后花园里同侍女玩耍，迎面就看到一个小妹妹笑容满面地朝她奔来。她一不小心摔倒在地，却没哭，反而吓坏了沉宸。沉宸赶忙跑过去扶起她，侍女紧紧地随在其后，自然是因为担心自家小姐也摔跟头。

两个小女童彼此扶持着站起身，沉宸为灵霁拍打着鹅黄绣花鞋上的泥土，关切地询问道："妹妹你痛不痛？可有伤到哪里？"

灵霁不哭不闹，冲着沉宸咧嘴笑。换牙时期，她的小门牙豁着两颗，分外可爱的模样，"沉宸杰杰、沉宸杰杰……"

沉宸听不太懂，倒是赶来的灵霁的侍女同沉宸作揖并解释道："沉宸小姐，我家灵霁小姐是随父母亲来府上看望宁府各位的，她听闻有位沉宸姐姐在后花园玩耍，便非要来结识。沉宸小姐，灵霁小姐刚刚是在喊你沉宸姐姐呢。"

原来是娘亲时常会提起的灵霁妹妹。沉宸是家中独女，一直都很想要有个弟弟或是妹妹，如今见到灵霁很是投缘，便牵着灵霁的小手笑道："既然你叫我沉宸姐姐的话，从此以后你就是我的妹妹了。好妹妹，灵霁妹妹。"

灵霁一听，笑得更加开心了，笑声似银铃，大而亮的黑眸子格外机灵。

两个孩子有了年纪相仿的玩伴，两家拜访更是频繁。两个姓宁的小女童虽无血缘，却情同亲生姐妹。她们二人时常凑在一起叠纸鸢、捕蝴蝶，年岁再长一点，父母亲便安排两人一同学古琴、做刺绣，府中时常充满了欢声笑语。

当沉宸七岁、灵霁五岁的那年初春，两个小女童在侍女及管家的陪同下去山林里寻草药。因为沉宸的娘亲近来身体不适，城内的药坊都关了，只能亲自去山上寻。

口齿终于清晰了的灵霁问沉宸："为何药坊都不开门？"

沉宸偶然听闻到了父母亲之间的对话，知道宁城里已经有了微妙的变化。回道："要打仗了，大家都逃命去了。"

灵霁问道："我们不逃吗？"

沉宸摇头道："你我父亲都是军中之人，自然是要留在这里的，怎可弃城不顾？宁城在，他们在，你我在。"

灵霁年幼，听不懂，只是继续问："那宁城要是不在了呢？"

沉宸想了一会儿，觉得这个问题对她来说太难了，就断言道："宁城不会不在的。"

灵霁自然是很信任沉宸的，乖乖地点头说，哦，然后从口袋里掏出一块桂花糕递给沉宸，嘻嘻笑着："这是沉宸姐姐爱吃的小点心。"

沉宸立刻双眼放光，道谢后拿过来，刚想一口吞掉，忽然发现灵霁嘴角处的口水流淌下来。这才明白灵霁只拿了一块，于是她狠狠心，将桂花糕分了一半给灵霁。虽然沉宸对食物作出如此决定很艰难，可对方是灵霁啊，姐妹二人开心地一边吃一边笑，全然没有意识到即将开始的战争会有多么残酷，多么无情。

将军百战死，壮士十年归。凭君莫话封侯事，一将功成万骨枯。时值冬季，宁城遭到外敌进攻，城外战火冲天，尸骨成山。沉宸的父亲宁将军连战数日，手持巨刀单膝跪地，额角渗出鲜红血迹，视线也被污血模糊了。宁城之内，一片炼狱景象。

百姓们被敌军的铁蹄吓破了胆，纷纷四下逃窜。惨叫、哭喊、悲鸣……没过几日，宁家军便全军覆没，宁将军葬身沙场，宁夫人含恨殉情，只剩下沉宸和同样失去了父母亲的灵霁，她们二人在转眼之间便成了遗孤。

失去了一切的沉宸不能再失去灵霁了，她决定同灵霁一起坚强地活下去。可是在战乱之中，人性的丑陋总是暴露无遗，难民们洗劫富足的人家、

抢夺弱者的食物。沉宸与灵霁流落街头、无家可归、食不果腹，在冰天雪地中，无依无靠。两人孤孤单单地行走在茫茫大雪的城边处。虽然曾遭遇强盗，被殴打、欺凌，尚且年少的沉宸和灵霁坚信，再也不会有比破城那个时候更为糟糕且充满恐怖的回忆了，再也不会有。

强盗踢打在沉宸身上的拳脚，还有刺耳的嬉笑声、嘲弄声，像是在肆虐着两只弱小的动物。在这种悲苦不堪的境地之中，沉宸第一次发觉人类是何等的脆弱，仿佛被有力的双手轻轻一折，便会如布偶一般破碎不堪。

然而就在那时，嘶鸣的马叫声响彻空旷的雪地。强盗们不约而同地向声源处望去，不禁傻了眼。

"是……是希国一品元帅寂将军的旗帜！大哥，那人是号称'万人斩'的寂将军！我们快跑吧！"

这一声讶异的惊呼过后，强盗们像着了魔一般四散窜逃。寒风顷刻间从八方涌来，周围的嘈杂声渐渐散去，灵霁支撑着体力虚弱的沉宸，紧张地哭喊着："沉宸姐姐，你要不要紧？"

沉宸的思绪迷迷糊糊，但是视觉与听觉却十分清晰。她感到马蹄声正在靠近，缓慢地抬头看去，飞雪之下，骑在马上的人是一位年轻又俊朗的将军。

他身穿黑色盔甲，不苟言笑的样貌渗透出一股威慑气势。他的眼神冷冽，但却在看见沉宸与灵霁的瞬间流淌过一丝温情，这让沉宸内心稍微放下了些戒备与惧怕。

"将军，出了什么事？"副将拉着缰绳走上前来，恭敬地对寂将军说道，"天色将晚，这里在入夜后也是危险重重，我们应当先回宁城支援城内的守军，还要慰问那些战时遗孤才是。"

"这里不就有两个遗孤吗？"将军忽然跨下了马背，并摘掉了自己背上的朱红色披风，将瑟瑟发抖的沉宸与灵霁双双包起，轻声问道："你们也是宁城当地人？"

沉宸点了点头。

将军虽已料到答案，但还是要问："父母亲可安好？"

沉宸顿时心痛，眼泪止不住地流，稍小一点的灵霁更是悲伤得哇哇大哭起来。寂将军立即领悟了缘由，心觉果真如此，继而安排士兵照顾沉宸和灵霁，并说这两个孩子看着有好些日子没吃饱了，先给她们些肉汤喝。

闻言，沉宸感激地对他说道："谢谢将军。"

寂将军瞥向她，有些惊讶于她的知书达理。如此乱世，又是在如此家破人亡的境况下，虽这般年幼，却不忘知恩言谢，实在是极其难得。

他忽然想到自己与夫人，虽然他们膝下已经有了三个儿子，却一直想再得一女。但是夫人近来身体虚弱，太医也暗示过很难再生育，所以两人始终对此事抱有遗憾。然而，眼前这两个女童皆是无亲无故，着实可怜，留在城中怕是难以存活了。于是乎，寂将军的心中不由得动了个念头。

半月后。

艳阳大好，风清气华，冬雪化枝头。

寂将军平息了宁城之乱，礼葬了宁将军与其夫人，还有诸多将士，也抚慰了剩下的遗孤和军士们。等到朝廷委任了新的驻城将领之后，便带着军队和沉宸、灵霁回到了自己的驻城——玄机城。

这玄机城是希国的重要边境关口，通商的要道，由一座中心城和许多村落组成，城中驻扎重兵，附近村落所产出的粮食布料和生活物资，皆供给玄机城中的军士们使用。军队收购粮食的价格也比外面高出两成，所以这么多年来，大量的边境百姓和军队将士都相安无事，生活富足，边境贸易也开展得如火如荼。

而身为当朝国舅，寂将军又是南征北战的英雄，府中的礼节多少会有些烦琐，但又不可减免。从许多诗书上都可以得知，礼节是否周全是衡量一人，甚至一户人家是否为风雅之士、腹中有书的标准，而越是上流社会，细节要求自然也就越发严格。

沉宸与灵霁被寂将军带回玄机城的家中，在再认父母、端茶、拜谢的过程中滴水不漏，这更加让寂将军与寂夫人欢喜。能得到一对如此出身高贵又懂得事理的养女，真是人生大幸。

沉宸时而会回想起刚刚来到寂将军府中的那日。寂将军的这栋宅邸是皇上御赐的，据说是玄机城之中最大的一栋建筑。起先寂将军有意婉拒，他并不喜欢铺张奢华，可架不住皇上诚意相送，便谢恩接纳。

寂将军府内富丽堂皇，色调是金与红，庭院的设计都是流线型的，衬着水潭中养着的数百条锦鲤，显得十分热闹。由于宅邸偌大，沉宸跟在寂将军身后走得有些迷糊，这里的确比她家原先的宁府大上一倍。

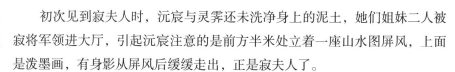

初次见到寂夫人时，沉宸与灵霁还未洗净身上的泥土，她们姐妹二人被寂将军领进大厅，引起沉宸注意的是前方半米处立着一座山水图屏风，上面是泼墨画，有身影从屏风后缓缓走出，正是寂夫人了。

她姿容端庄，衣饰繁华，一身桃红之色，长袖上绣着碧水波纹的图案，配着鬓上青绿色的步摇与脸颊两侧的耳坠，更能显现出她骨子里带着的华贵之气。

她迎面走向沉宸和灵霁，丝毫不嫌弃她们身上的泥垢，反而是关切地为她们掸去那些污秽，温柔地对她们说："宸儿，灵儿，从今以后这里就是你们的家了，如果你们愿意，就把我当作是你们的娘亲。"

沉宸是感动的，但是面对这样一位虽亲切却陌生的美丽夫人，她一时之间无法把"娘亲"二字叫出口。灵霁尚幼，自然是遵循着沉宸的做法，沉宸怎么做，她就怎么做，沉宸不言语，她也就不吭声。

寂夫人并不强求，她也知道令彼此融合都需要时间。于是便召唤来自己的三个儿子，要他们来见过新妹妹们。

长子寂予夺年方十七，他身穿藏蓝色衣衫，一头黑发束起，双眉微蹙，手里握着的不是折扇也不是长笛，而是一把表层镀金的精致剑鞘。

定睛一看，剑鞘上镶嵌着的是翠珠红玉，银色流苏熠熠生辉，如同龙神的长须。

早就听闻父亲收养了战时遗孤，虽然面前这两个小妹妹有点脏兮兮的，但不影响他作为兄长的仗义，立即送了沉宸和灵霁见面礼，是他早就买好的羊脂玉佩，打着靛青色的九个结扣，十足精致。

"沉宸妹妹，灵霁妹妹，日后大哥还会送你们更多稀罕物件儿，在整个玄机城里，大哥都能护你们周全。"寂予夺生来性格直爽、豪气云天，且自视甚高，但其武功盖世、军功显赫，也最受寂将军重视。

次子寂予莫与幺子寂予州分别是十五岁、十三岁，与大哥不同，他们二人性情温和、待人亲切，皆在军中做军需管理。

比起寂予夺的锋芒毕露，寂予莫看上去清瘦俊秀，寂予州更是面目温润如玉，只不过同兄长寂予夺站在一起，总是会逊色几分。

寂予莫走到沉宸面前，又对灵霁笑笑，轻声道："你们叫我二哥吧，我虽没有准备礼物，但我日后可以教你们画画与书法。"

寂予州也抢着道："那我可以教她们骑马、射箭，这些我也很在行的，不会输给大哥。"

寂将军自然是欣慰两位养女在短时间内就被妻儿所接受，可他不得不打断他们："沉宸和灵霁需要休息，让侍女带她们二人去洗个热水澡，好好睡一觉。"

侍女们应声，领着沉宸、灵霁去梳洗。沉宸回过头看向寂将军，姿容夺目的男子对她点点头，示意她安心，沉宸也终于回了他一个小小的笑容。她知道，这里将成为她的新家。

在逐渐熟悉的日子里，寂夫人同沉宸讲起寂将军的身世。其实寂将军本人就是战争遗孤，自他儿时起便一直与妹妹相依为命，后投军中屡建奇功，得遇宫女所生的六皇子，两人志趣相投，竟相处得如同亲生手足一般。

恰巧六皇子与寂将军的妹妹一见倾心，甚至不顾门第悬殊，势必要娶其为皇妃。又过了几年，六皇子因缘际会而登上了皇位，定"天启"二字为年号，并立寂将军之妹为后，封其子为太子，可见用情之深。

那之后，寂将军自然成了国舅，又因骁勇善战，很受皇帝重用。虽然他即便拥有了跋扈之资，却从不会滥用职权。他是正派、直爽之人，只一心守护皇帝、皇后与家人，还有国家与百姓。

在这样舒适的生活环境中，沉宸与灵霁很快就得以适应，虽然偶尔也会因怀念生父生母而略感悲伤，可身边有那么多人真心实意对她们好，沉宸与灵霁渐渐恢复了原本的开朗明媚。

尤其是沉宸，与三位哥哥相处得极好，兄长们一直想有妹妹，眼下如愿以偿，更是挖空心思地争抢着来表示自己身为哥哥的得意。

沉宸很喜欢吃美味，兄长们从早到晚都把好吃的送到沉宸面前，一个个满嘴都是"沉宸，快来尝尝大哥特意给你买的雪莲酥""不，沉宸，来吃二哥亲手做的核桃糕""沉宸沉宸，你快来看看三哥手上的是什么？是你最爱的糖葫芦"。

你一句我一嘴，沉宸每次都会眼花缭乱，取舍不定，最终都会笑嘻嘻的一个接一个地拿过来，道："我可不可以都吃啊？哥哥们的心意我都要心怀感激地接受才是。"

每当这个时候，途经的寂将军和寂夫人都会露出一脸无奈的笑容，寂将军宽慰地笑道："不要总是给宸儿那么多吃食，外面的小贩家未必是干干净净的，吃坏了身子可不值当。"

寂夫人也会笑着走来，宠爱地抚摸沉宸的脸颊，又对三个儿子叮嘱道："做哥哥的不要为争夺妹妹的关注而争风吃醋，总是这般像什么话？去多多练武，保家卫国才可以更好地护着妹妹呀！"

闻言，三位兄长立即点头应允道："母亲所言极是，孩儿谨遵教诲！"说罢便急急地要去后院练习。

到了晚夏时节，府上总会有一些媒婆登门拜访，一个个打扮得花枝招展、红红艳艳。寂予州偷偷告诉沉宸，那些都是来给大哥提亲的。

大哥英雄出少年，征战四方，赫赫有名，又一表人才，如花如玉，自然会有贵族小姐青睐有加了。

遗憾的是大哥是个榆木脑袋，整日里除了舞刀弄枪就是疼爱两个妹妹，不是带着沉宸和灵霏去游花灯就是赶市集，对自己的婚姻大事毫无兴致。寂夫人相中了一户姓许的书香门第，那家小姐生得亭亭玉立，又擅琴棋书画，年方二八，全部都刚刚好。那便定了相见的日子，在六月二十七。

六月初十，按照当地习俗，寂家准备提前去城郊的道观里祈福。

道观附近风景极美，很受宫廷妃嫔与众臣女眷们的喜爱。且这里的签也是十分灵验，寂夫人每年这个时候都要来这里跪拜。沉宸、灵霏还有寂予夺、寂予莫以及几个丫头一同陪着来，道观脚下修建的诸多小殿，都要依次拜一拜。

还未拜到主殿，陪同的丫头都已累得筋疲力尽了，沉宸也有些疲倦，灵霏和寂予夺却依旧生龙活虎，寂予州便夸赞灵霏道："幺妹，依为兄所见，你将来是习武的好苗子。"

沉宸羡慕起灵霏的好体力，她在心里叹息，觉得以自己的资质来看，应该是练不成武了。

寂夫人也舍不得沉宸过于疲累，但不早些去主殿，日头就要下山了。左右为难之际，寂予夺看出母亲心思，体谅道："娘亲，你带着二弟和灵儿先行去观里，我在这陪着沉宸稍作歇息后便追赶你们。"

沉宸也对此表示了赞同。既然有长子相伴，寂夫人便不再多虑，先行带着其他人去往上头。

剩下沉宸和寂予夺坐在石阶上面，忽来一阵清风，夕阳的金黄色余晖抹满了整个山腰，云也金灿灿的，非常明艳。青苔的味道飘散在周遭，鸟儿在鸣啼，下方殿里传来女眷们的交谈声，虽然沉宸一句也听不清，但她闭上眼，很享受此刻的宁静。

直到一只小鸟飞到沅宸面前的石柱上，它出现得如此突然，令沅宸觉得着实奇妙。

寂予夺打量着沅宸的神色，笑道："你喜欢它？"

"嘘——"沅宸不想惊扰到白色小鸟，很小声地同寂予夺说道："它会跑掉的，我们不要……"

话音未落，寂予夺已经一个箭步踏出去，他动作快得几乎令沅宸分辨不出发生了什么，只见他的手里已经握住了白色小鸟，炫耀似的拿给沅宸看。

小鸟不敢挣扎，老老实实地一动不动。沅宸先是很喜悦地去摸它柔软光亮的羽毛，接着又忧伤了起来。

寂予夺见状，便问她："宸儿，你怎么不高兴了？"

"我倒不是不高兴，只是我喜欢的是它自由时的样子，也从未想过要束缚它。否则，它不是太可怜了吗？"沅宸同情地抚摸着小鸟的头，可小鸟丝毫不同她亲昵摩挲，反而战栗地躲避。

听到她这番话，寂予夺略有思虑，仿佛回想起了某个人与某些事一般，他的眼底泛过一丝落寞。随后，他松开了手，小鸟立即飞走了。寂予夺望着沅宸，赞赏着："你虽不足十岁，却知笼中鸟的心思，实在让人刮目相看。有这般悲悯之心，倒是适合救死扶伤。"

沅宸笑道："那大哥要是在战场上受了伤，沅宸去救你好不好？"

寂予夺忌讳地摆摆手："怎可咒你大哥负伤？我寂予夺可是战无不胜的！"

沅宸连连点头："是是，怪我想得不周全了。我的意思是，大哥的一切都交给我来医治，嗯……在将来，可以吧？"

这话听着不太顺溜，但对方只有八岁，还是见怪不怪为好。而且，她说起救人时的表情，实在与那个人太像了。于是寂予夺宽慰地笑着点头，抬手捏了捏沅宸的小鼻子："一言为定。"

"驷马难追！"沅宸勾住寂予夺的小指，非常认真地许诺。

夕阳下，钟声响起，道乐吟唱声飘散在风里。寂夫人一行人已经走了下来，寂予州连蹦带跳地招手道："大哥，宸儿，你们在磨蹭什么啊？我们都上完香了！"

沅宸与寂予夺相视　笑。

　　灵霁见到沉宸，飞快地跑过来黏住她。寂夫人也要大家早些回去，可是寂予夺却在这时咳了起来，寂夫人闻见，关切地询问道："夺儿，可是感了风寒？"

　　寂予夺戳了戳鼻子哈哈道："母亲，不碍事，许是前几天着了凉，回去练上一个时辰的武功就会好了。"

　　寂夫人也不再追问，牵着沉宸的手往台阶下走去，喜悦地告诉沉宸今天的晚膳有桂花鱼，沉宸开心得欢欣鼓舞，可她不由得担心起大哥寂予夺，回过头去张望寂予夺与寂予州谈笑的身影，她鬼使神差地喊了一声大哥，可惜距离有点远，他没有听到。

　　夕阳逐渐浮现天际，在地面染出了一片炽热的火红，朱色似血，脚踏上去仿佛留下的是一个又一个的血脚印，竟令小小年轻的沉宸心生起了一丝惊乱与忧愁。

第五节

天启十九年。

时值冬末，这时节竟下了一场小雨，府内屋檐下滴着水珠，凝结住了地面存留着的积雪。几抹撑着紫竹伞走在石路上的身影急急地在清风中摇曳，她们是为来客引路的，正在去往将军府的路上。

到了偌大的将军府，侍女们匆忙收伞，为大夫让出一条路来，客客气气道："两位大夫，这边走。"

大夫们均是厚重的白纱布遮挡在面部，由于空气十分潮湿，再加上白纱布遮掩，呼吸都越发困难了。

侍女们引着两个大夫走到内院，面色焦虑地同大夫交代道："我家大少爷前几日就不舒爽，昨日开始更是发热得厉害了。二少爷今早又开始咳嗽，也开始茶饭不思，连床都下不了。"

两位大夫认真仔细地听着，脑海中也开始思量起对应的病症。

侍女们在这时推开寂予夺的房门，只见寂将军与寂夫人都守在床榻前，沉宸和灵霁见大夫来了，立刻喜形于色，心想着这下一来，大哥的病可该被治好了。然而待房门关上的前一秒，沉宸眼尖，看见某个黑影从门外一闪而过地窜走了。

侍女察觉到她的视线，轻声示意她安心："小姐，是老鼠，不打紧。"

沉宸可不喜欢老鼠，偏偏这阵子总会见到窜来窜去的灰东西。大夫这时依次落座，开始为寂予夺号脉，半晌之后又轻声问起寂将军："听闻城内最近也病了几人？"

寂将军一脸的忧愁之色，只道："倒是有不少像我儿这般年纪的士兵病倒了。都是高热无力、滴水不进、日渐消瘦。"

大夫闻言，表情逐渐凝重起来，寂予夺在这时昏昏沉沉地呜咽着：

"疼……"

寂夫人心急如焚，爱子心切地去抚摸长子的额头，柔声问道："我的夺儿，你哪里疼？告诉母亲，也告诉大夫，你是哪里不舒坦？"

"疼？这……"大夫忽然心觉不好，赶忙要寂夫人远离一些，继而又从药箱里拿出一块帕子包裹住自己的手，再去解开寂予夺的衣扣，整个过程有些吃力，毕竟有帕子挡着手，伸不开五指。

沉宸也踮起脚去看，她的眼神顺着大夫的手指一直移到大哥的胸坎处，接着，她猛然间瞪圆了眼睛，背脊都不由得发凉。

"天啊！"寂夫人目睹眼前景象，惊慌失措地高呼出声——只见寂予夺的前胸都已红肿，且隐约出现溃烂的症状，尚未波及的肌肤也开始显现出红斑，一簇一簇的，大如铜钱！

"这、这是……"两位出诊的大夫已经算是城内见多识广的医者，然而对此情景也止不住地全身发抖，冷汗直冒。

"这是瘟疫！"一旁的侍女惊慌地脱口而出，寂将军听见，自己也是一身冷汗，他训斥侍女胡言乱语，侍女吓得当即跪下，道出自己不敢胡说，她以前在老家曾见过这样的病，家里就是为了逃命才拖家带口地逃到了玄机城免于一死，那时她已经七岁，记得真切。而大少爷得的这病，和她老家当时的病症如出一辙！

寂夫人闻言，整个人一阵疲软，当即昏厥了过去。沉宸急得忙去扶养母，灵霁的眼眶开始涌出泪水，她虽年幼，却也从大家的语气判断得出大哥的病症怕是很严重。

寂将军深知长子定是从城中他人处染上了此病，他心痛如绞，若真是瘟疫，恐怕是难逃一死……但即便希望渺茫，他也不能放弃寻找任何可以救治的法子，寂予夺是他最为疼爱的长子，从他降生的那一刻开始，他便将其视为珍宝。然而，若真的是瘟疫，那必要全城戒备才行，能烧的东西都要烧掉才是，方能减少感染。而这，必须赶快去禀报皇上。

"将军！夫人她……"大夫的叫声唤回了寂将军的意识，他转过头，只见大夫示意他去看寂夫人的脖颈，也已出现了红斑。

寂将军脑中"嗡"的一声，他从未像此刻这样思绪混乱，连手指都忍不住地颤抖起来。可他还是命令自己保持冷静，并果断道："快把沉宸和灵霁带走！暂且隔离起来，还有——整个府中用过的物品能用开水煮的都要煮一遍！能丢的都丢了，用火烧，再用土埋了！"

沉宸却不肯离开寂夫人，追问寂将军道："爹爹，要怎样才能治好大哥和娘亲？要先救他们才行！"

如何能救，大夫们也束手无策，他们活了半辈子了，从不曾见过此等凶恶之疾啊。

既然没有解救之法，那只能减少染病概率，必须要封锁水源，还要集中更多的医者来寻找治病途径。寂将军忧心地看了一眼躺在床榻上呻吟的长子与昏死过去的夫人，他内心悲痛不已，却依然决定转身离府，先行将此事上报朝廷才是。

隔日天还蒙蒙亮，玄机城的百姓们便已得知城内出现了瘟疫之事。皇上听闻寂将军奏报之后，立即按照寂将军所说照做，派兵切断了下游水源，又驻扎军队把守。可即便如此，上午的光景才过去，下午一到，瘟疫就仿佛疾风骤雨般在城中暴发开来。

东边的一户农家共七口均染上了此病，且他家小儿子是个屠夫，卖猪肉的，经他之手卖出去的肉不知道有多少斤，而吃了那些肉的人又有多少，已经不得而知了。

然而，最先死亡的，则是城西头最有名的沈家酒坊的老板。据说他染病后一直怕被人知道，就躲在自家没有露过头，却还在自家店里卖酒，最后一瓶酒，便是卖给寂家将军府的大公子的，那是年满十八岁的寂予夺第一次，也是最后一次喝沈家酒坊的酒。

紧接着，朝廷下令，死于瘟疫者的尸首要统一收到一处烧掉，从第一个死者出现后，不足三日，接连死了几十号人。士兵们忙着烧尸首，那混着干草一同焚烧的尸臭味道可委实难闻至极。

百姓们诚惶诚恐，已经不敢上街，到了十日时，竟也有活活饿死在家里的几口人。玄机城中的士兵们纷纷出现，他们一脸天下兴亡匹夫有责的正义之色，不顾个人安危统计病户，划分出隔离区域，甚至还有主动请缨为病户送粮食的。

半月之后，玄机城已对外封闭对内封锁，城门紧紧地关上了，许多必要出城才可买到的药材彻底断掉。不过，那也不打紧，毕竟没有一个大夫能找出一味药能治愈此病的。

所有人都似无头苍蝇般盲目求存，究竟怎样才能避免染病？究竟该如

何自救？大夫们说过要用白纱布护好口，手也要护起来，不要吃未煮熟的食物，可这仍然是权宜之计，因为没有解药，就等于要一直活在惊恐之中，且漫漫无期。

然而朝廷的太医们都被派出赈灾了，仍旧是无计可施。

染病的人是一个接一个地在痛苦与溃烂之中死去，但凡染病，必死无疑。可是，谁也没有料到，寂家将军府的匾上会在夜半时分挂上寂寥的白绸。

将军府的灵堂内烟雾缭绕，侍女们皆着素白缂丝服，四名法师在灵牌前诵念着往生咒："南无阿弥多婆夜，哆他伽多夜，哆地夜他，阿弥利都婆毗，阿弥利哆……"

头戴白纱帽的寂将军正站在堂内，手持炷香。面前的灵牌上刻着三个名号：寂予夺、寂予莫、寂予州。

年仅八岁的沉宸与六岁的灵霁站在一侧，两人皆是身穿素衣，头戴白色珠花步摇，满脸的泪痕与哀戚。

三位兄长接连染病去世，对于寂府来说，这是何等的重击？沉宸抽噎着，侧目打量寂将军，发现他似乎在一夜之间就苍老了十岁，而寂夫人更是不堪重负，已伤心过度，病在床榻，连守夜都无力出席了。

沉宸还记得大哥在死时的痛苦模样，他全身溃烂，哀叫不止。沉宸甚至不敢相信那是她骁勇坚毅的大哥，他是连战场都毫不惧怕的俊秀少年郎，却奈何不了一场疾病。沉宸想起自己曾与大哥的那个约定，她明明许诺过自己长大后要学医，无论大哥负伤抑或者是生病，她都要医治他。可是她却在大哥痛苦求生的整个过程中束手无策，甚至都不能陪在他身旁。而早在隔离之前，二哥与三哥就都已染上了此病，是养父狠心将三个儿子隔离开来，才保住了沉宸、灵霁与府上百人的性命。

唯独养母病入膏肓，不因染上瘟疫，而是失子心病。

这时，灵堂外忽来一仗人，负责开道的侍卫秩序井然，他们站在灵堂两侧让开路来，一辆马车缓缓驶近，车门打开，走下来的人是身着私服的皇帝。

尽管他身着素衣，也仍旧遮盖不住那与生俱来的高贵。他不顾安危，也要前来送寂家三子最后一程，瞒着满朝朝臣便衣出宫，足以证明他与寂将军交情深厚。

寂将军见到皇帝大吃一惊，赶忙走到其面前，行大礼道："见过皇上。此刻城中有瘟疫，还望陛下尽快回宫，避免波及。"

皇帝扶起他，劝慰他节哀顺变，说自己来之前已经服用了宫中的防疫膏。此膏虽然不能治疗瘟疫，却有预防之效。

寂将军强忍心痛，这才想起收养的沅宸与灵霁尚未见过皇上，便喊来她们二人叩头行礼，皇帝见姐妹二人生得机灵，便命人赏赐。又将带来的三块皇家玉佩放到灵前，念着寂家三兄弟年少征战，战绩赫赫，亲送此玉，追加封号。

这边的寂将军与皇帝二人在互诉衷肠，沅宸却担忧起养母，她悄悄地退出灵堂，前往母亲住处。

一路上，沅宸止不住地流眼泪。她平日里与大哥最为交好，后院里有一把适合她身高的红缨枪便是大哥亲手做给她使用的。她想起大哥的一颦一笑，想起他把她扛在肩头看花灯……沅宸咬住嘴唇，拼命忍住泪，心想不可被寂夫人看见自己软弱难过，只怕会惹得她更加想念三位爱子。

沅宸已来到寂夫人门外，她推开养母的房门，看见寂夫人正欲起身，许是渴得厉害，想要喝水。沅宸赶忙端过桌子上的清茶喂养母喝下，她已连喝一口水的力气都快没有了。沅宸望着她原本美艳的脸上已只剩痛苦和疲惫，还有不甘、绝望。这还是那曾经光华照人的贵妇了吗？

见她这般苍白如纸，沅宸的心里很恨，恨自己不会医术，恨自己不能救三位兄长的性命。

沅宸的心极痛，她同样也是不甘心的，不甘心极了。

寂夫人像是看穿了她的心思，抬起手去轻抚她的脸颊，沅宸也把脸紧贴在她的手心里，不由低呼道："娘亲，你的手好生的凉。"说着便为她搓手取暖。

寂夫人苦笑着摇头道："不打紧，娘亲近来身子不适，很快就会好起来的。宸儿，外头可是有旁人来了？为娘方才听见了马车声。"

"是皇上，他来送……"沅宸及时收住了话，她不想惹寂夫人伤心。

寂夫人自然懂她的欲言又止，也像是释然了一般，平静地说道："这些天，娘亲其实也想透彻了。这世间总归是讲命数的，万物都要顺应它最终的归宿，人，亦不例外。"

沅宸却问道："为何要顺应？为何不反抗？"

寂夫人的眼神像是望向了很远的地方，语气也十分无力，幽幽道："宸儿，你能从屠户的手中救下一只待宰的牲畜吗？"

沉宸点头。

寂夫人又问："你能救下全部吗？"

沉宸道："我可以请爹爹将屠户关进牢狱中，如此一来，牲畜都得以解救，不会再遭遇屠宰。"

寂夫人笑了笑："你不喜欢吃禽、鱼、蛋、肉了吗？"

沉宸道："自然喜欢。"

寂夫人又问："那关起屠户，百姓如何能得到屠宰好的肉禽呢？"沉宸思虑起来："可以吃斋念佛，不再吃肉禽。"

寂夫人再问："假设拔掉莲藕，它会不会痛？切开番薯，它会不会流血？改吃素食未尝不可，那草芥、青菜会否同样是被残害？"

沉宸不知该如何回答是好，心想着总不能吃空气吧？

寂夫人平日乐善好施，常去道观虔诚祷告，祈求上苍庇佑夫君和三个儿子。她不止一次地和两个养女提及自己的担忧，寂将军刀下人命太多，恐被所累。

她时常想如果修来世，背负性命无数，染血的人该如何超度？脚下怕是有藤蔓牢牢缠住他，只准将军站立于凡尘的血海烈焰里，哪准他登进洁净的灵殿之上？所以每每初一、十五她都去放生，只期望为家人积累些许福报。但是如今光景，怕是那些杀戮的罪孽都早早地找上了门，自己心中一片凄凉，亦觉得无所牵挂。

寂夫人握起沉宸的手，同她柔声细语道："宸儿，这就是凡尘中的规律，万事万物都有它自身的命运，生灵有命，死后为泥，泥滋润地，地生长木，木上栖蝉，蝉被螂食，黄雀在后；而，日东起，水东流，载人以舟，杀人用刀，世间皆凡人，凡人不可忤逆人道，故生是生，死亦死，都要遵从水滴坠落的方向，莫要去干预，也不要横加阻拦，更不要因此而怪罪于弱小的自己。"

沉宸对这番话的深意一知半解，她凝望着寂夫人，寂夫人也深深地望着她，眼泪滑下的瞬间，她说道："我愿亦是如此，宸儿不必为娘亲难过。待娘亲与兄长们化作清风一缕，依然会时刻伴随于爹爹、宸儿与灵儿左右，生生世世不分离。"

两行清泪，忽然不由自主地顺着沅宸的脸颊流淌而落。它们一颗接连一颗地溅碎在了寂夫人的手背上，好似破碎的心，与逝去而不再回的生命。

七日后，寂夫人病逝了。

寂将军为此郁郁寡欢，先是失去儿子，后又失去夫人，即便英雄坚毅如他，也如同泰山崩塌，溃不成军。

就在寂夫人的新丧过后，城中的瘟疫也开始得到控制，虽还未找出治病良药，但是切断了传染源，在有效隔离后，瘟疫也无蔓延迹象。

这边寂夫人的头七还没过去多久，便有攀龙附凤者登府要为寂将军说亲，可寂将军根本无心理会，加上他近来曾去道观中求签，道长为其解读道："将军此签道明了际遇，命犯煞星，既是孤克。幼年丧母，中年丧子，而后丧妻，不如顺应天道，无为也好。"

想必这就是天意吧，寂将军得到了道长的指点，也就更没有另娶生子的打算了。虽说膝下无子，无法延续寂家香火，但命相如此，又何必害人伤己？所幸他还有一双懂事乖巧的养女，有沅宸和灵霁的陪伴，再加上繁忙的军务与瘟疫后续的处理，寂将军夜以继日，也慢慢地从悲痛中恢复了往日的精神。

到了年底，寒冬腊月，希国发起了一场与南蜀国的大规模交战。寂将军受皇上重托，亲自带兵出征。许是他心中的牵挂逐一减少，士兵们都道如今的寂将军在战场上杀敌更为狠辣。

而在府中等待养父归来的沅宸听见这些传闻可不觉得喜悦，她担心养父在战场上能否得以平安。寂夫人走后，她留下一屋子的书给两姐妹，沅宸自幼喜爱读书，而且读书可以让她暂且忘却去世的亲人们。只是寂夫人的书多是道学典籍，她读得也是一知半解，就算如此，也好过数着日子度日。

许是白天里想得太多了，在临近除夕的某个晚上，沅宸做了个很长很长的梦。

她梦见自己变成了一只玉面狐，在暴雪封山、冰天雪地里忍饥挨饿。这只玉面狐没有亲人，也没有同伴，为了觅食而走出了山谷，在风雪中艰难跋涉，咬死了农户家的一只兔子，但是还没吃到口就被主人发现。全家人追赶着要打死她，她一路逃命到一个冰冷的小山洞里。暴风雪一直持续下着，她既没有食物也没有水源，在绝望之中瑟瑟发抖，心想着就要饿死在这里了。可是熬到了第二天清晨，山洞外竟是春暖花开，一个采药的男孩发现了山洞

里的她，将她救了出来，又带回家中给她取暖，熬了肉汤给她喝。

这个采药男孩的家中十分殷实，他在父母亲的同意下养下了她，他们似乎成了最好的朋友。每次上山采药，他都会带着她一起去，他们日出登山，日落而归，药篓里背满药材，药香扑鼻。

后来男孩一点点长大，成了一位翩翩公子，他要娶亲了，可嫁进来的小姐们总是会离奇死去，久而久之，没人再敢嫁给他了。眼看着他唉声叹气责难自己，玉面小狐决定变成人形，嫁他做妻。

这一次，他们恩恩爱爱，极为和睦，可却一直没有孕育子嗣。说来也是，妖和人怎会生下孩子呢？直到家族提议纳妾，公子不肯，他不愿与旁人在一起。但是没有男丁继承香火实在不孝，父母亲威逼利诱也不见他改变主意，就只好冷落玉面狐，想方设法地赶走她，终于在公子一次外出时，他们瞒着公子休了她。她一时愤怒而现出原形，大家看见她竟是妖怪，竟全然不顾及平日情分，追赶着砍掉了她的狐尾。

她凄厉哀号着逃走，留下满地的斑驳血迹。公子回来不见她，听家人们说她是妖，他立刻就信了。他怕得赶忙烧毁了一切有关她的东西，甚至恨不得把她从自己的记忆里全然抹去。偷偷等他回来的她目睹此情此景，心碎绝望，终于含恨离开了他的家。失去了狐尾的她又一次孤孤单单地在人世中徘徊，她遇见了很多人，有想要扒掉她的皮卖掉的，有想要煮了她吃掉的，有欺辱她、殴打她的，有折磨她取乐的……她见多了心术不正的人类，自私、贪婪、邪恶，他们甚至不如一个妖。于是她不在他们的身上托付真心与信任，她学会了残忍、冷漠与无情，她效仿他们对她的所作所为，变得忘却本性、毫无怜悯。她跟随过许许多多、形形色色的主人，有奸臣，有忠良；有风楼的头牌，也有下三滥的乞丐；有双目失明的贵族小姐，有考不成功名的秀才……他们会同她诉苦，倾吐自己的不如意，也会在心情不好时打骂她，她总是会伤痕累累，然后变得越发冷漠。

直到，她遇见了他。

他是一位小道童，她偶然在溪边喝水时与他相遇。那时她恰逢从一位猎人的捕兽器中逃脱，前爪皮开肉绽，小道童念着"福生无量"，走上前来欲为她包扎。可她以为他要伤害她，本能地伸出爪子挠破了他的脸。

第六节

　　小道童并不生气，也没有打骂她，还是试图为她处理伤口。她反而恼了，炸毛威慑，一气之下转身跑掉。可是过后，她又好奇他为何要帮助她，于是化作人形去溪边寻他。他在往竹筒中装水，还轻声地念着："愿她平安无事，免受伤口疼痛之苦。"

　　她不懂他的固执，便问道："这位小师傅可是在谈论方才一只跑去山上的小狐？我见她前爪血肉模糊，又见小师傅脸颊有伤，怕是遭那孽畜无礼了吧？"

　　小道童却叹息道："施主言重了。众生平等，生灵可爱，想帮助她是贫道的意愿，她拒绝贫道的帮助亦是她的意愿，何来孽畜无礼一说？贫道只担心她会否安好，小小玉狐在这自然尘世中颠沛流离，着实不易，只望她安稳即可。"

　　她不敢相信，竟会有人这样为她着想？明明只是萍水相逢、一面之缘。她甚至嗤笑起他："小师傅真是慈悲为怀极了，莫不是想要积攒自己的功德吧？"

　　他道："众类繁衍，变化万千，生为安乐，死为安息，生死、是非、贵贱、荣辱，皆人为之常观，亦瞬时变动之状态，顺其变动而不萦于心，方可泰然处之。这不过是贫道的处世之道罢了，她既受伤，贫道愿为她疗伤，她既不肯，贫道也不怪罪她，天性不同，顺应于此，未尝不可。"

　　她还是觉得他的这番话十分可笑，就说道："小师傅也说那狐狸可怜，可她为何要遭受此等磨难，在这世间等着它的祸事接连不断。"

　　他微笑着回答："《道德经》中曰'祸兮，福之所倚；福兮，祸之所伏。孰知其极：其无正也。正复为奇，善复为妖。人之迷，其日固久。'灾祸之中隐含着福分，福分之中潜藏着灾祸，它们原本就是一体的两面。正如：日

往则月来，月往则日来，日月相推而明生焉；寒往则暑来，暑往则寒来，寒暑相推而岁成焉。

天欲祸人，必先以微福骄之，要看他会受。天欲福人，必先以微祸儆之，要看他会救。得微福而骄慢，骄慢便是祸根，福本不厚，又以骄慢削之，可见不堪受福，唯有降祸了。欲降福而先降祸，是天之善意。不明祸何能降福？一旦福去祸来，又岂能消受得了？"

她懵懵地站在原处，思索着这番话的深意。

小道童随手从地上捡起一朵已经枯萎的花，递给她，说："这朵花送予你。世人都道鲜花绽放最美，于我来看其枯萎更美。衰败就是为了新生，既然如此，我们怎么能不去欣赏枯萎的花朵呢？"

她刚接那朵枯萎的花朵，发现站在对面的小道童的身体忽然幻化成了无数只金色的蝴蝶，展翅盘旋，金光闪烁。它们停留在她的手腕上，洒下金色磷粉，治愈了她的伤口。

一阵风吹过来，蝴蝶们全部烟消云散了。

待到隔日醒来，沉宸觉得自己的这个梦实在是奇怪，又那般漫长，令她觉得思绪很浑浊，如此真实又离奇的梦境到底是怎么回事呢？那梦里的一长串对话到底是什么意思，为何自己只是觉得在理，却不明就里呢？早上梳洗的时候她同灵霁谈自己做了个怪梦，还没等灵霁发问，外面就有人传讯，是寂将军胜利归来了！

沉宸和灵霁闻言，又惊又喜，急忙跑出门去迎接寂将军。

身穿铠甲的寂将军英姿飒爽，他打了一场漂亮的胜仗，格外喜上眉梢。还没等沉宸与之亲近，就发现他身后站着一个陌生的少年郎。

就在看见他的那一瞬间，沉宸露出了一丝困惑的神情。

寂将军侧过身，拍拍他的肩膀，淡然一笑，对两位女儿介绍道："沉宸，灵霁，这是父亲收养的男孩，他在我与南蜀国交战时被我救下，和你们一样都是遗孤。不过从今日开始，他已经入籍到了咱们寂家。从今以后你们要和他好好相处，必定要像对待亲生兄长那样尊敬他。"

沉宸打量着面前的男孩，比自己大几岁的样子，看上去有些清瘦，黝黑的肤色，衣衫破损得厉害，两边衣袖都没了踪影，露着两条细瘦的胳膊，在其左臂上有个红色胎记，细细一看，那图案竟然像一只猛虎。可他的一双眸子却格外坚定，如利刃一般凛冽，又奇异地令人感到一种温和之调。

"我……叫作沉宸。"她首先走向他，露出微笑，友好地问道，"你呢？"

他先是略有怕生地低下了眼，半晌才望进沉宸的眼睛，迟疑了片刻后继续说下去："今天开始，我的名字是寂藏锋，沉宸妹妹。"

"是清风的风吗？"

他微微地摇了摇头："是锋利的锋。"

沉宸闻言，漂亮的眼睛又弯了弯，宛如细月，这便是沉宸第一次和藏锋的相识。面对这样的笑靥，藏锋的心里泛起了一丝暖意。接着，他略微侧过脸，看到了一旁沉默的灵霁。

那日灵霁身着桃红色衣衫，明明是如此艳丽之色，灵霁脸上却没有与之相称的笑意。自从接连失去亲人之后，灵霁已经不太喜言笑，她就只是静静地望着藏锋，依旧不言不语。

日后的时间里，沉宸和灵霁皆把寂将军的嘱咐牢记在心，加之藏锋相貌与大哥寂予夺竟有七分相似，将军府上上下下都把他看作是如假包换般的大少爷。与其说藏锋是寂予夺的替代品，倒不如说，他更像是寂府所有人心中一道殇的影子。他的存在，抹去了寂予夺与两位弟弟之死所带来的悲痛，同样，也提醒着众人，他只是藏锋。

到了秋末，寂家军受皇帝之命驻扎城郊，以御外敌。为了磨炼三个孩子的意志，寂将军将藏锋、沉宸和灵霁都带到了军营之中。犹记得初来军营那日，落日的余晖为整个军营罩了件金灿灿的外衣，如同壮丽的皇宫。

满营的士兵都来见过寂将军家中这三位儿女，沉宸起初还很抵触，然而她看见熙熙攘攘的人群之外，有位年迈老者模样的人遗世孤立般地背手而站。唯独他衣着整洁、气韵不凡，仿若长须仙人，翩然尘世。

沉宸轻拽寂将军的披风衣角，悄悄询问道："爹爹，那位老先生是营中何人？"

寂将军循她视线望去，而后道："那位是廖军医，是营中最为德高望重的随军大夫，以前是位道士，后来战乱四起，就下山还俗了。怎么，在这众人中宸儿偏偏问起廖老先生，可是对学医有几分兴致？"

沉宸回想起自己当日与大哥的约定，不由心生悲切，可她很快就应声道："正是，爹爹，宸儿想要同廖军医学习医术。如若能够得到要领，今后必定可以多多救人。"

如此志向自然令寂将军赞许有加，他传来了廖军医，下令其传授沅宸学医之道。沅宸懂事有礼，尊称廖军医为廖医师，私下就直接喊师父。

这廖医师除了教草药医理之外，还知晓很多奇闻逸事。那日在他营帐中教完沅宸辨识几种草药之后，见徒儿天资聪慧，他内心自是按捺不住欢喜。见天色还早，就谈起了一些杂书上记载的鬼怪故事。沅宸听得津津有味，问道："师父，这世上可真有鬼妖？哪里又有可捉妖的人呢？"

廖老军医将了将花白的胡子，摇头晃脑地缓缓说道："鬼妖那自然是有的。《搜神记》中有云：'夫六畜之物及龟蛇鱼草术之属，久者神皆凭依，能为妖怪，故谓之五酉。五酉者，五行之方皆有其物。酉者，老也，物老则为怪。'妖的范围极广，凡魑魅魍魉、山魈、木客、妖狐、五通之类，皆属于妖怪。妖精的原形，多隐于深山，在石洞流泉中做巢穴。除妖务尽，便必须率神兵围住深山，搜捉妖党，道法中专门有这一类，称作封山破洞。同时邪神、妖鬼们又常盘踞于民间为它们立的祠中，厉害点的且在大庙中享受血食，所以捉妖也常与伐其庙宇连在一起，叫作伐庙，或伐庙收邪。"

沅宸听得睁大眼睛，既好奇又充满了疑虑，再问道："那常有人说被鬼附身，会如何啊？"

廖老军医得意扬扬地边踱步边说道："这个问题问得好，此于我中医辨证有相同之处。春日秉承木气、夏日变成火气、长夏秉承土气、秋季秉承金气、冬季秉承水气。五行于五志，则怒主肝属木，喜主心属火，思主脾胃属长夏及四季土，忧主肺属金，恐主肾属水。故而，若人死于肝病，则其灵魂或能量多携木气，为此类能量所附体，则呈现发怒、脾气暴躁之态；若人死于心病，则其灵魂或能量多携火气，为其所附体则呈现喜怒无常、疯癫之状；若人死于脾胃之病，则附土气，受此附体者，多脾胃不佳、气胀之属；若死于肺病，则其灵魂多携金气，故受此附体者，多身体发冷、虚弱、咳喘等；若死于惶恐或肾病，则其灵魂多携水气，故受此影响者，多惊恐猥琐。"

沅宸听到这，不由自主地打了一个长长的哈欠。

廖军医还在夸夸其谈："不过不用害怕，为师懂得温元帅秘法中即有一张治瘟神兼治妖精的'连天铁障符'，同时要步连天铁障是，存想天地墨黑人符，并咒曰：'一断山魁路、二断石精门、三断邪鬼踪迹、四断百鬼子孙、五断天师来时路、六断地师去来路、七断冤家并咒诅、八断邪魔百怪中、九断南阁大庙神、十断北方水怪神、十一断黄泉取魂路、十二断娜都鬼洞门、天道断、地道断、人道断、鬼道断、冥阳街里十道断……’咦？人呢？"

老军医半天没见沅宸的回应，转头看去，这营帐之中哪里还有什么人影，这小丫头不知何时已经溜走了。

军营中的日子既严谨又有趣，三个孩子成长得越来越快。

而比起沅宸，灵霁却是个耐不住寂寞的性子。她虽表面沉默，心里却有一团炽火。没入军营几日，寂将军就发现她总会同士兵们一起舞刀弄枪，那认真的模样，着实有几分习武之人的天性。

于是在这军营中，藏锋、沅宸与灵霁都在各自寻求处世之道，又都陪伴着彼此一同成长。藏锋是这两个女童的兄长，是愉快的玩伴，也是她们可以依赖与撒娇的对象。寂将军有意要他继承寂家的一切，在练武之余，也不忘请来最好的教书先生，连棋艺也要精通。

他对藏锋的关爱与严格也不亚于当初对予夺那般。每每看着藏锋舞刀弄枪的身影总是让他想起予夺少时，特别是那张七成相似的脸庞，更是让他在恍惚之间觉得予夺还活着。

有时，灵霁会独自练武练上一整天，在那期间她不喜欢被人打扰，沅宸很知趣，也就不去烦她。所以，沅宸只好在藏锋的营外等他"下课"。在他和先生学习的时间里，她就一个人默默地坐在石阶上背药谱，偶尔遇见不认识的字了，她就会对着营内大声地喊着："藏锋哥哥，穴字下面一个弓，念什么？"

往往这个时候都不会听到藏锋的回答，传出军营的只有先生不太满意的"嗯咳！"沅宸扁扁嘴巴，小声抱怨句："我是在问藏锋哥哥。"

几个时辰后，先生终于带着书本离开，经过沅宸身边也只是叹叹气，嫌弃她没有大小姐的端庄姿态。沅宸不理会，只飞快地跑进营内寻藏锋。竟发现他还在练习毛笔字，便催促他同自己一起去找灵霁玩耍。

藏锋好脾气地应着她，基本都是说"沅宸妹妹，你再等等，我要先完成先生的作业才行"。而他又做事认真，总学不会三心二意，仔仔细细地写着毛笔字，经常会忽略了一旁的沅宸。

"藏锋哥哥，藏锋……寂藏锋！"

这一声大叫让藏锋手中的毛笔打了个滑，眼看就要完成，谁知却出现了小小失误。藏锋只得低声叹口气，又想起沅宸刚刚喊了自己，这才回过神来。

"你刚刚说什么？"

沅宸轻轻地鼓起两腮，很是不开心地瞪着他："藏锋哥哥，写毛笔字比我的事情还要重要？"

藏锋一怔，有些慌张地摇头："我可没有那个意思，我不过是想认真地完成先生教的书法，并不是有意忽视你。"

沅宸却赌气起来，忍不住发表起不满道："你上次明明陪灵霄练了一下午的功，怎么不见你陪我一起背诵药谱？想必你心里一定觉得我学艺不精，肯定做不成好大夫。"

说到最后，沅宸也意识到自己说得有些过火。她把脸转向藏锋，少年只是宽慰似的微笑着，全然包容了她耍闹的小情绪。

沅宸则是愧疚地抿了抿嘴唇，藏锋抬起手去抚了抚她的头，轻声哄她道："沅宸妹妹这般冰雪聪明，定会在日后成为一代圣医的。"

这突如其来的夸奖令沅宸慌忙红了脸，她支支吾吾地别开脸去，一时之间竟语塞。

不巧这一幕被来找藏锋的灵霄撞见，她本已掀开了营帐一角，又立即放下，转身匆忙离去的时候，听到了两名放哨的士兵在说闲话。

"我方才又见到大小姐去大公子的帐篷里了，他们两个的感情可真是要好啊。"

另一个士兵一唱一和地道："这青梅竹马固然是好，但名义上还是兄妹，即便是没有半分血缘的，可咱们寂将军那般正派之人，也不会允许兄妹婚配这种事吧？"

"乱讲什么呢，兄妹之情怎么能混为其他情分，无稽之谈。"

"你可别不相信，我敢打包票，大小姐对大公子绝非兄妹之情那么简单，也都是快到豆蔻之年的姑娘了，身边又有一位文武双全的英俊少年，任凭是谁都会倾心相许的。"

任凭是谁都会倾心相许。这句话如绕梁之音般萦绕在灵霄耳畔，她紧紧皱眉，回想起方才所见一幕，忽地觉得心烦意乱，赶忙摇摇头，跑开了。

到了夜晚，排列整齐的偌大军营里静悄悄。在军营的后方山上，有一片郁郁葱葱的杉树林。深深的山谷间，流水声隐约回响。

月光洒满了林间小路。几年过去了，那条小路依旧布满了两人的脚印。

那年的沅宸已年满十二岁，自打跟随廖军医学习医术以来，她每晚都会来到山谷里寻药草。念及灵霁白日习武劳累，她不愿惊扰妹妹，却总会喊着藏锋来陪她夜间寻药。藏锋每每都会念她偏心，妹妹需要照顾，兄长就要听从差遣了？沅宸每次也都会理直气壮地反驳说，兄长可以保护做妹妹的，但世间哪有做妹妹的要保护做姐姐的呢？藏锋笑她谬论，沅宸自然也从不曾道出过心中的真话。

夜晚的群山与白天相比更显得静谧温婉。停在小路前的河川旁，沅宸深深呼吸，她最享受的就是这种安静的时刻，夜空中云雾缭绕，星光点点，似萤火之舞，那些发光的小东西总是聚集在有河流的地方，如同千万颗坠落的小小星辰。

"藏锋哥哥，你看，是萤火虫！"沅宸指着半空中的发光物体，开心地叫道。

"沅宸喜欢萤火虫吗？"藏锋黑如墨迹的双眼里微微渗透笑意。

沅宸点点头，她同样的黑色眼眸也被映照出点点荧光。她伸出手，试图去触碰那些舞动的萤火虫，有些怅然，说道："这般美丽之物，怕是不可永久留存吧。"

藏锋闻言，望着她那被亮光勾勒出金边的侧脸停顿了片刻。接着，他不由分说地跳进了前方的河川，朝萤火虫群最为密集的方向走去。

正值梅雨时节，河川水位也渐高，十五岁的藏锋行走在其中稍显艰难，因为水面恰好到达他的腹部。

"藏锋哥哥！"

沅宸被他这突如其来的举动吓了一跳，沿着河川同他一起前行，不免焦急地喊道："你在干什么？河水那么冷，你会生病的！"

哗啦哗啦的水声，浸湿了他的衣衫与长靴。他不由得打了个寒战，却没有因此而退缩，反而加快了速度。

又是这样。他每次都是一意孤行，只要是他决定了的事情，他都不会听从任何人的意见，哪怕对方是她。沅宸在心里默默地叹气。

要是被河里的小鱼咬到可不太好，还有水草也会缠住他的脚踝，希望不要受伤……她还在这边踌躇地转来转去，藏锋已经顺着河流返回到了岸边。她听到声响，转头去看，急忙跑过去想要将他拉上岸，可是他却没有回应她伸出的手，只是将自己合成空拳的手掌打开一丝缝隙给她看，几只闪烁着光亮的萤火虫飞舞在他的手心里，是那种暖黄色的荧光。

沉宸先是愣了愣，随后微笑起来。她坐到岸边，拿出袖中的丝绸手帕为藏锋擦拭身上的水迹。

"沉宸妹妹，你喜欢吗？"藏锋的眼睛像两条明亮的线。

"喜欢。"沉宸心里想，只要是藏锋送给她的，她都喜欢。

每次与藏锋独处时，沉宸都觉得自己的心一定是液态的，因为它会像水一样溢出来。

二人四目相对，彼此凝视，谁也没有躲闪着移开视线。

直到藏锋提议："应该也为灵霁妹妹捕一只萤火虫才是。"

沉宸露出困惑的神情。

藏锋解释道："你们两个都是我的妹妹，只偏爱沉宸妹妹，岂不是冷落了灵霁妹妹吗？作为长兄，我给你的，也必要给她一份才好。"

沉宸的神情立刻变得失落，她也不知道自己是怎么了，就好像明白了这并非是她独享的待遇而感到不知所措罢了。

夜极深了，沉宸同藏锋一前一后地下山回营。她走在后头，始终望着藏锋的背影。月华将其勾勒出一抹剪影的感觉，沉宸微微垂眼，倒也不是要去在意这些小心事，只是觉得，有一点，只有那么一点点……不知名的难过而已。

当天夜里，沉宸同灵霁背靠背，各怀心事，谁也没有睡着，却都以为彼此早已入睡。从她们来到寂府开始便共享一榻，共享一铺，无论何时都要相拥而睡，然而年岁渐长，彼此都不再向对方诉说起真情实意了。

那一晚，沉宸做了噩梦，梦里的她又再次遇见了那位小道童，却见他全身被熊熊烈火吞噬。他抬起被火焚烧成焦臂的手向沉宸求援，沉宸去抓，只留下一手的残破灰烬。

"啊——"

她终于惊醒，剧烈地喘息着，同样醒来的灵霁询问她："沉宸姐姐，你是被梦魇缠住了吗？"

沉宸气喘吁吁，恍惚中点了点头："是个怪梦，抱歉，灵霁，吓到你了吧？"

灵霁摇摇头，点燃一盏烛灯放到床榻旁，又为沉宸擦拭额间汗迹，真诚地道："姐姐别怕，有我在，我会护你一世周全的。爹娘死后，姐姐就是我最亲的亲人，为了姐姐，我就算舍了命也甘愿。"

灵霁的身上总是散发着一股泥土的清香，许是她整日习武的缘故，避免不了要沾染泥泞，但这股味道袅袅入鼻，令人心神安宁。

　　沅宸知道灵霁的一番真心，虽然她平日言语并不多，却是一个外冷内热的性子，对自己有着至亲一般的情意，而自己又何尝不是呢？为了这个没有血缘的妹妹，自己也能舍得出性命。沅宸轻轻地用手摸了摸灵霁的长发，那么柔软、光亮，若是没有那场战祸，她们现在应该还在各自的府中，撒娇地赖着娘亲为自己梳头。

　　那个远去的故乡宁城，埋葬了她们的父母，还有她们无忧的童年，虽然寂将军对她们视若己出，甚至都让她们保有自己的姓氏。养父说宁城的这两位宁将军不该后继无人，就算是女儿也一样可以为爹娘赢得尊重。他命人在城郊的道观中供奉了她们父母的牌位，使得清明和忌日之时两姐妹可以去祭拜。这莫大的情分，姐妹俩都心存感恩。

　　沅宸笑了笑，走下床榻，为自己煮了一壶草香热茶。她分给灵霁一杯，灵霁觉得这茶实在醇厚香浓，比起将军府里御赐的贡茶，抑或是东海龙舌都要来得奇特。这茶中药香，竟让灵霁品出"曼妙"二字。

　　沅宸说这茶有安神作用，可以使人忘却烦恼与忧愁，令人安然酣睡。她与灵霁一同躺下，很快便又复苏了睡意。灵霁耐着困乏之意，道着沅宸姐姐的医术不断进步，这次的茶比前一次还要温和。沅宸则夸赞灵霁已武艺惊人，身着铠甲的模样英姿飒爽，一杆红缨枪刺出，更是胜似男将。灵霁昏昏沉沉中道出："今晚本与藏锋哥哥约定要切磋武艺，但是……听人说，藏锋哥哥陪同姐姐去山谷里采药了……我心里……也是难过……"

　　沅宸思量着这话，虽有惊诧，却也耐不住药草茶的效力，沉沉睡去了。

　　这次的梦境里芳香四溢，云雾缭绕，有一只羽毛赤红的小雀停在桃树枝头，沅宸心中喜悦，正欲去探，小雀忽然褪去羽翼，摇身一变，成了人形。

　　"藏……藏锋哥哥？"沅宸万分惊讶。

　　藏锋对她轻笑道："沅宸妹妹，你连梦里都要念及我的名字吗？"

　　"我——你——可是……"沅宸支吾着，脸颊不由得绯红。

　　"是与不是，都不打紧，反正这里是梦。"藏锋折断一根桃树枝，挑出最艳丽的一朵桃花，戴到沅宸耳侧鬓上，柔声细语道："桃花艳红，适合沅宸的姿容。"

　　沅宸扭开脸去，想掩饰羞涩，忽然看到灵霁出现在藏锋身边。今日的灵霁难得地穿着女子装束，自打她入了军营后，便很少施粉黛、着女红了。这

般的灵霄实在让沅宸觉得久违又新鲜，再看她站在藏锋身侧，竟是面露女儿家羞意的。而她的耳鬓上，也戴着一朵桃花，与沅宸的一模一样。

沅宸见状，便摘掉了自己耳旁的桃花，长叹一声道："是藏锋哥哥愚钝，还是我与灵霄过于痴迷了呢？"

藏锋听不懂，沅宸痛苦地闭上眼："我既是长姐，便要保护好我的幼妹，免她伤心、免她难过。所以无论藏锋哥哥对沅宸是何等心意，我都不该再与你这般相见了。"

藏锋却失笑着说道："沅宸，你何必如此较真呢？这只不过是个梦罢了。"

"是啊。"沅宸喃喃地说着，"就像你与我，也只该是个梦罢了。"

待到隔日醒来，沅宸发现身旁的灵霄早已去晨练。可转头一看，枕上却散落着一朵桃花。就好像梦中景象都是真实发生过的一般不可思议。

天启二十六年。

南蜀国淮州军兵变，叛将率兵三十余万逼近驻扎在玄机城郊外的寂家军队，要求封地给其国。当朝皇帝自是不允，淮州军便屠杀城郊外的村野百姓。皇帝盛怒，命寂家派兵迎战。当时寂老将军正染风寒，不适出征，便命已过弱冠之龄的寂藏锋带领二十万兵马前去平定兵祸。

淮州军见希国只派出一少年与之洽谈，又见其兵马不如自己的多，反而嘲弄起希国人马不足、妇孺皆战。寂藏锋已在寂老将军的培养下文武惊人，加上为人忠厚，在将领之中也颇得人心。于是他联合军中老将，又在民间自行招兵买马，额外募集军队十二万，终于在年关将近时出征南蜀国，斩杀淮州叛将。

天启二十七年。

长达一年的平乱之战浩浩荡荡地拉开了帷幕，希、蜀两国在分界线处陈兵，不到半年时间，南蜀国淮州军便已覆没一半，损失惨重。这场在后世称之为"血洗南蜀淮州台破晓时"的著名战役便是由年轻的少将军寂藏锋带军奋战。那日天刚发白，星还未散尽，希国大军已排列整齐，寂藏锋骑在马上来回巡视，清点人数时告诫士兵们不可心慈，但不可杀孩童、孤老，并鼓舞军心。他拔出腰间的佩剑高举过头，眼神坚毅道："为我希国盛世、玄机城百姓而战！"

第七节

天启二十八年。

大获全胜的寂藏锋正带领余下的士兵返回玄机城。将士们打赢了仗，欢喜得很，皆是高声放歌，仿佛早已把战场上的屠戮与厮杀都抛到了九霄云外。

此时正值早冬时节，艳阳格外明丽，希国大军顺着淮州的大漠边缘往家乡走去。斜阳、老鸦与枯藤相衬，孤烟直上，长云婉转。

寂藏锋纵马在沙漠中行军，回头去望身后的军队，士兵们个个都是满面红光，精神亢奋。寂藏锋也止不住地露出了笑意，副将在这时喊他一声，他一转头，对方已经利落地把酒囊抛给了他。

一口烈酒饮下喉，寂藏锋感觉自己原本就还未得到平复的心情更加兴奋起来。副将打量这少年郎的凛冽眉目，起初，只觉他这般好容貌像极了十足的王孙公子，还担心他上了战场会不会吓得尿裤子。竟没想到这面相风流的公子打起仗来，居然也是一派狠辣绝情之色。

"少将军骁勇善战、胆识过人，又生得这副女儿家见了都要心里小鹿乱撞的英俊模样，整日带兵打仗，着实折煞良才美质，不如明日回了朝廷邀功，早早封了官位、娶妻生子才是要紧事啊！你们说对不对？"副将笑哈哈地打趣起来，惹得一群人都跟着起哄叫好。

寂藏锋只是笑着应付，却没作答。他骑马望天，心中遥遥所想：一别三年，虽有过书信，却难以表述心中思念。不知父亲身体可好，两位妹妹……不过，父亲也提及过两位妹妹平安无恙，但他总是会想念沉宸沏的药香茶，与灵霁舞动红缨枪的身姿……

思及此，藏锋心里更为激动。就要相见了，很快就会了。

隔日一早，玄机城城门大开，百姓们都相互告知着：寂家的少将军凯旋了！

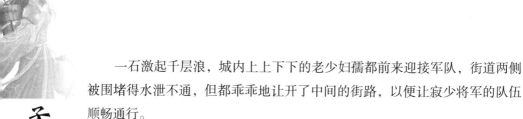

一石激起千层浪，城内上上下下的老少妇孺都前来迎接军队，街道两侧被围堵得水泄不通，但都乖乖地让开了中间的街路，以便让寂少将军的队伍顺畅通行。

而藏锋带兵走进城门没多久，便见到前来接应的城中守军了。只见浩浩荡荡的队伍前头，是一位骑着战马的妙龄女子。她身着一身赤红色铠甲，黑发挽成两个高低鬓束在脑后，发鬓上插着一支镶嵌金色玉石的笄，背上则背着一杆红缨枪，自然是神气又娇美。

藏锋眼睛一亮，怀疑似的唤出名字："灵霁？"

如今的灵霁已是带领守军的女将军，她跨下马背，恭敬地合拳对藏锋道："宁灵霁恭迎少将军归城！"

真的是灵霁，她已出落成娇俏少女，藏锋感慨之际自是十足欣喜。三年不曾相见，彼此面貌也都变化极大，与之相处起来，藏锋不免徒增生疏。

两人骑马并肩前往皇宫，自然是要先去面见朝中等候的皇帝与父亲。途中，藏锋忍不住问起："三年时光了，竟像是眨眼之间的事，沅宸妹妹近来可好？"

灵霁闻言，眼里含笑，虽然平淡，倒也算是十分婉转优美："沅宸姐姐已是父亲营中的军医，她接了廖军医的职，又同朝廷许多御医互相学习，得了皇后娘娘的亲自召见，偶尔也为嫔妃们诊治，自是盛名在望，十分舒坦。"

藏锋心中感慨，原来他的两个妹妹不仅仅都已长大成人，且各有成就，他在欣慰之余也有些许感伤，这三年来，他定是错过了许多有关沅宸和灵霁的精彩过往。

半炷香的工夫后，藏锋的车马在灵霁的引路下来到了富丽的皇宫。希国疆域广阔，在各国中占地面积最大。皇宫更是气派壮丽，过廊中挂满了螭龙纹的宫灯，廊后红木镂空的宫墙上皆是绘着各式各样的神话图。那些图案样样不同，海里有龙，鳞甲金光，蜷转圆弧，红白辉映。

藏锋同灵霁二人在文武百官的恭候下走进了空旷而庄重的正殿，皇帝与皇后早已盛装等候，众臣更是为英雄的现身而倾身行礼。这般架势着实浩荡铺展，藏锋跪下请安，皇帝免了他的礼，起身之时，藏锋看见身穿铠甲的父亲守在皇帝左侧，他望着藏锋的眼神充满了久违重逢的喜悦与深深的赞许。藏锋见到父亲，心中自然十分激动，忍不住露出了稚儿一般开心的笑容。可在皇帝面前，他又不敢放肆，只得赶快收起个人情绪低下头。可在这期间，他余光一瞥，落在了皇后身旁的少女身上。

那少女穿着云霞纹饰的官衣，容颜甚美，一双杏眼机敏清澈，全身上下都散发出天真烂漫的年轻的迷人气息。巧的是，少女正对着他热切微笑，眼睛里的光芒如同火苗那般炽热。

叱咤战场的藏锋居然感到羞怯起来，他有些不自在，慌忙移开视线，可又忍不住去看她，忽地发现她口型微动，在叫他"藏锋哥哥"。

藏锋恍然大悟，她竟是沉宸！

皇帝在这时开了尊口，道："寂少将军此次平定淮州凯旋，实在是希国荣耀！"他又拍了拍身侧寂老将军的肩膀，按道理说，藏锋是皇帝的外甥，皇帝这些年来也经常去看望寂府上下，对藏锋也格外厚爱，便更为亲昵一些道："藏锋，你如此年少英雄，寡人必定要重重赏你才行，来！传寡人的旨，今夜为少将军设宴！"

藏锋恭敬道："陛下英明，谢陛下隆恩！"

这边见过了皇帝，藏锋等人也要告退了。他刚刚走出大殿，便听到身后传来喊他的声音，转头一看，正是跑来的沉宸。她身上的轻纱裙摆随风舞动，一股旖旎的药草清香四散在风里，藏锋有那么一瞬间看得入迷，醒过神时已见沉宸凑近了他，他一慌，赶忙去迎，这一下子倒撞上了她，两个人撞了个满怀。

身旁有路过的宫女偷笑，沉宸与藏锋格外尴尬地松开彼此，可又不想这般拘谨，沉宸首先同他道："欢迎你回家，藏锋哥哥！你知道吗，城中百姓都在议论你的英勇事迹，如今你已是咱们希国的大英雄了！要说三年不见，你比出征的那天高了好多，都快要赶上父亲了，我险些没认出你来呢！"

你这般花容月貌，我才是险些……可藏锋不敢道出这话来，且毫不从容，退后一步与之保持距离道："是好久未见，你——也变了好多。"

沉宸眨巴了几下水灵的双眸，好笑道："藏锋哥哥怎么不叫我沉宸妹妹呢？莫非你不认识我了不成？"

藏锋的视线不知该落在哪里好，她的脸？不。她的手？也不可。藏锋备受煎熬一般地找了个借口："我还有军务需要处理，先告辞。"

沉宸倒也不把他的生分放在心上，点头应好。藏锋头也不回地转身离开，当即觉得松了一口气。余光看见灵霁正带队向偏殿走去，她腰间佩刀的

模样着实飒爽。藏锋转回头，竟也猜不透自己的心是怎么了，他惧怕自己内心的这种变化，就像是汹涌巨浪，不知会拍打向何处。

当天夜里，皇宫内的晚宴极尽奢华。

说起来，这时节本该是桂花婆娑、芳香如云，可天色却阴郁着，几点雨滴落下，砸在悬挂于红木檐的薄纱宫灯上，转瞬便晕染开了水迹。

皇宫内的殿堂里一派天上人间的歌舞升平，丝竹声靡靡，舞女们妖娆，自是一番盛世景象。数不清的王孙贵族受邀而来，都是为了庆祝寂少将军的胜利。正中央的高座之上坐着雍容华贵的帝与后，谈笑有加。

众人纷纷举杯，恭喜皇帝，恭喜寂老将军与少将军。台下舞女们舞起《霓裳羽衣曲》，配合着气氛挥洒水袖，舞得越发欢快。

坐在殿内左侧位置的藏锋正一边小酌青瓷杯中的佳酿，一边同身侧的寂老将军交谈。父亲告诉他，皇帝特意为他设宴也是另有原因的。要说藏锋已年过二十，应该婚配才是，如今打了胜仗归来，皇帝要钦点一个出身高贵、品色俱佳的好女子给他做妻子。

藏锋微微一怔，娶亲这等事他实在不曾想过。而同样心中震惊的，还有位置距离皇后最为接近的沉宸。而沉宸对面的桌子，则是坐着灵霏。

"赐婚？"沉宸望着皇后，喃喃地问道。

仪态端庄的皇后美艳绝伦，她云鬟峨峨，修眉联娟，戴金翠之步摇，皓腕玉白如瓷，见沉宸一脸呆滞，她便轻笑道："怎么，本宫方才没有同沉宸御医讲明白吗？"

沉宸仍旧很茫然，皇后继续道："你整日都陪在本宫身边，为本宫诊脉、调理，缓解了本宫多年来夜咳的顽疾，让哀家在漫漫长夜中也只会偶咳几声而已，再不会影响安睡了。当日问你要何赏赐，你说全凭本宫做主，只要是本宫赏赐的你都会喜欢。要说这平日里，你陪本宫聊天解闷时最常提起的就是你的那位藏锋哥哥了。"

沉宸竟一时无法辩驳，只听皇后再道："你这小女儿家家的心思，本宫又如何会不清楚呢？如今好了，他总算是征战归来，要想留住他，自然是要成家立室。你们二人郎才女貌，正好可以结为一对璧人，加之从小青梅竹马，虽为兄妹，却未有血缘，寂将军当初也保留了你们姐妹的姓氏，依旧姓宁，如此说来就没有什么避忌。彼此也情投意合，岂不两全其美？寂老将军似乎也有此意。而且本宫可是同皇帝说好了呢。"

如此这般，沉宸也终于听懂了，她难以置信地问道："皇后娘娘的意思是……要把我赐给藏锋哥哥？"

皇后会心一笑："本宫可懂御医的心思吧？"

沉宸还未作答，对面桌子那边便传来杯子摔落在地的声音。她循声望去，只见宫女们都在帮着灵霁整理地上的碎片，是灵霁跌落了手中的酒杯。宫女们小声劝慰道："将军，交给我们来吧，碎片锋利，莫要割破手指……"

灵霁却一声不吭，脸色煞白。

沉宸知道，灵霁一定听见了方才皇后与她的对话。望着灵霁，沉宸深知她只是看似冷漠，眼下的她，内心里必定无比震惊。

这三年，日日盼望藏锋归来的人不仅仅只有沉宸，还有灵霁。她总是会练武练到五更天。沉宸醒来时，就会看见她独自一人坐在房顶上望着远方出神。她的红色披风在刚刚泛白的天际之中显得格外醒目，一如她那秀美却冰冷的容颜。

雨天，晴天，雪天，乌云密布时，异常寒冷时，她总是小心翼翼地去张望藏锋住过的帐篷。她怕帐篷被风吹倒、怕帐篷被烈日暴晒，总是亲自去打扫那顶营帐，擦拭里面的兵器，说是怕下人们不小心弄坏了藏锋收藏的这些兵器。她努力做到不被其他人发现，却还是被沉宸看在了眼里。

当她练功结束后，她都会在他帐篷里的书桌上放上一枝娇艳的鲜花。过几日花儿枯萎了，再用新的更换掉旧的，三年如一日。

她睡在沉宸的身侧，偶尔也会在睡梦中担忧地喊出藏锋的名字。她不想伤到沉宸的心，所以嘴上从不提起任何有关藏锋的字眼。可是在藏锋快要归来的前夕，她偷偷地在练功的树上刻正字，她在盼着见到他，她盼了整整三年。

灵霁的心，很纯粹，很善良，很柔软。沉宸同样不想伤害到她。然而这突如其来的赐婚，不正是要剜灵霁的心吗？

所以，当微醺的皇帝突然站起身，命令丝竹与舞蹈都暂停之时，沉宸如梦初醒。皇帝看向藏锋，令其起身，又指着沉宸，放声笑道："寂藏锋，今日，寡人就将皇后的贴身御医宁沉宸赐婚给你了！你们自行商议明媒正娶之事。怎么，你们两人还不领旨谢恩？"

藏锋的眼神愕然，灵霁的脸色则是惨白如纸，唯有沉宸深吸了一口气，她捏紧了拳头，才使自己的手不颤抖。沉宸死咬住嘴唇，匆匆走到正殿中央

跪下，同皇帝与皇后道："陛下，娘娘，恕微臣斗胆一句，微臣无心嫁娶，只想一心侍奉在娘娘身侧，还请陛下收回成命！"

寂老将军"哗"地站起身，试图阻止："宸儿，休得放肆！"

沉宸铁了心般地继续道："陛下圣明，微臣心中十分感谢陛下与娘娘，可微臣不能嫁给寂藏锋。其实，一直以来，微臣都同娘娘讲过自己非常想要去东陵国的药王山谷学习医术。其中原因陛下也必定知晓，娘娘夜里总咳，实为体中有寒、肺气微弱，微臣听闻东陵国的药王有治愈体寒与肺气之策，且药到病除。目前微臣只是暂时抑制了寒气作乱，此乃治标，并非治本，待寒冬来袭，恐又将复咳。微臣借着当下机会，恳求陛下同意微臣前往东陵国，待微臣学成而归，定为娘娘解除烦忧！更何况，天下学医之人，谁人不想前往药王谷求学？然而东陵国一向只收本国优秀的世家子弟，对其余国家前去求学者有诸多要求，其中最难的就是要有推荐信，其每年只收一名他国弟子，并且只允许学习一年。若是没有御医所的推荐信函，就算再有心求学也会被拒之门外。微臣斗胆恳请皇上与皇后娘娘命御医所为沉宸写一封推荐信，沉宸定当珍惜此次机会，精研医术。"

皇帝闻言，犹豫起来，他着实知道皇后身体的此等症状，也一直很担忧。可天子赐婚，岂有收回的道理？这朝廷上下都在场，怎可儿戏对待？

皇后看见皇帝脸上的无奈之色，且要顾及众人，便为其解围道："陛下，臣妾有一策。"

皇帝允了，皇后提议道："沉宸自当是为臣妾考量，臣妾也很感动，且这些年来她一直尽忠职守地照顾臣妾的身体，再没有比她更了解臣妾体质的人了。其实臣妾也很不希望她离开，可若真的能治好臣妾的顽疾，臣妾也会十分欢喜。不如，暂且应了她，允她去提升医术，待到回来之际再谈赐婚一事也未尝不可。"

皇帝想了想："这倒是个法子。寂老将军果然教女有方，一位精研医术、一位巾帼不让须眉，都不是等闲女儿家。好，既然如此，那此事便由皇后做主吧。"

"谢皇上。"皇后望向沉宸，拂袖，命其起身，"好了，你且交代好其余事项，同御医所做好报备后，就去东陵国求学吧。"

沉宸如释重负，感激地叩谢："谢陛下，谢娘娘，陛下万福金安，娘娘千岁安康。"待她起身，回头看见满堂喧哗中，藏锋一直在凝视着她。

晕黄宫灯下的他乌发如墨，肌肤泛着古铜色，如画似云般的眉目俊朗至极，又有一副与生俱来的富贵英姿，让他显得格外脱俗。

彼此凝望片刻，谁也看不透对方的心思。最终，是藏锋先移开了视线，沉宸心中那一份沉甸甸的爱恋，也随之一同坠落了。仿若，会坠向尸骨无存的万丈深渊。

第二日一早，沉宸先去向廖老军医辞行。老军医听说她要去药王谷一年，竟显得有些不愉快，嘴里嘟嘟囔囔地说着些什么，沉宸一句也没听清。最终，老军医只得语重心长地对她说了一句："沉宸，你要记住一句话，情深不寿，慧极必伤。为师也没什么可送你的，也给你写了封推荐信，记得亲手交给药王即可，你且……多加珍重吧。"沉宸怔怔地看着师父，原来这世间竟是师父这么懂她。

她低下头去，不想让师父看见她止不住的泪水，默默地接过信，行了个大礼就出了营帐。

七天后，沉宸已经收拾好了行囊，决心起身。临行前一晚，寂老将军在军营里找了府上的厨子来，做了些好菜，要送送沉宸。副将醉醺醺地喊来了两名士兵，一同陪着自己和寂老将军饮酒。几杯酒下去，士兵们竟借着酒兴作起诗来。寂老将军赞其好诗，大家都觉得很高兴，众人猜拳饮酒，笑声满堂。可是喝着喝着，士兵们便哭个不停，他们舍不得沉宸走，念着大小姐这些年来为营中伤兵治病，又为伤兵的全家老小治病，实在是没有功劳也有苦劳。往后大小姐走了，还有哪个军医会用那么温柔的声音和纤手来安抚大家的痛楚？

寂老将军也舍不得女儿，可他又责骂士兵们说胡话，沉宸又不是不回来，一个年头而已！转眼就过去了！

直到月色洒满营帐，薄纱罩灯盏盏点亮，众人已经醉成泥，皆是东倒西歪地躺在长椅上。

沉宸喝的酒要比大家少许多，她还能够保持清醒，便坐到窗边，闭上眼睛，享受夜风拂面。

"姐，夜晚风凉。"灵霁将一件衣衫披在她的肩上。

沉宸睁开眼，转头同她道："灵霁，你今晚都没怎么说过话？"

灵霁点头道："我不知道说什么好，姐姐是知道的，我向来言语笨拙，

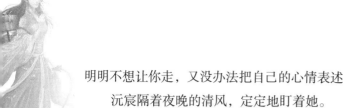

明明不想让你走，又没办法把自己的心情表述清楚，更怕弄巧成拙。"

沅宸隔着夜晚的清风，定定地盯着她。

在沅宸看来，灵霁那一双藏着哀色的眼眸，载着些许忧愁色泽。直到灵霁从容平淡的声音再次于沅宸耳畔响起："藏锋哥哥他……他应该来送送你的，毕竟你马上就要启程了。"

沅宸却并不介意似的，只是握起了灵霁的手，同她柔声道："灵霁，你还记得我们的从前吗？每次你有桂花糕，都会先拿来给我吃。"

灵霁回忆说："记得，每次姐姐也总会分我一半。"

沅宸略有动容："书中有云：泉涸，鱼相与处于陆，相呴以湿，相濡以沫。你我曾一同在困难的处境里，用微薄的力量互相帮助、互相扶持，在宁城战乱的那段恐怖时光里，正是因为有你在，我才得以获得生存下去的力量和信念。我当时虽觉得爹娘已死，但我还有个妹妹，一个需要我去呵护与保护的妹妹。当我们躲避坏人时，我摔伤了脚，疼得站不起来，更不能移动时，是你一路搀扶着我寻找藏身之处。我们相互依偎在四处漏风的破庙之中避难，那夜你看我睡着，便偷偷溜去外面，找些别人抛出的菜叶和发霉的馒头给我吃，我永远都忘不了。是因为你分给我水、食物与笑容，我才能够存活下来。"

灵霁的眼眶微微泛红，她紧紧地握住沅宸的手，颤抖着抿起了嘴唇。

沅宸继续说道："可，相濡以沫，不如相忘于江湖。与其誉尧而非桀也，不如两忘而化其道。你我太过于在乎彼此，如此下去谁也无法放下执念了。如若不放下，又该如何开始崭新的明天呢？又该如何去迎接新的一切呢？"

"姐姐……"

"我曾梦见过一个小道童。最初我并不明白自己为何会做那样的梦。如今我似乎稍微懂得了一些，如果我能变成他，或者我努力变成他，也必定会做同他一样的决定吧。"沅宸抬起手，轻轻擦掉灵霁流下的泪水，安慰着她："你我固然姐妹情深，也莫要为此而葬送自己的心意啊。灵霁，姐姐此行，你不要自责，你要做的，是勇敢地去面对自己的心。"

灵霁泪流不止，她只是用力地握着沅宸的手，却始终没有再言语。

夜风袭人，二女情深。

沅宸连夜离开了希国，在走出城门时，她鬼使神差地回过头去，果然看见藏锋站在城门上，正目送她离去的背影。

沅宸顿时心痛如绞，却狠心地不再去看，背过头去继续前行。她那副样子，仿佛已是毅然决然地要同过去做个了断一般。快乐的、悲伤的、喜悦的、痛苦的，哪怕还有那么多的美好……统统都会成为虚幻，一如她当年初次见到他那般。

　　怕是一场旧梦了。

　　迎面袭来夜风，吹散她的思绪，沅宸抬起眼，那已是极为坚定的眼神了。

第八节

那些前世的回忆在孟婆的脑子里缓缓地流淌着，当年，自己就是那样离开了希国，前往东陵国。

此时，正独自站在茅屋外的孟婆抬起眼，打量着周身景象——这里是希国国土，脚下的一切都是希国的土地，这一草，一木，一滴雨珠，一块石头，就连曾经的她自己，都属于希国。

如今过去这么些年，皇帝已换了，可寂家的族谱里，却不再新人辈出了。

孟婆本该纯真的眼眸早已历经了沧桑，见惯了人心变幻、生离死别，她亦是宁沉宸，也早已不是宁沉宸。而再过一个月，就会到十月十五下元节。那一天水官解厄，为人解除厄运、危难，可以还受生债，祭祀水神，祈求好运，是个人鬼共济的日子。

孟婆忽然想起以前在冥府时，与牛头马面、林冉冉等人一起度过此节。下元节当天，水府之门大开，众鬼会随着水官大帝来到人间。东海龙宫里的龙王也会亲自带队，虾兵蟹将会一同看管鬼众，以免他们在人间闹事。正如诗里所说：

> 琳宫朝谒早追趋，漏尽铜壶杀点初。
> 半缕碧云横界月，一规银镜裂成梳。
> 自拈沉水祈天寿，散作非烟满玉虚。
> 已被新寒欺病骨，柳荫偏隔日光疏。

所以下元节这天是一个祭祀神灵、祈禳灾邪、祈求丰收的农祀好节日。傍晚时分，各家各户都要在田头祭水神，祈求在干燥的冬季庄稼地滋润，农作物平安过冬。祭祀时，摆上供品，将香一根根插在田埂上，以示虔诚。

曾经在寂将军家时，寂夫人会带领兄长们与沉宸和灵霁一同来过下元节。她会亲自准备"豆泥骨朵"给大家吃。所谓"豆泥"是红小豆做的豆沙馅儿，"豆泥骨朵"便是豆沙包子了。到了冥府，成为孟婆之后，她有一阵子很少同鬼众打交道，只顾着钻研熬孟婆汤。后来，渐渐开始和牛头马面建立起了同伴友谊，而牛头马面也总会在下元节那天给她带来人间的豆泥骨朵……

　　想到这里，孟婆不禁露出了一丝丝微笑。她回想在冥府的那些时日，她总会窥探林冉冉手中的吃食，明明是一样的豆沙包，偏偏觉得林冉冉拿着的格外好吃。尽管林冉冉本身也是个贪吃鬼，可她每次都受不了孟婆那真切诚恳的眼神，会主动把豆沙包，又或者是小点心送给孟婆。总之林冉冉在贪嘴这一块是不得不败给孟婆的。身为冥府武艺高超的女将军，能让她乖乖交出手中食物的，估计只有孟婆一人。

　　就连冥帝和墨都很吃惊于林冉冉对孟婆的"顺从"，毕竟冥府之中，还没有谁能够奈何得了"嚣张跋扈"的林冉冉，即便是冥帝，也是不能的。

　　林冉冉自从送走了上一任孟婆桑黛之后，很长一段时间都心中郁闷，就像女儿家没了知心闺蜜一般，她总不能事事都和牛头马面还有黑白无常去说吧。到后来冥帝和墨说找到了新任的孟婆，她第一时间就冲进大殿去看，顾不得手上还拿着个芝麻丸子。新孟婆转头与她互视的一瞬间，她就觉得莫名喜欢，看那模样，心觉这新任的孟婆是个热心肠且颇为活泼的人儿。特别是她看着自己手上的芝麻丸子两眼放光的时候，她觉得自己又找到知音了。于是也没等冥帝和墨介绍，自己就上前来了一番自我介绍，顺手把芝麻丸子递给了新任的孟婆。这新任的孟婆客气了两句，介绍了自己的名讳后，就接过芝麻丸子自顾自地吃了起来，一边吃还一边说："这丸子实在好味道，比老字号千甜居的都要好吃。"不一会儿，两个人便热络地聊了起来，完全无视了一旁的冥帝和墨……

　　若是要管制她们，冥帝自然不是不能，而是不愿。孟婆总会这么想。她也曾多次揣摩过冥帝的心思，最终都无果。冥帝始终是冥帝，没人能知道他在想什么。在那副翩翩出尘、云淡风轻的模样之下，必定是千百年来的通透与脱俗，所以孟婆很尊敬他，虽然也有点怕他。

　　冥帝在与她交谈之时，曾对她说过："我送走了这么多的孟婆，她们也会转世，也会轮回，虽然不能说你是最特别的，可你的确很不同。"

第八节

不同在何处？

"你的孟婆汤里有药香。"

孟婆汤不应该就是一碗药吗？了却前尘、不念过往。既是药，便不可有香吗？

"自然可以有香，可如若是药的话，究竟是救鬼的药，还是会害鬼的药呢？"

投胎轮回的药，定是救他们的药。

和墨的笑意却十分淡然，像是早已看穿了所有，只道："既是如此，这般香的药，你自己不想喝一碗吗？"

也好了却前尘，不念过往。

孟婆每次都回答不出。她不知道自己将来是否会投胎，如若投胎，又会出现新的孟婆吗？如若投胎，她还会再成为孟婆吗？到那个时候，牛头马面还会认出她吗？林冉冉还会再把食物分给她吃吗？这一世的孟婆，还会将记忆保存到下一世吗？

孟婆也会因喝掉自己熬制出的孟婆汤而忘记一切吗？

她没有答案，也许除了和墨，没人能给她答案。又或者她明明知道答案，却始终不愿意去触碰，也不愿意去做罢了。

思及此，孟婆深深地吐出一口气，她的思绪再一次飘向了自己的前世，当她还是宁沉宸的时候。

天启二十九年。

东陵国城郊。

说起东陵国，是一个山清水秀、人杰地灵的世外桃源。正如《山海经》里所记载的白民国那般——有乘黄，状若狐，背上有角。乘之，寿三千年。白民国在龙鱼北，白发被身。有乘黄，其状如狐，其背上有角，乘之寿二千岁。而东陵国的人们也如同白民国那般，的确个个肤白胜雪，美人居多，犹如天仙。国中又衍生出各大教派，倡导各类学术、道术与医术。相比南蜀国的帝王暴政，东陵国虽与其接壤，却从不愿大张旗鼓地训练军队，也不会刻意调整百姓税收。他们主张"天道"，所以国家发展繁荣，四季如春，唯一美中不足的大概就是雨露繁多。

临近傍晚，天色阴郁，不久便下起了急雨，繁茂的山林树枝被雨水浇打得摇摇欲坠，天地间一片混沌的暗色。

沉宸正仓皇地奔走在泥泞的山路上，她的头顶没有避雨的伞，鞋子掉了一只，罩在衣衫外的蓑衣也是破旧不堪。

她还在加紧赶路，绕过山脚，有一家小客栈。她踩着泥水推门而进，客栈里竟坐满了人，纷纷闻声来看她。见是个模样狼狈的外乡来客，也不惊讶。店小二招呼她坐下，又给她倒了茶水，沉宸道了谢，却没有喝那茶。她脱掉了鞋子，将积水倒出去，期间听到后面那桌人的闲谈。

"此话当真？竟有人胆敢偷了尹县丞家的生肌散？"

"这还能有假？我胞弟是县丞家里做事的，前天晚上便带着不少人去追那小贼了，据说是外乡来的，他们哪能让小贼逃掉。"

"那可是县丞家里的传家秘药，据说三年才能制出一小瓶来，是治烫伤烫疤的神药。"末了又压低声音窃窃道，"就是因为这药总是高价卖，县丞家里才那般锦衣玉食。"

"这话可不能乱讲啊……"

"就别装糊涂了，东陵国内谁人不知天价的生肌散可医治最严重的烧伤，听说那小贼是偷了药去医治一群遗孤，都是被前几天那场大火烧伤了的。"

生肌散，小贼。

这几个字滑进沉宸的耳里，她不自觉地抿紧了嘴唇。那几个人还在议论纷纷，笑着要是被县丞抓到那小贼，不是将其乱棍打死就是要把皮扒掉。然而沉宸本人听着，却觉得极为讽刺。她端起茶碗，抿了一口，茶已凉，她起身走出客栈，望着夜幕之中的厚重雨帘，沉宸不再犹豫，义无反顾地走了进去。

正如旁人所道那般，"偷"了生肌散的"小贼"的确是用那药去医治了一群惨遭烧伤的遗孤，而那"小贼"，正是沉宸。她也是被逼无奈才出此下策，在刚来到东陵的时候，她首先踏进的是边境上的绥鞍县。那县丞的家门口围满了老弱妇孺，身上皆有烧伤。

据说是前几日县丞以极低廉的工钱让一些老弱妇孺们去帮忙烧自家的荒山，以便开出新的耕地来种植庄稼。但是那日忽起东风，火势迅猛，浓烟弥漫，顷刻之间便烧着了大半个山头，而在山上的百姓们有些躲避不及时，被大火灼伤了。县丞说是给了他们工钱的，这大火无眼，自己没跑掉被烧伤了那是自个的事情。至于补偿嘛，无非是每人几个铜钱。之后县丞便不耐烦地

将其打发走了。

县丞家有一味专门治疗烧伤的生肌散，其药见效极快，可以去腐生肌。于是百姓们就想去讨要一点来用，谁料县丞家的管家说，此药珍贵异常，价格不菲，只能卖不能赠。可一群穷人哪里买得起昂贵的药品？

于是他们整日聚到县丞家门前哭诉、哀求，其中还有一群失去父母的战时孤儿，可怜不已。沉宸自然是见不惯这种事，才会义无反顾地偷偷潜进县丞家，偷出生肌散来给患者们治伤。

她也知道自己的所作所为欠些妥当，但她把身上的全部银两都留在了县丞家里，是那县丞胃口太大，又得了便宜还卖乖，收下了她的银两，却还在派人追她下落。世间当真是何等嘴脸的人都存在，竟不怕生时做下孽障，死后加倍偿还吗？寂夫人从前总去道观里上香，也总会叮嘱沉宸和灵霁要多行善事，多积累阴德，人的福气全是靠德在支撑，所以才有福德一说。若是德不配位，必有余殃。而这阴德就是做了好事无须留名，也不必求回报。所以眼下，沉宸只觉得晦气得很，明明自己做了好事，银两也放下了，却还落得被官衙说是贼人。这都还没找到药王山谷，偏偏遭遇这般倒霉事。

待到天色蒙蒙亮，沉宸已经走到了绥鞍县城关。沉宸本以为可以出城了，却远远望到城关处站着县丞家的人。他们三三两两地站成一簇，同守城的官兵交头接耳，模样傲慢而又可憎。好一个守株待兔，沉宸心知是走不出城门了。她转眼望向身后的山峦，想着如若是绕行的话，估计还没走到半山腰，就要饿死在山中了。

就在沉宸一筹莫展之际，忽然发现不远处停着两辆马车。马车无人看守，连车夫都不在。沉宸细细打量着四匹雄壮的骏马，再看马车侧面绘的图，是八仙过海，且涂着金漆，有趣的是后面绘着一座云雾缭绕的山谷和一株草药，如此工艺精良的马车应该是个大户人家的。

沉宸张望四周，并没有看见其他人接近马车，于是她思虑片刻，终于下了决定。

一炷香的工夫，两名衣着不俗的女子来到马车旁，埋怨起刚刚如厕回来的车夫道："夏天，你不守着马车，又去哪里了？"

车夫夏天讪笑道："流澜姑娘，人有三急嘛。"

流澜还想再数落几句，一转眼看到长兄走来，她忙问道："长兄，趁着晌午未至，我们是不是应该尽快出城？师父交代过，今日之前必须返回了。"

"知道了。"他说罢，便踏上马车，刚一掀开马车的帘子，他突然怔住。

流澜见状，赶忙问道："长兄怎么了？莫不是车内进了老鼠什么的脏东西？"

"老鼠嘛……倒说不上。"他沉吟片刻，放下车帘，对流澜道："没什么，流澜，启程吧。"

流澜应允，同女伴走上另一辆马车，吩咐夏天出城，夏天一鞭子抽在马背上，车轮便慢悠悠地滚动起来。

坐在车内的沉宸终于松下一口气，然而，她仍旧心跳如鼓，小心翼翼地侧眼去看身旁的人。他正托着腮，拿了卷书来看。沉宸见他衣衫玉白，袖口上绣的青云纹里藏着金线，腰间的紫色玉佩更是价值连城。可他头上戴着帷帽，皂纱又遮住了脸，沉宸看不清他的模样。只觉得他的玉白衣衫给人一股拒人于千里之外的冷漠，清雅自是清雅，但又如同寒冰。

且他对她竟没有任何问话，更是让她心绪不宁。

"我……"沉宸斟酌着开口，欲言又止。

他看也不看她，只盯着书，低垂着眼帘道："姑娘要去何处？"

沉宸吃了一惊，没想到自己打扮成男子模样，却被他一眼瞧出了真身。

"公子，我为逃难才出此下策，实在是不得已才偷偷潜入这辆马车。如若方便，还请公子送我去药王山谷……"她话还未说完，车外却传来了争辩声。

是流澜与守城的士兵。县丞的人唆使士兵去对马车进行搜查，以免有可疑人士混出城外。流澜不准，冷声道着我家长兄的马车也是你等凡夫俗子配查的？县丞的人便开始蛮横不讲理起来，作势就要掀开车帘。车内的沉宸有些不安，她在想着该如何应对，而她的举止与神情，皆被身侧公子看在了眼里。

马车的帘子被掀开，县丞的手下与守城的士兵立即望去，只见掀起车帘的是一位头戴帷帽的公子，他同守城士兵的头领道："各位将士，马车内的确只有我一人，如若不信，大可随意搜查。但若是没有查到你们想要找的人，各位也必须给我一个清清楚楚的交代。"

县丞的手下个个虎背熊腰，断不会因眼前这位高雅孱弱的公子的几句话而丢了士气，便啐了一口，趾高气扬道："你这后生，在我等面前也敢出此狂言？你可知我等是何人？"随即，壮汉拿出一幅画像，脸红气粗地吼道："我等是这绥鞍县丞家当差的，奉命在此捉拿画中小贼，你等无名小卒胆敢

误了我等差事，县丞老爷拿你们是问！"

那公子打量着壮汉手中的画像，是位十七八岁的妙龄女子。她有一张美艳明丽的脸孔，桃花眼极为灵气，鼻梁高挺，红唇丰润，嘴角含笑，纤细颈子的弧度像极了仙鹤。

他凝视了一会儿，然后低垂下眼，仿佛能感觉到车内之人的担忧，便拿出了腰间的紫色玉佩，示意领头将领，道："见玉如见人，开城门。"

领头将领盯着那玉，是块紫色的玉，玉身打磨得极为平整，夹着淡青色的水波纹，甚是名贵。而玉的中间刻着一个"衷"字。

领头将领顿时醒悟，公子顺势告诫道："不要造成麻烦，只需放我们出城即可。"

领头将领点点头，赶忙吩咐打开城门。县丞的手下还搞不清楚状况，马车已经缓缓地驶出城去。

其中一名壮汉不满道："刘将领，你、你这……我们不是说好的吗？要盘查所有人，你怎么就这么放他们走了？万一那车上……"

刘姓的领头将领斥责他道："查查查，真是昏头了，那车里怎么会有你要的人？你可知世间能用'衷'字的是何人吗？"

壮汉挠挠头："我这大老粗，又不识字。刘将领，你说的那个'衷'字有什么了不起的？难不成只准一人用得？"

刘将领惊魂未定似的舒出一口气，似是喃喃自语道："也是我眼拙，这马车明明就是药王山谷的装饰图纹，而车上那位自然是药王山谷师尊的大弟子了……"

壮汉吃惊，遥望那辆已经驶远的马车，已然是惊得说不出话来。药王师尊的大弟子？刚刚那个清秀的小公子是大名鼎鼎的药王山谷的人？

出了城，一切归于平静，马车依旧稳步前行，他低声问她："他们为什么要抓你？"

沉宸惊觉他识破了自己身份，毕竟此时的她如此狼狈不堪，俨然不似那画像……不过她内心里佩服他的敏锐，也感激他救了自己，却仍旧不愿道出实情，只轻声说："我并不是偷了县丞家的生肌散，不过是……看不惯他们像土皇帝一般在百姓头上横行霸道罢了。众生平等，向来没有贵贱之分，他本就用极其低廉的工钱雇用老弱病残去给他做事，百姓明明在做事的过程中受伤了，他竟然不闻不问，任他们伤口溃烂，我只是想救那些被烧伤的老弱妇孺而已。"

"姑娘侠女心肠，莫非是想做个惩奸除恶的英雄？"

沅宸却道："哪里有什么侠女，救死扶伤乃医者本性，绝非想逞英雄！"说罢，沅宸激动地拿出装有少许生肌散的药瓶同他理论起来："就这样小的一个瓶子，里面的药都不够救三个人，他们竟要三两银子，还说药材稀少贵重。我仔细辨别了一下，这里面除了一味蟾酥稍微贵点，其他都是寻常的料，只是前人的药方配得好罢了。我再去库房一看，那里居然囤着满满两大箱子的药，光天化日之下，我竟不知救人之药何时成为发财之道了？"

帷帽下的人似乎笑出了声，沅宸更不懂了，她的话哪里好笑了？片刻后，他同她道："再过半个时辰就会到达药王山谷口，到时你便下车去吧。"

他的语调虽清冷，可话语却是温暖的，让沅宸不禁十分感激，谢道："公子的大恩大德，我沅宸日后定会相报！"

"不必计较这些，举手之劳罢了。"

那之后的半个时辰，沅宸差点就打盹睡着了，他唤醒她，叮嘱道："沅宸姑娘，有缘再会了，保重。"接着，他叫停了马车，沅宸赶快恢复神智，掀开车帘走了下去。

驾车的夏天吓了一跳，竟不承想车内真的藏着一个人。可又不敢多问，只得偷偷观察。只见长兄喊来流澜，要她交给沅宸一些银两与糕点、水。流澜虽疑惑，却也乖乖照办。

临走时，沅宸来不及问他叫什么名字，只记得他腰间的那块漂亮的紫色玉佩。她眼睁睁地看着马车顺着山路朝山腰处驶去，当她把脖子仰得很高时，才发现眼前这片翠绿的山峦就是她要前往的药王山谷。

在山顶处，依稀可以看见有一座高耸入云的楼阁，四周环绕着寥寥雾气，如同仙人故居。早在很久以前，沅宸就听师父廖军医同她描述过药王山谷："山谷水潭，飞天可见，翠山碧海，白鹭城邸，有金有兽有奇药，有银有林有美人。"师父又说药王山谷从《山海经》成书时期就被记载过，书里写过药王是天尊般的人物，地之所载，六合之间，四海之内，照之以日月，经之以星辰，纪之以四时，要之以太岁，神灵所生，其物异形，或夭或寿，唯圣人能通其道。

药王是圣人，能从他的山谷里学医得道，那是所有医者毕生的心愿。所以在听闻沅宸决心前往东陵国学医为皇后治疗顽疾时，希国的诸位名医都

为她写了推荐信，其中不乏当过药王弟子的老名医，他们皆愿助沅宸一臂之力。

沅宸怀揣着那些珍贵的推荐信件，爬上了一眼望不到尽头的通向药王山谷白鹭城的蜿蜒长梯。

爬了不知道几个时辰，沅宸已经累得满头大汗，坐下来歇口气，抬头看见天边已经浮现了夕阳余晖。她不禁怀念起过去，自己也曾这样和寂夫人与兄长们登梯去道观。那时的寂老将军一家五口人是何等和谐，不料一场瘟疫，竟然硬生生夺走了四条性命，思及往事，她不由得低声喟叹，斯人已逝去，唯留寂老将军一人孤身于世，心中不免感伤。此次既然阴差阳错来了药王山谷，定要好好学习才是，也算告慰天上的亲人们。于是，她收敛了神色继续爬去。再一转头，见石阶处的小树上挂着红穗风铃，穗子上系着一个签，上面写着三个字：善士者。

第九节

沉宸不大明白这"善士者"究竟为何意，但她只管继续爬，一直爬到看见第二个红穗风铃上签写着"善战者"，而那时天色都已经黑了下来，沉宸的嘴唇因缺水而开始发白。那位公子赠予她的食物与水都已吃光，如若没有他的馈赠，她怕是早就支撑不住了。

可这脚下的阶梯又高又密，好像永远都走不到尽头。沉宸的脚步越来越慢，行动越来越迟缓，最终，她筋疲力尽地累倒了。

幽幽山林中，有座小殿堂在石阶的左侧地带里隐约浮现而出。

殿堂散发出微弱的晕黄光亮，那殿堂外竟有莲池、长桥，还有身穿玉白色单衣的女弟子们排列着整齐的队伍。一、二、三、四……五名女弟子走在结构别致优雅并散发着璀璨光华的弯弯石桥上。石桥下方铺满了洁白的鹅卵石，如同一面镜子，鹅卵石路面之下便是波光粼粼的碧海。女弟子们走下石桥，手里提着写有"白鹭"二字的橙色灯笼，踏着鹅卵石的路面一直走到与石阶的衔接处这边。

她们将灯笼轻放在石阶上，立即发现了倒在阶梯上的沉宸，其中一名女弟子低呼道："呀，是个女子，定是要去见师父的，真是难得她来到了这里，很多像她这个年纪的小姑娘在爬过一千级阶梯后就都打道回府了。"

"怎么了？"这时身后传来一个温柔似水的动听声音。

女弟子们立刻恭敬地俯身行礼，对缓缓走过来的衣着华丽之人低头道："回药姑，这里有位想要入门的姑娘昏倒了。"

药姑是药王的侄女，她闻言走过来，弯下身子靠近沉宸的身体，高贵的裙摆如同月光一般散落满地。

"她定是累坏了。"药姑伸出白皙的手拿过沉宸一直攥着的推荐信，然后对女弟子们说道："先带她回我的住处，我这就去秉明药王。"灯光下，她有

着一张不可方物的脸，高雅、骄傲，是副倾国倾城的容颜。

待到沅宸醒来时，已经是隔日清晨时分了。她疲乏且困惑地直起身形，发现自己身上的破衣衫都已经被换掉了，穿着的是如雾如云的玉白单衣。她张望四周，急切地想要确定自己身处何方。四溢着清冷馨香的偌大房间里，海底一般深蓝色的水光在纸窗上闪烁着粼粼波光，映在沅宸的脸颊上，流动着璀璨光泽。

"哗啦——"细碎的声音传进耳里，有人撩开珠玉帘，走了进来。是一位高贵美丽的年轻女子。她有一双漂亮的眼睛，如同吸尽了世间一切绝伦的色彩。

"你终于醒了。"她对沅宸轻声道，语气虽冷傲，可却十分动听："我是白凝，是药王的侄女，世人都会尊称我一声药姑。"

她是药王的侄女？是药姑？沅宸万分惊讶道："那这里难道是……"

"自然是药王山谷了。"白凝立即拍了两声手，有女弟子前来，白凝同她道："你去传话药王，就说这位求师的姑娘醒了，我们等下就去问候他。"

女弟子躬身回道："是，药姑。"

白凝又对沅宸道："这位姑娘，你既然已醒，就随我去见药王吧，历经万难来到这里，你不正是为了见他吗？"

沅宸一听这话，立即兴奋地起身。两人穿过殿堂，踏上一座通天似的拱桥，却只走了不到半炷香的工夫，沅宸就看到白凝向她示意。她面前的白鹭城城门，巍峨壮观，阁楼矗立，高耸入云。沅宸仰头去望也望不到楼顶，只觉这是一幢华丽圣洁的建筑，而赤红色的城门两旁，坐落着玄鸟石像，那是药王的信使。

"随来我吧。"白凝侧过身，城门大开，她带着沅宸走进了异域世界般的白鹭城。

这里好似蓬莱仙境——翠绿山林里悬挂着瀑布，海棠树的花朵开成了云，还有交织成云朵般的血色藤蔓缠绕在上空，结满了红玉珠子。沅宸走在下面，一颗珠子掉下来砸中她的头，转而化成了袅袅烟雾，消散了。

白凝见她困惑，对她解释道："那是血蔓草，渐渐地生长成了藤蔓，结满了血色珠玉，如果气温高的话就会蒸发，是一种由药王亲自研究出的药材，非常珍贵。"

沅宸随着点头，但有一点她不明白，赶忙问道："药姑，我来此之前见到白鹭城高耸入云，而我爬阶梯到见到写着'善战者'时就已不省人事，可那之上的阶梯还是数不尽的，白鹭城又是在阶梯尽头，所以我们是如何这么快就来到此城的？"

白凝笑她痴钝："谁人告诉你一定要爬到尽头才能到达白鹭城？对于你们这些外人来说倒确是如此，可我们是城中弟子，早已通过了药王的考验，所以知道其他直接通往白鹭城的捷径。否则每日登高，肉体凡身，岂不是要累折了双腿？"

沉宸还是不太懂，然而，眼下面见药王才是要紧事。不久后，她们二人就来到了白鹭城的正殿，这扇殿门是金色的，并无人把守，药王山谷是学医圣地，自然也主张自然规律，一切都无须繁多礼数。一直到了内殿才见到了两名与沉宸同样穿着玉白衣衫的小少年。他们皆是束发为髻，眉目清秀，见到白凝尊称药姑，并说药王已在殿内，请药姑自便。

白凝便示意沉宸跟着他们进内殿去。

按照药王山谷惯例，想要入门拜药王为师，必须经历天梯，共计六千六百六十六级阶梯。而沉宸已经来到了写有"善战者"的整七千阶，她的确诚心，药王也从白凝那边拿到了沉宸携带的多封推荐信，自然是决定将沉宸纳入门下了。从沉宸换上玉白衣衫的那一刻开始，她其实就已经是药王的徒儿了。按照阶级排名，药王的徒弟们都是有自身标志的。最初级的衣襟上会镶嵌着青丝纹，就像沉宸现在身着的这件。

空旷的殿内有一处高起的观云台，药王正坐在台前喝着茶。他见沉宸被带来了，便起身问她道："你是廖道医的徒儿吧？"

沉宸打量着眼前的药王，只见他面如冠玉，黑发如墨，容颜十分年轻，可又目光如炬，仿若历尽了世间沧桑，实在是有些奇妙的融合感。本以为药王会是一位满头花白的老者，没承想竟是这般正值壮年。沉宸乖乖地点头，忍不住问："难不成药王认识我师父？"

药王似乎回忆起了往事，很感慨地道："想当年他比你还要年岁小些，恰好我们又年岁相当，在终南山偶遇，两人相谈甚欢，后来还曾经一同作伴四处游历，不想已经过了几十载了。正巧，你的那些推荐信首封便是出自他笔，他让我多关照些你，也道明他就你这么一个爱徒。见到他的字迹，让我想起了年少时的许多回忆。"

沉宸目瞪口呆，自己的老师父竟然和眼前这位青年人年岁相当？那药王

如今究竟多大年岁了？为何会童颜永驻、青春长存？

药王看向沉宸，眼里含笑道："我知道你在想什么，每个人在见到我时都会像你这样想。在这白鹭城中久了，你会明白皮囊终究不过是你我魂魄的载体。"

沉宸思虑着他的这番话，双眼一亮，十分机灵地接话道："药王，我也曾在书上看过这样一个故事，庖丁为文惠君解牛，手之所触，肩之所倚，足之所履，膝之所踦，砉然向然，奏刀騞然，莫不中音，合于桑林之舞，乃中经首之会。徒儿也同他一样，自幼所喜好的便是摸索事物的规律。我十二岁起学医，一直跟随着我原来的师父廖军医行走军营，他教会了我许多医术，是我学医的启蒙恩师。从十四岁开始，我就不再只用眼睛去观察，因为廖师父说眼见未必为实。每一味药都有它自身的药性，医何人、医何病、医到哪种程度，这些都在于自身去不断地探索、提升。我曾因自己年幼无能而不懂救人的医术而懊悔不已，在一场瘟疫之中，我失去了三位兄长和养母，我不愿再束手无策地看着亲人甚至无辜的百姓死去，我不求自身长寿安康，但求天下少些疾苦，只为行医救人！师父，请受徒儿一拜！"

说罢，沉宸跪在地上，心中自是赤诚一片。药王意味深长地笑了，可却半晌没有回答。沉宸有些担忧地看向他，只见他微笑着叫来了候在内殿屏风后的人，安排道："衷赢，作为大师兄，还不快带你的小师妹去净心泉。"

话音刚落下，屏风后便走出了一位极年轻的男子，他乌黑深邃的眼，高挺英气的鼻，全身上下透露出一股清冷的疏淡，玉白衣襟上纹着海波般的靛青色丝线，那一袭胜雪白衣衬托出他的高华脱俗，腰间则配着一块色泽清丽的紫玉。

沉宸愣了愣神，这玉佩令她觉得眼熟，而他从一开始就站在那里吗？

这殿内药香袅绕，沁人心脾，他身上也有种异样奇香。沉宸闻着这幽幽药香，见他踱步而来，对她温文尔雅地侧身笑道："小师妹，请随我这边走。"

沉宸告别师父，跟随大师兄的脚步走出了内殿。她刚刚听闻师父叫他衷赢，又是首席弟子，那他的医术自然也是十分高明了，沉宸心里暗暗决定要同他建立起深厚的师兄妹关系。

他们俩一前一后地走着，沉宸主动笑着搭话道："大师兄，净心泉是做什么用的啊？"

衷赢侧脸瞥她一眼，看不出他的表情，只听他淡淡道："每位入门弟子都要通过净心泉的洗礼，为了能更好地洗去心中杂念，可以在这山谷里一心学医、心无旁骛。"

看来是一种仪式。沉宸正想着，身旁路过很多同门弟子都向衷赢恭敬地问候，一人一声大师兄，叫得格外尊敬。既然是药王的大弟子，自然是个举足轻重的人物了。可是沉宸却觉得他有几分熟悉，仿佛似曾相识。

"大师兄，我们此前是不是在何处见过？"沉宸追上他，仰头打量他。

衷赢略微垂下眼睫，目光缓缓地落在她的手上，端详许久，从自己怀中取出一条雪白锦帕递给她道："你的手上有道伤口，去净心泉之前包扎上，行医之人最重要的就是保护好自己的双手。"

"伤口？"沉宸这才发现自己的手背上破了条口子，喃喃道："可能是同县丞那家人撕扯时碰破的……"

恰逢此时，二人到达了白鹭山的净心泉。面前的却不是泉，而是一道巨大瀑布，悬挂于虚空，壮观得很。而这瀑布中的水时常用来做浸泡药材的原浆，也被称为"圣水"。

沉宸不由得赞叹道："不愧是药王山谷，竟有这般震撼的景象！"

衷赢示意沉宸先在此等候，务必要待正午才可进入净心泉，否则那水极凉，易伤元气。沉宸自然是应好，等待的过程中，她时不时地去观察衷赢，以及他腰间的紫色玉佩。心里有话想要问，又不知该如何开口。忽然，她听到山下传来兴高采烈的喊声，循声望去，见到一名白衣小弟子跑了上来。他同样身着玉白衣衫，华冠束发，约莫十岁出头的模样，眉清目秀的。他跑到衷赢面前，鞠躬行礼，样子十足温雅。

小弟子而后又看向沉宸，这两位也都很有礼貌，彼此行礼问好，接着他又惊喜道："竟真的有弟子同我一天入门啊，大师兄，他们都说师父昨夜收了一位新徒弟，原来是这么漂亮的一位师姐呀！"

沉宸困惑地问："你这小娃，我虽年长于你许多，但你似乎比我早入山谷，怎能称呼我师姐呢？"其实沉宸早就知道，药王山谷有着多年来的规矩，凡是其他国家前来学医的弟子只能在山谷中学习一年。但是东陵国本国人却不受此条件约束，所以她也知道自己很难在这一年里学习到药王门下的精髓。可没有想到的是，山谷里竟然还有这般年幼的弟子，实在出乎意料。

"我虽年岁小，但入山谷却是几个月前的事情了，只是出于种种原因，

第九节

药王一直没有收我做徒弟。好在他老人家今早心情大好，竟然允许了，准我来净心泉。然而你却比我早一个时辰到达净心泉，自然就是我的师姐。"他笑起来的样子有点腼腆，低声介绍起自己，"我叫何心隐，师姐呢？"

沅宸回答道："我姓宁，名沅宸。"

他道："那便是沅宸师姐了。"这边正说着，何心隐的目光忽然瞥到衷赢腰间那紫色玉佩旁佩戴的小香囊上，不由起哄道："我就说大师兄身上怎么格外香，果然是戴着药姑送的香囊！"

沅宸也去看那香囊，心想，她倒忽略了香囊，只看见那块紫色玉佩了。但是——

"药姑？"她问何心隐，"你是说那位叫白凝的姑娘吗？"

何心隐点起头来，笑着答道："正是她。师父一直未娶，自然没有子女，就只有药姑一个亲侄女，大师兄又深得师父厚爱，与药姑自小一起长大，两人青梅竹马，两小无猜，加上师傅特别看重大师兄，这药王山谷在日后都说不定要交给大师兄来掌管了。"

衷赢斥何心隐多嘴，无关紧要的事情提起作甚？何心隐吐了吐舌头，又拉着沅宸弯下腰来，贴近她耳边小声说道："别看大师兄当着师弟妹的面总是一副严肃的模样，可他十分好心。听闻我流澜师姐回来说，昨日大师兄在山下救了一位姑娘，还送那姑娘银两和吃食，我们大师兄就是心善。"

昨日，救了一位姑娘，沅宸思索着这些关键词，忽然脑中一凛，猛然转头看向衷赢，原来是他！她就知道那紫色玉佩的主人应该是他才对。而衷赢也早就认出了沅宸，却不曾言明此事。

沅宸不禁感慨起来，世间竟真的有此救人却不邀功者，她既感激又欣喜，刚想开口，衷赢却对她神秘地摇摇头，然后指着头顶的太阳，道："时辰已到，师妹，请吧。"

沅宸这才发觉已经该履行仪式了，她一鼓作气冲进了瀑布里，却发现看似湍急的瀑布实则有一个玉石山洞，四周墙壁上刻满了药谱与经文。她惊奇不已，伸出手去抚摸着那些文字，如获珍宝般地念诵着："上古之人，其知道者，法于阴阳，和于术数，食饮有节，起居有常，不妄作劳，故能形与神俱，而尽终其天年，度百岁乃去。今时之人不然也，以酒为浆，以妄为常，醉以入房，以欲竭其精，以耗散其真，不知持满，不时御神，务快其心，逆于生乐，起居无节，故半百而衰也……"

沉宸仔仔细细、认认真真地想要把这四壁的文字全部都记于脑海，但仪式是有时间规定的，只有半个时辰。她守时地走出了瀑布，只见衷赢与何心隐都在等待着她归来，她对二人露出微笑，欢快地跑向了他们。

自打那之后，沉宸开始了她在药王山谷中为期一年的学医生涯。

沉宸生性活泼，又好美味，每日早起采药是她最喜欢做的事情。山谷中有规定，每两人在卯时出，辰时归，这几个时辰里要采到当日用于同其他师兄姐弟交换的药材，并要绘制草药的结构图表以及对症的药谱，如果无法完成，将会被罚。这惩罚随机定夺，有时是罚一日三餐不准进食，有时也会罚静坐止语一日思索错误，无论是哪种，对于沉宸来说都是极大的折磨。

正因如此，沉宸每日都起得很早，背着药篓去僻静的山谷之中寻找值得研究的稀有药材。同屋的师姐已结了同伴，沉宸起初落单，后药王念其启蒙师父是故友廖军医，便将其和衷赢分为一组，也好在短短一年的光景里，多学些知识。这让她开心极了，幸好有廖师父的举荐信，竟然比御医所的还管用，等他日回去，定要好好谢谢廖师父。现在有了大师兄在，她总觉得自己有了了不得的靠山。每日都忙忙碌碌的，除了思考医药之事，其他的也就在心里暂且放下不去想。藏锋和灵霁的身影在脑海中变得模糊了一些，只是冷不丁地想起藏锋，心中还会有一阵心痛之感，每当此时她就逼自己把注意力放在草药之上，不一会儿内心就平静了下来。

那是在沉宸十八岁时的早春，总是会被鹧鸪的叫声扰了清梦。山谷里的气候温暖宜人，风是柔情似水的风，水是风情万种的水。沉宸日日背着药篓走出房门，总会见他候在阶梯处，手拿一把淡绿色折扇，坠着一抹流苏穗，映着空中飘落下的几朵桃花，将他的清冷身影勾勒出一股子高雅韵致。

师父有命，等级尊卑分明，大师兄是长兄，不可总想着怜惜门下的师妹师弟们，所以沉宸虽是女儿身，也要谨遵山谷训条，在身背药篓这件事上必须亲自执行，不能够向师兄撒娇，逃避肉体劳累。因为药王总说一个医者若是自己身体都不健康，怎么还有精力去救治别人。但衷赢还是会心疼她，尽管上山时不帮她忙，下山时分，当她的药篓里载满了草药，他总会不动声色地走在她的侧后方，用手托一下她的药篓。别看只是一托，却让沉宸觉得轻快了许多，回了白鹭城后，衷赢再放手，不必惹人注目。

在众多的师弟妹中，大师兄总是格外偏向去帮助她的，一来药王特意交代过他要照顾好故友的弟子，二来她也的确聪慧，充满了活力与好奇心，一

点也不扭捏，与其说是个漂亮姑娘，倒不如说是个有姑娘外表的少年。

每逢初五、初十、十五、二十的巳时，药王都会出题来检验大伙儿的学艺情况。排名后五位的要被降层级，沅宸最初总是在偏后的排名，令她感到十分挫败。为了帮助她尽快提升，衷赢会亲自教她识别山谷里药材的出处、作用与容易产生混淆的同类药材。身为大师兄的小影子，何心隐总是黏在两人身边。他且年幼，自然万分依赖身为大师兄的衷赢。且沅宸也很保护他。有弟子会欺负他年岁小，沅宸每次都会替他出头。何心隐也算懂事，总会把美味的吃食分给沅宸。令沅宸极有优越感的是，何心隐由于年岁小，总是记不住药材的名字，虽天资聪颖，但也架不住沅宸年长他多岁，故每次的检验小试中他都排在最后面。

自然了，排名首位的永远是大师兄，也难怪师父与药姑会对他青睐有加，就连沅宸……

尽管不愿去承认，可沅宸心中总会对衷赢有一种说不出的微妙情愫。他对她细微体贴，为她私藏后厨的点心，以辛夷花作为暗号；他笑对她的小脾气，哪怕是她对他的小影子何心隐更为关照，他也是不恼不火，始终如一的淡然态度。

还记得那日艳阳格外好，她下山下得晚了些，明知会受罚，索性更放慢了步子，同衷赢还有何心隐一起望着山下的采莲女清歌高唱。

衷赢走在最前面，中间是沅宸，何心隐一蹦一跳地跟着他们。水边的莲蓬密密实实，采莲女们笑语连连，沅宸忽然想起多年前的这个时候，她听到寂将军凯旋时唤她的声音。她同灵霁喜悦地迎他，斜阳照下，在一片玛瑙玉红色之中，她一眼就看见了那个站在父亲身边的少年。他虽衣衫破烂，却掩不住他那双野心勃勃又漆黑悠远的眸子，以及臂上那图案特殊的胎记。

就是那一次四目相望，如利刃刀锋般刻进了她的心窝。她始终忘不掉他那一眼，是从他看她的眼神里令她得知，她已经是一个少女，她的心会因此而感到雀跃。

"师妹。"

突如其来的呼唤令她醒过神来，沅宸恍惚地抬起头，看见衷赢站在前方望着她，眼神中透露担忧。

他望着她，她也望着他，好似在那一瞬间，沅宸心里某个地方陷落了下去。同样是因为衷赢的那一眼，同样也硬生生地刻上了她心尖。衷赢的一颦一笑，一言一行，似乎都在若有若无地牵动着沉宸的思绪，她猜不透这份感觉，可是对藏锋的那份心意，直至今日，她却依然能够清晰地感觉得到。

那日又逢考试之时，与以往不同在于，山谷来了一位贵妇，此人是东陵国当朝翰林大学士周熙文的发妻，其样貌雍容，年岁四十上下，可她却说自己已然五十，实在令人惊叹。而她的面容上总是挂着一抹微笑，让人见了便自感格外亲近。再看她细润饱满的十指与乌黑油亮的云鬟，便知道其在家中是受到格外精心细致的照顾了。只是细细再看，到底能看出她的疲惫之色，眼睑下方有些青色，两颊也没血色，显得人有些苍白。

她拿着东陵国严贵妃的信函，前来求医。这严贵妃是她的表妹，更是皇帝最宠爱的妃子，深受圣宠，生了四位皇子。

既然来人是周翰林家的主母，又是皇亲国戚，药王谷也不好怠慢，药王便亲自接待。这药王谷之所以能如隐世般存立于此，皆因东陵皇家保护，山谷外围皆有士兵把守，旁人根本进不了这山谷，更别说来此求医问药。

药王请这林姓贵妇坐在大殿之中，两排弟子安静地立于大殿两旁，整个殿内安静得连根细针落地的声音都能听到。药王喝了口茶，面带笑意地问道："周夫人，翰林兄近来可好？"

周夫人和气地笑了笑答道："劳药王惦记了，我们家老周还是如常一般，大毛病没有，只是公务繁重，多了些许白发。"也不等药王问其来意，她便自说自话了起来，"我这些年总是容易过敏，常常无缘由的就喷嚏、泪水不止，着实难受，夜夜不得安睡。可看了多位大夫，除了喝些补气血的药，也不见有任何改进，那日进宫与严贵妃叙旧提及此事，她便让我来药王这里讨要些方子。"

药王听后，点了点头，思索片刻后说道："周夫人可愿也帮老夫一忙？"

周夫人有些讶异地问："要我做什么呢？"

药王笑笑说："周夫人不必紧张，只是今日正巧是不才弟子们的月考之日，今见夫人前来，我觉得机会甚好，想让他们逐一为夫人把脉，再将脉案写出，交由我评判。不知夫人意下如何？"

这周夫人含笑点头，自是应允了。她丝毫没有小家夫人的扭捏做派，一看便是出自书香门第，身上带着一股浓浓的书卷味。

药姑第一个上前把脉，把完之后，恭敬地问道："可否请问周夫人大名，因为脉案之上我们必要记载各人全名，这样才不易混淆。"

周夫人温和地回道："这有何不可？我本家姓林，单名一个莹字。"

药姑记挂于心之后，退开一旁。其余弟子逐一把脉，只花了一炷香的时间，众人皆归原位。

药王起身对周夫人道："周夫人，请随药王谷的女弟子去后山，那里有一处天然草药温泉，平日弟子们都不能进入，您在里面浸泡半个时辰，可将身上的湿气消除大半。待沐浴结束之后我们再来这里，听他们的诊断如何？"

周夫人起身道谢，和随身的四个丫鬟一起跟着药王谷的女弟子出了大殿，向后山的草药温泉走去。

药王见客人走远，收敛神情，严肃地对大殿之内的弟子说道："此次与以往考核不同，不单人作答，而是以组为单位进行。就以你们往常采药时的分组吧，半个时辰后每组写出一份脉案呈于我。"言毕就去了后殿。

大伙儿三三两两地分开来，小声地讨论着。

沅宸和何心隐赶忙找上衷赢，三人在殿外就商讨了起来。

小师弟急着说道："《黄帝内经》说：'夫百病之始生者，必起于燥湿、寒暑、风雨、阴阳、喜怒、饮食、居处。'又说：'百病生于气也。怒则气上，喜则气缓，悲则气消，恐则气下，寒则气收，炅则气泄，惊则气乱，劳则气耗，思则气结'。"

衷赢对着小师弟赞许地点了点头，接着说道："'天有五行御五位，以生寒暑燥湿风；人有五藏化五气，以生喜怒悲思恐。'人为什么要师法于阴阳呢？因为人跟天地是一个整体，人的情志实际上就相似于天地的六气'风寒暑湿燥火'，所以情志太过或者不及，都会影响健康。'寒暑燥湿风'是外五行，外五行可以致病；'喜怒思忧恐'是内五行，内五行也可以致病。我见这周夫人应是思虑颇多，引致夜不安寐。故此身体长期疲惫不堪，遇到外在环境变化或是季节转换，便出现各种过敏症状。其病之根源在于如何静心安睡，师父常常训导我们，一等的医者是治未病，找到根源，以自然之法解除病痛；其次，才需要汤药和针灸相辅助。我们自是要在这安寝之上做些文章。"

沅宸认真地听着小师弟和大师兄的讨论，思索良久之后，道："我也不知道对不对，这是我的启蒙老师廖军医曾经说过的，我且说来，你们听听。

"这位周夫人的睡姿恐需调整。廖师父说古书中记载：寝不横尸、卧不覆首、眠不北向。《千金要方》，文中讲：'冬夜不覆其头，得长寿。'头为诸阳之会，为一身阳经汇聚之所，气血运行旺盛。覆首，一来容易影响气血的运行，二来可能引发头部出汗，腠理舒张，从而令病邪乘虚而入。头勿北卧，及墙北亦勿安床。北者，阴也。头部作为诸阳之会，睡眠时北卧，易受阴气所扰。尤其是秋冬季节，风寒之邪易从北而来，若于睡眠中直入于脑，则容易形成风寒头痛，甚至影响一身气血运行。

"凡人卧，春夏向东，秋冬向西。头是多条经脉会聚的地方，所承接的气会像细线一般从头部下到全身。即春夏两季头朝东睡，迎接阳气，秋冬两季头朝西睡，安养阴气。若是嫌麻烦或者需要补阳气的人，可以简单地保持头朝东的睡姿，就是很好的睡眠养生法了。

"睡眠之法，自古以'操、纵二法'更为推崇。操：则须先贯想头顶，而后默数鼻息，然后再返观丹田。如此反复多次，便可使心有着落，得不分驰，渐入梦乡。纵则与操相反，任其心，游思于杳渺，无朕之区，甚至于忘却自己，亦能渐入朦胧睡境之中。

"但若按道医来论，最重要的是要心静、忘己。

"所以寤、寐有别：神栖于目谓之寤，神栖于心始为寐。只有心与神相会，才能真正入睡。

"道家陈抟老祖的《希夷睡诀》提倡：右侧卧，则屈右足；屈右臂，以手承头；伸左足，以手置于股间。左侧卧，与前相悖。"

沉宸一口气说了一大堆，引得小师弟瞠目结舌地看着她。他心中好生崇拜，原来师姐不但在吃的方面有所建树，这古籍看得也不少啊。

衷赢一边细心地听着，一边拿起毛笔在白纸上书写，沉宸讲完之后一看，大师兄写的竟然都是自己刚才的那些话语。当下就有些着急了，问道："大师兄，你不会把这个就作为脉案交上去吧？"

衷赢含笑地点了点头，认可地说："师妹，你说得很在理，这才是治病的好法子。是药三分毒，能不用汤药就尽量少用为佳，况且很多汤药是治标不治本，还是要从源头去解决这个问题。"

不一会儿，众人皆交了脉案。只见药王一一细看，有时略皱眉头，有时会意地点了点头。其中有一份脉案药王看了许久之后，竟然面露喜色，这是少见的表情，大家心里都在猜测那是哪个组的脉案，竟然能得到师父的认可。

好似这一炷香的时间过得极其漫长。众弟子都安静地站在大殿两侧，等着听师父宣布本次考核的结果。

药王抬起头来，先是笑着对周夫人说："这些不才的弟子之中，有一份脉案最得我心，夫人可以拿回去试着做一月，看看效果如何。"说罢，便将手中的一份脉案递给周夫人。

周夫人带着期许地拿来仔细一看，虽然有些不解，但还是先连声道谢，再说："这方子真是奇特，竟然一味药材都没有。往常的大夫都是开些大补安神的药，起初服下还有效果，时间一久便失效了，实在是根治不了顽疾。可药王您给我的方子确实将我的症状描绘得十分清晰，且医理明晰，我果然是没白来一趟。且这天色也晚了，我就赶紧下山回府去，今夜就按这个方子来做。"

送走了周夫人，殿内的众弟子们终于按捺不住，小声地议论了起来："怎么会没有药材呢？""没有药材的药方怎能治病？""说的是啊，那究竟是什么方子，这等奇怪？"

药王回到大殿宣布，今日考试第一是衷赢、沉宸、何心隐一组。大家一听都表现出释然之态，心中认定既是大师兄出马，自然是会夺得头筹了。

衷赢却上前一步，向药王行礼说道："此份脉案主要出自沉宸师妹之手，我与心隐只是参与其中。"

药王闻言，转而看向沉宸，眼神之中不乏赞许之色。大家的目光也都聚集在沉宸身上，那目光之中有羡慕、欣赏、嫉妒、不解……以至于令她在一时之间有些手足无措，脸颊也不由得绯红一片。

此时此刻，夕阳西下，黄昏时分的药王谷特别美，晚霞如火烧云一般在天空中绚丽地蔓延，那一抹红，就如沉宸害羞的脸颊一般醉人。

第十节

皇天不负有心人，几个月后，沉宸终于获得了中层的排名，也因勤奋努力与才华横溢而得到了师父更多的认可，药王甚至还称赞她颇有几分廖军医当年的气魄。恰逢那日是药王山谷的立谷之日，同时也是师父的寿辰，着实双喜临门。只是没人知道师父究竟多少岁了，许是五十岁，许是六十岁，实在是因他的容貌与年龄毫不相符。可按照山谷往常的规矩，师父的友人们还是会在这一天来贺寿的。

然而，被允许参加宴会的弟子不多，除了首席弟子之外便只可挑选出十名弟子出席，再来嘛，就是药姑。虽然何心隐也受到了邀请，但这和他的学医成绩并无关系，实在是因他年纪最小，药王疼惜他，给予了他这样一个热闹的机会，可他却自愿把机会让给了排名自己后一位的师妹。

沉宸问他干吗做这种傻事，那可是师父的大寿啊，又有八方来贺，多么难得的宴会，别人巴不得想去出席呢！

何心隐却一脸正色地对沉宸说："如果我和大师兄都去参加，师姐你岂不是要一人独守空闺？好生寂寞啊。"

"这倒不假，"沉宸开心地摸了摸何心隐的小脑袋，"师弟，你对我真好，我今后会尽量不抢你食物的。"

可是这等盛宴不能出席着实可惜，沉宸唉声叹气了一阵，忽然灵机一动，她同何心隐咬起耳朵。何心隐听着她的提议，表情先是一惊，随后大惊，最后几乎都是失色了，他是十分拒绝的，但在沉宸的压力之下，他又只得妥协，欲哭无泪地被沉宸牵着鼻子走。

转眼，子时将近。

月光洒照，香已燃起，袅袅烟雾蔓延在白鹭城中，指引着四海八方的神医们前来。

高大壮丽的白鹭城耸立在药王山顶端，优柔的雾气缭绕在楼尖，玄鸟环舞、仙鹤停驻，弟子们排成整齐的队列在城门前恭迎来客。许多来自邻近山谷的女弟子们出现，她们清一色地身着红裳，有的手持玉琴，有的身背长笛，着面纱，裙飞舞，身段十分曼妙，犹如惊鸿，婉若游龙。

她们接二连三地走进殿内，一时间香风旖旎。药王早已坐在大殿之上，正与落座的友人们谈笑风生。衷赢与药姑坐在他的身侧两边，皆是华服盛装。

而沆宸同何心隐则是藏身在大殿的横梁上方——他们早早地就躲在了这个好位置，对下面发生的一切都能一览无余。

"怎么会来这么多外头的女弟子？"沆宸忍不住道出了心中所想。

身旁的何心隐悄声答道："药王山谷一直都是外界敬仰的圣地，很多女弟子也都想借此机会来拜见药王。而且，大师兄的名声也同样在外，他医术精湛、英俊非凡，对于众多女弟子来说，这也是一择良婿的好机会。"

沆宸皱起眉头道："嘘！你小声一点，小心下面的人听到。"

何心隐很无辜，明明是她问他的。沆宸没理他，低头望下去，衷赢身为大弟子，已经来到大殿中央，代表药王感谢众人的到来。

绾着双云鬟的红裳女弟子忍不住赞叹："这就是传闻中的药王山谷大弟子……当真是百闻不如一见。"

这群女儿家自是雀跃又羞涩地低声议论，又转眼望向药姑，同样赞叹起她惊人的美貌。接着，药王起身吩咐了一番，又拿出手中金铃晃了两下。沆宸不明所以，何心隐则告诉她这是例行的助兴节目，因为贺寿总不能干巴巴地坐着聊天吧？所以每年的寿辰庆宴上，大家都会献上珍贵的药材，可这药材都是绑在金雀脚上的，谁抓到金雀，谁就可以把那药材献给药王，哪怕那原本并不是他所带来的稀罕药材。只不过，在献给药王之前都要交到大师兄的手上，再由大师兄统一呈献。

还有这等奇妙之事？沆宸很震惊，但那金铃声已响，一大群金雀飞到了空中。在座的弟子们二话不说纵身跃起，用尽浑身解数去抓金雀。

抓金雀越多的人，也会献上越多的药材，其中一名红裳女弟子出手狠辣，一把就抓住了金雀，脱颖而出。她嬉笑着凑到衷赢身边，将金雀交到他手上，白皙的纤手故意停留在衷赢的掌心片刻，衷赢只是回以礼节性的微笑。

接着，其他山谷的女弟子也抓到了金雀，并且是三只，她得意地将其交给衷赢，却不料其中一只金雀忽然抽搐起来，她吓得惊叫一声，衷赢仿佛也察觉到了一丝异样气息。而此时空中的数十只金雀都飞得有气无力了，开始接二连三地坠落在地，留下一摊又一摊的小巧血迹。

"是毒草！"房梁上的沅宸忍不住大喊出声，她顺着石柱爬了下来，站到人群中央说道，"一定是有人误带了毒草来此，这毒草毒性极大，我曾在山谷中险些误食。而金雀们怕是染上了剧毒，大师兄，不要碰那些金雀！"说罢，沅宸打掉衷赢手中的几只金雀，又抓过一杯酒倒在他的双手上，为其消毒。

究竟是不是来人误带毒草还需要彻查，可眼下，竟然有没受到邀请的弟子出现在宴席上，药王当真是有些面露难色。沅宸这才发现暴露了自己，她只是救人心切，万万没想要破坏规矩。

药王审视着沅宸，又将视线放到衷赢身上，打量两人片刻后，他叹了一口气道："沅宸徒儿私藏在此本是过错，可念及你平日里苦学医术，又有天资，且最先发现了毒草，就暂且罚你去净心泉中静坐一夜吧。"

"是，师父……"沅宸自知理亏，乖乖领命，转身默默地退下。

衷赢望着她的背影，心中涌起一丝疼惜，忽然就不由自主地追了上去。药姑见此情景，表情似乎有轻微的变化，却并无言语。一旁的药王则是低声喟叹道："信言不美，美言不信。圣人之道，为而不争。"

若其去意已决，又何能挽留呢？

净心泉流水潺潺，本是幽静圣洁之地，周遭山里的小动物在泉边喝水，听到脚步声，纷纷惊得躲进了山林之中。

沅宸在夜色之中静坐在冰冷的泉水里，她低着头，听着耳边虫鸣，望着头顶皎月，心里正哀叹着，寒冷正一阵一阵地袭来。她忽然感受到了什么，于是转过头，视线稍微往前移一点，便看见了衷赢。

她的眼睛瞬间亮起了光。

而衷赢每次见到她眼中的这道光，都觉得自己从中获得了一股无穷的力量。那份力量很神奇，足以支撑他日日陪她登山采药、日日为她采摘辛夷花、日日陪她苦读药谱、帮她提升医术、教她画出药材轮廓，亦无怨无悔……这已超过半年的时日，晴天、雨天、雪天、乌云密布时、异常寒冷时，从不间断。

　　衷赢总是会做到在她的身边，在她一转头就可以看到自己的地方。

　　当她和何心隐进行毫无意义的争吵时，衷赢也会"体贴"地为她记录败北次数。

　　当她抢夺其他弟子的食物时，衷赢也会不动声色地踢出一块石子，绊倒追赶她的弟子。

　　此时此刻，他依然不舍她一人被罚，便坐在泉边，陪在她身边，两人皆是不语。

　　沉宸沉默许久，才慢慢地说："我没想过会暴露自己，也没想要惹师父不开心，难得他老人家过寿。"

　　"事已发生，不必懊悔。"衷赢慢悠悠地说，"更何况，你也是为了救我心切。"

　　"对不住啊，师兄，连累你也被训斥了吧？师父总说，弟子之过，师兄皆错，我总是给你添麻烦，我是个没用的师妹。"

　　衷赢点头，缓缓道："今晚之事，我的确也有过错。你与小师弟都是贪玩的年纪，自然也会想要出席宴会。是我考虑不周，应该同药王提议准你出席才是。"

　　可眼下，长夜将至，衷赢从衣袖之中掏出一块老姜，让沉宸嚼服吞下，再将一块老姜让其含在口中。这老姜下肚之后，浑身便暖了许多，泉水好似也没那么寒冷了。

　　沉宸嘴里含着一大块姜，支支吾吾地想道谢，衷赢看着她，笑着摇了摇头。

　　长夜漫漫，沉宸嘴里含着姜，两个人就这么安静地待着，还真让她有些不知所措。忽然听到一阵急促的脚步声，不用见人都知道，这脚步声是小师弟何心隐的。片刻之后果然见他怀揣着一个布袋，鬼鬼祟祟地走来泉边。看见大师兄也在泉边陪伴受罚的沉宸师姐，不由开心地笑了。

　　他从怀里的布袋中掏出热腾腾的肉包子，塞给大师兄和沉宸，让他们赶紧吃点。经小师弟的提醒，两人才想起自己腹中空空如也，便都凑过来一起吃包子，不一会儿就听见何心隐略带委屈地嘟囔道："肉包子我吃了一个，大师兄吃了一个，剩下六个全给师姐吃完了，她也太能吃了……"

　　顾不得何心隐的抱怨，衷赢细心地在岸边生了一堆火，火光的温暖也能让泉水之中的沉宸觉得好过了许多。何心隐毕竟年纪小，耐不住师兄和师姐这样安静地待着，便缠着衷嬴给他讲个故事。

衷嬴拗不过小师弟的哀求，摸了摸何心隐的头，知道他小孩子心性，对山精鬼怪特别好奇，便说起了少时在说书先生那里听来的故事："早些年，县城里有个算命的张贤，擅长相面、卜卦和改运，很是有些名气。他是张家几代传下来的独苗，都说是算命者泄露天机过重，'三缺五弊'必占其一，因此多是师徒相传，少有家族以此为祖业。可张家几代相师竟然都能平安尽寿，虽然子嗣单薄，倒也没有断了血脉，因此名气大涨，外人都认为是其自有秘法，可避天谴，故重金求之。

"张贤原本恪守祖训，从不为自家人卜算，得了谢金，留三善七，大部分都做了善事，一直都很平稳。直到四十岁，终于老来得子，生下一个儿子。可这小娃娃一出生竟然两眼盲盲，是个瞎子。这一下，张家上下都着急上火地去请各路名医，皆束手无策。

"张贤每日愁苦，闭门谢客了半年，实在难耐爱子之心，便为儿子卜了一卦，卦象奇特，果然是带着天谴的因果，只是绝境处尚有一丝转机。张半仙擅长为旁人解厄改运，可对自己的儿子他却顾虑重重，凡人插手天道，一旦因果运转，福祸便不是人力可以扭转的了。

"苦思多日，张贤拿出了家里祖传的一件异宝，那是一截装在琉璃瓶里的皮毛尾骨。张家祖训，此物可唤狐仙，能全一愿，只是妖心诡谲莫测，福祸难料，轻易不可使用。

"原来，张家二百年前有位先祖叫张阔，自小父母双亡，他从小四处流浪，竟得机缘自学道法，可降妖。一日途经山野，见到树下有一书生带着一群莽夫在山野里乱窜。张阔好奇询问之下，才知道这书生三年前入此山迷了路，遇到一户胡姓人家的美貌女子投怀送抱，成其好事。书生见胡家高墙大院，锦衣玉食，仆从众多，且这女子妖媚热情，便留了下来恩爱缠绵。日子久了，男子察觉到胡家女子的异处，非是人类，竟是只成了精的狐狸，那女子也不避讳他，坦言相告自己身份，并且每日对月吐纳修炼，容貌更胜从前。原本男子心甘情愿与狐妖恩爱相伴，哪知三年一到，那狐狸精竟然将他赶下了山，说留他无用，她已另觅他人。

"男子心有不甘，在山林间徘徊数日，想要寻出通向胡家宅院的路，却总不得其径而入，每日带一群山野莽夫举着镰刀锄头，说要去找胡宅。男子哭诉哀求张阔为他讨个公道，掏出重金酬谢，说这狐狸精惑人在先，待人精

气衰竭便赶他下山，无情在后，实在可恨。

"张阔一听也在理，又有如此丰厚的酬金，足以结束他四海为家的生涯，还可以买房置地、娶一房妻子。他仗着术法高深，真的寻到了山林深处的一处狐狸洞穴，交战之下，斩下了狐狸精的一截尾巴。

"那狐狸精不敌，索性变回一个美貌女子的人形，浑身鲜血淋漓，责问张阔和那男子：'我虽为狐类，却从未伤你性命，也未欺瞒于你，我是狐狸修炼而化人形，你皆知晓。你在我府中每日山珍海味、人参鹿茸不断，你归家歇养上些时日，体力便可恢复，何谈精气衰竭？将你赶下山时，我怕你今后好逸恶劳、无法生活，便赠你重金，交代你好好过日子。你却拿着我赠予你的银两，雇一群莽夫整日在山下埋伏，现又请来高人灭我。

"我只想问问你，那日山深林寂，美女投怀，你也是动了春心方能成其好事，我并未强求。当初我见你书生一名，多有倾慕。可入府之后你每日在我府中锦衣玉食、任取任拿，三年之间不思进取，不读任何圣贤之书，反生傲慢懒惰之心。贪恋锦衣富贵不愿离去，亦是你的贪婪本性。与我狐狸一族，缘尽便散，我另爱他人，与你何干？你为何找人屠戮于我？天道平等，你们怎可仗着人势欺我妖族？这一刀白耗了我百年道行，纵使我魂飞魄散，也是不服！'

"那男子被骂得面红耳赤，张口结舌不知如何应答，那张阔听完也有些讪讪的，他纵使想要除妖，可终是有些理亏。只是收了人家重金，总不能就此退却。于是只能板着脸训诫狐狸精不可再为祸人间，下次遇到再不心软。

"那狐狸精叩谢不杀之恩之后，指着地上的半截狐尾道：'此狐尾为誓，可唤我成一心愿。人心若是无欲无求，我必不入世惑人，以此为凭！'

"张阔之后靠着那笔酬金，在县城里买了宅院，娶了一个铁匠的女儿为妻，三年之后生了一个儿子。自此就在这县城里彻底安家落户了。

"而这半截狐尾在张家传了数代，皆不敢用。张贤想着出生便是盲人的儿子，他下了狠心，唤了狐妖前来，在似梦非梦的一阵大雾中，一个婀娜女子袅袅现身，应承了张贤的愿望，为他儿子换上一双明目。只是临走前，那狐狸女子冷冷笑道：世人贪婪，你张家也不例外，恩怨纠缠，你既用此物求了我，将来的因果你便得担着，可笑人心难平，尚斥妖类邪魅。

"那之后，张贤的儿子果然眼中薄雾散去，露出清朗的眸子来。只是渐渐长大之后，对家传的推卜之法毫无兴趣，一个字也学不进去。

"张贤在儿子十八岁那年，又一次推算了儿子的命运，竟是短命之人。原来那狐狸精是用张贤儿子的二十年阳寿换了两只明眸，张贤叫苦不迭，可事已至此，他再不敢妄动天机，从此封了卦，再不算命，想要积些福德，求儿子平安罢了。

"坊间不知怎么就传出了这事，众人议论纷纷，说得最多的就是那狐妖隐忍，当年受了辱，竟能忍上二百年，终于等到张家有所求，证明了人心不比妖性高贵，也为自己报了断尾之仇。古话都说，孽缘孽缘，无孽不成缘！不能想着好事占尽，要知道，天道循环莫测，福祸相依相生，月盈即亏，乐极生悲。"

衷赢说完这个故事，笑着看着何心隐问："小师弟，你觉得这故事里谁是好，谁是坏？"

何心隐有些懵，完全不知该如何回答，只是喃喃自语道好像那狐妖也不坏。

沉宸在泉水之中听得入了神，都忘记了自己正在受罚，这个故事让她想起了自己那个奇怪的梦，想起了远在希国的寂老将军、灵霁，还有心底不敢去想的——藏锋。一想到此处，沉宸心中不免一阵悸动，她摇了摇头，让自己不再去想他。她有意地仔细打量起月色下的净心泉，为何此时这山泉显得格外清冷？她又向岸边望去，何心隐已经坐着睡着了，那堆柴火的光映在他稚气的脸庞之上，显得更加生动而惹人疼惜。

她的视线又落在衷赢腰间的紫色玉佩上，那玉的内里有着千丝万缕的晶莹丝线，在夜色之中更是若隐若现出一股幽幽光晕。那是很名贵的玉佩，绝非出自寻常人家。沉宸也好奇过衷赢的身世，可她不好去问，因为她知道就算她问了，衷赢也未必会回答她。自然，沉宸也从未同衷赢提起过自己的一切。还记得衷赢曾问她来这里求学的原因，她只回答说：为了行医救人。

可实际上，来此山谷的种种缘由都已经随着时间的流逝而变得复杂沉重了。沉宸凝望着头顶的月色，她依旧不喜欢月华的凉薄。而衷赢坐在她身旁打量着她的侧面，发觉她一定是回忆起了什么，所以神色才会变得悲伤起来。

他便对她承诺说："从今以后，只要有我在你身边，我定会护你安稳，你定不必惊慌不安。"

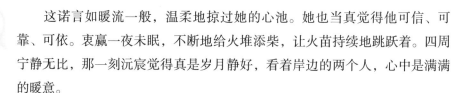

这诺言如暖流一般，温柔地掠过她的心池。她也当真觉得他可信、可靠、可依。衷赢一夜未眠，不断地给火堆添柴，让火苗持续地跳跃着。四周宁静无比，那一刻沆宸觉得真是岁月静好，看着岸边的两个人，心中是满满的暖意。

第二日太阳初升，温度开始转暖，而沆宸也在衷赢和何心隐的搀扶之下从净心泉中走出。一上岸双脚全然没了知觉，谁料她自己一放松就晕了过去。后来听何心隐说，是衷赢背着她回的寝室，再请其他师姐为她换衣服、泡热水、喂驱寒汤药。

然而不久之后，这个曾同她许下这般温暖诺言的人却让她的心彻底乱了。

沆宸犹记得那日她刚满十九岁，衷赢外出山谷长达半月，归来时来见沆宸，却是淡淡地对她道："沆宸，我已同药姑订下了婚约。"就这么短短的一句话，一点解释都没有，说完便转身走了。沆宸那一刻竟然不知如何回话，只是惊得把背上的药筐都跌落在地了。

那天，沆宸整整一夜没有合眼。她的耳畔充满了师兄妹们对衷赢与药姑订下婚约的祝贺，他们说大师兄与药姑是天生一对的璧人，早先就觉得药王与药姑对大师兄都格外偏爱，不承想当真是如此真切之爱。待到日后成婚，不仅仅是药王山谷会属于大师兄，假设大师兄愿意，还可以入宫去做三品大医官，又或者是接任药王在朝廷里的御医师尊一职。无论从哪点来说，都实在是无量的锦绣前程。

的确，沆宸也应该为衷赢感到开心才对。可沆宸却做不到。她开始有意无意地躲着衷赢，何心隐看在眼里，也发现沆宸不再像从前那样开朗，时常不自觉地叹气。可是他年纪太小，不懂其中奥妙，唯一能做的只有多陪在沆宸身边。

直到当年夏天，沆宸在药王山谷为期一年的学医生涯结束。那天，沆宸收拾好了自己来时的行囊，以及自己在这一年中所摘抄与学习的药材记簿。自然，还有那些干枯了的被她夹在书中的数枝辛夷花。她同平时里较为亲近的师姐、师妹、师兄与师弟都一一告别，舍不得她的人泪流满面，嫉妒她的人倒是心中大快。何心隐哭哭啼啼地抓着她不准她走，沆宸也极为不舍，她含着眼泪同何心隐道："小师弟，我到了归国期限，已是不得不走了。你我之间有缘，能够在这里相识、相知整整一年，日后必定还会有缘再见。别难过，你我一定会再见的。"

可何心隐却哭着道出一番令她醍醐灌顶的话："沅宸师姐，你明知今日一别，定是后会无期，为何还要骗我有缘再见？你只觉得万事顺其自然，不去反抗只管顺应，就一定会达成所愿吗？我虽然小，可我也知道，真正要顺应的是自己的心愿，而不是顺应他人的心愿。"

沅宸一下子愣住了，旁人轻轻拉扯开哭闹的何心隐，提醒沅宸道："师妹，该去拜别师父了，不要耽误了时辰。"

沅宸默默地点了点头，转身去了正殿里，同师父告别。

药王已经等候她有一阵子了，见她前来，要她坐在自己对面，并亲自为她倒满了面前的茶，感慨道："遥想你当初来此处拜我为师，仿佛是许久之前的事了。为师尚且记得你刚来山谷之时，聪慧、有礼、勤奋、好学，虽有野心，却也是脚踏实地，从未想过投机取巧，而是刻苦钻研药书、认真绘制药材图例，令为师深感欣慰。从前也有很多希国学子前来，其中不乏急于求成、好高骛远、自以为是之徒，他们在一年之期离去之后，也鲜少有人继续自学提升医术，反而以药王山谷之名四处邀功，为谋取功名利禄而忘记了原本应尽的职责，实在可惜亦可悲。"

沅宸静静地听着，点头道："师父所言之意，徒儿心里明白。徒儿从前也一直知晓，品德高尚的人，或许从来都不会能言善辩，只是尽可能地帮助和给予他人，这样自己就会得到充实和满足了，如果只是为了一时小利而忘记本分，就会丢了诚信。我来此的初心是学习医术，归国之后，自当也会一心研究医术、行医救人。"

药王满意地点了点头，放心道："富贵者送人钱财，仁义者送人以言。为师没有什么好送给你的，就送你几句话吧。正所谓善辩而通达者，其所以招祸而屡至于身，在于好扬人之恶。为人之子，勿以己为高；为人之臣，勿以己为上。望徒儿牢记。"

沅宸顿首道："徒儿一定谨记在心。"而后，沅宸起身，拜别了药王。她独自离去的背影看上去十分坚定，全然不似一个柔弱女子，反而像是一个勇敢骁勇的战士。

药王品着茶，忽然望向身后说道："你大可出来了。"

那泼墨屏风后走出了一脸忧色的衷赢，他一直在那里，听到了药王与沅宸的全部对话。

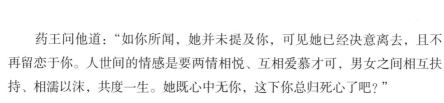

药王问他道："如你所闻，她并未提及你，可见她已经决意离去，且不再留恋于你。人世间的情感是要两情相悦、互相爱慕才可，男女之间相互扶持、相濡以沫，共度一生。她既心中无你，这下你总归死心了吧？"

衷赢回想起沉宸曾经唤自己大师兄时的音容笑貌，回想起与之朝夕相处的一点一滴，却也清清楚楚地听见，方才她与药王的道别之中，一字都没有提及有关他的任何事。可即便如此，衷赢还是执迷不悟似的说道："正如师父所言，男女之间，的确要两情相悦、互相爱慕，方可结为夫妇，共度一生。选择爱人，选择生活，各有不同，也好不负此生。"

药王叹了一口气，相劝道："衷赢，人生在世，有人选择功名，有人选择清贫，那是因为他们尚不知自己会走向何方，也不确定是否会得到自己想要的一切。而你不同，你的人生在药王山谷，这里是外面千万人踏破铁鞋无觅处的圣地，你已拥有他人艳羡的一切，你将有大好前程、子孙满堂；为你选定的妻子又是那般美丽绝尘、善解人意，你又何苦去寻一条会令你后悔终生的道路？"

衷赢固执道："师父又怎知我必定会后悔？"

药王反问他道："远方的高山会否使你疲惫？"衷赢当即否定："不会，只要我愿前行。"

药王又问道："如果在你的靴子里放上一粒不大不小却外形尖锐的石子，你还能否顺利地到达远方高山？"衷赢蹙起眉心，低声道："必要剔除石子。"

药王站起身，双手而背："可双脚皮肤早已被石子折磨得血肉模糊，是否痛楚不堪？"衷赢回答："时间久了，伤口便会结痂，亦会自愈。"

药王问，那为何不在最初放弃一双装有石子的靴子？你明知有石子，就不该去尝试。

衷赢却说，有些人是即便明知山有虎，仍愿向虎山行的。

药王又道："人生于天地之间，与天地是一体，天地是自然之物，人，也是自然之物。人有幼、少、壮、老的变化，就如同天地有春、夏、秋、冬的季节交替，这是自然规律。你能因喜爱夏天而逆转规律吗？四季又会因你的喜好而停止运转？世人生于自然，死于自然，本性就不会乱；如果不顺应自然，而是奔忙于人自身飘忽不定的心意之间，行为就会受到羁绊。心中有追求功名的想法，就会生出焦虑的心情；心中有渴望利益的想法，就会生出烦恼的情绪。你心中固执于痴恋，就会遮挡你识别万物的心神。学医之人，怎能痴迷于儿女情长呢？成大事者，又岂可拘泥于小爱小恨之中？难不成你真要弃自己的初心于不顾吗？"

衷赢低垂下眼睫，怅然道："师父情于我，是为仁；药姑情于我，是为义。在师父眼中，我或许已是背信弃义之人，可我并非去走邪路邪径，他人笑我痴笑我疯癫都罢，笑我愚昧笑我昏头也好，师父，我意已决，还请师父成全。"

药王发出一声长长的哀叹："你这是连师门都要摒弃了。你自小在此，为师待你如子侄，何况你在此生活学习了十数年，你怎舍得？即便你真能放下这一切，可到了陌生国家，你背井离乡、无亲无故，如何自处？白凝痴心于你，你又怎可背弃？她这般真心对你，她何辜？"

衷赢只道："师父，我亦何辜？"

如若不是药姑当日久病不愈，她动情道明心中情意，衷赢又怎会与之订下婚约？眼下药姑已痊愈，而沉宸又到了归期，他就要因此而令自己悔恨终生吗？假设没有沉宸今日一别，衷赢也许无法醒悟。如今他已恍然大悟，他对沉宸早已情根深种，为何不能随她同去？即便真如师父所言，陌生国度、举目无亲，可沉宸不才是他的全部吗？

药王见他这般执迷不悟，实在悲愤交加，竟不得不威胁他道："倘若你执意如此，也罢，也罢！可你要明白，你当真是失去了一切，衷赢，你今日背叛的是师父与我视为珍宝的侄女白凝，我不能让她伤心，定要给她个交代。这婚约势必作废了，我也必将昭告天下与你断绝师徒关系，从此以后，你不再是这山谷的大弟子了，你的前程也尽毁。假设这般你都不在乎了，你便随她走吧！"

衷赢似乎有一瞬间的动摇，可仅仅只有一瞬。而后，他微红了眼眶，向药王作揖行大礼道："多谢师父成全。"

言毕，衷赢义无反顾、迫不及待地走出了正殿。他竟没有丝毫的不舍与眷恋，一心要去追赶沉宸。他已然放下了药王山谷的一切，师父、药姑、白鹭城、大师兄的尊名……全部的全部，所有的所有，他统统都不要了。他的人生仿佛因这一年的光景而有了不同的转变，那些与沉宸同吃同学、登山采药、嬉笑追打的画面填补了他此前的心灵空白，他甚至没有来得及同敬爱自己的师兄妹们逐一告别。他的心已经飞远了，似箭一般，只追赶着那个名叫沉宸的姑娘。

这时的沅宸已经走到了白鹭城外的山脚下，她也曾一步三回头地遥望药王山谷，她很舍不得这里，心里希望还能再见一眼大师兄，哪怕只是一眼。她并不想要在这最后一天躲避他，她找遍了整个白鹭城，也没有找到他的身影。她以为，他已经不愿再看见她了。

今日一别，怕真是后会无期。

沅宸眼里涌现泪光，强忍着不流出来。天色已晚，头顶忽然落下了小雨，她并不想打开包袱里的油纸伞，自从父母双亡之后，她忽然爱上了淋雨，好似那雨水可以把心中的思念和悲凉一并洗刷走。雨水打湿了面庞和衣襟，刹那间泪水也混着雨水一同在脸庞流下，终于可以落泪了，只是默默地走、默默地哭，她也不知晓自己为何而哭，只是觉得心里满含不舍和留恋，强忍着不发出一点哽咽之声。乌云遮住了残月，又一点点移开，露出了月华光亮。

沅宸忽然听到身后传来马蹄声，是急促又震耳的声响，有骏马奔腾在静谧深沉的山林夜色里。

"吁——"

衷赢突然勒住缰绳，沅宸听见那熟悉的声音，猛然转回头。她不敢相信自己的眼睛，淅淅沥沥的雨幕之中，他骑在马上，身形清瘦，眼里有忧愁之色。那一身白衫格外刺目，仿佛携着星月的光辉一同而来。沅宸的眼睛顿时发亮，内心激荡。她迫不及待地跑向前去，他也翻身下马去迎她。

"大师兄！"她唤他的这一声，似有万千想念那般柔情似水，泄露心中深沉的情愫。

他迎上她，迎上了她的怀，待她醒过神时发现自己紧紧地抱着他，才意识到不好意思，赶忙推开他擦掉眼泪，埋怨似的对他道："你一整日都跑去哪里了？我想和你道别，找遍了药王谷也没见到你。"

他低头凝视她，眼底里好像有一股说不出的凄楚，声音也有些暗哑："我哪里也没去，不过是，忍不住来见你罢了。"

她仿佛明白了什么，更加不敢置信地看着他，他却坚定地同她点头道："没错，沅宸，我要同你一起去你的国家。"

沅宸目瞪口呆，可内心里却也十分欢喜，她的表情也变得极为复杂，从错愕到开心，再到不知所措，竟脱口问道："可是师兄，你与药姑的婚约，还有师父……他怎能同意？"

衷赢眼神深邃，义不容辞一般道："那些都已成为我的过往，而与你在一起，才是我的今后。"

沉宸感动不已，她颤抖着嘴唇，一时失语。直到身后传来气喘吁吁的追赶声，二人一同循声望去，见是何心隐跌跌撞撞地跑了来！本来，何心隐就很舍不得沉宸，可念及大师兄还在山谷，他也只能忍下这份不舍。然而听其他人说起大师兄追随沉宸去了，何心隐更加没有犹豫了。

"沉宸师姐，大师兄，带，带上我！从今以后，你们二人在哪里，我就要和你们到哪里！"这个小小的身影已是满身泥泞，他扛着比自己身躯都要大的行囊，满眼欢快地扑向了沉宸和衷赢。

那一刻，沉宸终于忍不住哭出了声来。她把头埋进了衷赢的肩膀，伸出手来，紧紧地握住了何心隐的小手，他们三人在这夜色中显得格外孤独，却又温暖无比。

月华极柔，雨露清冷。桃花树的花瓣被冷风吹落，洒满了一地。

第十一节

天启三十年。

华灯初上，丝竹乐器之声婉转绕梁，希国皇都之内依旧是百年如一日的盛世繁华景象。

皇宫的殿堂里一派歌舞升平，这般盛宴自然是为了迎接学成归来的沉宸。她十五岁起便被皇后钦点为贴身御医，此行归来又为皇后带回了可以医治顽咳的药方，再加上皇帝向来厚爱寂将军一家，定是要为沉宸召开一场热闹的宴会了。

许多贵族、名医们都受邀而来，沉宸已换下了风尘仆仆的白鹭城衣衫，今夜的她绾着娇丽的双云鬟，眉间点着一抹朱砂，鹅黄色锦服格外雍容华丽，甚至还特意被皇后允许在衣襟上绣着鎏金丝线暗纹，更彰显她的曼妙容颜。她坐在与皇后最为接近的位置，可见皇后十分喜爱她，而在沉宸的左手，分别是她的父亲，寂老将军；下一个位置，是她的妹妹，希国唯一的女将军，宁灵霁。他们久别重逢，格外珍惜此时的相聚时光。沉宸重归故里，更是与家人们有着说不完的话题，她脸上洋溢着的喜悦笑意是外人不曾见到过的，也是衷赢从未见过的。

由于是沉宸携来的东陵国友人，衷赢的位置落在殿内的贵宾席处，距离沉宸并不算远，沉宸的一举一动、一言一行都可以被他看得真真切切。皇帝和寂老将军都得知两位友人皆是东陵国药王的弟子，特别是衷赢，长得一表人才，而且他还是药王当初的大弟子，他的医术定然与朝中众御医不相伯仲。如此难得的稀世人才，定要好生留用才是。虽然他选择离开师门，从故土东陵国来到希国，然而，皇帝为表大国气度，一来便赏了衷赢和何心隐一座不小的宅院。皇都之中的宅院都是寸土寸金，皇帝又赏赐了好些银两，让两人安心留在希国效力。

此时，衷嬴正一边小酌青瓷杯中的佳酿，一边打量着坐在沉宸对面的那位年轻将军。

寂藏锋，年长衷嬴两岁，十四岁时被寂将军收为养子，十六岁便统率军旅，二十岁时就已成为打过数场胜仗的英勇少将。只见身着玄色铠甲的他平和而沉静，时不时地向对面的沉宸投去目光。那目光并不像是兄长宠爱妹妹，也许他本人浑然不自知，可作为旁观者的衷嬴却从那眼神中领会到了一二。

衷嬴又饮下一杯，目光落在沉宸身上。

今夜的沉宸的确是光华照人，姿容秀美如青松。她正兴高采烈地同寂将军与妹妹灵霁聊着一年来的学医生涯，桃花眼中含笑，似盈盈水泽。衷嬴看她云鬓峨峨，修眉联娟，不禁露出微微笑意。待他再去看藏锋，发觉对方也注意到了他。二人彼此目光相对，仿若都把对方的心思看穿了。

衷嬴友好地同他点头，藏锋也颔首示意。也许他并不欢迎自己这个外来人，衷嬴心想。前几日，他同沉宸一起来到希国皇都之时，早已得讯的寂老将军便带队前来城门处迎接。分别一年虽说不长，却也不短，寂老将军见到爱女的那一刻，眼里竟也是动情地闪泪。同来的灵霁虽外表冷漠，也还是在见到长姐的时候流下了欢喜的泪水。

至于寂藏锋……他当时并未出现。沉宸也刻意没有问起他，只是同父亲与妹妹介绍了衷嬴、何心隐。许是爱屋及乌，寂府上下都对衷嬴与何心隐异常热情，招待有加。虽然皇帝赏赐他们的宅院就在三条街口的南边，但是沉宸和老将军都盛情邀请他们住在自己这，说是那边的宅院还没找到合适的人打理，大家在一起热闹，于是他们就都住在寂老将军在皇都的府邸里。

这座将军府邸，寂老将军住得极少，这也是皇上赏赐的宅子，只有他们回皇都复命之时才暂且住上些时日。虽然很少住，但是管家和仆人们都把宅子维护得极好。何心隐初进这宅子时喜欢得不行，看哪里都觉新鲜，没几日便和全府上下都混熟了。倒是衷嬴始终客客气气，待人和善之余，总保持些恰到好处的距离。

直到今夜来到皇宫赴宴，衷嬴才得知沉宸有一位毫无血缘的兄长，寂藏锋。

而坐在身旁的何心隐只顾着吃佳肴，这才想起来同大师兄道："大师兄，沉宸姐姐以前都没怎么和我们说过，她竟然是个将军的女儿，还是这边国家

皇后的得宠御医呢。"

衷赢笑笑，道："现在知道也为时不晚。"

"那倒是。"何心隐也十分满足地弯着眼睛笑，同时又吃掉一块玉糕，道，"不过，我倒也不在意沉宸姐姐是谁，又或是家中有何人，我只要和大师兄还有沉宸姐姐在一起就好，在哪里，做什么全然都不重要，只要我们三个人始终相守，其他的统统与我无关。"

何心隐仿佛是道出了衷赢的心里话，他自然也是这般想的。更何况，他已舍弃了原有的一切，以后沉宸就是他的一切了。

在皇都待了半月之后，应酬完了所有人和事情，也将治疗皇后顽疾的药方交给了另一名御医，一行人准备辞行而去。虽然皇后很是不舍，但是她也不想将沉宸禁锢在这皇宫之中，只是让沉宸如有传召须即刻回宫罢了。至于皇上，他本想留下衷赢在宫中为御医，为己所用。但是衷赢一心在沉宸身上，打算随她同回军营做军医。既然如此，皇上也不好强留，毕竟玄机城的驻军是边境的盾牌，只有那里安宁了，皇都才能平安。若是敌军攻破玄机城，从那里驱马直入，不需三日便可到皇都城下。人才既然留在希国了，也就无须担心了，有如此医术的军医去往军营之中，到底也是将士们的福气。

而对于寂老将军一家而言，玄机城的军营才是自己的家，那里有出生入死的战士们，也有自己熟悉的营帐。虽然在城中也有府邸，可自从三个儿子和夫人去世之后，他便很少回去住了，也怕触景生情。反而在这军营的大帐之中，他倒可以睡得踏实安稳。

又过了三日，一行人随同寂老将军一起回到玄机城的军营。士兵们见大小姐归来，自然欢欣鼓舞。寂老将军要他们择日再叙旧，眼下沉宸他们都累了，要回营中休息才行。寂老将军也早早地回自己的营帐里歇息了。

沉宸忙里忙外，亲自安顿好了衷赢与何心隐，给他们选了距离自己很近的营帐，也安排了军士守卫，并分配了几个得力的老妈子做杂务，帮着他们打理生活起居，又把生活用品一一点算清楚给他们拿来，还按照他们的身材尺寸给每人做了几套合身的新衣。

衷赢看着沉宸的热情有些哭笑不得，他说自己已成年，这些衣衫自然合体，可何心隐是半大小子，过个把月就会长高，且不断成长，只怕这新衣还没轮着穿一遍就都不合身了。沅宸听完后，有些不好意思地挠了挠头，说自己当初只想着尽量把生活物资准备得充分一些，倒没想到这个问题，是她欠妥了。何心隐对这营帐也格外好奇，不由说道："师姐，我原以为帐篷都是小小的，被风一刮就跑了。今日见到真正的军中营帐才知道，原来它这么结实，这么宽敞，里面还有如此多的家具，地面也是平整的，还铺了毯子，竟然还有木头浴盆，好生华丽啊，这和普通屋子也没什么区别了，真是妙极了。"

沅宸听了，忍不住笑道："小师弟，这里是驻军的营帐，长期居住所用，自然有着极为完备的设施。且和真正行军打仗时的营帐不同，那时为了减轻辎重，用的都是轻质的帐篷，和这种是不可能相提并论的。这玄机城是希国重要的边境之城，由中心城和许多村落组成，村落进行农业生产来提供军粮，军队屯军时自己也安排士兵轮流种植生产。好多位老妈子和老爹都是附近村落来做工的，年纪大了种不了地，也不想闲着。再者，他们的孩子也在这军营之中服役，他们便来这帮着照料军营的日常生活，还可以收获一笔不菲的酬劳，何乐而不为呢？这么多年来，大家都是这般和气融融地度过的。对了，说了这么多，我差点儿都忘记了，明日我带你们去见我的廖师父，他虽然表面严肃、古板，可骨子里十分热忱，是这营中最负盛名的老军医。我们可以在他那里学到更多的医理知识，只不过嘛……他教课的方式有些特别。"

"有何特别之处啊？"何心隐睁大了眼睛，好奇地问着。坐在一旁的衷赢眼中含笑，默默地看着两人在那边滔滔不绝。

就在此时，灵霁进了衷赢的营帐，她是来找沅宸的。

沅宸心领神会，同衷赢说自己稍后回来见他，衷赢自然不会阻碍她们姐妹二人相聚，便目送沅宸离营。

这会儿终于得以单独相处，灵霁对沅宸的想念也毫无保留地倾吐而出。二人走在营外的小山林里，就如同是幼年时那般天真烂漫、毫无忧虑。

灵霁身材修长，沅宸与之相比较为娇小，比她矮上约莫半头。一路上走着，沅宸与灵霁来到山脚下，仰头就可以看到半山腰处皇帝赐给寂家的陵墓，那里葬着寂夫人与三位兄长。每逢祭祖之日，寂老将军都会提早上山，为陵外的梧桐树亲自浇水。

灵霁望着陵墓道："爹爹的营帐在半山之中，打开帐门看去，对面山包便是御赐的家族墓地，也是为了离娘亲与兄长们更为接近。他心里想要守着

他们，寸步不离地守着。"

沉宸心有忧思，叹息道："如果当年我也学会了现在这般医术，娘亲和哥哥们也许就不会离去了。"

灵霁重新看向沉宸，冰冷铠甲上的红色披风衬托着她淡漠的面容，倒也为其涂上了一抹朱红色的光晕，她问道："姐姐，我本不想多嘴此事，可总是觉得不问的话，心里不踏实。"

沉宸笑着看向她："你我姐妹之间，没有什么是不能问的，一年不见，你怎么变得生分起来了呢？"

灵霁略微垂下了眼，清丽姿容更显幽静，她问道："这次你归来，携回两位友人，虽说他们是你的师兄师弟，那姓何的孩子虽尚且年幼，的确是心思单纯地为追随你而来。但你的衷赢大师兄却甘愿放弃药王谷和东陵国唾手可得的锦绣前程，还这般心甘情愿地来这玄机城做个小军医，想必他定是对姐姐有心思的吧？"

沉宸听后，半晌也不言语，灵霁又道："姐姐，我并非想要惹你不开心，但你应该记得，一年前皇后是赐婚你与藏锋哥哥的，然而如今又有一位男子陪伴在你身侧，藏锋哥哥又该如何自处呢？"

时值初夏，天气微热。清风徐来，夹杂暖意，山林里暗香浮动，夜雾袅袅，一朵合欢花从林中卷来，沾过沉宸的发鬓，飘落在她桃红色的绣花鞋面上。她不忍抬起脚踩坏了它，便一动未动，喃喃回道："当年的事情，我早已忘了，藏锋哥哥也必定忘了，不会再有人提起。灵霁，别再提起，让它过去吧。"

灵霁忽然激动起来："怎可就轻描淡写地过去？这一年来，藏锋哥哥十分想念姐姐，我都看在眼里！"

沉宸心烦意乱道："那只是手足之情，莫要多想。"

"姐姐太固执了！"

"固执的人并非我，而是你吧。"沉宸紧紧凝视灵霁的眼睛，一针见血。

灵霁顷刻间变了脸色，似动摇，又似无措，她很少有这样的神情，她不允许自己暴露心中所想。她一直苦苦习武，抛却杂念，任凭谁也无法看穿她内心所想。但为何沉宸却能道破她的痛楚？那她多年来的自我麻痹又有何意义？

"一年了。"沅宸痛苦地皱起眉，无可奈何地看着灵霁道，"为何这一年来，你还是不肯放下执念？灵霁，你我姐妹不需要试探彼此，更不需要为了彼此而牺牲对方。为何你还是如此固执？你大可以……"

"不！"灵霁打断沅宸的话，眼中闪过一丝仓皇，尽管她很快就恢复了原有的冷静，可声音中的微微颤抖还是泄露出了心中所想，"我没有执念，你说得不对。我看见藏锋哥哥多次与你书信，是你没有回信。他也经常站在你的营帐外出神，尽管他从未和我说起，可我感受得到他对你的那份思念，他在等你回来，他一直在等。"

沅宸握着灵霁冰凉的手说："妹妹，我回玄机城之前已经与皇后娘娘说了，我无心于儿女情长，只为钻研医术，若能选择，我宁可终身不嫁。再加上我与藏锋哥哥虽无血缘，但却如亲兄妹一般相处至今，若是与其成婚，彼此都会甚为尴尬，反而不美。而皇后疼惜我，也应许了我的请求，说这事以后不提便罢。"

谁料灵霁听完此言，竟猛地把双手从沅宸手中抽出，有些激动地说道："姐姐，你这是真糊涂啊。你这岂不是自欺欺人？这一年之中，每次父亲在家宴之中提起你时，藏锋哥哥都不言不语，只是一个人默默地喝着闷酒，这也算是普通的手足之情吗？"

沅宸听着这番话，心中除却悲凉，还有绞痛。原来灵霁已经用情如此之深，她把藏锋的点点滴滴都看在眼中，这份真情怕是化为白骨渡上黄泉都难放下了。可事实上，并不是沅宸没有回信，而是她的确从未收到过藏锋的信件。她也为此而感到痛心、无眠过，可藏锋就是藏锋，没人清楚他心中到底是怎样想的，沅宸不清楚，灵霁更不会清楚，即便她们姐妹二人都已对他痴恋多年，却仍旧是镜花水月。所以沅宸才会同灵霁道："放下执念，方得始终。"

灵霁略有埋怨似的看向沅宸，喃喃道："如若放得下，你当初就不会离开一年了。"

沅宸欲言又止，灵霁心灰意冷，同她合拳告别。望着灵霁远去的背影，沅宸低低喟叹。她转过身，也只得朝来时的路走去。

回到军营附近时，还未进大门，沅宸就见对面缓缓走来一人。树枝上开

满梨花，枝丫低垂而下，半遮半掩住那人的面容。他越发接近，身上那股清冷气息便越清晰，是在这万千花树之间，他看见了她，以一种久违而深远的目光望来。

她不禁心下一颤，手心里泛起密集的汗珠。她自以为放下了，可真如灵霁所言那般，怕是自欺欺人。

"沉宸。"他走上前来，念出她的名字，是极为温情的语调。

她却不似他这样平和，也许是因为她对他依然抱有一丝不切实际的幻想，又或者可以说她"居心叵测"，总之她有些局促，又显得很被动，只低下头去回应道："藏锋哥哥……"

他同她也略有拘谨，言语之中留有分寸与距离，低声道："你的气色比一年前好了许多，可见学医的时光一定让你很快乐。我也看得出，你的两位师兄弟对你照顾有加，让身为兄长的我也感到了欣慰。"

兄长。这是令沉宸感到愕然的称呼。她仿若如梦初醒似的抬头看着他，苦笑道："是啊，藏锋哥哥，你我兄妹之间，自是不必如此生疏。今后也免不了要常在军营里照面，以兄妹相称，必然免去了许多烦心顾虑。"

藏锋略有困惑，沉宸笑笑："夜深了，藏锋哥哥，我先行回去歇息了，再会。"她轻吐一口气，朝军营里走去。

她越走越快，生怕自己留下什么破绽被他看穿。

迎面袭来夜风，吹散她心中烦乱，沉宸抬起眼，这才发现自己营帐外站着一个俊秀身影，像是在迎接她。

她认出他来，赶忙走上前去唤道："大师兄。"

衷赢闻声转过头，眼中带笑道："总算让我等到你了。"他牵过她的手，"随我来，我从山谷离去时，匆忙之中带了几罐玫瑰蜜饯和樱桃毕罗，都是带给你的，你再不吃的话就要腐掉了。"

她怔怔地被他牵着，忽然觉得自己原本冰凉的手，竟也因此而逐渐暖了起来。

沉宸是知道的，从药王山谷到归国回营，只要衷赢在自己身边，必定是对她照顾有加。他抛下了功名利禄，宁愿在寂将军的军营里做一位普普通通的军医，为的只是伴她身侧。在军营的日子里，他始终对她悉心照顾，备至呵护。

第二日，他们早早地就相约一同去拜见廖军医，这廖军医果然与沅宸所说一般，的确有些与众不同之处。三人还未进入营帐之内，就听到一位声如洪钟的老者在帐内自言自语地说道：

要知男女老少坟，只有草木才知音，
要知何因死的人，草木也能定分明。
要知宅主富定贫，坟地山水自分明，
新旧草木坟中生，阴阳草木定是真。
少者草在东边少，老者草在西边生，
东边草高男家发，西边草高女家兴。
坟上万物生土堆，先富后贫子孙亏，
左边东来右边西，坐南朝北四位取。
左边草高是男坟，右边草高葬女人，
男坟长草直上生，女坟草生乱纷纷。
右头草木斜左脚，定主里面埋老妇，
左边草木斜右头，白头老翁埋里头。
左边草木斜左头，少年子弟埋里头，
右边草木斜右头，红粉佳人不知秋。

沅宸和衷赢两人面面相觑，忍不住轻笑了出来，这老军医怎么把自己变成了风水先生，真是什么都难不倒他啊。何心隐在一旁一知半解地认真听着，一头雾水。待帐内没了动静，三人才入帐前去拜见。

廖军医见三人前来，倒也不奇怪，等三人行完礼，就一把抓住衷赢的手，要替他把脉。衷赢看到廖军医如此热切，便盛情难却，只能乖乖地让其将两只手的脉象都细细把过。

诊完脉后，廖军医说道："小伙子，你身体素质不错，只是天生肺弱，夜间睡眠之时，总会咳嗽几声而已。我教你个法子，不用汤剂和针药，可以治根本。你就每日寅时静坐，很容易入静。寅时阳气上升，阴气下降，阴阳相交、天地相交。而卯时日出，天地阳泄，需要补充太阳阳气，不适合修炼。寅时阳纯，天地阴性物质绝迹，不会出偏。寅时肺经当令，肺主百脉。寅时地支藏有甲丙戊三天干，对应的是胆、小肠和胃。根据表里关系，关系

到肝、心和脾。再加上肺经当令，四个内脏全部开始运行，重新消化吸收身体里的营养物质，颐养先天之肾精。肾精得养，补益脑髓、骨髓返生，可实现逆生。在十二个时辰中，能够达到以上条件的，唯有寅时，其他任何时辰都不具备这个条件。所以，其他时辰静坐的效果，都无法达到寅时静坐的效果。你若如此一年半载，肺经定得以滋养修复。"

衷赢一听，这位廖军医果然是大隐隐于市的高人，老前辈的医术是结合道家修炼而自成一体的，并非寻常医书之中可查。他赶紧行礼说道："多谢廖师父指点，晚生受益匪浅，定于今夜就行此法。"

廖军医爽朗地一笑，摆了摆手，道着不必客气，并请他们坐下来喝茶。闲聊之余，他得知衷赢和何心隐之所以会离开药王谷，源自追随沉宸回来希国。且又得知衷赢甘愿在此军营之中做军医时，他竟然高兴得像个孩子，神采飞扬地对衷赢说："那老妖精能教你等的，我不一定能教，但是我能教给你们的，那老妖精也不懂。你们这样求学才是对的，不要只听一家之言。"

沉宸极少看见廖师父如此眉飞色舞的喜悦模样，又见衷赢和何心隐略带尴尬，毕竟这药王也曾经是他们的师父，无论药王认不认他们是弟子，但是他们心中对药王的尊敬是半分未少。

沉宸打破尴尬地轻咳几声，问道："师父，为何您……您要称药王为老妖精？"

廖军医自是十分得意地说着："这个嘛，要说我与那老家伙是老相识，他与我同岁，当初共游大江南北，拜访各位高人，他与我说他的目标是修成人仙，容颜不老、岁长驻世。那时我就开始喊他老妖精，他喊我老怪物，彼此打闹。如今他年年岁岁服用各类珍稀药材，勤修苦练才能有现在的容颜，那不就真成老妖精了吗，哈哈哈……"

众人一听，皆是笑作一团。

"廖师父，您刚刚说'人仙'？难道仙也有很多种类吗？"一旁的何心隐眨巴着忽闪忽闪的大眼睛，好奇地问道。

廖军医笑眯眯地看着这个半大小子说道："你这小儿，倒是颇有仙缘嘛，竟然问出如此问题，那老夫答你便是。古代有首诗说：'三十三天天重天，白云上面有神仙，神仙本是凡人做，只怕凡人心不坚。'仙道五品仙，也就是修炼的五个层级。

"第一：天仙，阳神成就之后，程度不断壮大，能力逐渐扩展，最终彻底超越苍穹限制，依元神界生起新的天地，并主宰其摄受有缘众生，以无量化身引导众生趋向无上成就。

"第二：神仙，超越玄关境界，进入明体境界，依元神力量铸造阳神。神仙级修炼者是以阳神可以离开肉体独立生存为成就标志。达到神仙品则为圣贤级修士，地仙、人仙、鬼仙均为凡夫级修士。

"第三：地仙，由正定而获得玄关显现，但因见地不到，故不能超越玄关境界，即以此境界为究竟住处，依玄关之力量摄持改造身体，肉体寿命可突破自然之限制，则已近似于阳神力量。在人仙、鬼仙级的修炼中见解高低并不重要，而一旦到了地仙境界，见解不到位就没办法了，所以说修道是智慧的成就，智慧不到是不行的。地仙级以上的修炼必须断绝外缘专修，所以得法之人有一定基础之后大都遁处深山老林人迹不到之所，修炼所需时间因人而异，根基好的数年即可成功，根基差的则可能数十年尚未达到究竟之处。

"第四：人仙，不追求成就道果，而以调摄真气之术养生健身，提高抗御外界邪恶信息能量侵袭的能力。人仙部修炼者以达到百邪不侵、百病不生、延年益寿、容颜常驻为成就标志。

"第五：鬼仙，一味闭目寂坐，冥心寂照，则静中寻静，悟人顽空寂灭矣。而未灭尽定，只炼得一个强定之阴神，到气尽时，阴神一出，便为灵鬼，谓之鬼仙。从修炼角度上看，鬼仙为修炼之最下乘。"

"哇，太有趣了！原来这世上还有这么多有意思的事情，我以前全然不知呢，谢谢廖师父赐教。我还想知道那些山精鬼怪的故事，廖师父将来可否也讲给徒儿听呢？"这何心隐虽然小小年纪，但是却礼数周全地抱拳作揖，还嘴甜地自称徒儿。让廖老军医心中不由得得意起来。

"自然是可以，为师日后讲与你听便是。来，先喝点热茶，吃几块点心。"廖老军医开心地说。

衷赢彬彬有礼，何心隐聪慧机敏，廖军医也格外喜爱衷赢与何心隐，深觉他们极富天资，是难得的学医人才。再加上他们也称自己一声师父，自然是倾囊相授、待如子侄。三个人白日时常来到廖军医营帐之中，听他讲解病例经验、游历见闻、道医秘法……各种天上地下的玄妙之事都能随口说来，实在有趣，又能学到很多闻所未闻的知识。

一起学习、生活的日子过得充实而平静。白日学习、夜晚喝茶赏月谈心，藏锋和灵霁每次巡营路过沉宸的营帐，总能看见烛光之下三人相谈甚欢的身影……

一日，衷赢与何心隐留下封书信，说是今日在集市之时，听一名药农说一座山上有珍稀的草药，两人便来不及与她商议，自顾自地随着那药农去采摘了。估摸着要半月有余才能回来，让她不必挂念。

沉宸一看完信，气不打一处来，这稀有药材的采摘怎么都不叫上自己同去？但既然他们人都已经出发了，只能作罢。

半个月的光景过去了，丝毫不见两人的踪影，沉宸虽知衷赢和何心隐不会出什么大事，但心中总是乱作一团。灵霁也安慰她，说二人估摸那座山上寻找草药多耽搁了日子，姐姐不要为此日夜担忧。

可眼看着过去二十几日了，那二人还是没有踪影，沉宸心焦得睡不着。她独自走到军营后边的小溪旁，去赏月色。不远处藏锋与灵霁正在骑马漫步巡营。灵霁看见了溪边的姐姐，也心知她在担心两人迟迟不归之事，便告诉了藏锋，请他也去宽慰姐姐几句。藏锋见到溪边独自徘徊的沉宸，心有不忍，便嘱咐灵霁牵好马在原处等他，他这就去劝劝沉宸。

沉宸听到身后有脚步声，回眸一看。藏锋身着一身银色盔甲正向自己走来。她觉得有些愕然而不知所措，藏锋走近后不等她开口便说："沉宸妹妹，你莫心急，衷赢是稳妥之人，定是有事情耽搁了归程。灵霁与我商量，若五日之后还是没有音讯，我就和她亲自出城去寻找。"

"我……我哪里是担心衷赢，我是担心何心隐，他小小年纪贪玩爱跑，万一在路上和大师兄走散了，彼此寻不到对方……所以两人都没有归程。当然，我更担心他采药爬山之时不慎摔伤什么的，这才没了音讯……不过，还是谢谢藏锋哥哥的关心，若是五日之后他们未归，还真是要请藏锋哥哥和灵霁妹妹帮我出城寻人才是。"沉宸话说得有些语无伦次，她看见藏锋眼中的关切之情，内心又是一阵悸动。

"那妹妹早些回去吧，夜里雾深露重，已然亥时，这里离军营还有些路途，晚上泥泞路不好走，你且和灵霁同骑一匹马，随我们一起回营吧。"藏锋用手指向不远处树下的灵霁和两匹乌黑的骏马。

沉宸那一刻也不知说什么好，只是点了点头，就跟在藏锋的身后向树下走去。她低着头，看着泥土之上藏锋一个个的脚印，心想藏锋哥哥的步伐如此之大，自己需要两步才能相及；再抬眼看着藏锋健壮而魁梧的背影，果然，他们都长大了，读了更多书，守了更多礼，再也不似少时那般亲密无间了。

> 迢迢牵牛星，皎皎河汉女。
> 纤纤擢素手，札札弄机杼。
> 终日不成章，泣涕零如雨；
> 河汉清且浅，相去复几许。
> 盈盈一水间，脉脉不得语。

走到树下，灵霁正关切地看着沉宸，扶她上马，自己则坐在其后，灵霁的双手环绕她的身侧，握着缰绳让马匹慢慢踱步。沉宸回头看了一眼灵霁，灵霁眼中满是温情地看着她，问："姐姐冷吗？我将披风脱下给你如何？"沉宸忙摇了摇头，便不再言语。一路上三个人骑着两匹马默默地走了一炷香的时间才回到军营。

数着日升日落，到了第二十八日。沉宸正坐在营帐之中发呆，原来生活之中早就习惯了衷赢和何心隐的陪伴，没了他们相伴，竟然感受到一种莫名的孤单寂寞之感。

忽然营帐之外传来一阵急促的脚步声，她正恍惚失神之际，帐帘忽地被撩开，何心隐的小脑袋先露了出来，接着，衷赢那俊秀的面容也出现在眼前。

沉宸猛地从椅子上跳了起来，一句话还没出口，眼泪反而先落了下来。哭了半晌之后，她又凶巴巴地对两人吼着："你们两个这是去哪里了？说好的半个月就回来，这一走就是一个月，连个音讯也没有，这是要急死我吗？"何心隐一见，吓坏了，他何曾见过师姐发这么大脾气，赶忙在第一时间躲到大师兄身后。沉宸边说着，就拿拳头砸向衷赢的胸口，衷赢也不躲避，只是任由这拳头落在自己身上。他始终都保持着微笑的神情看着沉宸。

待沉宸把脾气发泄完了，他便扶沉宸坐下，笑着对何心隐说："还不去给师姐擦下眼泪。"何心隐乖巧地掏出一块洁白的手帕，凑近后递给沉宸，把泪水擦了擦。

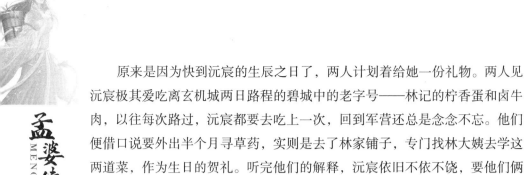

原来是因为快到沅宸的生辰之日了，两人计划着给她一份礼物。两人见沅宸极其爱吃离玄机城两日路程的碧城中的老字号——林记的柠香蛋和卤牛肉，以往每次路过，沅宸都要去吃上一次，回到军营还总是念念不忘。他们便借口说要外出半个月寻草药，实则是去了林家铺子，专门找林大姨去学这两道菜，作为生日的贺礼。听完他们的解释，沅宸依旧不依不饶，要他们俩发誓以后不可这样抛下她一人跑了，害得她如此日思夜忧。衷赢和何心隐赶忙顺了她的心意，起了个誓，沅宸这才破涕为笑。

三人笑谈了一夜，约好明日请上寂老将军、廖师父一起品尝他们两人学做的柠香蛋和卤牛肉。

第二日中午，在寂老将军的营帐之中，两人端上了香气扑鼻的柠香蛋和卤牛肉，光是那香气都让人垂涎欲滴。沅宸哪顾得上什么礼数，第一个就动了筷子，吃了一口柠香蛋，再吃一口卤牛肉，眼睛睁得如铜铃般，兴奋地说道："真是完全一样的味道啊。你们真厉害，以后我随时可以吃到林记的美食了！"

寂老将军和廖军医也品尝一番，赞叹不已。不想这衷赢和何心隐为了沅宸竟然还学做了一手好菜。看着沅宸狼吞虎咽的模样，以及一旁衷赢含笑看沅宸吃的样子，两位老人对视了一眼，会心地笑了。

之后，无论沅宸怎么问他们是如何说服林记的林大姨把秘方交给他们的，他们始终闭口不提。其实就算不说，沅宸也明白，这定是不易之事，一来这两道菜是人家的镇店之宝，怎会外传？二来他们耽搁了那么多时日，定是颇费周章。无论如何，沅宸心里都充盈着幸福感，被人关怀和爱护实在是件美好之事。

在廖军医的引领下，沅宸与衷赢、何心隐的医术日渐提升，廖军医极为满意，渐渐转去幕后支撑三人单独行医。于是，世人都道寂家军营里的廖老军医有了三位得意弟子，其中有两位是"妙手神医"，翩翩公子衷赢和亭亭玉女沅宸，以及尚且年少的何心隐，他虽然还不能独自给病人诊脉拿药，但也是一位格外重要的"小医师"。总会有百姓感恩地叩谢其医者仁心，也总会有小娃娃们把衷赢与沅宸错认成是夫妻。

时光流逝，岁月如白驹过隙，何心隐也在沅宸与衷赢的身边学习到了许多原本不知晓的医术。他总会在天未亮时便登山采药，带回营中给两位师兄姐用于药材研制。

衷赢和何心隐也总是变着法子给她做各种好吃的吃食，这架势怕是要把御厨都比下去。每次看着沅宸狼吞虎咽的样子，两个人都心中满足。

自此之后，除了每日钻研医术外，沅宸也会同衷赢走出军营，去市集里一起看华灯，一起在茶馆里听人说书，也一同救治营中伤员与玄机城中的百姓们。沅宸自然十分感动，也对衷赢产生了一种亏欠的思绪。

闲暇时，沅宸会带着衷赢策马狂奔，带他去道观祈福。

衷赢也会带着沅宸去山顶看日出朝霞、看日暮烟花、看溪水清流……

许是烟花迷醉，许是情愫升腾，当衷赢终于有勇气同沅宸提出订下婚约之事，当沅宸感动地应下，这本该是一对佳偶终结连理的喜事……

可这世上，到底还有一个名为藏锋的男子。

尽管衷赢会催促沅宸尽快完婚，尽管寂老将军也格外看好衷赢，尽管所有人都觉得他们无比般配，而沅宸每次都找各种理由搪塞了过去。

沅宸的心，仍旧控制不住地飘向藏锋的方向。他早起晨练，她会故意选择那个时间去山上采药；他带兵晚归，她也会夜读药谱到他回来；他出征巡视，她还会去道观求一上上签，连夜缝进香囊里，然后再偷偷放在他枕边。

她本无意伤害衷赢，所以总以藏锋是兄长的名义来掩饰。而衷赢虽知她的心思，却也不去戳穿她，他想着她会放下的，早晚会的。

水纹珍簟思悠悠，千里佳期一夕休。

从此无心爱良夜，任他明月下西楼。

灵霁自那次之后便不再与沅宸提及藏锋之事，两人都小心翼翼地生怕触动彼此敏感的神经。其余的事情两人皆是相谈甚欢，彼此时常谈些军营中的趣事和战场见闻。沅宸手巧，为灵霁亲手做了好些新衣衫，一年四季的衣衫全被她一个人做齐了。灵霁很是珍惜长姐，知道姐姐爱吃，也常外出寻些野味回来。

这野味若是按照寻常做法烹饪便可惜了，衷赢和何心隐负责把它们做成一道道药膳，既美味又进补，让沅宸和灵霁多吃些，特别是灵霁，因为是习武之人，更需要好生饮食。古人常言道"穷文富武"，若是家境不好的人去习武，虽然得一时之强健，但终伤元气，寿不长久。只有富裕人家去习武，

才能饮食、药物相配合，强健筋骨而不伤元阳。

　　两人还时常会做好些药膳补汤送去给寂老将军和廖军医，两位老人家对他们更是喜欢。

> 衷赢这般痴情，心有戚戚。
> 沅宸心系藏锋，难以自拔。
> 灵霁深陷执念，情不自知。
> 藏锋征战四方，保家卫国。

　　四人各自心怀情愫，于军营之中日日相见，日日怀揣遗憾，日日内心挣扎、自欺欺人。就这样日复一日，三年的光景转瞬即逝。

　　周遭的人都看不清这四人为何皆不成婚。在希国的传统里，这般年纪都该婚配了，特别是女儿家，旁人只以为两位小姐一位醉心医术、一位沉迷武艺，皆不想早早嫁人，再加上寂老将军也舍不得花容月貌、孝顺贤德的两位小姐，所以就这么一直耗着。

　　直到那日，皇帝突然兴起，正值腊月初八，是希国传统的王侯庆日，皇帝便带着皇后与一行人，浩浩荡荡地来军营里探望寂将军与众多守军将士。由于是微服出访，不便过于惊动军营之外的百姓，也就免去了许多礼节。皇帝又提议在军营里小试一场击鞠，想来他的确是一时兴起，加之皇后最近想念沅宸特制的芍药香，便借着"督查"之名，来到军营里探望寂将军这个哥哥，也算是家人团聚的时候，再组织这么一场不算正规的赛事来助兴。

　　参与击鞠的两队带头人分别是皇族九王爷，以及少将寂藏锋。

　　九王爷刚过舞勺之年，年轻气盛又十足傲慢，他将红绸带系在前额，上下打量寂藏锋，冷眼道："早就听闻寂少将军年少英雄、叱咤战场，如今相见，倒也不如他人所言那般魁梧，反而有一股子羸弱之气，等会儿你可别摔下了马，伤了我皇族与寂家二族的和气。"

　　藏锋自然不把小孩子家的挑衅放在心上，九王爷却更为趾高气扬地挑眉一笑，转脸去看座位上的皇帝，道："皇兄，我等已准备就绪，开始吧！"

　　皇帝一摆手，身侧内管宣令道："击鞠比试开球！"

　　话音刚落，九王爷便先发制人地率先冲入赛场，藏锋倒也不甘示弱地紧随其后，可是前两个球都被九王爷一杆打进洞，藏锋并无还手之力。

座席上的沉宸见状，不由担忧起来，紧紧地盯着场上的藏锋，很怕他因顾虑到皇帝与父亲的颜面而被九王爷逼得跌落下马。坐在对面的衷赢将她关切的模样望进眼里，安慰道："但可放心，你兄长不会有事的。"

沉宸这才意识到自己有失仪态，讪讪一笑，站在身后的灵霁打量着沉宸的表情，又看向衷赢，衷赢与之对视，灵霁只是默然地移开了视线。

不过总这样下去，比赛的看头不大，皇帝觉得九王爷太过跋扈，有失皇族身份，便命人换掉了九王爷。又问寂老将军有没有可以替换的人选，寂老将军在众人中扫了一圈，定下了衷赢。

皇帝惊讶道："准女婿竟要上场？"

寂将军满意地捋捋胡须："回皇上，我这准女婿虽是从医之人，但也是能文善武的，前几日还陪同我去骑马，击鞠小试，难不倒他。衷赢，去和藏锋打一局吧！都是自家人，没什么可担心的！"

衷赢点头应好，再看向赛场，藏锋已在等候他。衷赢翻身上马，喊一声"驾"，迎向藏锋。藏锋略眯了眯眼，深知这个"未来妹夫"不是善辈，但他还是做好了击球的姿势，一挥球杆，不料被衷赢防下，且他动作飞快，策马冲来。藏锋余光瞥见座席中的沉宸忽地站起身来，心中分神，竟然从马背上跌落了下来。

衷赢立刻勒住马匹缰绳，周身的士兵赶忙奔向藏锋，询问着"少将军你不打紧吧"。沉宸和灵霁见此情景，也不由自主地跑向了藏锋，沉宸更是担忧地搀起藏锋，关切地问道："藏锋哥哥，你摔伤哪里没有？"

藏锋摇摇头，说是自己一时大意，且这点小事根本算不上什么，战场上常有。可沉宸还是执意去扶他，不巧和灵霁的手碰到一起，灵霁立刻缩回手臂，沉宸也尴尬地停下了自己的动作。最终，藏锋不要任何人扶，自己若无其事地走下场去。寂将军喊他到这边，叫他来喝口茶，换别人上场。

沉宸还站在原地，灵霁已经离开了，她也舒口气，转过身的时候看见了衷赢。她这才想起他一直在身后，可是刚刚她却完全忽略了他。沉宸顿感心中愧疚，恍神似的道："大师兄……"

衷赢的脸上挂着一丝宽慰但却失望的微笑。也许此前，他尚可以欺人，欺己，可在她奔向藏锋的那一瞬间，他还是真切地意识到了她对藏锋的深情。

而这份情，竟似高山，令他难以逾越，也令他明知山势险恶，却仍旧不肯回头。

天启三十三年。

时值六月初三，大暑刚过，寂少将军寂藏锋奉皇帝旨意率兵西征，其骁勇善战令西部游牧部落遭到重创，寂少将军在宋、齐、赵等老将的辅佐下如虎添翼，一路平步青云。因剿灭西部游牧部落有功，蒙皇帝赏赐万金，统率步骑兵共七营，合计三万六千八百人。同年，寂少将军从西部带兵昼夜兼程，驰赴家乡玄机城，为的是平复边境处爆发的一场规模不小的纷争。

玄机城边境区域在最近几年间问题不断，这里的往来贸易总会有争执，随着贸易利润和货物流量的加大，这里变成了一个利益的旋涡，各国商人都想在其中赚上一笔，而这种利益的摩擦冲突，如今终于上升到白热化程度。

灵霁得到情报，各国边境接壤处结集了一些民兵，为抢夺贸易出口的话语权而产生武装冲突。

灵霁身为女将军，自然有保护百姓的职责在身。加上藏锋还未归来，她必定要带领驻军士兵平定乱党。所谓民兵，多是一些边境农夫因土地贫瘠，或因天灾人祸、躲避官司，隐姓埋名在边境讨生活的人。他们平日各自种地、打猎或者经营些小买卖为生，每当大宗货物接近边境关口之时，便组织起来，杀人放火、抢夺财物，得到好处之后再一哄而散。既然是各国民兵，便都是些散兵游勇，不足为惧。灵霁心想着，只需早日将他们驱逐或绞杀即可。

然而在交战之中，希国军队竟然遭遇埋伏，灵霁带领的小分队损失惨重。

边境城郊，战火冲天，尸骨成山。灵霁努力地想要看清周遭情形，却发现李副尉在离她半米处死不瞑目，且是身首异处。至于小分队的其他将领也已不知去处，十有九成是凶多吉少。

第十二节

　　此时灵霁才发觉，情报有误。这帮"民兵"体能惊人，身着盔甲、手持利刃，这哪里能称为民兵？这是蛮兵才对，分明是很多小国军队中退役的蛮族战士重新组成的一支训练有素军队。他们个个都经历了极为残酷的训练，才会选择这种在刀尖上舔血的买卖。

　　从方才开始，灵霁军便遭遇突袭，原本的万里晴空也在顷刻间乌云密布、闷雷滚滚——乱党们埋下了火雷，灵霁带兵刚一到就踩中埋伏，她的士兵、马匹都被席卷到空中，接连撕碎，血溅蔓草。

　　士兵们的惨叫声满耳，哀号声不断，无论灵霁如何安抚，被恐惧侵蚀的队伍已经支离破碎、四散逃亡，视线所及之处尸横遍野。

　　"不要乱动！"灵霁高声下令，然而为时已晚，又一处火雷爆炸，掀起地面沙尘泥土，形成了一股巨大旋涡，连同灵霁也被卷进其中，一盏茶的工夫，旋涡平静下来，灵霁跌落在地，赫然看见眼前皆是惨死的部下。

　　一名失去右臂的士兵艰难地爬向她，嗫嚅着："将军……救救我……将军……"

　　还未等灵霁有所行动，便有一头相貌狰狞的野兽窜了出来，一口咬掉士兵的头颅，丢去一侧。

　　看到部下被蛮兵所带来的野兽残忍杀死，灵霁震惊而又绝望。她猛地直起身，挥起手中的刀刃，用力砍向野兽。刀刃锋利，砍进了野兽的脖颈，血液喷溅，它嘶吼着，利爪袭向灵霁，爪尖刺穿她的铠甲，她用后脚跟抵住地面，拼死与之搏斗。

　　野兽怒吼，另一只利爪按住灵霁的头，想要将她的头颅拧掉。

　　灵霁忍受着剧痛，使出了全身的力气，大喝一声，挥刀劈下了野兽的臂膀。野兽已死，灵霁也疲惫不已，满脸的污血令她分辨不出眼前景象，她只

觉自己像是一只浴血的厉鬼，仿若来自修罗场。

　　而这时，更多蛮兵从四面八方涌现而出，他们挥舞着手中的铁链，一下子缠住了灵霁的脚踝。数不清的铁链攀附、缠绕到灵霁身上，紧紧地将她绑起，任凭她如何挣扎也无济于事。群兵拖着她一路滑行，灵霁已经伤痕累累、鲜血淋漓，她被拖到了一片湖渊旁。

　　就在她要被投入湖中时，不远处传来了骏马铁蹄声，她艰难地望去，心中大喜，是藏锋赶回来了！他抽出腰间佩刀，策马奔来，一路砍杀了数名蛮兵！而他带来的士兵们也蜂拥而上，一鼓作气，将这群蛮兵团团剿灭！

　　藏锋哥哥……太好了，他来救她了……灵霁终于安心地闭上双眼，伸向前方的手无力地缓慢垂下。藏锋跳下马背，一把拉住她的手。

　　"灵霁！"藏锋满眼担忧地搂过她，灵霁的头靠在他怀里，已经不省人事，昏死过去。

　　藏锋赶忙把满身是伤的灵霁横抱到马上，正欲翻上马背时，他突然感到小腿剧痛，低头一看，竟不知是从哪里蹿出来的老鼠狠狠地咬了他一口。藏锋皱了皱眉，顺势踢走那只灰老鼠，再抬眼望去，四周都是黑压压的尸山。

　　他想要快些带灵霁回营医治，但这里离军营又十分之近，必须马上赶回来处理尸体，否则高温酷暑，实在不妙。

　　的确，眼下的希国正在经历一场百年不遇的高温夏季。百姓们被炎热的天气折磨得苦不堪言——井里的水干涸了一半，庄稼晒得长不起来，孩子们瘫软地挤在阴凉处有气无力，婴儿啼哭，农妇中暑昏厥，连茶馆里的说书人都不得不靠镇凉的茶水解暑，才能继续同寥寥无几的听客说故事。沉宸与衷嬴、何心隐三人则是整日不休地医治着病倒的人们，每天都忙碌得焦头烂额。

　　军营里不仅要医治伤员，许多住在城外的百姓都要暂且留在这里治病，就连廖军医老人家都不得不没日没夜地接诊。

　　这天，好不容易盼来了一场雨，才下了不出半炷香的工夫就停了，烈日悬空，军营里的士兵们都接连倒下，更何况是体能平平的普通百姓们？而昨天夜里，伤痕累累的灵霁被藏锋带回营中，沉宸一夜都没有合眼，为灵霁包扎、缝合伤口，又在她身侧陪了一晚，确保灵霁伤势稳定之后，沉宸才松下一口气。这一抬头，都已经是四更天了。

而到了白天，沉宸又要在军营里的病患之间奔波。从月初开始，军营里的士兵们便出现几例高热不止的病症。他们整日无力、体乏、厌食，连喝口水都要吐出来。起初以为只是脱水或在外饮用了不洁的水所致。但是其后发现给这些生病士兵送饭菜的另一组军士也出现了一样的症状，而他们的饮食和饮水都是与军营之中其他人无二的。如若是这样，那就只有一个解释，生病的士兵将病症传染给了没有防备的伙头营的那组军士。

人能传染给人的疾病，沉宸见过这种病症的初期模样，自然清楚——这是瘟疫。也许是酷暑造成，也许是战事所迫，又可能是有携带着病菌的动物从军营中走过……不管怎样，眼下必须做的都是要在最初的时期控制住瘟疫，不能够让局面失控。

沉宸告诉自己，她不会再像年少时那样痛失亲人了，绝对不能。这一次她已经不同，她拥有了救人的能力，必要保护身边的每一个人。

于是她首先将此事告知衷赢和有些年纪的陈军医，不想引起不必要的恐慌，衷赢建议由他与何心隐准备药材，人手方面就要请陈军医私下安排，毕竟知情的人越少越好，而患有此症状的人暂且不多，还是有阻止传染的可能的。

至于廖军医，恰巧时逢希国镇北大将军庞严身受箭伤，伤口刚刚愈合，而北方军中军医不足，身处苦寒之地的老军医们年初各自告老还乡，朝廷加派的一队年轻军医皆经验不足。而这庞严大将军与廖军医既是远房亲戚也是挚友，因此上奏，请调廖军医支援北方军队三个月，顺带调教一下新人们。圣上也准了此奏请。

那还是六月初的事情，寂家军此处有衷赢和沉宸坐镇军医营帐，大家也觉得无碍，便遣人用马车将廖军医送去北方驻军。这一南一北路途遥远，老军医身子骨也经不起太大的颠簸，所以尽量选舒适的途径前往，这一走加上调教新军医，怎么着也得年底方回。

像是医治瘟疫这种事，危险系数高，内心承受的压力也大，假设不是真有一颗救苦救难的医者仁心，还真是无法投入。

尽管沉宸等人尽量做到谨小慎微，可此事还是惊动了寂老将军。他知情

后倒也不责怪沉宸，他深知沉宸重情重义，想把一切危险扼杀在萌芽状态。可瘟疫是大事，不能瞒报，无论如何都要秉明圣上。寂老将军连夜奔赴朝廷，他自然也不想当年的悲剧重演，好在大家都有了些经验，知晓如何避免感染，水煮床单、避免与感染者直接接触、戴好消毒过的面纱……在救人的同时也必定要保护自身安全。

何心隐发明了一种"洗手神水"，把采来的草药一锅一锅地浸泡，再煮沸含有草汁的水，待温度合适之后用来洗手，既可以消毒，又能够防护。同时还可以把浸泡后的草药放进香囊里随身携带，也能够驱散病菌。

如此一来，将这种措施都教给军营里的士兵们，瘟疫的蔓延也会得到初步控制。

而寂老将军还在宫中与皇帝商议此事，究竟是要封锁军营还是想办法消暑，都是要从长计议的大事。

到了夜里，沉宸又为昏睡不醒的灵霁换了一遍包扎的纱布。

她细细地检查伤口情况，不出所料，如此炎热天气，使得伤口愈合极慢。她心中焦急，回到自己营中之后，翻来覆去地睡不着。

夜半三更，酷热难耐，她满头大汗地坐起身来，踱步走出营帐坐到石台上，拿着手中的青玉扇轻轻摇动，扇风解暑。

身后传来脚步声，她闻声去望，见是藏锋走了过来。她便更加心神不宁地起身，藏锋立刻道："沉宸，你坐你的，我在夜巡，不妨事。"

沉宸知趣地再次坐下，藏锋与她保持着合适的距离。他今夜没有着铠甲，大概是太热了，只穿了一件暗红色的红缇袍，脚上是乌皂靴，腰间系了条黑绸带，倒也显得眉目中有一股子婉转风流。

沉宸看得有些出神，藏锋则忽然面向她道："这阵子你着实累坏了，为兄没有帮得上你的忙，心里实在很过意不去。"

沉宸闻言，竟笑了，觉得有趣道："藏锋哥哥帮不上我行医，我自然也帮不上你打仗，如此一来，你我倒是互不相欠了。"

藏锋也笑了笑，他索性坐到了沉宸对面的石凳上，轻声道："幸亏酷暑炎热，你且无法入睡，这才给了你我今夜这样促膝谈笑的机会。如果灵霁没有受伤，我们三人在今夜说不定会彻夜长谈、欢笑无眠，就像从前那样。"

沉宸听闻这话，也十分感慨道："从前自是很悠然的，正所谓总角之宴，言笑晏晏，信誓旦旦……"话到这里，她心觉异样，赶忙笑道："瞧我，竟乱说起来了，前一句还对，后一句算什么？定是天气太热，乱了思绪。"

藏锋却若有所思地接下她的话："兄弟不知，咥其笑矣。静言思之，躬自悼矣。"

沅宸愣了，不懂他为何偏偏道出此句诗来，藏锋的眼神却若望向远处似的，缓缓地同她道："在我亲生父母尚且在世时，曾命我同一位道长学习道义之事。那位道长曾经讲过一个故事，我至今犹记。那故事说，从古至今，皇帝后宫向来妻妾成群、佳丽不尽，世世代代的皇帝皆是风流多情，为后世津津乐道。可却有一位帝王，终其一生只与皇后一人伉俪情深，在帝王家着实稀有。"

沅宸默默地道出那帝王姓名："西魏废帝元钦。"

藏锋轻轻点头，道："在元钦还不是皇帝的时候，日后将成为皇后的宇文英就嫁给了他。但是在西魏，国家的实权并不是掌握在皇帝手里，而是掌握在一个叫作宇文泰的人手里，也就是宇文英的父亲。宇文家族向来心狠手辣，操控着历代皇帝。其实这次的联姻，多数人都深知真实原因。虽然元钦和宇文英从小就有交情，但毕竟政治婚姻，在最初，元钦甚是提防宇文家的族人，以至于对宇文英冷眼相对。可人终究是有感情的，随着朝夕相处，他发现妻子和宇文家其他人的不一样。

"妻子不仅美貌倾城，更温雅善良，加之两人从小青梅竹马，他在不知不觉之中爱上了她，在乱世之中，他们二人举案齐眉，携手同行。他为了她而不置妃嫔，偌大后宫只允她一人为妻，而她自是为了他，与虎豹豺狼般的家族撇清关系，不愿与之同流合污。可堂堂的权臣宇文泰怎会甘心将他视若掌珠的爱女嫁给一个傀儡帝王？他日夜叮嘱宇文英做他的一双眼，去监视元钦的一举一动，要操控他的一切。

"可宇文泰仍旧百密一疏，他失算了。宇文英与元钦已相爱至深，她是善良的女子，他是柔肠的帝王，即便是傀儡，也仍旧愿与她共抚长琴、吟诗作画。他为她描眉点唇，为她温一壶酒，也将她抱在怀里，低念她的名。就这般共守十年，恩爱有加，遗憾的是却不曾有子嗣。而他毕竟年轻气盛，竟想从宇文泰的手中夺回主权。这是他曾祖父魏孝文帝打造的大好山河，怎可拱手让人数年？然而对方是他妻子的父亲，他势必要作出了断。可诛杀之路坎坷重重，一如荆轲刺秦，终以失败告终。

"自古成者王侯败者寇，西魏废帝三年四月，宇文泰派人带来了一壶鸩酒，那年仅有二十九岁的元钦终于彻底败给了宇文泰。而宇文英是可以被接回将军府的，可她没有选择回去，而是换上了当年嫁给元钦时的那一身红装。她同样饮下一杯毒酒，与之殉情，共赴黄泉。"

这故事娓娓道完，沉宸久久不语，她半晌之后说道："宇文英一生能遇到一个如此真挚相恋之人，也算不枉此生了。藏锋哥哥又是如何看待他们二人的一生际遇呢？"

藏锋苦笑着摇了摇头，额角的汗珠细密。夜风温热，雾气缭绕，他的声音渐渐低沉而微弱道："是我浅薄，直到今日，我也尚不明白道长同我讲这故事的原因。"他倒是念了一首诗：

> 昨日花开满树红，今朝花落万枝空。
> 滋荣实藉三春秀，变化虚随一夜风。
> 物外光阴元自得，人间生灭有谁穷。
> 百年大小荣枯事，过眼浑如一梦中。

"情深不寿，慧极必伤。"藏锋的语气忽然变得迟缓起来，道，"那是道长同我说过的……最后一句话了。"

沉宸默念着这句话，回想起廖军医也同她提醒过这八个字。她心中有些惊讶，竟觉得自己同藏锋的心思是如此相似。可她还未再开口，突然就看见藏锋的身体向前倾覆，"砰"——藏锋晕倒在地。

沉宸惊呼出声，赶忙去扶他，然而，当她的双手触碰到他的皮肤时，她的心如同城池沦陷般轰然倒塌。

他热得烫人！

一种可怕的预感吞噬了沉宸，她颤抖着双手解开了藏锋的衣襟，果然……他的身上出现了红斑。

沉宸震惊得说不出话来，几乎是瘫软般地坐倒在了地上。在这一瞬间，沉宸很怕那句"情深不寿，慧极必伤"将是藏锋同她说的最后一句话了。

七月初一，那已经是藏锋染病的第三天。

自从发现藏锋感染之后，沉宸郁郁寡欢，吃喝不下，除了每天疯魔似的采药、制药，就只剩下以泪洗面。因为普通的草药已经治不好瘟疫了，军营中越来越多的士兵开始出现感染症状，而之前早些发病的那批士兵已经到了高潮期，他们痛苦不已，已有三人在溃烂的剧痛中死去。

那些研配出来的药物都只能缓解病症，而不能根治痊愈。寂老将军自是悲痛万分，灵霁尚在养伤，爱子又染上疫病，上天为何总待他如此不公？

廖军医不在营中，一切重担都交给了衷赢和另一位颇有资历的陈军医。沉宸和何心隐则是在一旁照顾灵霁和藏锋。

衷赢部署了更加缜密的隔离之策，并将其缘由一字一句地告知何心隐和沉宸道："心隐，你看这《周易》虽不是医书，却最早提出了'隔离避疫'的理论，其中很多卦辞都涉及这方面内容，如：离卦之九四爻辞：突如其来如，焚如，死如，弃如。困卦之六三爻辞：困于石，据于蒺藜，入于其宫，不见其妻，凶。节卦第一爻辞：不出户庭，无咎。丰卦六二爻辞：往得疑疾。所以《周易》是你将来一定要读之书。

"另外《黄帝内经》之中'黄帝曰："余闻五疫之至，皆相染易，无问大小，病状相似，不施救疗，如何可得不相移易者？"岐伯曰："不相染者，正气存内，邪不可干，避其毒气，天牝从来，复得其往，气出于脑，即不邪干。"'可见要想不被传染，首先要做到正气存内、增加抵抗力；其次是避其毒气，避免接触传染源，切断传播途径，其中鼻子是最重要的地方，很多瘟疫皆是通过呼吸传入的。

"而《云梦秦简·疠》中说，某里典甲诣里人士伍丙，告曰："疑疠。来诣。"讯丙，辞曰："以三岁时病疕，眉突，不可知，其可病，无它坐。"令医丁诊之。'毒言'指的是患有烈性传染病的人。知情者应主动断绝与'毒言'者接触，不与患者一起饮食，不用同一器皿。

"而瘟疫，在《说疫气》一文中描述了一场灾难：'建安二十二年，疠气流行，家家有僵尸之痛，室室有号泣之哀。或阖门而殪，或覆族而丧。或以为疫者鬼神所作。人罹此者，悉被褐茹藿之子，荆室蓬户之人耳。若夫殿处鼎食之家，重貂累蓐之门，若是者鲜焉。此乃阴阳失位，寒暑错时，是故生疫。而愚民悬符厌之，亦可笑也。'

"'养内避外'是一旦发生瘟疫时的良策，对染疫者通常都要先执行隔离，然后再进行治疗。

"其一，饮食宜清淡。在《肘后备急方》中指出：'一家合药，则一里无病，凡所以得霍乱者，多起饮食。'

"其二，通风得做好，在《五杂俎》中指出：'闽俗最可恨者，瘟疫之疾一起，即请邪神，香火奉事于庭，惴惴然朝夕拜礼许赛不已。一切医药，付之罔闻。不知此病原郁热所致，投以同圣散，开辟门户。使阳气发泄，自不传染。而谨闭中门，香烟灯烛，焄蒿蓬勃，病者十人九死。'

"其三，接触要减少。在《一斑录》中指出：'历观时疫之兴，必甚于侜人广众往来之地，罕至人家深庭内院，故养静者不及也。'

"其四，探视须谨慎。在《疫痧草》中列出了'五宜六不宜'：'凡入疫家视病，宜饱不宜饥，宜暂不宜久，宜日午不宜早晚，宜远坐不宜近对。即诊脉看喉，亦不宜与病者正对，宜存气少言，夜勿宿病家。'"

寂老将军与沉宸以及陈军医听到衷赢字字句句清晰地告知瘟疫隔离与医治之法，内心都安定不少。幸好有衷赢在军营之中，也算是寂家军不幸中之万幸了。

寂老将军命令下去，整个军营皆按衷赢的隔离策略部署起来，将症状轻者和重者区分、将健康者与染病者区分，再根据病情进展，为军士们配发青色、藏色、玄色三种袖标。

再请人将此法与文书抄写数十份，快速分发到玄机城周围各个村落。以此法来让周围所有村落皆同效仿实施。

衷赢还规定：所有护理病患之人，袖口配以白布缝标，依次区分，皆需单独食住，每日衣衫沸水煮开晾晒于下风口。嘴口处皆蒙布而出入，所蒙之布亦每日于沸水之中加入草药煮沸晾晒，一来彻底清洁，二来以草药增强防护效力。护理人员每日须嚼服草药三次，提升自身抗病能力；每日朝食与夕食皆使用专用器皿吃食，不得以手直接取之；每人餐具皆自行以沸水煮净。并且每人须保证每日充足睡眠三个时辰，每日还须饮下足数的新鲜饮水，在太阳之下躺晒半个时辰。

过了一日，衷赢前往藏锋营帐为其换药，并查看感染情况。衷赢突然发觉藏锋的病症与其他患者极为不同，他的小腿溃烂迹象明显，且有尖锐的齿印，定是遭遇了某种动物的啃咬，看那齿痕多是老鼠所为。这战场之上腐肉众多，而天气炎热逼人，无法快速清理战场，不想这些尸首竟成了鼠类的盛宴，因为越发肆无忌惮地进食繁衍，老鼠的身体也变大了许多，如硕鼠一样。这老鼠竟然也会去选择新死的尸体啃食，甚至连尚未断气的伤兵也不放过。那日想必是藏锋身上的血腥气吸引了硕鼠，竟大着胆子直接咬去。如若当真如此，那他的病情就将是最为严重的了，这是鼠疫，全然没有救治的药方。至于人挺不挺得过去，都要看造化了。

衷赢忙将沉宸叫出帐外，将自己的判断告之，沉宸闻言，又慌又怕，她不敢有丝毫怠慢，整日查找各种医用典籍寻找药方，急不可耐之时，她气愤地将药书扔在地上，然后抱头哭泣。

而每次帮她捡起书籍的人，都是衷赢。

这些时日以来，她的悲痛与忧虑都被衷赢看在眼里、疼在心间。夜晚来临，感染的风险如恐怖噩梦般笼罩在全城百姓的头顶。衷赢走进沉宸的营帐中，见她还在不停地磨制药粉，手指破出了数道细小的伤口也如看不见一般。

眼看她一天天地消瘦憔悴，衷赢很伤心，他实在不忍见她这副样子，便走上前去抢过她的杵臼，替她磨制。

沉宸擦拭掉眼角的泪痕，浑浑噩噩道："如果他的热度还不退下，就熬不过这月初十了。大师兄，我该如何是好？我不能失去藏锋哥哥……你看我翻了那么多的药书，都找不到根治鼠疫的药方。他的病情要比其他人严重，哪怕是其他人获救，他都未必能存活……难道我只能眼睁睁看着他死去吗？"

衷赢终于忍不住对她道："你就因此而折磨你自己，假设他死，你且要如何？也随他而去不成？"

"不！"沉宸大惊失色地叫道，"他不会死！我会救他！大师兄，你要帮我！"

衷赢看着她这般模样，露出了于心不忍的疼惜眼神，他很明白藏锋在她心中的位置，正是因为明白，他才日夜陪她一起翻找药书、查找药方，可再如何拼命，也要珍重自己的身体才是。

"我会帮你的，但这不是在东陵，药材实在短缺，我也束手无策。"衷赢无可奈何。

提及东陵，沉宸的眼睛立刻亮起了光，她忽然一把抓住衷赢的手，仿佛看见了希望，她热切地说道："大师兄！我想起来了！在东陵国药王山谷时，

你们总会提起一片禁区，那里有诸多治疗疑难杂症的药方，只是秘不外宣，并且历代药王为保护东陵国不被其他国家牵制，便立下祖训，绝对不能以此秘籍救治非东陵国之人，否则必受反噬。"

衷赢像是懂了什么，脸色并不好看，他虽忍住了内心的愠怒，可开口的语调却好听不到哪里去："沉宸，你该不会是想要我去禁区？"

沉宸如梦初醒，她意识到自己说出了伤害衷赢的话，可她实在是别无选择了。难道要眼睁睁地看着藏锋死吗？她想到这里，泪水夺眶而出，几乎是哀求般地同衷赢道："大师兄，我知道我不该说这些，但我真的一筹莫展了，我只是想……想救他一命，可惜我并不是东陵国的人啊，如果我是，我断然不会向你提出这般无理的请求，我怎么会让你去冒这样的险呢？我恨不得是我替他……"

"替他死？"

沉宸怔住了，她无言以对，他只凝视着她，良久不语。

从他的神情中，沉宸猜不透衷赢的想法。他也许伤心欲绝，也许恨她，也许怨她……是啊，他那么爱她，为她倾覆全部、抛弃所有，可她眼底、心里却还是有一个寂藏锋。他苦心为她营造快乐的生活，陪伴她、鼓励她、支持她、呵护她，默默等待着她与自己成婚，而她却对他说出了什么？

他此前一定设想了很多，与她结为夫妻，扶持一生，护她周全，给她安稳。他是这般情深意切，钟情于她，难道她与他度过的那些快乐的、喜悦的、美好的，哪怕还有悲伤的……统统都是虚幻吗？

他还记得初次见她那日，花影婆婆，风暖斜阳，她出现在他的马车上，衣衫褴褛、狼狈不已，可一抬头，她眼眸明亮，朱唇皓齿，尽管只是匆匆相识，却足以硬生生地刻上了他的心尖，酿成一抹珍贵的朱砂。以至于那之后的一年里，她之于他，是一种排山倒海般的沦陷。

他也曾信她、痴恋她，以为她真会如她承诺的那般嫁给自己，日子久了就会回心转意，到头来却换得今日这般局面。

衷赢沉吟良久，这一刻，他与她的距离这般接近，只要他一低头，就能吻到她的脸颊。他目光缓缓下移，从她的眼，到她的唇，再一直蔓延到她紧紧抓着自己的手。而那双手，却是在为别人哀求。他什么都不说，拂开了她，转身离开。

沉宸失了魂般地望着他远去的背影，他忽然停下脚步，侧过身来，之后表情稍纵即逝，取而代之的是他如当初一般的眉目含笑，语气温和，同她道："沉宸，我说过从今以后，只要有我在你身边，我定会护你安稳，你定不必惊慌不安。可今后，没我陪伴在你身侧，你要尽早适应才是。"言毕，径直走出了营帐。

两行炽热的清泪从沉宸的脸颊流淌而下，她心中慌乱无比，浑身瘫软地跌坐在地上，最后无力地唤他一声："大师兄……"

然而这一次，他却没有回过头来。她也尚不知，此去一别，竟是遥遥无期。

隔日清晨，衷赢走了。何心隐找不到大师兄，在整个军营里前前后后地寻觅了一个上午，他热得衣衫湿透、大汗淋漓，最终蜷缩到衷赢的营帐外默默不语。沉宸望见那景象，心痛地别开了脸。

七月初八那一天，信鸽为沉宸带回了一封信，那信里，竟真真切切地写着治愈鼠疫的药方！看到药方的那一刻，沉宸不禁喜极而泣。

营帐之外依旧酷暑难耐，青青草地上开放的娇艳花朵皆是蔫着花蕊，有气无力。花瓣更是一片接连一片地黏在地里，早已腐烂成泥。

第十三节

> 常山相思夜，红娘薄荷裳。
> 首乌杏仁老，独活木香房。
> 更漏穿心连，风掠半夏凉。
> 唯伴前湖月，遥闻桂枝香。

前世的记忆铺天盖地般从脑中涌出来，最后一点一点地幻化成沙。前世的悲伤竟然依旧能刺伤她的心。她苦笑着摇了摇头，想来自己也是需要一碗孟婆汤的。

待她回过神，天竟已经蒙蒙亮了。她回头看向茅屋内，无痕与无芯两姐妹还在安稳酣睡，她不由得会心微笑，那笑容带着一丝苦涩与酸楚。而后，她自行起身去寻何心隐。

在村落里寻了一遍，都没看见何心隐的身影，孟婆心想会不会是昨晚服下的药物有了什么不好的反应？她正担心着，已然来到了小河边，发现何心隐正捧着清凉的河水洗脸，他的身侧，放着他极为珍视的药箱。

见他安然无恙，孟婆轻轻松了口气，走上前去同他打了招呼，何心隐擦干脸上的水迹同她道："原来是孟姑娘，昨夜可有好好休息吗？在下起得早，怕打扰到孟姑娘，也不好辞别，便想独自前去了。"

辞别？孟婆闻言便问道："何药士要独自前去何处？"

何心隐顺势背起药箱，长叹一声道："昨夜，在下服过制出的药，虽不觉身有大碍，可总觉得其中少了一味重中之重的药材。正所谓人之脏器是心为神之居、血之主、脉之宗，五行属火。肺为魄之处、气之主，五行属金。脾为气血生化之源、后天之本，藏意，五行属土。肝为魂之处、血之藏、筋之宗，五行属木。肾为先天之本，藏志，腰为肾之腑，五行属水。胆主决

130

断，胃以降为和。小肠主液、大肠主津、膀胱依赖肾的气化功能，三焦通行元气，总司气机和气化，为水液运行的道路。故此，需要有一味稀有的药材来中和五行。假设没有那味药，即便给病人们服下也还会有复发的风险，且又不能治愈，而那味药正是救人的关键，名为昊草。"

孟婆听见"昊草"二字，不禁变了变脸色。在前世，得到控制瘟疫药方的沉宸也有一味药材不知何处可寻；而今生，何心隐需要的那一味药材正是当时沉宸冒死寻找的药材。莫非这就是因果轮回吗？孟婆心中忧虑起来，不得不同何心隐讲明道："这药材的确稀有罕见，听闻只有在最危险的地带，又或者是深雪冰谷中才能寻见，其路危险崎岖，说不定还会迷路在山中活活饿死。何药士若执意要去，只怕困难重重。"

何心隐眼神坚定道："在下自然是明白这些道理，可因为前路危险就要放弃不成？而当年有故人曾在这玄机城周边的山谷中寻到此药。虽说当年知道昊草所在地的人都已不知下落了，那谷中是否还会存有此种药草也不得而知，但这世上还有什么是比救治千千万万条性命更重要的吗？"

孟婆反问道："何药士的性命就不是性命了吗？你的性命又何尝不珍贵？"

何心隐反而义不容辞道："在下还是那句老话，医者仁心，救死扶伤；众生平等，万物皆同。又何来谁更加珍贵呢？即便前路险恶，只要能救人，在下愿赴汤蹈火，既顺天意，也顺在下之意。"

他真的是长大了，孟婆不禁深感欣慰。那曾经还需要她去保护的小小男童已经成为可靠、正气的医者了。他行医救人，行走在最危险的境地之中，又这般坚定不移，着实让孟婆深深敬佩。思及此，孟婆提议道："既然如此，我也还是那句老话，何药士带上我同行，路上也好相互照应。多一个人，自然就多一份力。"

何心隐当即想要拒绝，可他见孟婆眼里闪着熟悉的光彩，令他忍不住将她同另外一个女子的身影重叠到了一起。他有些触景生情，露出惋惜之色，低低喟叹道："在下本不愿将孟姑娘置于危险之地，但在下若执意不肯，以孟姑娘的个性也绝不会妥协，不如就此同行，免得分散。"

孟婆朱唇微挑，笑了。

两人正欲启程时，无痕不知何时跑来了这里，一下子跑过来挡住两人的去路，恳求道："孟姐姐，何药士，带上我一同去吧！我生在玄机城，对山

谷之路十分熟识，那里万分陡峭，如果没人引路开道，将会错失许多宝贵时间。我救妹妹心切，自当要为此作出一份贡献才是！"

孟婆与何心隐互相看看彼此，觉得无痕所言也有道理。毕竟寻药之路是个赌局，没人能保证一定会找得到昊草，假设有熟悉山谷地形的人带路，定能为救人抢出更多时间，也可以躲避一些不必要的危险。

何心隐便答应了，孟婆也默许了，无痕开心极了，她带着二人去村落里找到矫健的马匹，备足了干粮与水，无痕又拜托邻居暂且照料无芯，三人便这样启程了。

坐在马背上，何心隐缓缓地感慨道："幸亏此时不是毒月，否则禁忌之多，高温酷暑，怕是不会给我们留有寻找药材的机会了。"

毒月，恶五月，仲夏之月。天地化生，勿以极热，勿大汗，勿曝露星宿，皆成恶疾。五月气之成也，肝脏已病，神气不行，火气渐壮，水力衰弱，宜补肾助肺，调理胃气，以顺其时。宜减酸增苦，益肝补肾，固密精气。卧早起早，慎发泄，戒荤腥。在这之中，九毒日更要慎重。初五、初六、初七、十五、十六、十七、廿五、廿六、廿七。一共十天。这十天内，务必端容肃己，严禁杀生、行淫，否则严重伤身损气耗精元。端午正是九毒日之首，也因此这一天有许多类似如喝雄黄酒、插艾草等避邪祛毒的仪式。

孟婆回想着当年瘟疫暴发之时，就是从毒月开始的。想必何心隐也对此刻骨铭心，否则不会在此刻提及毒月。当年从毒月首日起，瘟疫还只是在军营里小范围地蔓延，然而自从藏锋患病之后，瘟疫便已经到了一发不可收拾的阶段了。

思及此，孟婆的思绪再一次回到了前世。

那已经是第五日了，沅宸一得空闲就会在军营门外盼望衷赢的归来，她每日都在等他，可是等到的只有满心的失望与遗憾。

更为不幸的是，在搜集药方里的药材期间，本就重伤在身的灵霁也感染了瘟疫，寂老将军近日来也有了干咳迹象。沅宸心力交瘁，没有了衷赢在身旁，她失魂落魄，就像是没有了可依之人那般无助。得了药方，却失了衷赢，果真是世间哪来双全法，这令沅宸日日夜夜都陷入了懊悔之中。

这日，何心隐跑进了沅宸的营帐里，她正在对照衷赢寄给她的药方摆列药材，见到何心隐出现，她语气十分迫切地问道："是大师兄回来了吗？"

何心隐很少见沅宸这般模样，他与她相处多年，心觉自己的沅宸师姐始终心有定夺之人。可自从藏锋染病、衷赢离营之后，她整个人的灵魂都仿若被抽空了一般。

何心隐只是摇头答道："师姐，我是担心你的身子，想来帮你一起搜寻药材。而大师兄……从那日离去，再也没回过了。"

沅宸再次失望地低下头，她已面色憔悴至极，满脑子里都在想衷赢是否已经遭遇不测。

见她一脸失魂落魄，何心隐有些无措，只得劝诫道："师姐，我知道你这阵子很难过，这接连的打击，任凭是谁都承受不住。可你也不能日夜不休地搜寻药方上的药材，若自己累坏了，可如何是好？"

沅宸却六神无主道："我必须抢出时间，大师兄的确寄给了我药方，可其中的一味药材始终缺失，我找了许多相似的药材做替补，然而都不行，不是昊草，怎样都配不出正确的药来。"

"昊草？"

"正是一味奇药。或许，只有灵霁知道这药在何处。"沅宸回忆道，"早些时候，在灵霁还未染病时，她独自去山中打猎，看到一种奇异的植物，觉得有趣便回到军营中画给我看。我当时并未在意，然而大师兄寄来的药方之中，竟也有一幅手绘之图，名字就叫作昊草，并且与灵霁之前画给我看的一模一样。"

何心隐闻言，立即提议道："既然如此，师姐就该与灵霁姐姐一同前去寻药才是！虽然她眼下染病需要休息，可非常之时必要采取非常手段啊！"

沅宸犹豫道："她也这样同我提议过，可我实在很担心她的身体……"

何心隐正欲劝说，门外突然传来士兵通报："大小姐！老将军、老将军他——他方才昏倒了！"

沅宸大惊，来不及再同何心隐多说，赶忙同士兵奔出门去。待她匆匆赶来寂老将军的营帐，他已经苏醒过来了。

将军已垂老，是迟暮的英雄。

见她来了，寂老将军想要从榻上起身，却无力支撑，侍女赶忙扶住他，围在身侧的陈军医与两位道长向沅宸露出悲痛的表情，皆是惋惜地摇了摇头。

沅宸立即懂了，她视为英雄的养父，染上了瘟疫！

"宸儿。"寂老将军唤她，是十足宠溺的语气，"你来，你来。"

沅宸还愣在原地，当陈军医望向她时，她才如梦初醒般走向寂老将军，坐到椅上，低声道："父亲——"

寂老将军摆了摆手，又对陈军医说："你同他们先下去吧，老夫有话要同宸儿单独说。"

陈军医领命，又深深地望了一眼沅宸，然后与道长们离开了。

夜色极深，万籁俱寂，已经是三更天了。寂老将军咳起来，他赶忙拿出帕子，有血咳在上面，浸红了丝绸制成的白布。沅宸神色惊慌，寂老将军要她什么也别说，他知道自己的身体是什么状况。

"想我寂家与皇室平分秋色，享尽盛世美名，荣华富贵更是不在话下，却还是斗不过病魔。"寂老将军既愤慨又懊悔，浑浊、衰老的眸子望向沅宸，问道："你可找到医治染病之人的法子了吗？"

沅宸点头，可又无奈道："只是还缺少一味药材……"

"灵儿同我说过了，她知道那味药材的下落，愿同你一起去寻。可你却念她有病在身，怕她受此劳累。你们二人姐妹情深，我固然欣慰，可眼下病情蔓延，你更需要为普天之下的芸芸众生考量。我已日渐老去，早已无畏生死，可灵儿、锋儿、百姓们的孩子都还年轻，但凡有救他们性命的希望，你都不应该退缩，更不必有丝毫的顾虑。宸儿，自打我将你带回玄机城的时候我就知晓，你这孩子用情至深，我虽是你养父，但你却把我当作亲生父亲一样尊敬、爱戴，你要知道，情深可救人，情深也害人。"寂老将军长叹一声，"正所谓天下皆知美之为美，恶已；皆知善，斯不善矣。有无之相生也，难易之相成也，长短之相刑也，高下之相盈也，音声之相和也，先后之相随，恒也。是以圣人居无为之事，行不言之教，万物作而弗始也，为而弗志也，成功而弗居也。夫唯弗居，是以弗去。"

沅宸静静地听着，她仿佛看到烛台上的火苗被忽来的夜风吹得忽明忽暗、几欲熄灭，缓缓道出："父亲，宸儿也知道听任万物自然兴起而不为其创始，有所施为，但不加自己的倾向，功成业就而不自居。正由于不居功，就无所谓失去。所以有和无互相转化，难和易互相形成，长和短互相显现，高和下互相充实，音与声互相谐和，前和后互相接随——这是永恒的。"

"既然如此，你便去做吧，莫要有后顾之忧，灵儿与锋儿都是心甘情愿的，哪怕有何闪失，他们二人又怎会忍心责难于你？"寂老将军鼓励她道，

"前路定会坎坷难行，可只要你们三人团结一心，定将遇山开山、逢水架桥——宸儿、灵儿、锋儿，你们要牢牢记住，你们是一家人，无论何时，你们都要为彼此着想，成为对方的剑与盾，护着彼此，体谅彼此。"寂老将军的目光越过沉宸，沉宸也随之望向身后，只见灵霁与藏锋早已经走了进来，他们二人皆已整装待发，随时等候沉宸的"吩咐"。

尽管灵霁伤势初愈，病情不稳，且面色苍白如纸，她还是对沉宸微笑道："姐姐，事不宜迟，父亲已经命一小队人马随同，我们立即出发吧。"

沉宸心下感动，再望向藏锋，他同样对她坚定地点点头。沉宸不再有顾虑，终于决心火速启程。

两日后。

天色阴郁，电闪雷鸣。

忽来一阵大风，随同沉宸三人前往深山的步兵小队因此而滞住了，他们站在山脚下与巨风抗争起来，这时候若是脚下一个踩不稳，定会被狂风卷到半空中。

沉宸的马也开始不听使唤地嘶鸣哀叫，马儿欲往来时的路跑，沉宸根本控制不住它，几乎就要被它从背上颠落。千钧一发之际，藏锋用力抓住了沉宸手中的缰绳，他靠近沉宸，为她安抚好马儿，沉宸极为感谢，哪知又是一阵大风袭来，众人不得不聚成一团，共同抵御狂风。

可若这样下去，岂不是要寸步难行？沉宸急不可耐，不能再浪费时间了，她干脆对其他人大声喊道："已经到了山脚下，我要去山上寻找药材，其余人不可妄自行动，只管在山下等候！"说罢，她便离开队伍，艰难地迎风而行。

见她这样，灵霁与藏锋也赶忙追上。沉宸仰望天际，乌云密布，闷雷乍起，她蹙了蹙眉，怕是要来一场暴风雨了。灵霁举起手中红缨枪，尖锐的枪头插进山石中，这样她才能尽快冲到沉宸的前面。待她超越沉宸时，对身后的沉宸喊道："长姐必要跟随我去寻药才行，只有我知道昊草在何处！"

沉宸担心她的身体，在风中担忧地叫道："灵霁，不可大意！你伤势尚未痊愈，一定不可过度劳累！"

灵霁全然不理会她的叮咛，她只想快一点找到昊草生长的地点。藏锋紧随姐妹二人身后，代替沉宸背着药箱，无论沉宸如何争抢他都不同意，他要

沉宸不可将自己看作是病人，想他从军打仗这么多年，区区一个药箱又怎会加重他的病情？而他也势必要走在最后一个，这样才可以紧紧地护住她们姐妹二人的后路。

谁知一道闪电劈空而下——白光刺痛人眼，大雨瓢泼骤降，雨滴大如卵石，生生砸落在三人身上。眼看这山形险峻，山势陡峭，这大雨怕是一时半会儿都停不下来。沉宸心中慌了起来，可她不能退缩，于是他们艰难地爬到了半山腰，却听到灵霁突然低呼一声："不好！"

沉宸循声望去，立即大惊失色——只见山顶处有碎石顺着山峦滚落下来，是暴雨造成的泥石流！一旦巨石混着泥土掉落而下，沉宸三人的性命将会不保。难道长途跋涉这么久却要打道回府了不成？可眼下除了掉头，还有更好的法子吗？沉宸焦虑极了，直到藏锋发现了半山腰处的一个掩盖在藤条下的小山洞，他对沉宸和灵霁喊道："有救了！我们小心移动到那里，暂且躲过洪灾！"

沉宸看见那山洞，就像看见了生存的希望，她心中惊喜不已。而灵霁为了试险，主动提出自己先行去山洞侦查。如若有猛兽或是污秽之物，她也可以利落地将其解决掉。由于常年习武，灵霁身手矫健，红缨枪戳在山石缝隙中做撑杆，她一个飞跃便到达了山洞。打量一番，这小山洞里还堆着柴火和毛皮毯子，很是干净整洁，看来也是外来采药人的暂居处。确认过安全之后，灵霁便通知沉宸与藏锋来此避险。藏锋要沉宸先踩着山腰处凸出的石块爬过去，他护在她后头。好在沉宸时常采药，早已习惯山路坎坷陡峭，她谨慎地爬到山洞前，刚要去握住灵霁伸出的接应她的手，哪知脚下一滑，顺着大雨冲出的泥流摔了下去。

说时迟那时快，一只有力的手环住了她的腰，是藏锋！沉宸惊魂未定地看向他，他的衣衫已被暴雨浇打得透湿，嘴唇也苍白无血，脖颈处的红斑仿若又增多了不少，只是他的眼睛依旧有神，眼中竟流露出情深之色。他见沉宸与自己四目相交，竟有些慌张地侧过脸去，像是怕极了沉宸看到他的神情一般。他单手托住沉宸的整个身体，使足力气将她推进山洞中。灵霁眼疾手快，一把抓住沉宸，将她拉了进来。

两人又赶忙向藏锋伸出手，藏锋左手握住沉宸，右手握住灵霁，一如童年时，他淘气从桃树上跌落，摔得生疼。两个妹妹皆是同样惊慌担忧，纷纷跑向他，争先恐后地向他伸出玉白小手，再拉他起身。

这么多年过去，三人容颜皆已褪去稚嫩青涩，唯一不曾改变的，便是彼此掌心里向对方传递的温暖与关怀。

到了傍晚时分，暴雨大得已经浑浊了视线，如同暗幕雨帘，嘈杂的雨声更是令灵霁难以入睡。她因淋了雨，又开始发热，便蜷缩在山洞中闭眼假寐，沉宸将仅有的毛皮毯子为她盖上，藏锋则是在一旁升起了篝火为大家取暖。

沉宸浑身淌着水，模样狼狈，多日的劳累使她又疲又倦。或许心中知晓就快要寻找到昊草了，令她有种如释重负的感觉，竟靠在山洞石壁上陷入了昏睡。

沉宸做了一个梦。

梦里的景色如同仙境，美轮美奂，云端之上更是飞舞着成群结队的仙子，她们手捧花枝，身穿霓裳，正嬉笑着朝天际那边的云阁飞去。

沉宸心觉有趣，便也想跟随仙子的脚步去一探究竟。然而走着走着，她被脚下异物所绊，低头去看，竟是一个梨木制的雕花酒壶。她疑惑着俯身去拾，酒壶却一蹦一蹦地自己跑了起来。她吃惊地去追，酒壶已带她来到一片空旷的遍地白沙的异域。

周围极其静谧，酒壶"啪"的一声倒在地上，身穿玉色华服的俊秀男子提起酒壶，饮下一口烈酒，立刻皱眉，转手抛给沉宸，对她道："姑娘，你怎会喜爱这种连我这个男子都承受不起的烈酒？"

沉宸愣了，她打量着他的尊容，眉眼清秀，眸中流光，竟是她日思夜想的大师兄！

"大师兄！你没事了？我每时每刻都在想念你，这下好了，我终于又见到你了！"沉宸激动地跑向他，正欲拥抱他，却被他一把按住肩膀。

"姑娘认错人了，我不是你的大师兄。"他同她解释道。

沉宸略有一怔，随即焦急地道："大师兄，你不认得我了吗？我是沉宸啊！是你的师妹沉宸！"

见她一副要哭出来的模样，他更加困惑了。接下来，他忽然望向天际，只听雷声乍起，乌云密布，他低念一声："糟了。"

就在刹那间，周遭景色发生巨变，大漠飞烟，迷雾浮现，他赶忙将沉宸推去了一边，同她道："他们还在寻找我的魂魄，若我无法苏醒，怕是也要同他们渡桥去了。"

沅宸放眼望去他身后，蓦然看见一群妖鬼之兽腾云驾雾而来，它们相貌可憎，尖嘴獠牙，个个都凶神恶煞，领头的仿佛是说书人口中的牛头马面。

沅宸吓坏了，仓皇之中抓住他询问道："大师兄，这，这是怎么一回事？那些都是什么？为什么要抓你？"

第十四节

他看向她，眼波流动，极其俊美的容颜仿若盛世繁花："姑娘，你且回去吧，不要再来这里了。"他像是挣扎了很久一般，终于用力推开了沅宸。

恰逢此时，一阵大风扑面而来，沅宸伸手去挡，再也看不清他的容颜。情急之下，她哭着喊道："大师兄！衷赢，你不要走！衷赢！"

他的声音逐渐消散在风中："姑娘，再见了，你珍重。"

"沅宸，醒醒。你梦魇了。我在这里，你不用怕……"藏锋见沅宸在梦中喃喃自语，又见她眉头紧锁，像是梦魇一般，便走过去扶着她，让其靠在自己胸口，想将她叫醒。可这梦魇似乎极深，轻声喊了几句沅宸都未醒来。又不敢声音过大，怕惊醒了一旁昏睡的灵霁。

"衷赢！"沅宸呼喊着惊醒，她不知自己睡了多久，醒来才发现自己仍旧身在山洞，夜已极深了。只是感觉身体靠着的不再是冰冷的岩壁，而是温暖而结实的垫子。她抬头一看，哪里有什么垫子，原来自己正躺靠在藏锋怀中，透着一团熊熊燃烧的篝火，那赤红的火苗照在他因病而苍白如纸的面容上，竟像是蒙上了一层淡淡的月色，玉雕一般通透幽深，只是眼中竟然有些许的失落之色。

"你醒了，没事的，你只是做噩梦了罢，莫要担心。"他将她扶着靠在山壁之上，自己依旧坐回她的对面，又将几根木柴丢进篝火中，表情深邃，让人看不穿。

沅宸的思绪还混乱着，她眼神恍惚地看着藏锋，含糊不清地点了点头。

藏锋劝慰道："你师兄会没事的，许是在路上耽搁住了，过些时日定会安全回来。"

沅宸欲言又止，不知道该怎么回答。又看了看山洞外昏黑的雨色，不由问道："这雨还要下到何时？"

"也许明早会小一些。"藏锋将地上的一碗东西推到她面前，那都是用行囊里带着的简易物件做出来的，"把姜汤喝了吧，驱寒。"

沉宸道过谢，端起姜汤轻抿了一口，又侧眼看向灵霁，见她正沉沉睡着，沉宸便略微放下心来，同藏锋道："灵霁今日累坏了，待我寻到昊草，便可以配出药了。只是劳烦了你和灵霁，明明重病在身，却还要随我这般折腾……"

藏锋却道："你这样讲才是见外，倘若今日是你病了，我和灵霁也会毫不犹豫地为你去寻药，想必你也会义无反顾地跟随我们一起去寻。"

沉宸静静地微笑了一下，她放下手中的姜汤，斟酌着问道："今日如若不是藏锋哥哥出手相救，我当时很有可能就会跌落山崖了。你总是在危险之际帮助我和灵霁，从小到大都是这般。日子久了，好像我们都变得更依赖哥哥了……"

藏锋闻言，这才抬起头去打量她。只见篝火昏黄，沉宸面容艳若桃花，她虽遭雨水拍打，可鬓上的凝露簪越发显得她容貌清秀，熠熠生辉。

藏锋凝视着她，半晌之后低声道："能被人依赖也是件美事，何况我们是兄妹。兄长保护妹妹不是理所应当之事吗？正如父亲教导那般，作为有担当的兄长，就算是为了妹妹失去性命也不足挂齿。沉宸，你不必将这些小事放在心上，你是我的妹妹，灵霁也是我的妹妹，所以，无论我为你和灵霁做什么都是应该的。"

沉宸久久地望着藏锋，却什么也说不出来。在这样的夜晚，她的心因藏锋的这番话而变得冰凉，如同外面的风雨一般。而背对他们而卧的灵霁缓缓睁开双眼，她晶莹的眼中跳动着点点星光，沉宸与藏锋的那番话她都真切地听进了耳里。

她回想起自己练武之时，藏锋在一旁极其耐心地指导她。想起她初上战场之时，藏锋扶着她的肩膀给她鼓劲，让她紧随在自己身侧。想起两人在皎洁的月色下骑着马巡营查岗，想起自己挂帅出征第一次凯旋，藏锋在军营门口迎接她，将她扶抱下马，那时他的笑容是何等明媚温暖。特别是上次在与蛮兵的战斗中自己身受重伤，藏锋策马前来救她的那一幕令她刻骨铭心，永生难忘。

而那，于他而言，也只是兄长对于妹妹的义务罢了。思及此，灵霁心痛地闭上眼，眼角竟掉落了一颗泪珠。

有时候她同沅宸一样，都会在夜深人静的时刻思考相同的问题——自己内心煎熬地眷恋着的那个男子，始终都不为之所动，他的热忱与温柔都只是基于亲情吗？他彼时关爱与宠溺的神情之中真的从未夹杂一丝爱慕吗？他是不是至今都不知道她们二人对他抱有怎样的情愫呢？还是他始终无法抉择，宁愿选择逃避？又或许无法面对世人给他定义的角色，始终解不开那沉重的枷锁呢？那这份痴恋到底有何意义呢？

　　　　天高地黄，相思雁两行。莲子已老，桂月沉香。

　　　　风冷夏枯草，拂手落花满裳。

　　　　不见纸书，心飞度衡阳。

　　　　薄衣轻粉，梦里无宾郎，但结丁香。

　　　　泪如竹沥，血竭神伤。月光穿心，空枕一秋黄粱。

　　一如此刻忧愁的暮色，悲恸且愁苦，覆盖住了满山娇艳的花朵，令其在冷风中瑟缩颤抖。一个情字纵然难写，可忘却，怕是要等到心亡才能终了。

　　待到隔日清晨，暴雨已停，雾霭漫起。

　　沅宸、灵霁与藏锋走出山洞，他们顺着雨后的泥路向山顶爬去，一直艰难地前行了三个时辰才终于到达顶峰。山顶之上的风极为猛烈，吹得沅宸睁不开眼。可这一刻，她觉得心中大为喜悦，俯瞰脚下的大地与人间，她整个人都感到神清气爽了。

　　太阳从厚重的云层后缓缓升起，晨曦的光芒洒照在山顶，沅宸看见的是一片绵延万里的绿色山林，仿佛有数不尽的珍贵药材在这里野蛮生长，虽无人问津，却顽强坚韧。

　　"快看，找到了！那就是昊草！"灵霁惊喜地指着不远处的一簇绿植叫起来，她赶忙拉着沅宸跑过去，蹲下身来细细打量这细小却罕见的药材。

　　昊草高约半尺，茎枝密被刺毛，叶近心形，呈深绿之色，浅裂或波状棱角，上面疏被星状柔毛，略微粗糙，下面被星状长硬毛或绒毛……沅宸赶忙拿出药方中的绘图认认真真地加以对比，不由得欣喜若狂！的确是昊草，费尽千辛万苦，终于找到它了！

　　然而，遗憾的是昊草的数量并不多，许是过于珍贵，它就连自己的生长

环境都十足挑剔。来不及为此忧心，沉宸赶快拿出药箱里的割草器来收集昊草。可就在这时，几滴血红色的水迹"啪嗒""啪嗒"地掉落在了沉宸手中的昊草上。

她困惑地抬头去看，竟是灵霁咳出了一口血，她捂着嘴巴，血却顺着她的指缝滴落而下。

沉宸脑子里"嗡"的一声响，她恍然间察觉，灵霁已经病了十天了，而藏锋则病了十三天，一旦超过十四天，就算是神仙也回天乏术了！加上这三日来过度疲劳，他们二人的病情一定加速了恶化，此时此刻，藏锋已经疲惫地靠在树下，竟像是陷入昏迷状态了。

灵霁也头昏得很，她转身到一侧剧咳不止，沉宸急忙起身，要为她去找水囊，灵霁却阻止她道："长姐，我不喝，水囊只有一个，我不能通过水源把这病传染给你。暂且不要管我，你只管取药要紧。"说罢，她便拿出帕子，自顾自地擦拭起唇角的血迹。

沉宸打量着这两人，深知已经到了一决生死的时刻了。没有多余的时间再浪费，她二话不说，对比着药方开始配药。幸好她早已将其他配药装在了药箱中，眼下得了昊草，她只需制出对症之药便可救灵霁与藏锋了。沉宸把药材一味接一味地对应摆列、生火熬煮，就像是那首词一样：

　　云母屏开，珍珠帘闭，防风吹散沉香。离情抑郁，金缕织硫黄。柏影桂枝交映，从容起，弄水银塘。连翘首，掠过半夏，凉透薄荷裳。

　　一钩藤上月，寻常山夜，梦宿沙场，早已轻粉黛，独活空房。欲续断弦未得，乌头白，最苦参商。当归也，茱萸熟，地老菊花黄。

只不过，大师兄送来的药方有两份。

沉宸很清楚这两份药方皆是衷赢冒着危险、违背师门规则、偷窥祖师秘籍之后抄写而来，两份药方中的大多数药材相同，只有几味药材不同，但也都需要昊草来做药引。可其中一份是错误的药方，另一份才是对的，然而究竟哪个是错，哪个是对，只有服下才知。这也是很多师门中防止泄密的方法之一，常有几个相似的篇章，但却只有一个是正确的。如果不得本门师父的口传心授，自己一个个地去试，怕是要丢性命的事情。

　　若是服错就是一死，可若耽误救治的时间，同样是死。怕是要死马当作活马来医了。她只能在灵霁与藏锋二人中选择一人来试药，假设运气好，两人皆可活。可一旦试错了药，虽能排除掉错误的药方，但试药之人的性命将不保。

　　"我说的这些，你们二人可都做好了准备？"沉宸将事情向灵霁与藏锋一一道明，而她的手里，则是端着两碗已经由昊草做药引而制成的药汤。

　　沉宸的手已经变得红肿，皮肤也有多处裂开了口子，未经处理的草药经由她的双手直接接触，便产生了严重的过敏现象。

　　灵霁十分心疼沉宸，伸出手轻轻地触碰沉宸的手背，于心不忍道："让你受苦了，长姐。"

　　沉宸满不在乎地摇摇头，坚定道："只要能救你们，我这点皮肉之苦算得了什么呢？可你们二人都是我的至亲至爱，我自然是舍不得由你们二人来试药，然而除了病患，健康之人又无法试出药效。我也是迫不得已……"

　　藏锋打断沉宸道："由我来吧，无论是对是错，但凡我试过之后就会见分晓了。妹妹的两碗汤药，其实我只需饮下一碗，若是错的，那另一碗就快些让灵霁服下。若我运气好，饮下的便是对的，那么就劳烦妹妹尽快再为灵霁也照此熬上一份汤药。"

　　"万万不可！"灵霁阻止藏锋道，"生死攸关，岂能要你一人承担？"

　　沉宸早就料到会出现这般彼此争抢的局面，她在这时将药汤放在地上，又找出了两段看似相同的树枝丫对二人道："这两段枝丫几乎等长，但其中一段被我掐断了一小节，便分出了长短不同。公平起见，也为了节省不必要的时间，你们二人若有谁抽中了短枝丫的便试药。如此一来，听天由命，可好？"

　　再也没有比这更好的法子了，灵霁与藏锋思虑片刻，都点点头，表示同意。沉宸深吸一口气，她闭上眼睛，不愿也害怕去看结果。藏锋和灵霁二人同时抽走枝丫。

　　那根枝丫摊在藏锋掌心，他向灵霁手中看去，只见她的那节枝丫比自己手中的还短上一截。他略微一怔，刚想说点什么，再抬眼去看，灵霁已经不由分说地端起其中一碗药汤，一饮而尽。

　　沉宸慢慢地睁开眼，见灵霁手里的药汤已空了一碗，她只觉自己心跳如

鼓，猛然看向灵霁，生怕她有任何闪失。起初，灵霁没有任何异样，以至于沉宸和藏锋都以为她喝下的是正确的药汤。然而不到半炷香的工夫，灵霁开始出现呼吸困难的症状，她就好像已经预料到了结局一般，忽然伸出双臂去抱住了沉宸，极为留恋地同她道："沉宸姐姐，你还记得我们从前在宁城的时光吗？"

灵霁的问话，令沉宸的思绪如千丝万缕，蓦地被抽回到了过去。那时的宁城还未被战乱吞噬，她们二人虽无血缘，却情同亲生，时常凑在一起叠纸鸢、捕蝴蝶、一同抚琴、刺绣、吟诗作画……每日都是欢声笑语。灵霁的口袋里总会装满沉宸喜欢吃的点心，而沉宸每次也都会把灵霁递给她的糕点分给她一半。

可那之后，宁城倾覆了，她们姐妹二人站在废墟之上，忧伤地凝望着已成一片废土的家宅，以及遍地的尸体与白骨……已然记不得是谁先牵住了谁的手，等到回过神时，沉宸已经和灵霁共享一碗粥、共吃一块冷掉的馒头。盛世的安稳需要有人维系，需要有人支撑，需要英雄。那年只有六岁的灵霁对沉宸许诺道："姐姐，日后我定要成为希国的英雄，我要做将军，做盛世的守护者，好护你一生周全。"

沉宸身染泥泞，衣衫褴褛，但她还是微笑着将一朵桃花戴在灵霁鬓上，苦中作乐道："灵霁生得这么俊俏，若将来做了将军，也会是最美丽的女将。要是灵霁在战场上被伤到，姐姐就给你敷药；要是你练武觉得累，姐姐就给你燃一壶药香，你我姐妹二人同心同德，世上没人能将你我分散。"

当真是一语成谶了，灵霁如约成了女将，沉宸也如诺言那般为她敷药、亦救死扶伤。可天地不仁，以万物为刍狗；圣人不仁，以百姓为刍狗。天地之间，其犹橐籥乎？虚而不屈，动而愈出。

自古美人如名将，不许人间见白头！

这一刻，沉宸潸然泪下，她喉头哽咽，带着一丝哑涩，对怀中的灵霁柔声道："往事如梦，有关你我，皆是不敢忘怀。灵霁，纵然天地是无所谓仁慈的，它没有仁爱，对待万事万物都像对待刍狗一般，但你于长姐而言，永生都是幼妹，长姐对幼妹也永生都有仁爱，永生永世……"

灵霁心满意足似的笑了，她最后侧过脸，看向藏锋，眼中的泪止不住地流了出来。只见藏锋的神情极度震惊悲痛，仿若不敢相信这一切皆是真实，她对他道："死后会否得以转世呢？想来我征战沙场，杀人无数，那些人是不是也已经得以转世？倘若真有来生的话，藏锋哥哥，来生，你与我……"话未说完，灵霁便沉沉地闭上眼，另一只手指缝中的所藏的一节枝丫终是跌落了下来。

看到跌落在地的那一小节枝丫，沉宸才明白过来。原来，灵霁趁着大家不注意，偷偷将手中的枝丫又掐掉一节，如此一来，无论藏锋哥哥抽到的是长签还是短签都不打紧，因为自己手中的那节一定比他的短。

沉宸抱着她颓唐的身体跪倒在地，她的头依偎在沉宸怀里，嘴角流出一丝血迹，面容却是安详的，好像只是睡着了一样。沉宸的泪水止不住地顺着脸颊滑落下来，她用力抱紧了怀中的灵霁，恸哭失声。

头顶上空的乌云缓缓散去了，明亮的光芒笔直地洒照下来，藏锋失魂落魄地站立着，眼底黯然无光，回想起与灵霁共同练武、共赴战场的那些时刻，想起她每一次唤自己"藏锋哥哥"时的明媚神色……他心中悲痛难言，竟一个字也说不出来，双眼流下两行清泪，将地上跌落的那一小节枝丫如珍宝般捡起，放入怀中。他折断了身侧巨树的一根花枝，轻轻地放在了灵霁的发鬓旁，像是在同灵霁做一场无声的告别。

这是沉宸唯一一次看见藏锋落泪。

在仅有的条件下，沉宸与藏锋只能草草地安葬灵霁。灵霁身上的遗物并不多，只随身携带了一串大小不一的银铃。沉宸轻柔地摘掉那串银铃，将其一分为二，于是其中一根短红穗子上挂着两颗小一点的铃铛，另外一根长红穗子上则挂着三颗大一些的铃铛。沉宸自己留下了短红穗，将长红穗递给了藏锋，悲伤道："藏锋哥哥，这是灵霁第一次出征前我为她去道观求的平安银铃，本是想保佑她在战场上平安无事。她很是喜欢，日日随身挂佩，可是未料到她最终倒在了这山上，她这一生恐是遗憾颇多……"她哽咽了，艰难地说下去，"你我各自拿着吧，算是留作念想了。"

藏锋接过长红穗，将怀里那截留存下的短小枝丫插进了其中一颗银铃的缝隙里，然后他将三颗银铃如珍宝一般收入了怀中。此时，又逢天降大雨，来不及再同灵霁多做道别，尽管悲痛欲绝，沉宸和藏锋也只能带着为数不多的昊草返回玄机城。

下山的路十分艰难，马蹄踩着泥泞一路打滑，沉宸觉得自己整个人都

要被雨水拍打得支离破碎，只剩下骨架了。她担心藏锋，总是打量着他的情况。他早已筋疲力尽，哪怕已经服下了救命的药汤，还要等药效发作才能真正地缓解病情。又经历了灵霄的死，且在马背上如此颠簸，即便军旅出身强壮如他，也难免会令肉身与精神一同垮掉。

待来到半山腰的一处平地时，沉宸与小分队的士兵们终于得以聚首。原来他们一直担心沉宸等人的安危，趁当日暴雨停下之后便追上了半山腰来。领头的士兵见少了灵霄，便问起女将军何在，沉宸立即脸色悲伤、满眼心痛。士兵们似乎顷刻间便懂了，皆是垂下头去，表情黯淡凄楚。这会儿，雨势渐小了一些，藏锋发现前方不远处有村落，正欲带沉宸与士兵们前去避雨、稍作歇息，却察觉到村前聚集的人群中起了骚动。

为首的村民看上去是个小头领，他面前的男女老少皆是染了瘟疫的病人，相互扶持着哀声连连，而他则高声命令着："族长有令，一旦发现感染之人必须赶出村庄、一律清洗！你们都是有妻有儿有母有父的，谁也不想把这瘟病传染给至亲至爱。既然族长都吩咐了，你们这群染病的就该想法子自行了断，既保护家人，又成全了村落，要抱着宁死一千也不可传染一人的想法！"

染病的村民们个个都被病魔折磨得形如枯槁，眼睛之中也没了任何神采，尽管他们抱作一团地绝望啼哭，可皆表示赞同，还七嘴八舌地应道："我绝不会把我的乖孙儿传染，更何况我都是一把老骨头了，死不足惜！"

"李阿婆，你说得甚妙，我也与你相同，说死不会回去村里了，你我就结伴去跳崖！黄泉路上也不孤单了！"

"我才娶亲不足两年，却要丢下高堂、妻儿先走一步，真是不忠不孝啊，但只要能不传染给他们，我亦死而无憾！"

"只要不拖累我的老母和妻儿，我死上一百回又能如何？反正得了这病也是活不成了的，不如就地死在家门口也好！"

小头领却冷漠地对着染病人群之中，一位看似颇有地位的长者道："老保长，您老德高望重，麻烦您和大家说说，大伙如果在村前等死，还不是要劳累我们这些看管人员处理尸体吗？就像李阿婆说的那样，三五凑伴去跳崖正好，免得亲人见了你们的尸首又要伤心。"

那老保长喃喃道："说得是，说得对，假设村里的病情再蔓延开来，搞不好要展开一场血腥屠杀了，到时候尸山成灾、腐肉败坏，岂不是更岌岌可危？大家随我一同去悬崖之上吧。"其他人面面相觑，无奈地点了点头，再留恋地看了一眼村口，那里面有他们的至亲至爱，不想今日便要阴阳两隔。他们中有些人小声地抽泣着，一群人拖着疲惫的步伐，行将就木般跟着老保长一步步地向村落后方的小山崖走去。

可是这其中到底有"怕死"的村民，是一名年少的姑娘。她身上的红斑已经延伸到了面部，许是觉得自己无药可救了，但又恐惧跳崖，于是她推开众人，转身便仓皇逃跑。

"不好！"大家调头紧追，喝令，"抓住她！"

姑娘吓得全身颤抖，求生的本能促使着她，只想着快逃、快逃！不料被碎石绊倒，她摔入泥泞中，追赶而上的众人拖住她就要加以暴打，丝毫没有要停手的意思。

姑娘被打得求饶，血水渗了出来，在泥泞之中显得格外刺眼。老保长拄着手杖怒斥道："刘家小妹，我们都是看着你长大的，你爹是村里唯一的秀才，你也是读过书的人，一直觉着你是孝顺善良的姑娘。不想你竟然如此自私自利、贪生怕死，你爹教你读的圣贤之书都喂狗吃了？我看你这是想要祸害全村人啊！自古有云，唯女子与小人难养也，你这般行径，当真也是最毒妇人心了。黄泉路上大家作伴也不孤单，你莫要做出这等下作之事。今日你先行一步，我等随后便来黄泉相聚。"

言下之意，竟要让众人活活将这姑娘打死方可罢手。

沅宸见到此状，终于按捺不住了，她跳下马背冲到村民面前，急迫地阻止道："大家住手！"

众人见她面生，身后又跟着一队士兵人马，觉得她来者不善，老保长便提防着问她："你是什么人？莫要多管闲事！"

沅宸一时救人心切，便忍不住脱口而出道："我是玄机城的医者，你们不是得了瘟疫吗？我已经找到了医治这病症的药物，你们不要难为这位姑娘，更不必跳崖，也不必寻短见了，我会救你们的！"说罢，沅宸便将自己身背的药箱拿了出来，那里面收藏着珍贵的昊草与众多药材。

"药？！"染病的村民们瞪圆了眼睛惊呼，"大家都听见了吗？她说有药！她身上带着药！咱们有救了，村里的人都有救了！"这话刚一落下，那些本已经气竭乏力之人，不知为何竟像中了邪一般，发疯似的冲向沅宸，去抢夺

她的药箱。跑在最前头的，居然还是那年逾古稀的老保长。

"不！"沅宸护住药箱，拼命地挣扎着："不要抢！数量有限，我会平均分配给你们，但你们不能抢！"

可他们都已红了眼睛，哪还能听得进沅宸的劝阻？这群染病的村民如狼似虎，在面对生死之际，他们人性中最为丑陋也是最为黑暗的一面全部都如被撕扯开的皮肉一般，血淋淋的！

他们争抢着生存的机会，全然不理会这是十恶不赦的抢夺行为。沅宸几乎就要被他们推搡得整个人都要倒地，护着药箱的手也被他们抓破，士兵们决不允许大小姐遭人欺辱，他们举着长枪去恐吓村民，可村民们当真是疯魔了，连那尖锐的枪头都毫不惧怕，一股脑地抓起地上的石头蜂拥而上，恶狠狠地砸向了士兵们的头。

在这一瞬间，青天白日之下化作了一片炼狱之景，村民们用手中的石块活活打死了其中一名士兵，他们砸他的头、肩、胸和腿，血肉模糊。沅宸吓坏了，她的脸上溅满了血液，要不是藏锋及时将她从人群中拖出来，下一个活不成的估计就是她了。

"我的药草！我的药草！"沅宸尖声厉叫，她拼命想要抓开藏锋抱着她的手，又朝村民们呼喊道，"不要拿走药草！药草……那些药草更不能直接食用！快住手！"

那些村民们如同冥府里的恶鬼，对沅宸的警告充耳不闻，只顾弓着身子胡乱地翻倒出药箱里的全部药材，然后如饥似渴地把药草塞进嘴巴里生生咀嚼。

"万万不可生吃！"沅宸痛心极了，这些村民简直在白白浪费她辛苦得来的药材！如果稀世昊草不同其他药材一同连续熬煮几个时辰，是不会生效的！且又不能胡乱煮熬，必定要一味连接一味地随着火候添加才可。

此时，原本在村里待着的村民，听见骚乱声也闻讯赶来，足足几百人之多。

"沅宸，安静！"藏锋气若游丝，但还是牢牢抱住沅宸，生怕她又跑出去。叱咤战场的少将军此时此刻只能携着自己的长妹、余下的士兵们隐蔽在角落里，他看着不远处的人间惨剧，眼神也逐渐变得冰冷——

第十五节

天灾人祸果真是考验肉体凡胎的最好方式！这哪里是一群气力衰竭的病人？分明是豺狼虎豹、凶神恶煞！沉宸的叮咛与好言相劝在他们听来是阻挠的谬论，更有甚者，竟有村民为了争夺余数不多的药材而杀戮残害起彼此。平日里友好的邻居都抓起了斧头、菜刀，面目狰狞地抢夺这来之不易的生存机会。就像世代仇人一般，分外眼红，不是你死就是我活，此刻的这些村民哪里像是人，和嗜血的罗刹妖魔有何分别？

他们劈砍、刺杀对方，还有人胡乱熬煮众多药材，又分给其他人去喝，就如同是亲手送给至亲一碗致命的砒霜。仿佛是眨眼的光景，村口处已经没有几个活人了，那些胡乱生吃昊草的村民们已被未经处理的药材毒死，尸体如砖瓦一般堆砌而起，血水蜿蜒流淌，混入满地的雨水中。

沉宸还在企图说服藏锋放开自己，她似乎不知道自己面对的是多么可怕的情景，竟还妄想去解救那群执迷不悟的村民——她是行医救人的医者，是慷慨、圣洁而又无私的，见到此番情景，必定心痛万分，她自然是要去救他们的，哪怕自己受伤、自己朝不保夕，如果她不去做，又有谁能来拯救那么多的迷途之人呢？

接着，更加令沉宸意想不到的事情发生了，其中有一村民惊喜地同大家喊道："大家听我说，我家老头子抢回来的这药我见过！就在山顶处的一个小山丘上，那里有不少这种药草，我们采回来自己做成药汤就可活命啦！"

沉宸闻言，陡然愣了一下：天啊，这群人还要做什么？他们疯了吗，竟要去那山丘？随意采摘珍贵的昊草？而灵霁的墓还在那山丘上啊！

藏锋也怔住了，他同样担心灵霁的墓，于是手上的力道一松，沉宸就那样挣脱了出去，跑向那群村民，拦住他们的去路，阻止他们去山顶。

"你们不能去！昊草极其珍贵，摘取也有特殊方式，不懂医术之人不仅

不会使用它，就算拿到手也不懂得如何煎熬，不可去浪费！"沉宸不肯让路，村民们则是恶狠狠地推开她，丝毫没有感激她的意思，反而觉得她在坏事。

"滚开！不然，就要了你的性命！"领头的人作势对沉宸扬起手中染血的利斧，沉宸躲闪不及，脸上被斧头的前端扫过，笔直地划开了一道血口子。

藏锋看进眼里，双瞳陡然收紧，立即拿起手边的长剑冲去，一把将沉宸护到身后，剑刃直指为首村民。对方受到惊吓，不由得退缩，可架不住又有一群村民冲上来厮打，他们似乎拿准了藏锋不会乱杀无辜百姓，从而对其下手狠辣。藏锋为了保护沉宸而将她护在自己怀里，村民们的拳打脚踢落在藏锋背部，他本就重病在身，又遭此折磨，整个人有种被撕裂般的剧痛。

如若不是士兵们不顾自身安危前来营救，沉宸和藏锋极有可能会死在这些暴动村民们的毒打之下了。捡回一条命的沉宸惊魂未定，她看着那帮村民浩浩荡荡地爬向山顶，心中又急又乱又气又恼。

"我等势力单薄，实在寡不敌众，眼下必要赶回军营寻得帮助了！沉宸，快走吧！"藏锋气喘吁吁地道，除了带领军队前来镇压，他等寥寥数十人根本阻止不了几百村民们的疯狂行径。

沉宸立刻应好，他们翻身上马，快马加鞭地朝山下奔去。迎面大风凛冽，雨已经彻底停了，沉宸的眼泪却是止不住，它们随风凋零，飘洒向了自己的身后。为何会演变至如此田地？大师兄舍命换来的药方、灵霁孤勇试下的配药……都因她的一时疏忽而毁于一旦了不成？如果来不及阻止村民，那山丘上的昊草会否消失殆尽？所有人的努力岂不是要前功尽弃、功亏一篑？

她一心想着救人、救命，就是这般救死扶伤的吗？思及此，沉宸痛心地抓紧了马缰，她不由得回想起了衷赢曾经对她说过的话："师妹，你我行医之人，无论眼下还是今后，切记不可逆天而行。每个人都有每个人的造化，命中之有，不得损害；命中之无，不得强加。不上贤，使民不争；不贵难得之货，使民不为盗；不见可欲，使民不乱。是以圣人之治也，虚其心，实其腹，弱其志，强其骨，恒使民无知、无欲也。使夫知不敢、弗为而已，则无不治矣。"

师兄说的不正是如此吗？古有圣人治世，排空百姓的心机，填饱百姓的肚腹，减弱百姓的竞争意图，增强百姓的筋骨体魄，经常使老百姓没有智巧，没有欲望，致使那些有才智的人也不敢妄为造次。圣人按照"无为"的原则去做，办事顺应自然，那么，天下就不会不太平。岂能够对自然加以干预呢？岂非要天下大乱吗？

沉宸怎么就偏偏要干涉村民们的命数呢？是因一时同情，还是为一己私欲呢？

马蹄声奔腾不息，转眼已近军营入口。

身后仿佛再次传来了衷赢熟悉的声音，他道："师妹，你为何不肯回头看呢？假设你凡事都肯回头一看，就会想起很多你本应要做的正确之事。假设你肯回头，你也会看到我一直都在……"

沉宸的眼里又泛起大片大片的泪水，她心中念着，大师兄，你为何要我回头呢？若我回头，你就会回到我身边吗？若我回头，这一切就统统不会发生吗？你不会离去，灵霁不会死去，我亦还是曾经的我吗？

遗憾的是没有回头路了……

沉宸不能回头，她始终没有回头，继续催马前行，身后的风声仍旧传来衷赢的叹息："你要知道你将来选择的生活是怎样的，是否是你发自真心去接纳的，又或者你连自己的心意都要违背呢？师妹，我只希望你快乐，再别无所求。"

沉宸蓦地回想起自己曾在药王山谷的白鹭城，那段时光静好而悠然，她快乐地行走在采药的山间，一回过头，就可以看见陪伴着她的衷赢——手持折扇，腰间一抹坠着流苏穗子的紫玉，光彩照人。是啊，那才是她觉得幸福的生活，无所忧虑，心中富足。

而那能使她回过头去的画面顷刻间破碎了，因为马儿的嘶鸣声将她拉回了现实，沉宸这才发现自己已经回到了军营。何心隐首先扑向她，这几日来，他担心坏了，生怕沉宸在寻药期间遭遇危险。眼下的她虽样貌狼狈，定是遭遇了很多困难，可安全归来比什么都重要。

然而沉宸却来不及同他亲近，她匆匆去拜见了寂老将军，简短地叙述了事情经过，寂老将军便派出几十队兵马随她返回山中。有了军队支持，沉宸的内心里有了一丝安稳。她本想让藏锋留在军营里歇息，可藏锋执意同她前去，沉宸为了节省时间，也不再过多相劝，一行人便匆匆地朝山谷里奔去了。

遗憾的是沉宸等人还是来晚了一步。待他们赶到山顶时，那本就仅有一簇的珍贵昊草已经被采摘得所剩无几了。沉宸震惊得久久失神，她难以接受这般贵重的药材被村民们残酷对待，他们只顾及自己性命，全然不为其他染

病之人留有生存余地。

这样的人，真的配活下去吗？第一次，沉宸第一次受到了自我灵魂的拷问。

直到藏锋提醒她道："沉宸，事不宜迟，我们必要再回去那村落查看，说不定还能找到剩余的昊草。"

沉宸如梦初醒，赶忙随同藏锋带领军队下山。可还未来到村口，就看见半空中布满了血红色，一股难闻的烧灼之味扑面而来。沉宸心中隐隐不安起来，而士兵们为了保护她的安全，在藏锋的命令下训练有素地两路散开，先行前往村庄查看安危。沿途皆是死不瞑目的尸体，那尸堆中还有零落的呼救声传来，也几近奄奄一息了。

领头士兵查看完毕，返回到沉宸与藏锋面前禀报道："回少将军、大小姐，这村里有半数的人都已死亡，族长似乎在命人焚烧尸体。"

焚尸？

沉宸瞠目结舌，她跳下马，就着火光奔向了村子入口处，空气中已经有了浓重的烟味，沉宸忍不住发出惊叫声，士兵们闻声冲来，见沉宸指着前方口蒙白布的村民们一脸恐惧，士兵们立即前去抓住那些村民。

村民们手足无措地解释道："官爷、官爷！我可没犯法啊，我等都是奉族长的命令行事，不要杀我！"

"你们杀了人！"沉宸指着他，仿若无法饶恕道，"那孩子刚刚还在动，你们却杀了他！活生生的生命，你怎能下得了手啊！"

村民忙摆手道："那都是染了病的孩童，又吃了其他人带回来的药草，他爹妈都已经因误食药草而暴毙了，留他自个儿不也是活活等死吗？最多三日，他也是要病死的，现在我无非是让他早点上路，免得祸及他人！"

什么……

沉宸怔住了，她失魂落魄地走向村民，喃喃发问："你说……暴毙？"

其中有个身强力壮的村民仿佛认出了沉宸，立即变了脸，气急败坏地指控起沉宸来："原来是你啊！你这妖女还有脸回来我们村子？都是因为你带的那些药草，我们村子一半的人都被你害死了！你，你简直妖言惑众，要不是你，他们不会去山上寻药，更不会煮了药草分给亲人们服用！你根本就是个煞星，你害死了我们半数的村民，你……"话未说完，他猛地冲上前去，甩一记重重的耳光在沉宸脸上，五个鲜明的指印在她惨白的面色之上尤为刺眼，嘴角竟也流出了一缕鲜血。

周遭士兵一惊，赶忙将此人按倒在地，用绳子捆上。可那人依旧不依不饶，嘴中咒骂不止："这些人都是被你害死的，你才是杀人的魔鬼，你是妖女！他们因你而死，就算是化作厉鬼也不会放过你的……唔唔……"那人还想叫嚷，被一旁的士兵塞了根布条，堵住了他的嘴。

眼前浓烟滚滚，火焰疯舞，沉宸独自站立在这烈焰火海之中，心中悔恨交加。正如村民方才所说，若不是她宣布有了解药，也不会引发人们的疯狂，更不会使得药草不够用，而耽搁了军营中的瘟疫……

"这火起得太猛烈了，实在危险！大小姐，我们快离开这里吧！"士兵劝说起沉宸。

沉宸却无动于衷似的，她环顾四周，看见好几栋草屋都被烈火点燃，而其中一间草屋里还有哭喊声。沉宸醒过神来，企图上前去救屋中之人，然而房顶的干草纷纷坠落，前后左右的地面都在一瞬间起火，沉宸不得不向安全地带退去。

草屋房梁上的木柱轰然倾倒，许是砸到了屋内之人的身上，顿时传出了极尽凄绝的哀叫。再转眼望向周遭，一簇一簇的火焰中，还有被烧伤的生还者垂死挣扎般地从死人堆中爬出，他们想活下去，想生存，哪怕已经被烧得体无完肤。

沉宸的胃里忍不住一阵翻涌，她受此情景震撼，伏在一旁的角落处干呕不止。而身后的烈火熊熊，仿若要燃烧向天际尽头，混杂着尸臭、热浪、难闻的烟熏气味儿……火光映红了沉宸的脸，她就那样蹲在地上，双眼不停地流出眼泪。

她的一句话，竟几乎毁掉了一个村落吗？

沉宸痛苦地闭上眼睛，她从来都不想要什么盛名，也不要什么流芳千古，更不想和这人间地狱有任何关联！她只是为了一个约定，为了行医，为了救人，而不是此时此刻的一切。

大火漫天地烧，烧掉荒草，烧掉生灵，却烧不掉所有污秽。藏锋走到沉宸的身边，他苍白的脸色映着火光，却并不显得生动，反而格外颓败憔悴。他低头望向沉宸，见她清瘦的双肩柔弱而无助，不禁感到怜惜。

他沉声道："在我行军的那几年里，曾接触过各式各样的商贾。其中，

有一对商贾和他们的独子让我印象深刻。那位商贾姓赵，妻子钱氏一直患病，两人靠着向军队卖器皿维生，好不容易怀上孩子，却总是胎死腹中。这对夫妻直到四十有余才平安无事地生下了一个孱弱的儿子，溺爱程度自然无法言喻了。

"可这孩子自小起便十分孤僻古怪，他离群索居，不愿与人产生肢体接触，还喜欢杀死很多弱小的动物来做成标本。有时会用火烤蜻蜓、分尸麻雀，或者将兔子血淋淋地一分为二……但是赵商与钱氏却不认为这是大逆不道之事，更有甚者，他们会在邻居找上门来斥责儿子时与之争吵不休，极度偏袒儿子，大不了赔钱了事。

"直到儿子十六岁时，需要说亲事了，村里村外没人愿意嫁给他，怕他的残暴，赵商的心里才隐隐难受起来。他担心儿子会孤老至死，便命人驾车带他去三十里之外的村落寻找合适的姑娘。待到他旅程归来，刚相中了一家农户的女儿，准备商议之后去提亲，却见家里已经有了一位豆蔻年纪的少女。

"不等赵商喜悦，就发现那少女全身是伤。烫伤、刀伤，很明显的是旧伤未愈，新伤还在流着血，姑娘整个人又瘦骨嶙峋、面色焦黄，儿子则是对她呼来喝去，十分凶恶。赵商悄悄去问妻子，钱氏只道这姑娘是儿子不知从哪里买来的，正好做媳妇了。可赵商深知这姑娘是遭遇了儿子的虐待，脚踝上还拴着狗脖子上才有的链子，但赵商与钱氏又不忍数落儿子，哪怕是姑娘屡次偷偷向两位求助、想要活命，夫妻二人都充耳不闻，假装什么都看不见一样。每逢夜里，地窖里都会传来姑娘的惨叫，赵商多次被惊醒，却因纵容而选择忽略。没过几日，姑娘便被折磨死了。赵商也很怕官府找到家中，所以不愿声张，想草草地埋了姑娘，然而尸首却不翼而飞。他倒觉得这样也妙，尸体不见了岂不是更好？落得清净了。

"那之后又过了几年，赵商对于儿子的胡作非为永远都是睁一只眼闭一只眼，无论是他抓回了哪种小动物在家中残害，又或是有远方城市买来的姑娘在家中受尽虐待而发出惨绝人寰的叫喊，他都不去看，不去听，心想着只要没人发现就好，只要儿子开心就好。然而有一次他出城归来，竟然发现妻子钱氏不见了去向。他去问儿子，儿子也说不清，只道和母亲吵架了。赵商突然心觉不妙，哀求起儿子快告诉自己钱氏的下落，儿子不耐烦起来，竟然当头就是一刀砍向了赵商。

"赵商昏死之际被儿子拖去了家里的地窖，想来地窖一直被儿子霸占着，他从未出入过这里，如今一来，险些被吓死。那地窖里全部都堆着尸首，被扒了皮的动物，不知名的姑娘的头骨，还有……尚未彻底腐烂的钱氏。这么多年来，儿子在他们夫妻二人的纵容、包庇之下不知杀了多少人，甚至连亲生母亲也逃不出他的魔掌。如若不是官兵及时赶到，赵商的性命也难以保全。

"可官府就是抓走了儿子、救下了赵商，他也没有丝毫感激，反而哭天喊地地怨恨起救他的人，怨他们害了儿子的下半生，怨他们让赵家绝了后。"

故事讲完了，藏锋长长叹息，问沉宸道："你可知赵商所经历的人间炼狱，又何尝不是他一手造成的呢？慈不掌兵，柔不监国；情不立威，善不居官。倘若他在最初就制止了其子的邪恶，倘若他能够为其指点迷津而不是横加纵容，或许就不会出现其后一连串的惨剧。是他自己狠不下心，他太爱他的儿子，且不愿醒悟，更不愿分辨这爱是否是存在道义的，一如圣人太爱百姓了。"

沉宸听着藏锋的喟叹，缓缓地抬起头，眼神空洞地凝望着漫天火光，看到活着的人在尸堆里翻找死人身上值钱的物件儿、失去亲人的孩童站在火海中号啕大哭、抱着奄奄一息的老母亲的壮汉在四处寻找水源，就连一只饥饿的狗都在啃噬原主人的尸首……

厚而不能使，爱而不能令，乱而不能治，譬若骄子，不可用也。可见，掌兵不是不能有仁爱之心，而是不宜仁慈过度。如果当严不严、心慈手软、姑息迁就、失之于宽，乃至"不能使""不能令""不能治"，自然是不能够掌兵的。

沉宸懂得其中道理，她喃喃道着："圣人宽爱百姓，又何错之有呢？自然的规律，不是很像张弓射箭吗？弦拉高了就把它压低一些，低了就把它举高一些，拉得过满了就把它放松一些，拉得不足了就把它拉满一些。自然的规律，是减少有余的，补给不足。可是社会的法则却不是这样，要减少不足的，来奉献给有余的人。那么，谁能够减少有余的，以补给天下人的不足呢？生活在水深火热之中的百姓，又有谁能去真正地体谅、帮助他们呢？"

世人何辜，她又何辜呢？

而这一刻，藏锋也仿佛终于懂得了那位道长对自己的担忧，一如他这般

担忧沉宸一样。

情深不寿，慧极必伤。

藏锋并非在责怪沉宸，他怎么舍得呢？不过是忧心她罢了。于是他轻轻地拉起沉宸的手，安抚似的拍了拍她的背，只对她道："回军营，回家吧。"

沉宸魂不守舍地随同藏锋离开了地狱般的小村落，她遥望山顶处那惨遭破坏的山丘，心想着要尽快将灵霁的遗体带回家，要尽快……

前世记忆如风，渐渐飘散消逝。迎着夕阳余晖，孟婆正坐在马背上俯瞰着山下景色。那繁华城池在雄伟山峦的映衬之下不过是一颗连接一颗铸成的玉石盘，稍有不慎，玉石跌落，满盘皆输。

只不过，这一世的孟婆早已铭记了上一世的寻药路径。所幸无痕也很清楚山路，在孟婆有意无意的引领下，他们三人很快就到达了生长着昊草的山丘。

这一次，没有人受伤，也没有人悲痛，满山丘都疯长着翠绿、茂盛的昊草，仿佛早就等待着三人来采摘。

何心隐欣喜若狂地割取着昊草，无痕喜极而泣地念叨着妹妹这下有救了，全城的人都有救了。唯独孟婆神色黯然，她驻足遥望片刻后翻身下马，独自一人悄悄地走向了山丘的隐蔽处。那里有一块极小的圆形空地，上面缀满了彩色野花，各式各样的，琳琅满目。花丛里夹杂着几株纤细的昊草，如同守护神灵。而在这块地面之下，则埋葬着女将军灵霁的遗体。

这么多年过去了，玄机城百年如一日的繁华，哪怕是改朝换代也依旧没有两番模样。唯独这块简易的，甚至可以称为简陋的陵墓下，睡着孤单却英勇的魂魄。这城中有谁还能记起这个为大家试药的女将军灵霁？也不知道这一世的灵霁她在何处、过得好吗？

孟婆眼中含泪俯下身子，伸出手去抚摸那片花丛、泥土，就像在抚摸她曾经的幼妹的面颊。心中轻声道："灵霁，姐姐来看你了，这些年来，姐姐每一日都会想起你，幻想着你从未离开过我……"

第十六节

犹记得当年灵霁受命为将之日，她骑着高头骏马，领着一列威武的仪仗队在街头巡游。她身着鎏金凤纹的铠甲，红色披风上绣着金丝线，身后跟随的宫车被装点得格外华丽。见到当朝的唯一女将，百姓纷纷让开道路，无不敬畏。而那日轻风携雨来，吹拂灵霁英气的眉眼，与那极为曼妙的容颜。

可灵霁当年试药死去后，沉宸将其埋在这里，不过是想要争取时间，一旦回去军营，她定会带人来将尸骨取走的。只可惜人算不如天算，那群暴动的村民不仅火烧了染病的村人与房屋，还迁怒于山丘上的昊草，在沉宸等人离去之后便跑到山上纵火，不仅毁了残存的昊草，也毁了灵霁的坟冢。

试问，谁人能想到一代名将会是如此凄惨地落幕？唯一值得欣慰的，也只有若干年过去后的今朝，大自然焕发生机，那些生命力顽强且未死绝的昊草又重新生长了起来，才能使得何心隐他们终获珍贵药材。

孟婆触景生情，从怀中拿出了当日留作念想的灵霁的遗物——系着短红穗的两颗银铃。多年过去，银铃的光泽依旧闪亮明丽。除此之外，孟婆身无他物，用来祭拜灵霁的也只有她一腔深深的思念之情。

那边的何心隐与无痕已经收获了满满一药箱的昊草，他们找到孟婆，孟婆急忙收起银铃。何心隐仿佛看出孟婆的异样，关切地问道："孟姑娘，你没事吧？"

孟婆摇摇头，走向何心隐与无痕轻声道："我没事，可能是山上风凉，吹得眼睛发涩。"

无痕心觉孟姐姐刚刚许是哭过，又不知她是因为什么事伤心。可得到了昊草，她开心极了，便抓着孟婆与何心隐迫不及待地要往回赶。

三人骑上马，携着珍贵的药材快马加鞭地下了山。这一次没有暴雨，山

路也不泥泞。孟婆抬头望着天空，见赤红云朵如泼墨暗彩，夹杂着硕白，其间或缀以星星点点的惨绿。唯独风依然是凛冽的，如刀子割在脸上，吹来了那些有关当年的惨痛记忆——灵霁的死、藏锋的眼泪、暴动的村民、恐怖的残害与熊熊火焰……

"嗤啦！"

起火的声音令孟婆瞬间背脊发凉，她立即勒住马缰，这才发现三人已经来到了山脚下，而不远处的一个小村庄已是火光冲天。

竟真的会有现世轮回这种事吗？孟婆难以置信地望着那个燃烧的村庄，一如前世所经历的一模一样。村庄里的村民们哀号、哭喊，他们同样是得了瘟疫，孟婆看着他们奔跑出村庄，如同恶鬼一样奔向自己，伸出烧伤的手臂呼救道："救救我！我不想死！族长他疯了，他要烧死我们这些病人！我们还活着啊！好痛啊，真的好痛啊……"

何心隐挡在孟婆面前，不留情面地驱赶走了那些村民。可其他人的惨叫声仍旧接二连三地闯进孟婆耳里，又是这样……她顿时露出了手足无措的神情，甚至有一瞬间想要翻身下马，不顾自身危险地前去那村庄里——可地面上仿佛在无形之间窜出无数只细小的手臂，猝不及防地纷纷攀附上孟婆的身体，拉扯着她，不许她去。

"救命啊！快来人救火啊！"

"娘！爹！你们在哪里啊？救救我！"

"痛，我好痛啊，我好恨啊！"

那些曾经死在这片土地上的亡灵好像都从地下蜂拥而出了，他们哭泣着、哀号着，睁着流血的眼睛注视着孟婆，他们死死地拽着她的衣衫，想要拉着她向下坠，向下坠，一直一直向下坠。

孟婆知道这是自己内心的幻觉，她狠心地踹掉了其中一个亡灵，千万个亡灵也随着他一点点地变成了粉末，随风飘散了。

何心隐凝望着村落里的惨剧，片刻过后，他对孟婆和无痕道："此地不宜久留，我们快走吧。"

无痕早已经被吓得全身发抖，她连连点头，巴不得快一点离开这里。

走了很久，何心隐始终策马走在引路的位置，孟婆凝视着他的背影，那已经不再是瘦弱少年的双肩了，而是成年男子坚毅的臂膀。

仿若是察觉到了孟婆的视线，何心隐突然问道："孟姑娘是否觉得在下心狠呢？明明有药在身，却见死不救。"

孟婆微微动容，却没有回答。

何心隐侧目望向她，那是极为坚定的眼神，他道："天意使然，莫要干预。"

孟婆幽幽地笑了，只觉这苍茫大地之间，有人迷茫，有人死去，有人喜悦，有人心伤……而她的小师弟，终究是长大成人了。他有他的追求与目标，不动摇也不悔恨，也再不需要他的沉宸姐姐为他操心了。

虽有欣慰，却也感伤。直到回了城，大门口只有寥寥三两个守城士兵了。这几个士兵先是对孟婆等人盘问一通，又谨慎地检查其脖颈与手腕处是否有红斑迹象。毕竟有不少害怕被传染的人到处乱跑，为了更多人的生命安全，守城的士兵不得不紧闭城门，里不出，外不进。

士兵们执意按照规矩行事，何心隐也不想给他们添麻烦，便拿出了自己身上的一块玉佩。

他示意领头士兵，道："见玉如见人，我等是寻药归来，还请各位开城门。"

领头士兵盯着那玉，是块湖色的玉，玉身打磨得极为平整，自然是名贵。而玉上刻着一个"隐"字。身在东陵国药王山谷的人都会自身携带玉佩，就像衷嬴带着刻有"衷"字的紫玉，何心隐则是戴着刻有"隐"字的湖玉，而这种特权，也只有东陵本国人才拥有。

领头士兵立刻认出来："原来是何药士啊，您早些拿出身份象征便好了，我这就吩咐他们开城门！刘都尉，把城门打开吧！"

得令的人立即开了城门，而这开门之人正是一名曾在边关服役的老督尉。孟婆骑马经过老督尉的身边，他谦虚地颔首，孟婆见他两鬓斑白，许是已年过花甲，她便不由得回想起了曾经的寂老将军。

只是眼下，早已不是当年了……孟婆沉下眼，连同思绪一起渐渐混浊……

天启三十三年。

玄机城的城墙是青紫色的，由于近日烈日暴晒，原本灰色的城砖褪去了表层，呈现出一种哀愁且带有腐烂感的色调，一如城内不见天日般的可怖景象。此时此刻，寂老将军驻足在高耸的城墙之上，偶尔踱步回到身后的鹰

鸾亭里，再心神不宁地回到城墙的护栏旁。从白天守到夜晚，从黑暗守到黎明，当东方的晨曦之光穿透云雾萦绕的苍穹时，他终于望到了远处策马归来的身影。

正是他寻药而归的孩子们！寂老将军喜悦不已，哪怕干咳不止，他也要亲自出城门去迎接他们。

侍女和士兵们扶着迟暮的英雄，跟跟跄跄地下了城楼，他命人打开城门，急不可待地望着心爱的孩子走向他。

近了，更近了……在看到沅宸与藏锋的那一刻，寂老将军老泪纵横地冲上去，沅宸赶忙跳下马背，扶住父亲。寂老将军的声音依然沉稳，气息却略带急促："宸儿、锋儿，你们平安回来就好！灵儿，对了，怎么不见灵儿……"他四周环顾，可就是找不到灵霄。

他神色诧异地询问沅宸和藏锋："灵儿呢？你们的妹妹在哪里？"

沅宸抬起一双泪眼凝望着寂老将军，嗫嚅道："父亲，灵霄她，她……"

寂老将军感觉如晴天霹雳般，怔住了，即便沅宸没有再说下去，已近乎百年身的他又何尝不会明白？他全都懂了！他的三个孩子只回来了两个，而他却连幼女最后一面都见不到。

尽管痛心悲切，可在沅宸与藏锋同他道明来龙去脉之后，寂老将军还是立即下令军队上山去保护仅存的药材，再去那几乎尽毁的村落寻找有无残余的昊草。可军营之中还有数不清的士兵与他们的家人在等着救命，也不知他们从哪里听闻救命的药不足以救治全部的病人，竟开始暴动起来。他们喊着拿药来，拿药来！寂老将军不得不对其进行镇压，他不准任何人打扰沅宸制药，作为父亲，他必须解决沅宸的后顾之忧。

事不宜迟，沅宸必要争分夺秒地将为数不多的昊草用于配药之中。她甚至来不及喝上一口温热的肉汤，只顾着赶回自己的营帐里配药。每一味药都要精细地衡量比重，将同气味的药放置一起，何心隐赶来为她搭手，他每念一味，沅宸就称量一味，数种药名经由何心隐之口道出："地薰三钱、干草二钱、仙茅一钱，加水一碗；决明子一钱半，白茯苓去皮，生地黄、熟地黄一起研细；葳蕤水煎，芭蕉根四两，葵子、龙胆、黄芪各一钱；蓬莪术五钱，加酒一碗半；刘寄奴、骨碎补、延胡索各一两，昊草……"何心隐担忧地望着装有稀少昊草的盒子，叹息道："昊草一两，捣碎而加。"

沅宸一边捣碎药材，一边用袖口胡乱地擦拭掉额头上的汗水，她忧心忡忡地喃喃自语，又像是在对何心隐说："我离营前夕曾命人去寻大师兄的下落，城内也好城外也罢，希国也好东陵国也罢，只要在这普天之下，哪怕是挖地三尺，总归能找到一个大活人。可我眼下都已归来，他们还是没有找到大师兄，我本念着可以同他一起在营中行医救人，可为何就是寻不到他的人……"说到最后，沉宸的话音微微颤抖，何心隐则是低垂下眼睑，小声安抚她道："他们会找到大师兄的，大师兄一定很快就会回来。在这之前，师姐，你还有我……"

沉宸吸了吸鼻子，仿若没有听到何心隐的话。何心隐打量她，只见几颗晶莹透亮的泪珠顺着她的下颚，接二连三地砸碎进了药碗里。

"小师弟，廖师父什么时候能回来？"沉宸停顿了一会，忽然想起此事。

"师姐，廖师父六月初奉旨去了镇北大将军的营地，我们前些日子已派信使八百里加急送信给他，可是这南北路途遥远，廖师父年纪也这么大了，就算再快的速度，我估摸着还要半月方可回营。"何心隐忧心忡忡地回答道。廖师父和大师兄都不在军营，就意味着沉宸师姐要一个人扛起重任，可惜自己年岁尚小，只能做些查阅医典古籍、帮着配药等事而已。

沉宸听罢，咬了咬牙，便不再言语，低头继续研磨药材，只是那泪珠依旧止不住地向下落去，何心隐在一旁也装作没看见一般，帮着分拣药材。

那天夜里，沉宸配制出的首碗药汤送去了寂老将军的营帐。寂老将军不想耽搁她，便催她继续回去制药，他待药汤凉下之后便服用。沉宸当真信了，离开营帐时见到寂老将军的两名心腹走了进来，她并没有在意，一心只想赶制解药。

寂老将军的营帐里，烛光微弱，一如他越发垂危的病体。

瘦得不成样子的寂老将军神色憔悴，他侧卧在虎皮床榻上，手中的笔速却如箭在弦。待他签好军令后，便交给了面前其中一名心腹，又对他们二人道："宸儿已经研制出了解药，好在你们二人的病情尚处早期，又不算重，这一碗药各服用一半就可痊愈了。"

两位心腹分别是宋将领与刘都尉，他们得知有了解药自然欢喜，加上是寂老将军赐给他们的，便极守规矩地一人喝下了半碗。两人十分感激，刘都尉似乎察觉到了异样，忽然问道："将军可已服下了药？"

寂老将军徐徐叹出口气，坦诚道："还记得你们自打十几岁就跟着我征战四方、尽忠职守、从无二心，即便是皇帝也无法将你们收买过去。想当

年，我们三人把酒言欢，大漠烽烟、杀敌过千，从不含糊。刘都尉，你曾说过，无论我寂某是英雄也罢，枭雄也好，你都会跟随寂某至死方休。可这解药已经是不够用的了，老夫便将宸儿送予老夫的这碗药汤分给了你们喝，也算无愧你们多年来对我的耿耿忠心。"

刘都尉与宋将领顿时大惊，从老将军传命二人前来时，他们就该料到了！将军这是把生存的希望让给了他们！刘都尉更是感激涕零，当即"扑通"一声跪下身来，痛声道："将军，此等恩重如山，刘某如何能偿还？倘若将军有个三长两短，这是要刘某日后悔恨终生啊！"

寂老将军感慨道："老夫的身体老夫自己知道，已是回天乏术了。壮年时因瘟疫痛失三子与发妻，如今又因这瘟疫痛失幼女，这大约也是我的宿命了。只是不知道在黄泉路上灵霄可否等等为父，两人同行也有个伴。如今情况与其浪费珍贵解药，不如让给尚未病危之人。你们二人且又年轻，跟着我打仗吃尽了苦头，军令我也签好了，如若你们想要离开军营回家乡去，便放心去吧。"

刘都尉猛地磕下头来，竟痛哭失声道："将军恩情，刘某不敢忘怀！眼下边关正需要人手，还请将军派刘某前去驻守，刘某甘愿为将军、为江山社稷捐了此躯！"

寂老将军红着双眼，吃力地从床榻上坐起身来，举步维艰地将跪着的刘都尉扶起，紧紧地按着他的肩膀："你这又是何苦？边关荒凉，温饱都是问题，别人躲都来不及，你为何偏要去那里？虽说那里的确缺少我的得力干将，也是最为混乱的地区……"

刘都尉哽咽道："寂家军从不言苦，边关自是将军的领地，刘某愿终生守着边关，为将军效犬马之劳！还请将军恩准！"

寂老将军十分感激，他沉重地点了点头，不知这允的，竟是一个人的一生一世了。

这些正在发生的事，沅宸是尚不知情的。她无心分神，因她要面对的还有一大批需要救治的病人。但那药，到底是有限的。所以，自打沅宸配药结束之后，也只能凭借"命数"来选择服药之人了。

那一日，天色大好，风中飘着花香，沅宸的营帐外排满了面色苍白的士兵、衣衫褴褛的百姓、孱弱病重的军人家属……明明是如此明媚的天气，他们却在瑟瑟发抖，裸露之处皆是布满了蜿蜒醒目的红斑，更有甚者，是那红斑皆已溃烂化脓，脓液顺着伤口流淌滴落，恐怖异常。

这些仿佛风一吹就会摔倒的人们焦急地踮脚眺望着营帐里——他们在等里面的士兵出来挑选可以进去营帐的人，然而即便进得去营帐，也未必能获得活下去的机会。因为营帐里有一位"生死判官"，如今所有人都这样称呼她，只有她可以决定谁生、谁死。

刷拉——

营帐的帘子被掀开，两名士兵架着一个奄奄一息的病人走了出来，他们拖着那人前往不远处的"废营"里。进了那里就等于进了地狱，被宣判了死刑，这里每个人都心照不宣。直到又有两名士兵走出来，在人群中挑选出一名病人："你！进来！"

那名病人是位少年，他是军中将领的幺弟。可悲的是那位将领早已染病身亡，父母、家人都因感染而死，唯独剩下一名幺弟被接进军营中医治。他前两年才考取了秀才，正有大好前程，眼下染上瘟疫，他只求能够苟活下来。家中只剩他一人了，他不想断了香火。

一进营帐，他眼神恍惚地找了半天，才意识到沉宸就是人们口中所说的"生死判官"。她正坐在红木雕刻的椅子上，手里端着一碗浑浊的药汤。

她的脸蛋是少女模样，身上穿的是青色布衣，上面绣有松柏的图案，极宽的腰带是白色的。她神情寡淡，一副冷漠模样。

营帐之外曾有人说她样貌丑陋，定是恐惧于她的人所编造出的谎言。这秀才见到她一头乌黑的长发柔软如丝，两鬓绾着，梳成略显凌乱的双云鬟，是少见的美丽之人。美中不足的是她面色憔悴黯淡，定是一连数日都不曾安稳睡过了。

她见到这秀才，眼神幽幽地上下打量他一番，然后慢慢地摇了摇头。

秀才当即就愣住了，他虽刚进军营不久，却听闻这几日人们的生死都取决于此营帐里的摇头与点头。如若点头，证明有救；一旦摇头，说明染病之人已经病入膏肓，无药可医。既是大限将至，又怎会为其浪费稀少的药汤呢？

但这世上岂会有愿死之人？秀才是不信的，他不信会有人想死，他自己也是绝不想死的，哪怕士兵已经架起了他的双臂要将他带走，他也不肯走，拼了命地挣扎着扑向沉宸哀求道："判官！你行行好吧，救救我！救救我啊！我亲兄是张将领，他为这军中的寂老将军南征北战，他有功劳啊！我是张家

唯一一个活口了，你若不救我，张家满门就要灭了，我才十六岁，我还要考取功名为朝廷效力，你行行好救救我吧……"

沉宸轻蹙了一下眉，她无奈且带着悲伤地道："我并非判官，决定不了任何人的生死，也决定不了你的。我只是一个救人的医者，行医救人又怎会看你是否能取得功名利禄才救呢？即便我不愿承认你已病情深重这个残酷的事实，可就算是服下药汤也可能无济于事，何不把生存的机会留给有希望的人呢？你病已至此，皆是命数使然，救你一人可能需要救十余人的药量，亦未必成功，你又何必如此执着。放下吧，安心走好，大家定会感激你的牺牲成全了别人。"

那秀才满脸的泪水纵横交错，他的眼神又惊又惧，甚至起了恨意，高声哀哭道："我才不要他们的感激！你这女子真是糊涂至极！老天爷早就将人分了等级，普罗众生在娘胎里便有了定数，这人命可是自打出生就分了贵贱的！就算我已病重，但若我能治好，我张家于国有功，是功勋世家，且家境优渥，拥有良田千亩，我可以养活很多农户下人，让他们有所劳有所得。而且我饱读诗书，日后说不定我也能著书立传，最不济亦可以教学授意，传播知识于坊间百姓。我是可以为希国作出一番贡献的！你也说服下汤药可能无济于事，那万一服下又有用了呢？你不试着救我，又怎知我救不活？难不成你宁愿用那珍贵的汤药，去救那毫无价值的十余个乞丐吗？他们目不识丁，终日无所事事，只会白白浪费口粮，如同蛆虫一般整日混吃等死，别说他们十人的性命，就算百人也抵不过我一人生命之珍贵。他们都是贱命一条，死不足惜，何以同我等相提并论？"

沉宸感到失望，再一次缓缓摇头："你大错特错，老天爷不会划分等级，于天地而言，众生平等，不分贵贱。我们与蝼蚁并无差别，蝼蚁与我们也毫无不同。何况于人道更是生死有命，富贵在天，顺应命运而行吧。"说罢，她看向了士兵。

士兵们领会意图，不留情面地将秀才拖出了营帐。他见活不成了，反倒无所畏惧，竟破口大骂起来："你这妖女！你妖言惑众，滥杀无辜！我死后去了阴间，定要同冥帝道明你的恶行！见死不救算什么医者，根本就是妖妇，是妖妇啊！谁给的你生杀予夺之权，有哪条王法赋予你如斯权力？你怎可随意夺我性命，我死后化作厉鬼也不会放过你这毒妇……"

又是这般咒骂，沉宸默默地听着，嘴唇不由得紧紧抿成了一条线。这些天来咒骂之声不绝于耳，多难听的都有，这张秀才已经算是有学识涵养之人了，至少没有说出更恶毒的言语。想到此处，想到一个年轻的生命就此陨落，沉宸的泪又无意识地流了下来，这泪不知是为自己流的，还是为了这些即将逝去的生命。每当停歇下来，她就忍不住想起灵霄和衷赢，心里又是一阵辛酸和苦楚。沉宸摇了摇头，捏了捏自己手上的皮肉，振作一下精神，示意士兵们带下一个人入帐来看。

她不想知道这秀才之后会被怎么处理，她掩耳盗铃般地自欺欺人。寂老将军也吩咐所有军士不得将后续处理之事告知沉宸，以乱她辨别病症的公正之心。

其实她是清楚的，每一个被她确认为无须再救之人，都会被捆绑着领去后山的茅屋之中，当士兵带进下一个病人，那秀才已经被扔进了"废营"之中。这秀才已是今日第十个进入废营的人，每满十人，就会分发一次毒酒，没有几人是自愿喝下的，多是被强灌入肚，半炷香的工夫就该死透，若是还未死的就在其心脏位置补上一刀，再点燃这座茅屋。

在大火里有已经死去的病人，也有乘人不备，呕出毒酒躺在地上装死的，以为可以就此逃过一劫；还有喝了毒酒、中了一刀后还没死透的，吊着最后一口气苟延残喘的，可此病末期的传染性最为可怕，所以是无法等到他们自然死亡之后再烧掉的。因为最后几日患瘟疫者身上的脓疮全部会自行爆裂，血水混着腥臭异常的脓汁吸引那些苍蝇、老鼠、爬虫去吸食，再由这些动物不经意间就传播给了其他人。

因此寂老将军不得不交代士兵用火焚烧茅屋，哪怕其中有人是装死或者还未死透的，都管不了许多了。尸体喂了火，活人祭了火。这番举动，同那村落的族长可有区别吗？

寂老将军为了让她心里好受一些，便通令全军此举是拿到了圣旨，圣上也确实赞成此法，只要瘟疫不外传，怎样处置都可以。

在朝廷来看，他们对于寂家军的做法深感不满，特别是沉宸的举动，更是觉得她多此一举。朝廷官员认为只要是普通民众与兵士染病者，无论轻重，都该杀了以绝后患。有军功和官职者才可以用这稀少的汤药全力去救，若是还不成功就赐条白绫或是一杯毒酒，也死得体面一些。

只是这寂老将军姑息迁就自己的养女是妇人之仁，至于甄别病情轻重之举，更是浪费时间。这样会使一些功勋将士得不到解药，而普通农夫却获了生机，简直是鼠目寸光、残害国家栋梁。待瘟疫平息，定要好好参寂老将军一本，年老昏聩不说，还纵容养女这般胡闹。只是目前瘟疫极为严峻，大家皆不想多生事端，死伤的也不是自家至亲至爱之人，朝堂之上也就无人提及此事，仿若那玄机城原本就不存在一般。

但是为了自保，朝臣们已经上奏皇帝，要求派兵驻扎在玄机城二十里外，将此城前后围住，若是瘟疫一发不可收，便只能焚烧了此城，以绝后患。圣上当即核准了上奏，派了十万大军围住玄机城，宁可错杀一千，也不可使一人漏网。

到了军营这边，沅宸透着厚厚的营帐帆布，依旧能听见张秀才和其他未死透之人在大火之中凄厉哀号，那是地狱般的嘶吼，带着悲愤与绝望，令人心惊不已。她装作没有听到，将两团棉花塞入耳洞之中，心想着他们早晚是要死掉的，晚期溃烂爆裂的剧痛，如同万蚁啃噬一般，甚至比活活被火烧死还要痛苦。

可她即便在耳中塞上棉花，依旧无法阻隔所有的惨叫之声。她双手发抖，汗毛直竖，望着自己手中的药汤，混沌液体在她的十指之间微微荡漾。

她忽然喃声自问起来："如若他死于惨绝人寰的病痛，我这般做也算减轻他的痛楚了吧？可人死后，是否真的去往阴间？我这手上是否沾满了罪孽？我究竟是在救人，还是在杀人？我究竟是坚定，还是懦弱？这样做到底是对，还是错？我还是否有福报？我还有脸面去见娘亲、兄长与灵霁吗……大师兄，若是你在这里，你会如何做决定呢……"

看来今夜，又是一个无眠之夜了……

第十七节

这些时日以来，沉宸的心里极度动摇。她不知这"判官"之名究竟所谓何来，只是从前听药王说过，人在阳寿耗尽以后，会由黑白无常、牛头马面将其带进地府交由判官审查，判官根据"生死簿"来断定对方在人世的善恶，依据其曾所犯罪恶大小、轻重与次数来进行发落。他们之中有人会去四层血湖地狱，有人会去九层九幽地狱，也有人会去十八层泰山地狱。做善事居多的人大抵可以投身天道，肉体凡胎免不了转世轮回，而作恶之人……五马分尸、剜心取肺，抑或者上刀山下油锅。那才是真正的生死判官。

然而，沉宸并不是怕死后之事，她只是担忧自己会否断定有误——那些病危之人就不配生存下去吗？如若不是药汤有限，她又有何权利去决定谁人该活，谁人该亡呢？

就在她犹豫之际，又有一对姐弟被拉到了她的面前。她问士兵为何要一同带进来两人，这会坏了诊治的规矩。还未等士兵作答，年长一些的姐姐抢着说道："要怪就怪我吧，是我死也不肯和弟弟分开的！判官大人，我弟弟是军营里的士兵，他谎报年纪从了军，可他只有十三岁啊，我就是想求您一定要救他，只要亲眼看着您给他喝下药，我是死是活都不打紧！"

弟弟却拒绝道："不！姐，你若不在，我绝不独活！"

"你说什么傻话？判官让你活你就会活，你还不快叩谢判官大人！"这个不过只有十五岁上下的姐姐急迫地按着弟弟的头，要他先行谢过沉宸，好像怕沉宸会拒绝她的请求一般。

沉宸望着他们姐弟二人惊恐、痛苦的脸，又回想起自己这几日所面对的几乎全是这样一张张失望、震惊、悲伤又无奈的容颜……

沉宸顿时觉得疲累得很，可她还是仔细地翻开了姐弟二人的衣领查看病情，最终，她指着姐姐的脸点了一下头，又指着弟弟摇了一下头。

姐姐愣住了，她恍神之际，看到士兵拖着弟弟就朝军营外走，她像疯了一样去拖拽弟弟的身体，哭喊着："错了！弄错了！不可能是我，我病得很重，我活不成的！我弟弟是能活的，你们弄错人了！"

"姐！你放手吧，我……我要去见爹娘了，你要好好地活着！来年中元节，多烧些纸钱给我们，你、你自己保重！"弟弟痛哭流涕地扯开了姐姐的手，狠心地别过头去，任凭被士兵带去废营。

姐姐受不了地尖声厉叫，余下的士兵将她按倒在地，她抓伤了士兵的脸和手，却紧闭着嘴唇不肯喝下沅宸的药汤。

沅宸当真是急了，忍不住质问她道："这人人都想得的解药，你竟不肯服用？真是昏了头！"

姐姐却反唇相讥："人世间还有什么比拆散亲人更为残忍的事情吗？你以为你给了我活下去的机会，我就必然要感谢你不成？你救错了人，就别想要人感激你！生时我照顾弟弟，死时也先走一步在黄泉等他，免得他寂寞孤单。"

沅宸怒斥道："我从不是想要人感激！我只是想要救死扶伤，我……"

可话还没说完，姐姐不知哪里来的蛮力，竟挣脱了按压她的士兵，以迅雷不及掩耳之势夺了一旁药柜上割药草的镰刀，一抹脖子自尽了。鲜血刹那间溅了沅宸满脸满身。这姐姐她宁可死，也不愿喝解药。沅宸万分震惊，整个人跌坐在地。她不懂，她这般辛苦、想方设法地救治他们，为何他们不珍惜？为何他们不明白？

看着尸体被抬走，沅宸的神情开始变得动摇而迷茫。她在浑浑噩噩之间用药水沾湿布，擦拭干净了脸上的血迹，脱了那染血的袍子，又换了件素色布衣。她看了一眼地上的镰刀，默默把它捡起，也用湿布仔细地擦洗干净，再放回原位，怎能料到那把她平日用来采割药草的工具，竟然也成了结束人性命的利刃。那染血的袍子和擦拭用的湿布，都让士兵拿去焚烧了。做这一切之时，她如行尸走肉一般，脑子里一片空白，只是下意识地做着这些举动，心如死灰。

待她收拾完毕，这次走进营帐里的竟是三人，士兵们根本控制不住他们，他们几乎是同时冲进来的，是一对夫妻和一位老妇。丈夫是营中军官，老妇是他的母亲，他自己并没有患病，染上病的人是他的妻子和母亲。他将妻子推倒在地上，要拿她的命换老妇的命。他道："沅宸姑娘，在下张立，很早就追随少将军打仗，也曾立下不少战功。如今这贱人将疫病传染给了我母亲，左右她们二人只能救一个的话，我就当着你的面杀了贱人，你把解药快给我母亲服下。"

"沅宸姑娘，你救救我吧，我并不是贪生怕死，确实是我将瘟疫传染给了婆母，我对不住婆母，但是我腹中已有八个月的胎儿，我实在不忍心让他还没出世，就胎死腹中，给我们母子俩留条生路吧……"坐在地上的妻子早已哭得眼睛红肿如桃，双手护着自己高高隆起的小腹。

"未必二者选一，也未必一定都有救。可……"沅宸不敢置信地望着张立，颤声问道，"你竟要不分青红皂白地狠心杀掉自己的发妻与她腹中骨肉？"

"妻子可以再娶，孩子自然可以再生，可母亲只有一个。我是遗腹子，母亲当初坚决不改嫁，执意将我生下，还要养活夫家年迈的公婆，家中皆靠老母终日为人做工、缝补为生，度日何其艰难。终于我在军中以死换生，得来了些许军职，正是该孝敬母亲之时，难不成要我做不孝子吗？自古孝当先，救好了我的老母亲，我还要再娶妻纳妾，早日给她老人家生个子孙满堂才是。"

妻子闻言，潸然泪下，绝望地看着丈夫。沅宸更是头皮发麻，心生厌恶：这究竟是何等的人间炼狱！如此丑陋的人性劣根！丈夫要杀妻，甚至如此迫不及待！竟然连之后再娶妻纳妾、子孙满堂之类的话都说了出来，这妻子此刻真是哀莫大于心死吧。

沅宸红了眼眶，她愤怒地看向张立，又转向妻子和那名老妇，她深知妻子是重症，老妇还可医治，可这老妇分明是风烛残年，就算治好了，身体的元气也会大大亏损，再精心照顾也就不过几年阳寿的光景。但她却作出了违心的决定，她指向妻子，她想要这妻子与腹中的孩子能活下去！

老妇见状，歇斯底里地撕打起了妻子，将心中不满全部都迁怒于儿媳。张立更是冲上前来抢夺沅宸手中的药碗，他偏偏要让自己的母亲喝药！一不留神，药碗斜了，药汤洒了一半在地，张立拔出剑来，护着老母，让其先将碗中剩下的半碗汤药喝下。喝完碗中汤药，这老妇就如同饥饿的老狗一般扑在地上舔舐起还未干涸的药汤。而妻子见药没了，又害怕自己会被烧死在茅屋中，忽然飞快地起身逃出了营帐。

沅宸和士兵们也赶忙追了出去，外面的人群见到沅宸出来了，皆是如恶

鬼一般伸手去抓她的手、腰、腿，他们狰狞地叫着："判官啊！把药给我们吧，我们不想死！"

沉宸觉得自己仿佛就要淹没在这人间地狱中了，她被推搡、簇拥、压迫，她惊恐地伸出手去求救，谁能来救她离开这可怖之地，谁能？！忽然，一只有力的手掌猛然握住了她的手，一把将她拖出了这恶鬼地狱。

她慌乱、颤抖地看着他，她的眼神是这般无助而残破，藏锋的心都要碎了。他抬手抹掉沉宸脸颊的泪渍，轻声问她："你要去哪里？我陪着你。"

沉宸紧紧地握住他的手，她嗫嚅着嘴唇，全身发冷，似乎企图从他的掌心里获得一丝属于人世间的仅存的温暖。

而士兵在这时急匆匆地同沉宸道："大小姐！不好了，那妇人爬上瞭望台了！"

沉宸这才回过神来，她来不及怜悯自己了，立即朝瞭望台的方向跑去。藏锋紧紧跟着她，生怕她再有任何闪失。

沉宸跑得极快，军旅出身的藏锋都无法追上她。他猜想这和自己大病初愈有关，体力不如从前，待赶到台下时，沉宸已经爬上了瞭望台，窄小的台上站着她与妇人，太阳已西下了。

天色不知何时变了，阴风阵阵，余晖残阳。瞭望台下聚集着众多士兵与病人，他们中甚至还有人在嬉笑着叫喊："跳啊！死了就一了百了了，再不必受凡尘折磨了！"

清瘦柔弱的军官妻子仿若充耳不闻般，她半坐在栏杆上，长发随风凌乱。沉宸不敢惊扰她，妄想利用攀谈来分散她的注意力："我……姑娘的芳名为何？"

她痴痴地道："我本姓王，闺字青霜，嫁入他家之后就没人再记得我的名字了。他们只叫我王氏，起初，他还会唤我的闺名，叫我青霜、青霜……只是可惜了，他爱的是我的年轻与美貌，是我的这副破皮囊。

"待婚后日子一长，我无所出，渐渐失去色相，他便不再尊重我，他的母亲也不时地借故羞辱我，说我是一只不会生蛋的母鸡，要他休妻另娶。他偏袒母亲，逐渐疏远、冷落我，压迫我，我甚至不如一个侍女，整日地做粗活吃粗饭。

"未过门之前，婆母就嫌弃我家家贫，嫁入他家之后，婆母对我非打即骂……就算是我出门采买之时染上了瘟疫，再传染给婆母，可他为何连医者的判断都不听，就坚持要他母亲喝下解药呢？上天可曾怜悯过我？我也是有娘有爹之人，怎就应该寄人篱下，活得猪狗不如呢？我整日求神拜佛，多行善事，苍天有眼，终于赐给我一个孩儿，我早早地就为这孩儿取了名，叫他辙儿。可这辙儿已在我腹中八月有余，还有些时日他就可以睁眼看看这世上，怎么就要硬生生断了我们母子缘分……"

沉宸似乎想说些什么，却无话可说，对于这女子，她只有无限的同情。

"如若来世，再不要嫁为人妇了……"说着，名为青霜的女子缓缓看向沉宸，忽然满眼留恋与悲愤，将她错认成丈夫，指着她声嘶力竭："你！你这愚孝莽夫——若你心中只有母亲，何必哄骗娶我？何不同你母亲厮守到老？我嫁入你家多年，可曾有一件对不起你的事情？婆母无论如何刁难，我可有一句顶撞回嘴？当初嫁你，我以为找到了良人，当初你英武非凡，许诺护我一世周全。我以为一双人到白头，不料竟走到此等境地，我真是有眼无珠，悔不当初！

"我今日走投无路，皆是你所逼迫！你无权定夺我们母子生死，我生也好，死也罢，都不会由你做主！枉费我日日夜夜担心把病症传染给你……枉费我多年来的一腔痴情啊！可你，待我如此薄情寡义！你定会有报应的！"

青霜的话，分明是在咒骂张立，可在沉宸听来，却是指责她的。那些字句如利刃，一刀、一刀地刻在她的肌肤、心口。她觉得自己的胸腔深处因而溃烂、化脓，蔓延成深渊。

"辙儿啊！娘亲这就来见你了！"青霜仰天狂笑道，"你爹是恶鬼，为娘竟护不住你，为娘真该千刀万剐、死不足惜！眼下可好，为娘命苦，活不成的，好了，好了！为娘这就来陪你！我们母子终可团聚了！"话音刚落，她便身体后仰，整个人都从高耸的瞭望台上坠落下去。

沉宸狂奔向青霜跌落的栏杆，她伸出手，却什么都抓不住。青霜的身下，像是盛开着一朵巨大的朱红色的牡丹花，片片花瓣艳丽如血，美得惊心动魄。

沉宸一脸惊恐地望着青霜的尸身，她叫不出，喊不出，只剩下迷茫无措与心惊肉跳。脑海里猛然间浮现的是曾经与长兄寂予夺约定好的——那日夕阳西下，长兄为她抓到了那只羽毛漂亮的鸟儿，她同情地抚摸小鸟的头，小鸟却丝毫不同她亲昵摩挲，反而战栗地躲避。直到长兄松开了手，小鸟立即

飞走。她当时因此而动容，对长兄许下承诺："大哥要是在战场上受了伤，沅宸去救你好不好？大哥的一切都交给我来医治，我也想保护大哥。"

寂予夺笑着点头，抬手捏了捏沅宸的小鼻子："一言为定。"

在身后的古钟与道乐声中，沅宸勾住寂予夺的小指，非常认真地许下了那个诺言。

然而鸟儿飞走的画面陡然间从沅宸眼前闪过，那鸟儿在战场之上被风沙、血腥污了眼，被成堆的尸骨腐了鼻，它羽毛尽落，小小的身躯血肉模糊，它的血映红了天际，是一片迅猛的大火！沅宸当年就那样看着兄长们的遗体在火葬之中付之一炬，尽化灰烬。唯独那串日日夜夜戴在长兄手腕上的从道观里求来的紫金手串尚未烧朽，如今，它戴在沅宸的手腕上，可她却依然如当初那般，根本没有办法救治全部的人。

她仍旧要看着一个接连一个的人在她面前死去！

一抹刺痛从额心传来，沅宸抬手去抚眉骨，手指上竟沾染上了血迹，她的眉间不知何时竟莫名长出了一道朱色疤痕，深入眉骨。就仿若是心尖所有的伤、痛、悲、忧都凝聚到了眉间，积成殇。

连上天也在惩罚她吗？是在责怪她无权抉择他人生死吗？

沅宸浑浑噩噩之际，忽然听到瞭望台下传来争执声。她恍惚中望去，竟见到军中原本等待诊治判断的染病村民连同他们的亲属们将青霜的尸体抬了起来。

而其他士兵见状前来阻止，他们要把尸体带去废营焚烧，要切断每一个传染源。可村民们不管不顾地与之对抗，甚至大打出手。在病魔面前，已经没有人惧怕士兵们手中的武器了，死于剑刃刀锋之下或许还有痛快，所以武器有何可惧？真正令人们丧失人性与道义的是天灾人祸，是致命顽疾！

最终，尚未染病的士兵们再也不敢同这些病人们撕扯，他们已经疯了，不怕利刃，不怕威慑，他们只要青霜的尸体！

为何……要带走青霜？

沅宸一脸茫然地走下瞭望台，藏锋见她下来，便要带她回营暂作休息，她日夜操劳，真的不能再继续这样了。可沅宸却拂开了他的手，她随着那群如恶鬼般的病人们走出军营，眼睁睁地看着他们将青霜的尸体放了一个圆形的干草堆上。

为首的是一名病入膏肓的妇人，她面容狰狞、干瘦如柴，红斑爬满了她的整张脸，且与面部的沧桑纵横交错，根本分不清哪一条是皱纹，哪一条是红斑的痕迹。

　　她站在干草堆上，对下方围绕着她的村民们，甚至还有孩童扬言道："兄弟姊妹们，看啊，这是神明赐予我们治病的血肉！这女子从高台上纵身一跃，正如真经上所言那般，自行了断者有罪，是懦弱、不知廉耻的行为！人身难得，中土难生，假使得生，正法难遇啊！得人身不易，自行了断者不可渡入轮回转世，我们必须要帮助她，洗清她身上的业障，好为她在阴曹地府修阴德！而得了她身上的罪孽，就是做了善事，你我身上的疾病将与之抵消，众人将会恢复往日的神清气爽，为自身修得福报！"

　　说罢，她对着天空伸出了双手，仿若鬼怪那般叫喊出令人心生恐惧的诵文。她的双目已经变得血红可怖，长发凌乱在号啕的风中，这仿若是一种罪恶的仪式，天地都要为之战栗了！

　　"天地神鬼啊！接受我等草芥的哀求吧！免除我们的病症与剧痛，救我们脱离苦难！"

　　血液四溅，围绕于此的众人却疯狂地欢呼起来，他们手舞足蹈，竟像是一种崇高的膜拜。他们觉得通过仪式能获得无穷无尽的力量，会复原、会痊愈、会重获新生！他们接纳罪孽者的罪孽，妄想以此来清洗自身的罪孽。

　　他们疯掉了。

　　沅宸望着这地狱般的景象，眉间处的伤疤开始不断地流淌出鲜血，她的胃里一阵翻涌，但却吐不出任何东西来。她无休无止地做着"判官"，几日来连一滴水都未喝，又怎会吐得出东西来呢？青霜的血液一直流到了她的身旁，聚在了她的脚下，已经冰凉无比，早已失去了温度。沅宸痛心地闭上眼，连泪水都干涸了。

　　她猛地睁开眼睛，对着人群大喊着："不能碰啊，那是染病之人的尸体，是病体啊！不要相信什么妖言惑众，哪有什么能救治瘟疫的法子，千万不可如此作孽啊！"

　　可那群疯魔的人哪里听得进她的话，各个手染鲜血，与野兽无异。

　　这世道究竟是什么世道？这善恶究竟如何划分得清楚？沅宸甚至不敢去同那群恶人争夺一具尸体，她害怕自己也会落得青霜那般凄惨的下场。她

受此震撼，内心无助、恐惧、凄凉到了极致，她想叫喊，却发不出声音；想哭泣，却流不出泪水。她不知自己是怎么了，绝望与悲痛吞没了她，沉宸转身想要离开，她只想逃离这里，她承受不住了！可是没等走几步，她眼前发黑，距离她几步之遥，藏锋带着一队弓弩手快步而来。她轻喊一声："藏锋哥哥……"整个人就笔直地摔倒在地，晕死过去。

藏锋冲上前去抱起沉宸，命令弓弩手搭上带火油的箭，齐刷刷地射向那群还在疯魔之中的村民们。惨叫声不绝于耳，三轮攻击之后，确认诸人皆已中箭，藏锋亲自点燃一个火把，将他们与青霜的尸体一起焚烧殆尽。

之后的几日，沉宸高烧不退、昏睡不醒，整夜被梦魇纠缠。

梦里，她睡在青草堆上，车轮缓慢地前行，驾车的老翁在悠悠地吟唱着："蜀国曾闻子规鸟，宣城又见杜鹃花。一叫一回肠一断，三春三月忆三巴……"

真是温婉而清幽的曲调啊，令人受伤的内心都得到了难得的平复，沉宸真想就这样一睡不醒……

待车子到了城门，老翁便唤醒了睡在车上的沉宸，同她道："姑娘，快回家去吧，莫要跟着老夫走了，再走下去，你就要跟老夫一同进城啦！"

沉宸不得已地揉着惺忪的睡眼，然后爬起身，打量面前的城门，是黑色的，门口处蹲着两头獠牙尖锐的恶兽，让人不禁心生惧怕。她急忙跳下了牛车，目送老翁进了城门。可她却怎样都想不起自己为何会在这里，更想不起自己要去哪里。

她像是失忆了一样徘徊在雾蒙蒙的长街上，忽然又看见两只野兔在不远处快乐地奔跑，你追我赶，十分开心。哪知暗处射来一支箭，其中一只白兔子死了，剩下一只小花兔逃窜到了沉宸的身后。

沉宸心觉小花兔可怜，便挡在她面前保护它。而射死白兔子的猎人从地上揪起白兔，拔掉它身上的羽箭，又身手利落地扒掉了白兔的皮，只见白兔的身体血淋淋地呈现在眼前，沉宸吓得不敢去看，赶快抱起小花兔逃掉了。跑着跑着，她回头去看，那猎人把白兔皮围在了腰上，沉宸心惊肉跳，仓皇间看见他双臂刺着恶鬼獠牙般的图案。

到了夜里，沉宸带小花兔住进了一家客栈，她把小花兔留在草地里吃草，自己就先上楼进房间。也许是累了，沉宸躺在床上，很快就睡着了。夜里一阵风从窗外吹进来，桌上的烛台"啪"地倒下了。

"笃笃——""笃笃——"

是敲门声。沉宸困惑地眨眨眼，犹豫着该不该回应，那敲门声再一次响起，这一回有些急促，令沉宸不由得心生惧怕。

"是谁？"她小声询问。

没人回应，片刻寂静过后，再次响起"笃笃——""笃笃——"。

沉宸虽怕，也还是走下来，她打开了房门，只见月色之中站着一位穿着印满了桃花的长裙的美丽少女。这少女绾着风流别致的如云鬟，姿态婀娜，眉目清丽，眼波婉转如云，皮肤胜似凝露，手脚上都系着赤金挂铃，一双百蝶花样的芙蓉鞋，像极了画卷上那些国色天香的仙女。

沉宸看她看得入了迷，忍不住赞叹道："真美。"

那少女掩面轻声道："今日多谢姑娘救命之恩，妾身名叫玉甯，是山间的花兔精，百年来一直同我的姐姐相依为命。若不是姑娘相救，妾身怕是会同姐姐一样死于猎人之手。从今以后，妾身愿伴随姑娘身侧，把姑娘当作亲主，更愿做姑娘的侍女来报答恩情。"

沉宸似乎很轻易就接受了这个"玉兔报恩"的事实。隔日一早，玉甯又为沉宸准备好了茶饮与餐食，还帮沉宸梳理头发，十分温柔体贴。她们二人一直生活在一起，吟诗作画，谈笑有加。虽然她们表面上是主仆，可私下里却像姐妹。沉宸也很关照她，知道她功力尚浅，每天只有几个时辰能化作人形，其余时间都是兔子形态。因为担心玉甯劳累，沉宸也会在她变成小花兔的时候将其抱在怀中，抚摸、疼爱她，仲夏时为小花兔扇风，寒冬时为小花兔升起火盆，她从不把小花兔当作侍女，而是将她当成了亲妹般对待。就这样过去了好几个年头，玉甯年满十六岁了。她爱上了一个街边药坊家的穷书生。

第十八节

那书生姓李，单名一个煊字。家境十分贫寒，父母经营的药坊门面极小，全家老小十几口人，实在是勉强糊口、捉襟见肘。而对面的屠户家又总是欺辱他们，今日索要保护费，明日又找了别的借口来搜刮铜板，李煊的父亲是个老实人，一直被屠户欺压多年。而李煊又被屠户的猎人儿子欺压，那猎人又恰巧是杀死玉甯姐姐的凶手。

玉甯恨猎人，加上她爱李煊，她要帮助李煊摆脱猎人，而唯一的方式就是考取功名、出人头地。一旦李煊做了官，就有了权力，便不会再受草民欺辱了。

最初，玉甯为了接近他，总是去李煊家的药坊买药，李煊本就很喜爱这个美丽的姑娘，但是因为内心害羞而不敢表明，两人青涩年少，眉目中总是向彼此传递着两情相悦的爱意。后来时间久了，玉甯会为李煊带去很多珍贵的药材，那些都是她在沉宸的指点下化作小花兔去山上寻来的。她提醒李煊把这些名贵药材拿去黑市，以三倍高的价钱贩卖，很快就会赚得盆满钵满。

李煊按照玉甯所说的照做了，果真赚了很多钱，他开心极了，立即花费钱财为玉甯买了一件上好绸缎做的华服，并许诺玉甯："玉甯姑娘，你真是小生的如意仙子啊！自打遇见了你，小生的生活真是发生了翻天覆地的改变，你不仅送给小生珍贵的药材，还为小生出谋划策，那日我用赚来的钱财雇佣了城边打手，他们替我教训了猎人，那莽夫再很少来寻我的麻烦了。眼下小生更要努力学书，待日后金榜题名了，定要娶玉甯姑娘为妻。"

玉甯自是感动，可是她深知自己是无法嫁给李煊的。她每日只有几个时辰可以化作人身，其余时间都是一只小花兔，又怎能日日夜夜以玉甯的模样陪伴于他身侧呢？她无非是更加努力地上山寻药，去最崎岖、最危险的山谷里寻最罕见、最珍贵的药材，哪怕她的兔脚磨得破损，哪怕她时常被虎豹豺狼追咬，可只要一想到李煊会开心，她就感到幸福。

沉宸将玉甯的变化看在眼里，她起初非常反对，并告诫玉甯那个李煊根本无法给予玉甯任何名分，他只是一介穷困潦倒的书生，如今得了玉甯的接济才过上了温饱生活。假设他真的考取了功名，摇身一变成为人上之人，又怎还会惦记玉甯这样一个没家业没双亲的花兔精呢？

"玉甯啊，你不可被人世男子的甜言蜜语蒙蔽了眼睛，不可一叶障目，更不可这般痴恋啊。"玉甯却委屈地望着沉宸，抱怨道："沉宸姐姐怕是没有爱过男子吧？如若你爱过，又怎会不理解妾身的心情呢？"

沉宸愣住了，她回答不出，她记不得自己爱过谁，更记不得谁爱过自己了，她似乎刻意去忘掉了很多伤心事，她很想就这样一直和玉甯相守到老，只有她和她的玉甯妹妹。世间唯有姐妹二人，远离一切利益纷争与爱恨情仇，这不正是神仙般的生活吗？

可玉甯却执迷不悟道："并非男子皆薄情，就算是妓，也会有有情有义的。再者，即便妾身是妖，妾身也要尽己所能地去帮助李公子，哪怕他真的无法娶妾身，只要他心里有妾身的一席之地，也就够了。"

"傻玉甯，你怎么这般傻？如若他心中有你，又怎会在获得钱财之后流连那烟花之地？又怎会不同自己的父母谈及你？又怎会不愿带你去家中做客？又怎会在为他父母购置大宅后，不为你留出一间小厢房？玉甯啊，你别去找他了，再别去找他了。现在回头还来得及，和姐姐在一起，我们同吃同住，且你我情同姐妹，姐姐不想失去你，姐姐害怕失去你。"

玉甯仍旧痴心不改，这只小花兔执念颇深，对沉宸道："可妾身也不想失去李公子。"

哪怕，李煊沉醉在青楼歌妓的温柔乡中。那些女子温香软玉，纱裙上绣着成双成对的鸳鸯，她们的帕子里带着撩人魅惑的香，轻轻一挥动，就勾走了李煊的魂。他迷上了一个叫作湘女的头牌，为她抛掷千金，同她日夜颠鸾倒凤，哪里还有心思顾及那个羞怯青涩的小花兔？又哪里还有意图去读那些圣贤书？

可玉甯只觉是湘女勾引了李煊，李煊是爱自己的，他不可能抛弃她，他答应过她，只要考取了功名，就会娶她为妻。她是那样信他、痴恋他，以为他真会如他承诺的那般，以至于她曾心甘情愿地奉献自己的肉体，到头来却换得无情抛弃。

即便如此，她还是低声下气的如同一条狗，去为他下跪，恳求他收她做妾也好，哪怕是丫鬟，只要他肯留她在他宅中。可是，他不仅闭门不见，竟命人泼她一桶脏水，要她认清彼此之间的身份悬殊。何以悬殊？他的家宅，他的一切，都是她舍命采药为他换来的。在羞愤与悲痛之间，她回想起那些他的情话与誓言，回想起他温柔的眉目与低念她名字时的轻缓语调。然而，她还是不信他会变心，她不信。

可他真的为湘女花了太多的钱了，湘女身上戴满了李煊送给她的珍珠玛瑙、金银玉翠。直到最后一个铜板花光了，湘女立刻翻了脸，将李煊赶出了凤楼，她才不会同一个穷光蛋谈情说爱。

重归落魄的李煊如梦初醒，他苦苦哀求玉甯原谅他，又哭诉自己身无分文，怕是要卖掉家宅才能重新去赶考了。玉甯又怎会舍得他那般心碎求她呢？这只善良的小花兔软弱又坚强，她要他别担忧，她会想办法的。

这一次，玉甯带着李煊一起去山中采药。她希望他体会到她的不易。玉甯也是听闻山谷最深处有一棵金鲤树，上面挂满了长满鱼鳞似的果子，只一颗便价值连城。维持着人形的玉甯同李煊在清晨时出发，历经万难之后，在临近黄昏时分终于找到了金鲤树。那树上果然挂满了金光闪闪的果子，李煊如获珍宝，贪婪地不停摘果子，玉甯不得不提醒他山神不允许外来人多加采摘，每人只可摘走一颗，这才是她带李煊来的原因，如此来，两人便可带走两颗。然而李煊哪管那么多？他只道着有了钱，就又可以换来湘女的笑容了！玉甯正伤心着，身后突然传来恐怖的声音，就像厉鬼在吼叫。李煊吓得把果子掉了一地，可他又舍不得果子，仓皇间吞掉了好几颗金果，便拉着玉甯赶快跑掉了。

几日之后，玉甯用卖掉果子的钱为李煊打点上路，他要赶三天才可赴考。临走时，李煊承诺玉甯："小生从前做了很多荒唐事，伤了玉甯姑娘的心，小生实在是该打、该死。玉甯姑娘待小生这般好，小生今世还不完你的情谊，就来生、来世、永生、永世来还，哪怕是化作一缕青烟，也要伴随玉甯姑娘左右。"

玉甯不准他说不吉利的话，并告诉他，自己会等他高中归来。李煊就这样背着行囊离开了，可是夜晚赶上大雨，他又在山脚的破旧茅屋里遇上了强盗，而其中一人正是猎人。夜晚雷声乍起，风雨交加，茅屋里时而光亮，时而黑暗，猎人却看到李煊的肚子在闪耀着金光，猜想定有金贵物件儿。那金光正是李煊情急之下吞进腹中的果子。猎人数了一下，一、二、三，正好三颗，够强盗们一人一颗，于是他们将李煊抓住，拧断他的脖子，开膛破肚，挖出了金灿灿的果子。

李煊就那样惨死了。

得知一切的玉甯整日以泪洗面，她日哭夜哭，终于哭瞎了双眼。沅宸十分心疼她，对玉甯道："妹妹，他既然已经死了，那就是他的命数，你要好生修炼自己，有朝一日得道成仙，前程似锦，何必为了一个薄情寡义的男子错付一生？姐姐会一直陪你修仙得道，你我姐妹一直在一起，难道不好吗？"

哭瞎了眼的玉甯啜泣着，她对沅宸道："沅宸姐姐对妾身的好，妾身没齿难忘。可姐姐不该在这梦魇里逃避现实，妾身亦不是你想要的替代品。尽管做你的妹妹很幸福，但姐姐该醒醒了，这梦魇，终究是要结束的。"

沅宸听不懂，她只觉得周身的景象变了，自己又回到了老翁曾带她来的黑色城门前，她猜不透这是哪里，也许是她自己内心的深渊旋涡，可她却执意道："梦魇又有何不好？为何我就不可逃避呢？"

玉甯悲切道："既是梦，便总要醒来，一旦醒了，这梦里的一切你还会放在心上吗？妾身于你而言，又是否还会重要呢？"

沅宸立即握住她的手，同她真情实意道："玉甯，这梦中的一切都是我的全部，我愿意永远留在这里，只要是和你在一起，我根本不在乎这是否是梦，我宁愿在这梦中永不醒。我只要你我姐妹同心，而你，再不要背弃姐姐了！"

玉甯缓缓抽出自己的手，摇头道："沅宸姐姐何必要控制玉甯呢？你总以为你给大家的就是正确的，就像你对妾身——你强加你的想法在妾身身上，你觉得你是在救妾身。"

沅宸急切道："我是不愿你步入歧途，我的确是在救你啊！"

玉甯摇头苦笑道："不，你是不想回到现世，即便你在梦中遇见的不是妾身，你也会死死地抓住对方，就如同救命稻草。可是，有的人失去亲人后，不愿独活，强迫其生存下去，岂不是在害他吗？有的人只愿一生清贫廉洁，不愿沾染权贵，却要他深陷宦海，尔虞我诈，岂不是在断他寿路？"

沅宸痛心道："难不成你是在责怪我吗？"

玉甯深深叹息道："妾身不敢责怪姐姐，妾身不过是想要和李公子在一起，哪怕他薄情，哪怕他寡义，这世上若没了李公子，修成上仙于妾身而

言，又何乐之有呢？正如鸟儿食虫，花儿怒放，晨露蒸发，猛兽相残，虎毒却不会食子，兔善也有执念，妾身的执念与姐姐的执念相比，又有何不同之处呢？"

沅宸失神地站在原地，玉甯点破她道："姐姐想挽救众生，亦问过众生真的需要被你挽救吗？你尚且能治人，但能治心吗？"

"我……"沅宸欲言又止，神色变得不安而无助起来。

眼瞎的玉甯已经看不见她的表情了，却也不想她难过，只道："这个梦真是好长啊，妾身和姐姐仿佛度过了一生。可妾身还是要留在李公子身边的，妾身要等他转世，这一世遇不到，就再等下一世，下一世遇不到，就接着等。总会与他相见。如若妾身等不到那一天了，姐姐……你能答应妾身，替我去寻他的下落吗？"

沅宸无措道："我要怎么去寻他？我只是个凡人，将来我死后转世，也未必会留有这一世的记忆了。"

玉甯的双手摸索着，摸到沅宸眉间的疤痕，轻叹道："姐姐会的，只有姐姐会了。答应妾身吧，也算圆了一场姐妹情义，即便是妾身有幸与姐姐在这梦魇里交错相会，也算是妾身的造化了。"

沅宸仿佛意识到自己快要离开这里了一般，她留恋地闭上眼，泪水顺着脸颊流淌到玉甯的手指间，她终于点头道："我答应你。"

玉甯露出感激的笑意："愿再与姐姐相会时，你我都能够放下各自的执念，这人世苦短，相遇是何等珍贵的缘啊，姐姐实在不要太为难自己，更不要为难了他人。"

"执念固然好，可凡人们常道，情深不寿，慧极必伤。"玉甯最后道，"姐姐一往情深，莫要伤了自己。"

沅宸眉心的疤，似乎因她自身的动情又深了一些。她泪眼婆娑，回想着这一场梦中的种种，对玉甯的情感附加，仿若来自己内心深处的自责。她一直责怪着自己，是源于灵霁的死……她的执念太多了，如何能轻易放下？

她所挚爱之人，又有几个尚存活于世？

这一场梦，让她不想醒来。

哪怕这只是一场梦……

待到沅宸缓缓睁开眼，她感觉自己的脸上冰凉一片，抬手去摸，全部都是泪迹。营帐内烛光昏暗，她侧脸看到藏锋正趴在她的床榻旁守着她。沅宸不由得心中一颤，她伸手去触碰他的脸颊，藏锋的睫毛立即动了动，他机警地睁开眼，见是沅宸醒了，他的眼睛顿时发亮，声音中是隐藏不住的欣喜："沅宸，你可算醒了，你睡了三天了。"他说着，慢慢地握住她苍白冰冷的手，紧紧地握着，眼底似乎涌现出泪光，连他自己都不知道他向来坚硬的心肠竟会显露柔情："这三天，你究竟去哪里了？"

他很担心她。

他怕她再也不会醒来。

沅宸凝视着他，几日不见，他更加清瘦，眼窝略微深陷，定是休息得极差，整个人竟流露出颓唐之感。她心中因此而生出一股说不出的凄楚，声音也有些暗哑："我哪里也没去，不过是……做了一个很长很长的梦罢了。"长到她以为就那样度过她的余生，也未尝不可。梦里没有血腥，没有瘟疫，更没有必须抉择生死的判官了。

藏锋见沅宸一副心神不宁的模样，十分担心，端过一碗清茶递给沅宸，沅宸接过，正欲喝下，门外忽然又有人掀开了营帐帘子的一角，是寂老将军的传令兵。他神色凝重，颤声禀道："大小姐，少将军，老将军他——他病倒了。"

藏锋愣住了，而沅宸手中的茶碗也不由得倾斜，淡褐色的茶水洒了一地。

自打寻药归来，才过去短短七天而已。可是由于寂老将军让出了那一碗救命的药汤，错过了最佳的治疗时机，他的身体已是越发虚弱，终于在今日病情加剧，命已垂危，如即将枯尽的灯油，不知还能燃上几个时辰了。

当沅宸与藏锋前往寂老将军的营帐之后，他连从床榻上起身的力气都没有了。围绕在寂老将军身侧的皆是多年来共同打拼天下的老战将，他们看到沅宸露出回天乏力的表情，皆是惋惜地垂下了头。

可是沅宸又如何能去责怪寂老将军不肯服药呢？他自有他的选择，她何苦强加她的意愿？然而，沅宸仍旧心碎不已，她拖着同样残破苍白的身躯伏在寂老将军的病榻。寂老将军艰难地抬起手，沅宸轻轻地将其握住，听到他用微弱的声音低沉地说道："宸儿，为父在等，还在等……"

沅宸思虑了片刻，终是明白了他在等待谁。她含着泪水轻抚寂老将军的

发际，安慰他道："父亲，他会来的，你定会等到他的。"

寂老将军似略有安心地颔首点头，他就这样凭着最后一口气息拖延着时间，终于在隔日天色微亮时，他盼来了那个人。

犹记得那日乌云漫天，不见天日，染病的士兵与百姓们仍在四处求救、哀声连连，军营外来了一仗人马，负责开道的侍卫们秩序井然，他们站在军营大门两侧，拨开那群如恶鬼般的染病之人，一辆华丽富贵的马车缓缓驶进了军营。车门打开，走下来的人正是寂老将军用尽一生去效忠的皇帝。

尽管他今日身着素衣，也过了知命之年，却仍旧遮盖不住那与生俱来的高贵，眉宇间的英气更是咄咄逼人。他也曾是寂老将军并肩作战的兄弟，是挚友，是主上，是年少时彼此吐露心声的玩伴。如今他赶来军营见他的国舅最后一面。

皇帝在侍卫们的护送下才能避开疯狂的染病之人，从而安全地进入寂老将军的营帐。一直守在病榻旁的沉宸见了他，赶忙行大礼问候："皇上驾临，沉宸有失远迎。"

皇帝携起沉宸，见她面容憔悴、脸颊瘦削，十足可怜，不由得叹息道："这瘟疫肆虐，军营中又是这般形势紧张，宁医实在受苦了。你且先去好生休息，寡人同你父亲单独说说话。"

沉宸担忧地望了一眼寂老将军，最终点点头，又会意地带着营帐里的其他人一同离开了。营帐内只剩下寂老将军与皇帝二人，皇帝细细打量着寂老将军因病痛而备受折磨的苍老面容，心中格外苦涩。而寂老将军见他来了，浑浊的眼中也流露出一丝欣喜，甚至隐隐泛起了泪光，艰难地开口同他道："陛下，老夫已等候多时了……"

皇帝内心一颤，忙踱步上前，坐到他的对面，痛心道："寂兄，寡人来迟了！"

这一声寂兄，着实是久违了。遥想当年年少时，他寂某只是小小少将，皇帝也尚且还是六皇子，二人在先皇的马场之中一见如故，自那之后，六皇子便整日跑去寂少将宅中玩乐，两人志趣相投，犹如亲生手足。每当寂少将征战归来，便会同六皇子在家中观赏亭下碧潭波光、摇晃手中瓷杯佳酿，好生快活。偶然一日，寂少将的亲妹同家中舞姬们在后厢房的庭院处跳舞取乐，六皇子早闻其妹色艺俱佳，精通琴棋，是个绝色美人儿，可前些时日，寂家妹妹总是病着，未曾为他引见，而那日机缘巧合，才有幸结识。

那天，时辰接近黄昏，夕阳渐渐爬上天际，器乐班子一个个地捧着琵琶、古琴、瑟、筝，还有笛与笙，连同钟、鼓、锣、磬等都一应俱全，二十多人的器乐阵，依例坐在各自的位置上，为大病初愈的寂家妹妹弹奏起曼妙曲音。

要说六皇子这个人自小便与世无争，不擅带兵更不擅权谋，唯独赏花弄月是他的偏好，这也是寂少将同他亲近的原因。而他自是喜欢观舞，见到寂少将家的舞姬们在丝竹声中踏歌而舞，身姿曼妙，风情万种，一时之间花影风动，桃花婆娑，如同天上人间。

原来寂少将也是个爱好风花雪月之人，实在是很有情调！六皇子凝望着这景象，心情也不由得大好。待到众舞姬散去，一名身穿碧绿纱裙的女子缓缓出现在正中央，她轻抬脚尖，踏到亭外的小圆石台上，流云般的水袖挥洒如雪，纵情地旋转起来。

第十九节

　　六皇子见她身姿绮丽，光彩照人，手腕与脚腕上佩戴着金铃，铃声随着她的动作清脆地回响，自是一番美不胜收。六皇子看得呆住了，那轻舞的女子黛眉红唇，脸若皎月，当真与水墨画中的人儿如出一辙。

　　这美人儿自然就是寂少将"藏"在深闺中的爱妹了。她余光瞥见六皇子，不由得震惊，脚下蓦然踩空，整个人跌落下了石台。周围所有人都吓了一跳，丝竹声戛然而止。

　　六皇子身侧的侍童责难她道："你怎么搞的，如此疏忽，在六皇子面前成何体统？"

　　寂家妹妹赶忙跪下，战战兢兢地请罪："六皇子息怒，小女不知六皇子驾临寒舍，还请宽恕。"

　　可六皇子却做出了一个令人十分诧异的举动，不仅侍童诧异，连同寂家妹妹都诧异了。他亲自上前去将寂家妹妹扶起，眼中闪着心动之喜，寂家妹妹被他看得羞涩低头，侍童这才恍然大悟，看来这六皇子在匆匆一曲后便对这女子动了心。

　　那之后的六皇子更是不顾门第悬殊，娶寂家妹妹为皇妃，后因缘际会登上皇位，在天启元年立其为后，其之子为太子。而寂少将更是屡获战功，成为了皇上的得力干将与心腹，更是当朝的国舅，为希国尽忠职守、征战四方。

　　这本是一桩喜结连理、亲上加亲的佳话，可人心难测、世事难料，即便是天子，也有内心动摇的时刻。

　　而此时此刻，眼看着寂兄就要撒手人寰，皇帝再也不能承受内心的煎熬了，这许多年来，他也会时常于噩梦中惊醒，或许，这又一次出现的瘟疫便是对他所做之事的报应。今日，他必要坦白当年之事："寂兄，寡人不该瞒你这样久，见你被疫病折磨成这般模样，寡人的心实在是悲痛不已，你为国家立下了汗马功劳，寡人怎可让你含恨而终呢？也许你早已有所耳闻，也许你是念及与寡人的手足情分才从不戳穿，寡人的确愧对于你啊，当年，若不是因为寡人，你的爱子寂予夺当真不会死得那样惨……"

寂老将军喉咙哽咽，他终于等到皇帝亲口承认了，他等了这么多年，今日，他终于等到寂予夺死去的真相了！

皇帝见他眼神急切，便悲叹一声，继续说下去。

当年，希国的第一场瘟疫暴发之时，身为皇帝的他得知寂予夺不幸染病，而宫中为皇帝看诊的太医官手中则有一药方可以治愈病症较轻之人，若是在病发初期尽早服药，便可治愈安好。而一旦错过了救治时间，将会无力回天。

这药方中有一味药材是来自西域的夜明砂。这味药清热解毒，尽管为数不多，但在皇宫私库中倒是珍藏着一些。皇帝本可以马上派人把药方和夜明砂送去寂将军的军营，毕竟寂予夺自小练武、身强体壮，只要服用及时，必能自愈。

本应如此才是，然而……

那夜，大雨终于滂沱而下，皇帝御用的马车停在御书房外，藏青色车帘被暴雨打得湿漉漉的。宫墙里的琉璃灯被狂风打灭，内罩都刮破了，电闪雷鸣吓坏了前去关窗的守夜侍女，连花枝都被狂风压得折了腰。

御书房内的朝南房里烛光微弱，一缕袅袅烟雾从绘有龙凤呈祥图案的屏风后飘飘而出，小内侍燃了一壶香，闻起来竟也令这雨夜染上了一抹心醉之情。

皇帝的视线落在桌案上放着的夜明砂上，他抬手去拿起盒子，身后的近臣宋太尉却再一次恳求道："陛下，还请三思！这夜明砂实在罕见珍贵，如若拿去救人，也理应去救忠臣之子才是！"

皇帝立即蹙眉，冷声反问道："宋太尉言下之意——寂予夺竟是乱臣贼子之后了？"

宋太尉一惊，心恐会言语有失触怒龙颜，赶忙跪下道："臣绝无挑拨离间之意，望陛下圣明！"

皇帝抬起头，凝望着窗外雨幕，又想到昨日寂将军曾快马加鞭赶来宫中禀报瘟疫肆虐一事，不禁陷入了思虑之中。眼下瘟疫暴发、百姓惶恐，边境

一带民心涣散，许多农户都罢工了，躲在家中生怕染病。这人心惶惶，生产停滞，封城已是走投无路之举，民众成了瓮中之鳖，内忧外患。寂将军的长子偏偏在这种时候染上疫病，莫非是有着某种上天旨意？

思于此，皇帝竟询问起："宋太尉，你如何看待寂将军的长子寂予夺？"

宋太尉沉默片刻，斟酌着道出："回禀陛下，寂将军长子寂予夺的确是年少有功、英勇不凡，正所谓初生牛犊不怕虎，寂予夺着实心高气傲、目中无人，且不说他不把我等朝廷老臣放在眼里……呵，只怕是当今太子也不在他眼中了。"

皇帝忽地变了脸色："何以见得？"

宋太尉袍袖一挥，痛心疾首般地跪在皇帝身后，掷地有声道："陛下，希国自建国起便崇尚习武，武可平天下，武可定宏图。寂将军与他的爱子们战功赫赫、羽翼丰满，在朝廷上下举足轻重。可太子殿下自幼喜文擅书，身子自是不如舞刀弄枪之人健壮，更别说是练就一身高超武艺了。而在多次的皇室狩猎活动之中，太子的表现都不如寂予夺，那寂家少将每每都拔得头筹，骏马跑得更是领先太子十余尺。文武百官皆看在眼里，那番举动实在是让众人无以言表啊。太子生性善良，自是不会与之争执，但那虎子时常挑衅太子，全然不将太子视作少主来拥护！今日，臣这一番话字字发自肺腑，绝无半点虚言，虽说寂将军对陛下忠心耿耿，别无二心，可保不齐那虎子于日后野心萌发，前有曹丕篡汉，后有萧衍篡齐，陛下必要防微杜渐啊！"

皇帝听宋太尉一番肺腑之言，言辞恳切，的确是句句惊心。宋太尉见皇帝许久不言语，便又道："建军立国，原为御辱，万里河山，不可拱手。枯万民之骨，动天下之容，何以平民心？眼下饥荒疫病，天灾人祸，定是铲除忧患之良机啊，陛下！"

天空一道闪电划过，闷雷乍响，暴雨倾盆而下，皇帝沉下了脸，低声道："爱卿先行退下吧，此番谏言，寡人自会定夺。如若真如你所言，寡人也决不姑息任何一人。"

宋太尉领命退下，皇帝独自一人负手而立。他想起寂予夺与太子二人同年同月同日同时生，按高道当初给自己太子所批命格，为真龙天子之命。

倘若如此，那寂予夺也有天子之命？

皇帝又一次看向桌案上的夜明砂，他心中百感交集，想来寂将军的府上只有长子寂予夺极具威胁，另外两子皆与太子相同，不仅武艺不佳，反而醉心于诗词与文墨，自然不会对太子的地位有任何不利。可皇帝与寂将军年少时便相识，其妹又是当朝皇后，皇帝自打登基以来也是对寂家上上下下皇恩不断，寂将军又怎会唆使爱子窥视皇位呢？

但宋太尉所言字字如珠玑，朝中定早有所猜疑，所谓无风不起浪，想必寂予夺绝非善辈，他的确狂妄骄纵，也曾同皇室成员屡起争执，如若他背后当真有人鼓动……皇帝忽然心生恐惧，他开始在偌大的书房里来来回回地踱步，回想起初识寂将军那日，他尚且是最不得宠的皇子，只因生母是身份卑微的宫女，几乎没有争夺皇位的资格。他自小遭遇冷落，且更喜诗书歌舞，远离纷争与勾心斗角。而寂将军不同，他虽出身草莽，又是遗孤，可随军征战满腔热血，屡屡立下汗马功劳，深得先皇器重。那日是上元节前夕，寂将军战胜而归，他一身赤红铠甲熠熠生辉，骑着高头骏马的模样英姿飒爽。六皇子则站在皇族队伍中最不显眼的位置，一路盯着他骄傲地走向先皇，他同先皇道着鞠躬尽瘁、死而后已，满眼的光芒星辰，炫目得让人移不开视线。身侧有皇兄窃窃道："听说又打了一场胜仗，平定了塞外乱党。"

"看他那副得意模样，也不知能嚣张到几时。"

"父皇真是仁慈，不但不责难他有失礼节，还源源不断地赏赐于他。唉，当真是崇尚武艺的国风，几百年都难以更改了。"

许是闻见了这边的碎语，寂将军侧眼望来，不偏不倚，与六皇子的眼神相撞。

只是淡淡一瞥，他随即便漫不经心地收回了视线。

皇帝猛然间回想起了寂将军当时的眼神，他永远也忘不了，那眼神里的蔑视一如今朝的寂予夺。他也总会用那样的眼神去审视太子、审视朝臣、审视希国的每一寸土地！

可这是他这个皇帝好不容易得来的江山，岂可允许一丝一毫的风吹草动？皇帝心中的猜忌逐渐发酵，他不再犹豫，终是将夜明砂合在了朱红色的方盒里。夜色浓厚，雨幕沉重，皇帝的影子倒映在寂寥的白墙上，那影子在此刻显现出恶鬼的模样，正贪婪地张开血盆大口、獠牙外露，欲将皇帝整个人吞进腹中。

皇帝忽地觉得脊背发凉，他猛然侧过身去看，身后并无异常，可总觉得有什么东西萦绕在他左右，令他头晕目眩。他赶忙传来内侍，下旨道："传寡人口谕，去回寂将军——宫中将派人去西域采买夜明砂，一去一回至少需

要月余，劝他耐心等候罢。"

内侍瞥了一眼那装有夜明砂的盒子，赶忙颤巍巍地低下头，领旨退去。

不足五日，寂予夺病死的消息传进了宫里。

皇帝大惊失色，心中五味杂陈，他没料到病魔竟如此之快地夺去了寂予夺的性命。更为不幸的是，寂将军的另外两个儿子也染上了病，皆是危在旦夕。

皇帝闻言，立即传来朝中医官，命其将夜明砂送去寂家军营救治那二人性命。

医官却支支吾吾地献上谏言："陛下，依老臣所见，送去夜明砂救命是小事，有违陛下龙颜则成大事了。"

皇帝挑眉相问，医官谨小慎微道："陛下五日前才命人去西域购置夜明砂，算此日程，至少还需十多日才能到达。眼下若突然拿出此药，岂不是以子之矛攻子之盾？且寂将军掌握着朝中兵权，他若是猜疑起此事，恐怕会伤及与陛下之间的情分，一旦弄巧成拙，这……"

皇帝的手指在瞬间颤抖了一下，他的脸色也变得极为难看，令几名医官都吓得手足无措起来。他心中百转千回，想着难道就要这般眼睁睁地看着寂家家破人亡？仅为他的一己私欲？究竟是救人要紧，还是颜面要紧？皇帝的目光落到侍女正在温煮的酒盏上，炉火升高，酒已煮沸，溅到侍女的裙摆上，晕染开一片黯淡的酒渍。

他忽然觉得心烦，摆了摆手，表示罢了、罢了。而后，皇帝命人派遣诸多名医携良药去军营，试图挽救寂家儿子的性命。可再名贵的良药也并非夜明砂，寂家余下二子在几日后也撒手人寰。

又过去了十日有余，从西域采买的夜明砂终于运送到了军营。染病的将士与家属们都陆续得到了救治，瘟疫终于得以平息。皇帝也是在那日亲自前往军营对寂将军表示慰问，接连失去三个儿子，寂将军的悲痛无以言表，皇帝内心也是愧疚不已。就在他离开军营回往皇宫的路上，寂夫人抑郁而亡的消息传进了他的耳里。

自此，寂家血脉全断，妻儿相继而去，只余下寂将军与两位养女。

"寂兄……"如今，年迈的皇帝不顾群臣阻拦、不顾太子劝诫，他无论如何也要来此军营，紧紧地握着寂老将军的手，他双目含泪，声音绝望而悲凉道："是寡人对不住你，如若不是寡人一时鬼迷心窍，又怎会连累你子嗣凋零？二十年前的那场瘟疫令你寂家元气大伤，寡人这二十年来也日夜活在自责与悔恨之中。寡人不求你的原谅，寡人只想将真相告知于你，也无愧日后与你在地府相聚。"末了，他自嘲似的道，"许是上天有眼，让寡人此生也交付予这无情瘟疫。"

这话说得不假，皇帝的脖颈处也隐约有红斑爬出。早在不久前，军队曾将战利品送入皇宫，其中有一件样式新颖的牙雕甚得皇帝喜爱。那牙雕通高半尺，刻成豆蔻少女的模样，笑容明媚，神态自然，线条流畅，正坐在雕出的石桌上远望。而那石桌下又雕着三只顽皮可爱的小兽，其中一只小兽双目机智、敏锐，野心勃勃似的。偏偏运送这牙雕的兵卒之中有一人已经染病，却不自知，在他干咳之时将唾液溅到了牙雕小兽的头上，而皇帝最为喜爱牙雕上的小兽，触碰了他的头、眼、身。加之那几日，皇帝连夜批阅奏折，十分劳累，因此而染上了瘟疫。宫中因此而惶恐不已，御医们尚不知晓皇帝染上的是瘟疫，只以为是体虚之症，便为其添加了各式补品，反而加速了病情的恶化。

如今想来，那牙雕小兽的眼神倒有几分神似寂予夺了。皇帝不由苦笑。

这一番情真意切道尽，皇帝的目光转向病榻上的寂老将军。只见他如泥塑一般不动声色，那双衰败却依旧狠厉的眼睛凝望着皇帝，目光中似有怨恨、悲切、痛心、无奈……最终皆化成了平和。

他已病危，也不再贪恋这世间的爱恨情仇、权势金玉了，他有气无力地喃嚅道："陛下能将实情告知老臣，老臣已经颇为感激。陛下莫再挂心此事了，老臣已逝的夫人在过去总会说，美之为美，斯不美矣；善之为善，斯不善矣。这世间所有的善与恶，都难以分辨。你尚且认为是恶的事情，它未必真的是恶，而认定是善的事，亦未必真的是善。三子与夫人也是自有命数，怨不得他人，况且上天待老夫不薄，予夺虽死，但是两位养女一位养子缠绕膝下，老夫也算是有子嗣送终之人。

"而老臣如若因陛下所作所为就去憎恶、埋怨，那势必会两败俱伤，天下又何来太平？其实，这么多年过去，老臣听进耳里的风言风语不计其数，其中的无奈也能猜出七八。可这往事亦无须提起了，我妻儿已去，自是脱离了凡尘俗世的烦忧，且生而为人，总要善于学会同自己和解。塞翁失马，焉知非福？是福还是祸，是善还是恶，在于心之所向。"

寂老将军的声音渐渐迟缓、微弱，他的手越发颤抖，嘴唇也苍白无血，

却还是尽力说出："陛下，您贵为真龙天子，却愿与老夫推心置腹，将实情和盘托出，这份气度和恩德是圣君才有的。若有来世，老夫还愿与陛下做君臣。"

皇帝泪流不止，一把紧握住寂老将军欲垂落的手，坚定允诺道："来世不再做君臣，寡人只愿与寂兄做亲生手足！"

寂老将军意味深长地笑了，他的双目怔怔地盯着营帐一角，渐渐没了呼吸，了却了悲壮无畏却又饱尝遗憾的一生。

> 尔其高才数仞，围仅盈尺，修干罕双。
>
> 枯条每支，叶病多紫，花凋少白。
>
> 夕鸟怨其巢危，秋蝉悲其翳窄。
>
> 怯冲飙之摇落，忌炎景之临迫。

皇帝微颤着嘴唇，抬手合上了寂老将军的眼睛，眼前自有年少时的景象铺天盖地。那时候是初秋艳阳，他们少年二人策马在衰草斜阳之中，大漠飞沙迎风袭来，烽火台上千里孤烟，一只文鸟停在上面，六皇子抽出羽箭，对准文鸟放出箭矢，可惜几箭下来都射向了偏处。他心中失落，寂将军却从他身后抢过弓箭，拉紧弓弦，一箭射出，文鸟却扑腾着翅膀飞走了，只余下几根白色透亮的羽毛飘然而落。

六皇子勒紧马缰，不敢置信地问他："你为何故意射偏？"凭他的武艺，别说是一只文鸟，就算是太阳也可以射落。

寂将军却笑得风轻云淡，他解下马上的酒囊，自行喝了一口，转手又抛给六皇子，笑道："人有失足，马有失蹄，谁又能在初次使箭时就射中鸟儿呢？寂某只是让六皇子知晓，方才不是寂某故意射偏，而是马速飞快，文鸟又在移动，自然是无法射中了，六皇子根本不必为此而不愉快。"

六皇子轻抿一口烈酒，心觉感激地笑了。寂将军总是照料着他的一切，连同他的情绪。他空有一腹诗书，遭先皇与群臣冷对，而寂将军手持锋刃，满身荣耀，却甘愿为他拼杀皇位与天下。

他为他，挡下了许许多多的风沙与鲜血，才造就了他如今的盛世良辰、美景荣华。

犹记得九子夺嫡的那段时间里，他在他的扶持下集结军队、马匹与党羽。也是在这片夕阳景色中，他们二人站在山巅俯瞰希国的繁茂土地，他对他道："寂兄，你看啊，如若这宏图霸业将属于本王，那本王就愿同寂兄分享这天下。日后有本王一碗酒，就有寂兄一杯羹，决不食言。"

他却只是笑而不语，良久过后才道出："只要六皇子在日后成为明君，爱护百姓、平复战乱，免去饥荒与疾病，寂某自当为你赴汤蹈火，义不容辞。"

自那之后一晃几十年，他与他皆变了容颜，也历经了不如意的过往与难以抉择的悲凉，许是岁月为彼此的眉目染上了厚重残影，竟看不穿曾如手足般的真心实意了。人心如恶鬼，吞噬了良知道义，洒下了遗憾风霜，一如隔日的漫天白绫，寂老将军辞世而去了。

他的遗体被葬在了山丘上的寂家陵墓中，那陵墓后方便是寂夫人生前常去的道观，皇后也经常来此参拜。道观前种满了垂丝海棠，寓意希国将会代代繁荣昌盛。

正值六月二十一，每逢这个时节，道观都会被善男信女们挤得水泄不通。然而今日的道观却被众多侍卫封锁了，因为皇帝与皇后带着寂家遗属前来拜祭。

皇帝手持炷香，站在放置在道观中的寂将军灵位前拜了三拜，停驻了很长时间之后，才将手中的香插进紫檀木的香坛里。

陪伴于他身侧的皇后也双手合十地祈求着，半晌过后她睁开眼，一双美目格外晶莹清澈，双云鬓上的金玉步摇更是将她的肤色衬得玉白通透。

"陛下，"她转身面向皇帝，语调轻柔，"臣妾刚刚同上苍祈求——希望上苍能够保佑哥哥得以超度，早日轮回。"

皇帝闻言，轻轻喟叹："皇后有心了，如若不是寡人与寂兄长谈话误时，你也会见上他最后一面的。"

皇后闻言，不由心中忧思，泪眼婆娑。她本是随同皇帝一起前来军营，可是皇帝执意与寂老将军单独谈话，她才想着等皇帝离开营帐后，再去探望哥哥。哪会想到……

见此情景，身穿孝衣的沉宸尽管同样伤心悲切，却还是劝慰皇后道："娘娘要注意凤体，莫要伤心过度。家父生前心系百姓、保家护国，厚待将士、严慈有度，上天定不会亏待他的。"

皇后抬起头，凝望着灵位，神色感伤道："但愿爱卿所言能够成真。"

第十九节

191

　　道观外来了风，吹起了垂丝海棠的花与叶。皇帝同皇后走出道观，启程回宫。途中他听闻嬉戏的孩童们一边追逐着一个身形略高的男童，一边一起喊出一声"纪兄，你跑慢点，等等我们啊……"他随即撩开车帘探望，只见那几名孩童已经跑远，只留下一路的嬉闹欢声。

　　皇帝心中怅然苦闷，放下车帘再度叹息，喊来跟在车外的内侍官："传寡人口谕，为寂老将军举国哀悼，以国丧之礼操办，三月内举国禁止红事。"

　　内侍官得令道："遵旨。"

　　很快便进入了秋季，硕果累累的时节到了，瘟疫渐渐向好的方向发展，可皇帝在回宫不久之后，便病入膏肓了。

　　天启三十三年晚秋，皇帝驾崩，享年五十有四。

第二十节

到了寒露时节，枫叶飘落。

一树树金红色如云如雾，风一吹来，叶片四散。坐在树下的沉宸抬起手，接住了寥寥几片枫叶。

寂老将军的头七才刚过去，廖军医恰好赶回营中，只是未见到寂老将军最后一面，甚感遗憾。他见沉宸也日渐消瘦，心中不免忧虑。那夜他叫来沉宸、藏锋、何心隐三人，在自己营帐之中与三人语重心长地说道："万物遵循的生命节奏：人之生，气之聚也。聚则为生，散则为死。这就跟有白天夜晚一样，有春夏秋冬四季的变化一样。自古以来，这世上的人，都是面对类似的生命节奏。从万物的变化来看，从万物终极的结果来看，很多事情皆无可奈何，就要'安之若命'。

"所有这一切来自于道，又回归于道。

"知足与知止的智慧能够从根本上化解人生不必要的执着。'知足不辱'与'知止不殆'最为重要。'知'这个字，是道家的一个关键字。人生所有的烦恼、痛苦、灾难，大部分都来自于我们的'知'陷入困境。

"'知'有三个层次：第一层是区分；就如你的、我的；谁有病、谁没病；谁好、谁坏；美的、丑的。这是最为浅薄的一层，世人大多停留于此处而沉沦迷恋。

"而'知'的第二层，其实是避难；区分之后，必然会有情绪好恶波动。要设法化解这样的困难，避免陷入各种不必要的执着。了解得完整、了解得透彻，才能避开灾难。这是智者才能做到的境界。只有如此才不会出现：为德不卒。

"到'知'的第三层，是启明；死而不亡者寿。道是万物的来源与归宿，道也无所不在。所以人活在世界上，从道而来，回道而去，基本上没有什么

得失成败的问题。它是提醒你：要珍惜这一生，不要浪费在不必要的执着与困扰，任何事情都按照常规来进行。身体必然会消失，但是精神力量可以长存发展，可以传续下去。这是只有悟道者才能做到的境界。虽然我一生求道、修道，但是依旧无法做到知行合一，你等年轻人莫要说做到此三点，哪怕理解真正的'知'为何物，便已然是机缘得当。各人有各人的造化，依照道而行，亦不违背自己的内心与初衷，老夫能教你们的也只有这些了。"

三人听完廖老军医的一席话，都没有出声，只是默默地自己思索着。这席话对每个人而言或是都有自身的一番体会。

寂老将军的头七过完，藏锋和沅宸守孝七日之后，沅宸便不得不再次投入治疗患者的战斗中。她无休无眠，有时甚至会三天三夜喝不上一口水，也不知道是什么力量支撑着她可以如此不眠不休地劳作。

廖老军医与何心隐极为担心她的身体会吃不消，可好言相劝是没用的，她那般倔强，自然不肯放任病人不管。如若不是藏锋忍不住"训斥"了她，沅宸也不会像今日这样难得"悠闲"地坐在树下赏枫。

她已经瘦得形同纸片，明明是如花年纪，苍白的面颊上却布满了沧桑与憔悴。身后仍旧会有病人的哀号声传来，她好像已经习以为常了，总觉得那惨叫声竟也像是琵琶曲一般动听了。

她回想起藏锋今早对她的训斥——"我已经失去了一个妹妹，又失去了父亲，再不能失去你了！倘若你再不肯去休息，倘若你有个三长两短……我这条命也不用留着了！"

沅宸回想着他那番话，当即又心痛难耐。她想着眼下明明是这般美丽的秋色，为何灵霄与父亲都不在了？失去了一个又一个的挚爱之人，她这具行尸走肉般的躯体又还有何价值？如果大师兄此时能回到军营之中，自己是否可以趴在他宽厚的肩膀上好好地哭上一场？自从养父去世之后，她的内心明明是痛彻心扉，可为何却一滴泪都流不出来，内心像塞满了情绪，随时都会爆裂而开，明明千言万语却一个字也说不出来……

　　　　山谷尤记初相遇。便只合、长相聚。

　　　　何期小会幽欢，变作离情别绪。

　　　　况值阑珊春色暮。

　　　　对满目、乱花狂絮。直恐好风光，尽随伊归去。

一场寂寞凭谁诉。算前言、总轻负。

早知恁地难拼，悔不当时留住。

其奈风流端正外，更别有，系人心处。

一日不思量，也攒眉千度。

途经于此的何心隐正捧着满怀的药草，他瞥见树下的沅宸郁郁寡欢地垂着头，平静得吓人。何心隐长长地叹出一口气，忽闻鸟鸣声，转头看向树梢，是那只每天都会出现的喜鹊。

"喜鹊姑娘，"何心隐问鸟儿道，"你今天可捎回什么好消息吗？"

喜鹊眨动几下黑溜溜的眼睛，像是听懂了何心隐的话一般拍打了几下翅膀。

何心隐叹息着垂下头，自言自语地喃喃道："能有什么好消息呢，大师兄……究竟在哪里呢？"

喜鹊突然拍着翅膀飞走了，何心隐目送她离开，回头去看远处，她在一片一片地拾着地上的枫叶，孤寂的身影令人心怜。

待到晚上，沅宸依然没有进食，所幸她今日早早地便去睡了。

午夜梦回时，沅宸似乎看见了许多许多的故人，她亲生的父母，大哥，二哥，三哥，寂夫人……灵霄，还有寂将军，他们都转身弃沅宸而去了。沅宸撕心裂肺地追赶着他们，忽然又看到了衷赢。他站在她的身后，唤她回头。沅宸看见日思夜想的大师兄，立即奔向他去，可是他的身上却在流血，他的躯体在一片片地瓦解纷飞，最终，他整个人都瓦解消散了。

沅宸站在黑暗之中大声呼喊衷赢的名字，一遍又一遍，喊到声嘶力竭、喉咙腥涩。可是衷赢再也没有出现在她眼前，她这往后一生，永世，都再也见不到他。他的手再也不会牵起她，他的唇，再也不会低念她的名，他再也不会与她的生命有所关联了。

每次梦见这些，沅宸都会肝肠寸断地惊醒。

可今日的梦境不太一样，有一只喜鹊飞进梦里，衔着红色丝绳系着的小巧金盒子。沅宸认得那只喜鹊，它总会出现在军营里。

喜鹊将金盒子投到沅宸手中，然后张张鸟嘴，流淌而出的竟是药王山谷三师兄的声音："沅宸我师妹，三师兄远在东陵，也听闻了些许你在故国所

经历的难处，更知你心中悲痛，可国有国规，家有家法，我等不去帮你分担也是遵守师门训条，更何况，这也是你的一场悲壮修行。想当年你尚且还在山谷中，在我大婚之际来闹洞房，实在活泼顽皮。如今一晃数年过去，想必你历经人世洗礼，已然成熟稳重。纵使师门抛弃了你等，可长兄如父，你痛不欲生，我也不忍再无动于衷。这盒子里装有一样东西，是我偷偷命喜鹊送给你的，你好生保存吧，为兄也只能帮你这些了。"

沉宸极为震惊地打开盒子，里面竟然放着一块紫色的玉佩，是衷赢佩戴在身上的玉！

梦在这时醒了，沉宸眼眶湿润，却逐渐亮起了光，比起之前的黯淡眼波，她的眼底仿佛涌起了一丝希望。再看向自己手中，果然握着那块紫玉！而自己的枕边，还留有一封密封信件！

难道梦境连通着现实不成？梦里的一切竟都成了真实？正当沉宸盯着玉佩和信件困惑时，营帐的帘子被掀开，何心隐走了进来。见沉宸醒了，他便同她道："师姐，我清晨时来过一次，见你还睡着，便把大师兄的玉佩和信件放置在你枕旁。如今你醒了……"接下来的话他不再说下去，眼神中透露出哀伤之色。

沉宸则是又惊又喜地问他道："小师弟，是大师兄回来了吗？是他亲自把这些交给你的？"

何心隐苦笑着摇了摇头："如若是他回来了，又怎会不来见你呢？是那只喜鹊捎来的玉和信，它昨夜来到我的营帐外，今早再没出现过了。"何心隐犹豫了一会儿，最终对沉宸道："师姐，你且慢慢读信，我先走了。"说罢，他退出了沉宸的营帐。而他的手中，还紧紧地攥着那封衷赢单独写给他的信。

信上虽然只有寥寥几语，却已是情深义重。

吾弟心隐：

今朝过后，怕是后会无期。师兄再不能照顾师妹与你，你且要尽早长大成人，珍重自己、协力师妹。

从此以往，师弟但可留于军营之中跟随师妹与军医苦学医术，也不枉你当日不顾一切随我等来此。

然，还望师弟保守秘密，永生不将师兄踏入禁地身受重伤之事告知师妹，此事只有你知，我知，天地知，再无人知。

师兄衷赢字

何心隐深深长叹，他念着师兄这般痴，竟连受伤之事都不愿沉宸为其烦忧。不由想到了那诗中所说：

> 天南地北双飞客，老翅几回寒暑。
> 欢乐趣，离别苦，就中更有痴儿女。

而这个时候，沉宸展开了衷赢写给她的那封长信。的确是他的字迹，大师兄一手好字，绝非旁人所能模仿得来。

刚读到信首的"沉宸"二字，她便已泪光隐现。

那信中说着，久别未见，师妹心中固然有所怨恨，为兄亦是万般无奈。然而，一直以来，师妹所爱另有他人，为兄实在无法再自欺欺人。

沉宸透过这字里行间，仿佛能看到当日的衷赢是如何痛心写下此亲笔。的确，衷赢的这封信写了无数次，反复地斟酌用词，既怕伤了她，又怕伤了自己。他其实打从一开始就清楚得很，沉宸的心思都在另外一个男子身上，自己与沉宸之间纵然是有缘无分，可一旦想到不得所爱，他就心如刀绞，宁愿从此出家入道，成为道医游历天下，救治有缘苍生。

可是就算成为道医，强迫自己忘记旧爱，他就能够把过去的一切都从脑海中抹掉吗？他曾经一心想要追随沉宸，无论她是在东陵国也好，希国也罢，他都会陪伴在她身侧。功名利禄、宦海权势于他而言，都不如她对他展现的一抹笑颜。

在这世上，没有人比他更熟悉她的字，她的习惯，她的全部。他曾替她抄写过无数遍的药谱，连字迹的走向都渐渐地同她一致。

还记得他初次遇见她时，她样貌狼狈，偷偷潜入他的马车，他尚不知她会成为他的师妹，她也不知道他便是药王山谷的首席弟子。

马车的颠簸，春草的芳香，以及雨后的泥土气息，这些都是来自她身上的独特印记，更是令他深深铭记住了这个异国的孤勇女子。在那之后，她有幸被药王收入门下，成为了他最为疼爱的小师妹。

衷赢从没告诉过沉宸，他是何时爱上她的。是那第一次相邀去山谷采药

第二十节

的那个清晨，柔和日光从天际笔直地洒照下来，凝聚在她的身上，仿若一种迷离而又炫目的光彩。他挂着流苏穗子的折扇掉在了地上，她欲帮他捡拾，他的手指触碰到她，她抬眼看向他，衷赢看见她的眼里倒映着自己的面容，一如他的眼里也映着她。

那是他人生中第一次出现如此的倾心情愫，而他生命中最为幸福的时光，便是她在药王山谷中求学的那一年。

虽短暂，却又漫长。

还记得那日他们三人打赌，输了的人要穿女装跳一曲舞。沉宸是女儿身，自然是不怕的，反倒是衷赢与何心隐极为谨慎地不敢输了这场。结果，采药最多的人是衷赢，何心隐第二，偏偏沉宸输给了二人。

愿赌服输，沉宸才不怕换上华服跳舞。衷赢便在山谷里的乐殿里等她，偏偏何心隐被师父传唤，免不了要错过这场好戏。只剩下衷赢独自一人温一壶酒，燃一炉香，有酒有春色，青烟亦袅袅。

夕阳的血红覆上天际，黄绿色的蒿草杂乱无章地疯长于殿外后园，小阁楼上，衷赢端姿而坐，自斟自酌，舒服又惬意。

木门外响起叮叮当当的声音，衷赢随即望去，身着艳丽华服的少女走进屋内，纤纤玉手遮挡着半张脸，犹如凝脂。

夜云渐渐融入余晖，师兄师弟们捧着各自珍藏的乐器跑来凑热闹，像模像样地弹琴奏乐，琵琶声响，曲调婉转，丝丝入扣，漫上心头。沉宸衣衫红绡，绾朝云近香髻，一缕鬓发垂落下来，拂过玉白脸颊。她移开遮着半张脸的手，眼波流动，侧看向衷赢。

那日的衷赢脸一红，竟局促地移开视线。

丝竹声悠扬，衷赢又喝了一小杯，余光去看沉宸的舞，倒也有一番异域柔情的韵味。本是想捉弄她的，怎料她那样顽皮，却真会随着他的性子来？反倒是衷赢有些坐立难安了。

有道是千娇百媚，西施貂蝉，环肥燕瘦，各有千秋。媚长眼睛、腰臀妖娆的是美人，净白皮肤、深目纤瘦的，也是美人，说来道去，佳丽大都是柔情之调。所以说这美人嘛……衷赢生在美色辈出的东陵国，自然是见过不少的，可……他却觉得那天的沉宸美得，格外惊心。

"大师兄，你在发什么呆？"

衷赢醒神，这才抬起头，只见沉宸已然与他近在咫尺。她一挥水袖，扫过他脸庞，他不由深嗅，蓦然皱眉道："你喝酒了？"

沉宸已有醉意，面颊泛红，轻飘飘地靠在他怀里遮面一笑，媚眼如丝。衷赢这才发现自己温好的酒被她喝掉了剩下的半壶，也难怪她会这般失态了。

"师妹，"衷赢万分无奈地望着怀里之人，询问道："你可知你此刻在做些什么吗？"

"知道啊，如师兄所愿，跳舞给你看吗。"沉宸神秘一笑，忽又挖苦他道，"大师兄你啊，整日香喷喷的，这也难怪，谁让你腰上总挂着药姑送的香囊，始终不肯离身呢。"

衷赢有点生气，他不喜欢她这种讽刺的语气，但忍住了。何必和女醉鬼一般见识呢？可还是解释道："药姑与我自幼青梅竹马，我也曾帮她治愈过顽疾，她送我香囊无非是表示感谢，有何不可？"还想再辩解些什么，沉宸忽然惊呼出声，她指着窗外满眼欢喜道："是烟花！"

衷赢也随她视线望去，果不其然，山谷外的东陵宫许是在举办庆典，各色璀璨的烟花齐放。这下可好，师弟们也放下乐器纷纷挤过来，争先恐后地观赏烟花，连连惊叹。

夜空中的烟花仿若浩瀚云海，此起彼伏地怒放光芒，沉宸看得如痴如醉，衷赢的目光却只停留在她的脸上。是在这一瞬间，他才后知后觉地察觉到，沉宸只是一个有血有肉、平凡又不凡的少女。被他抱在怀里、腾飞入天的人，其实只是一个少女。

她并不像她表面那样无心无肺，怕也只是个像花朵般需要被悉心保护的、柔弱的……少女。

而他，是在那一刻决定要一生一世地去呵护这朵花。

哪怕为此毁了与药姑之间的婚约。

当时，药姑见衷赢心意已决，并没有怪罪他，甚至还很担忧，叹了一口气，道："衷赢，你此番随她而去，必会惹怒药王，假设他盛怒之下断去你与他之间的师徒情分，你可觉得值得？迷恋终究只是短暂的，而这里是你日夜生活的家园，你不怕日后会竹篮打水、万劫不复吗？如若当真是两情相悦倒也罢了，可她是否对你也如你对她这般义无反顾呢？"

衷赢则是云淡风轻道："人之生也柔弱，其死也坚强。草木之生也柔脆，其死也枯槁。故此，坚强的万物总是属于死亡的一类，柔软的万物却属于生

长的一类，纵然死后都要变得坚硬，为何不在生时活得柔软一些呢？去顺应，去追随，不计得失，不计回报，又何尝不是一件快事？"

药姑苦劝道："醒醒吧，衷赢，你不过是在自欺欺人罢了，这药王山谷有何不好？你我一生一世厮守于此，潜心修医，自然会免去凡尘中的许多无可奈何。且你就算不喜欢这里了，也可去东陵宫中，照样是前程似锦，你根本不必同她去自寻苦吃。"

衷赢反问道："何为苦？我顺从我的心意，怎会苦呢？"

"哪怕你失去这万人艳羡的所有？哪怕你将会被世人所遗忘？"

衷赢看向她，轻声道："我意如此，无所畏惧。"

药姑见他如此执迷不悟，不禁哀叹一声，道："我并非执意拆散你们二人，也并非嫉妒你对她的感情，让我同你讲一个故事吧，如果你还是不打算改变心意，我不再多说。"

这是个漫长而又久远的故事。

在很久以前，有一位天上的公主。在神族中算起来还年幼的百岁之时，她尚且还生活在天上。而地上的人类领袖之子，在长老的带领下从地上前往她的住处，为她的父神献上部落中的美丽女子。

在那天，她与他相见。世人都知晓，在天上一天，地上十年，她与他年岁相仿，共同在天上度过了十天的时光。然而祭天结束，他需要返回地上，而她想与他一起走，却遭到部落长老们的拒绝。

"公主可是天神的女儿，如若让神知道，他会发怒，到了那个时候，我们的部落将会因此而被毁灭，万万使不得啊。"

原来她的爱意会为他带来血光之灾。于是她去请求自己的父神："父神，让我去地上吧，天上的时光太寂寞了，我想要离开这里，我想要去寻找他。"她从来没有向自己的父神要求过什么，唯独这一次，她希望父神能够实现她的心愿。

她的语气是那样坚定，毫不动摇。天神那高高在上的权威声音回荡在空荡荡的宫殿中，道："吾可以满足你的心愿，但你要知道，到了地上，你将不能透露身份，为了防止你说出自己的真实身份，吾会把你的真身变得丑陋无比，样貌可憎，即使是这样，你也无所谓吗？"

公主却喜悦地回答道："我愿意。"

天神似乎在微微地叹息："或许你命中注定要渡此劫难，到了地上，你将成为相貌可憎的丑妇，并长达五百年。即使在人间度过了五百年重新成为美丽之人，你也无法赢得他人真正的喜欢。你会寂寞孤独地度日，直到你等的那个人轮回出现，在那之前，你将一直被世人躲避、误解、诽谤，甚至是欺辱。"

公主想到他回去地上，很可能已经老掉、死去了，毕竟天上十天，地上百年，她便追问道："只要我经历了这些，就会等到他重新出现吗？"

天神告诫她道："即便你等得到他，你认为他会接受相貌丑陋的你吗？就算他真的能，可你也无法真正地和他在一起。他的族人依然会惧怕你，你始终会给他们带来血光之灾。等到那时，你再回来天上吧，不要执着于永世不得的人与物，你是神之女，凡尘配不上你。"

她低了低头，思虑着父神所说的话，可她心中想起的却是他留在天上的那几日时光。

他们在天上的湖潭旁一起追逐着从凡间飞来的萤火虫，她第一次见到，觉得不可思议，而他温和的笑脸近在咫尺，向她摊开手掌，合拢的双掌中装着一只光亮美丽的萤火虫。他对她说："它们不辞万苦地飞来天上，一定是向往天上的景色，实在难为它们了。"

天上有什么好？她可不觉得。

他将萤火虫一只一只地装进了带来的瓷罐子里，然后送到她手上："公主，你可喜欢？"

"自然很喜欢，这可是个会发光的罐子。"她开心地拍起手。

他则是惋惜道："我明天就要离开了，以后你要是想起我，就每天放飞一只萤火虫吧，它会飞到我那里的，把你想说的话传达给我。"

明知道这是不可能的事情，可是他眼里的光像是一条明亮的线。她在心里说，萤火虫无法传达我的话，那么多想要对你说的，我要亲自站在你面前，一字一句，统统都要亲自告诉你。

"我会去你的身旁，不管你是否能够认得出我，我还是想要见到你。"

"就算这是我的一厢情愿，我也希望你能够回应一下，哪怕是施舍。"

"我不过是想要和你在一起。"

药姑悲叹道："可是最后，她以一副丑陋衰老的模样出现在凡世，每一次遇见他的转世，她都倾囊相助，但他们都嫌弃她、利用她，甚至杀过她。

她成了他的累赘，只因她那样丑，那样一无所有。他们从不会真心待她，无情践踏着她的爱意，待她生命到了尽头后却又将她草草地埋在乱葬岗。衷赢，你说她是否后悔当日下凡的决定？她的父神自然不会害她，早已将每一件可能发生的事情告诉了她，她却仍然那般执迷不悟，错付爱意。可世上哪里会有后悔之药呢？即便医术高深如你，也是无法配出那药吧。"

听完这故事，衷赢清楚药姑的善意与挽留，可他心意已决，只道："即便前方是刀山火海，我也愿意一试，绝无怨言。"

衷赢还是走了。

他随同沅宸前往她的国家，她的军营。然而他没有想到，这军营之中，还有一个叫作寂藏锋的男子。当沅宸在藏锋的面前时，她会露出小女子才会有的略带娇嗔的笑容。衷赢将这些都看在了眼里，他也心伤、难过，也曾在夜晚醉得东倒西歪，一个人踏雪回营。

他甚至特地绕路到藏锋的营帐外小心翼翼地打量，果然，会看到沅宸同他谈笑有加，彼此之间根本没有他人插足的余地。

第二十一节

　　他微微笑着，笑意却格外苦涩。他转身走出军营，走向空旷的街市。天色已晚，早都没了行人，唯独茶馆里的说书人还在唱着皮影戏。

　　看客只有他一人，那出皮影戏在唱着《赵氏孤儿》。赵武的母亲在丈夫赵朔死后，与叔公赵婴私通，丑事爆出后，赵婴被同族的赵原、赵括放逐，怀恨在心的庄姬为了给情夫报仇，在弟弟晋侯面前诋毁赵家，导致赵氏一门被灭，"赵庄姬为赵婴之亡故，谮之于晋侯"。但庄姬却因为特殊的身份得以保全，并生下儿子赵武。自那之后，赵武被程婴藏匿在深山中长大，代他赴死的是公孙杵臼与程婴自己的孩子。

　　程婴和公孙杵臼是为忠义化身，其中，前者以自己孩子的性命换取赵氏家族残存的一点骨血，牺牲个人家庭小义，成就君臣父子的大义。后者更是舍生取义，用性命使程婴获得屠岸贾的信任。

　　整出戏演完了，衷嬴的身上落满了厚厚一层雪。他思虑着戏中内容，程婴牺牲自己儿子的性命，挽救赵家公子，变成了忠义的模范，仿佛那个妻子十月怀胎产下的儿子，只是家里的一个物件，如何处置全然在于他的一念之间。父母对子女的爱，孩子作为独立个体所拥有的生存权，全然被忠义二字掩盖，变成了微不足道的牺牲品。没有人问过，那个新生命的意义在哪里，仿佛他的出生，就是为赵家公子做替死鬼。

　　可程婴的妻子既是他的爱人，他自然会爱自己爱人与他生下的孩子，为何能做到用自己的孩子去交换主人的孩子？

　　凭什么把活生生的儿子拿去给所谓忠义做贡献？

　　是因为，程婴心中更重视主人吗？以至于亲生儿子的性命都显得这般微不足道。他忽然就想到了自己，想到自己为沅宸所付出的一切，想到她心中始终惦念着他人。

他与程婴，又有何区别？

他所倾慕的女子迟迟不肯回应他提出的婚约，他却将她视作人世凡尘间最为娇艳的花朵，他的沉宸，他的至爱，他的生命。

他该如何再去面对她？

正如药姑早已看穿了一般，他如今顿悟了这全部，又该如何继续自欺欺人？

他回到了军营，一夜无眠。待到她隔日来寻他，他却不知同她说些什么才好。她困惑于他的疏远，有些不安地问他，大师兄，你是怎么了？

他亦不忍见她难过，可抬眼看见她的脸，他仍旧肝肠寸断。他只对她说，如果你我早些相遇便好了。

她自然明白他话中寓意，不由得移开了眼神。是她眼中的躲闪令他更加绝望，他深知自己的痴恋永生都无法得到回应了。

直到藏锋染上瘟疫，她甚至不顾一切地恳求他——去送死。那一日，他很茫然，比起伤心，他反而心如止水了。他见她哭诉着，几乎近似于哀求，她求他救救那个男子，哪怕明知他极有可能一去无回。

想必他那日的面容应是极为惨淡的，尽管伤心欲绝，他却未曾表露出丝毫不悦。他只是回想起山谷中的愉快岁月，她背着药篓在山间轻快地随着采莲姑娘的曲调哼唱，他随在她身后，凝望她纤弱却坚定的背影。

一直以来，都是他走在她的身后遥望着她，她是他的羊脂白玉，通透明丽，缀在他的心池，摇晃出层层涟漪。可今日这玉裂开了纹路，硬生生地在他心口划出了一道疤，不由分说地剜出了血肉。他好似能看到多年之后，她与她心爱的男子终结连理、亲亲热热、深情相忘，而他自己……终究不过是她抹在额上的一抹朱砂红，淡淡一笔，刻不进心里。

他抱着满怀的痛楚应下了她的请求，他离开了，离开了军营，离开了这原本就不属于他的国度。

当他再一次回到东陵的故土，他长久地站在师门山谷下，仰头望着高高耸立入云的白鹭城。他想到的并不是那里有他的师父、过去，他怀念的只有同她一起度过的那些短暂却幸福，璀璨却泥泞的时光。

只可惜那些回忆都破碎了，他的心，也与之一并烟消云散了。

长信到此终了，只留下最后一句：

沉宸，你不要再寻我了，你也永远都寻不到了。我此生都不愿再与你相见了，然而穷其一生，不曾悔恨，倾慕于你，迄今思之。功绩尚未如幻梦，恋恋之情终不忘，自我为此而生，自当为此而死。无怨亦无悔。

"师兄，衷赢，字……"倾慕于你，迄今思之。自我为此而生，自当为此而死。这一字一句，一朝一夕，"啪嗒""啪嗒"几滴泪水砸落，沉宸的视线一片模糊。他踏着千山万水而去，真真应了他那句后会无期。

他来信后的每一日，于她而言都是种煎熬。一想到他信中将此生不再相见的誓言，她心中悲恸，愁苦不堪。

沉宸握紧了那张纸，折成几折，回想起与衷赢之间的点点滴滴，她终究是辜负了这一往情深。可是，她还记得自己即将离开药王山谷的前几日——那夜下起了雨，而她还在同他赌气。只因他与药姑订下了婚约，她便对他避而不见。再过十天，她就要离开山谷了，她心想着与他或许永生不会再见，却忽然听到自己的房门被敲响。

她打开了门，见他出现在门外。大雨滂沱，他的衣衫都已湿透了，她心中虽有惊喜，可只要一想到他与别人的婚约便不由愤怒，不打算理他，欲关上房门。

"师妹。"

他拦住她，她却冷着脸。他神色怅然地问道："你还要躲我到几时？"

沉宸心烦起来，再一次要将他拒之门外。可他却伸出手，用力地抓过了她的肩膀。沉宸身体瞬间前倾，他俯身压下来，紧紧地拥抱着她。

也许他自己都忘记了，当日师门大典，也是下起了这样一场雨。她却是忘不掉的，那天的雨势格外大，她随着众多同门师兄姐弟在台下望着登阶诵文的他。身为首席弟子，大典上的他身着赤红色华服，即便被雨水拍打，他也毫不在意，眼里写满了悠然自得，是那般云淡风轻却又……令人痴痴向往。

那一日，她全身湿漉漉的，凝望着他那韶华似惊鸿的背影，满眼的红色，如火一般，燎在她心上。

耳边逐渐平静下来，雨水的声音小了，只剩下屋檐上掉落的积水，一滴滴，"啪嗒""啪嗒"……

他缓缓地放开了她，她满眼愕然，只听见他极为哀伤的一句轻念："师妹，难道你直到今日还是不明白吗？"

她一脸茫然，像是失了魂，不知该如何去理解他的那句话。所以只得看

见他落寞地转身，离开了。

夜色极柔，雨露清冷。桃花的花瓣被冷风吹落，散在了她的鬓上。她抬手去拂，一朵桃花便落在她掌心，沾了雨水的花朵格外美艳，她深深凝望花蕊，突然反应过来似的绯红了双颊，手足无措地捂住了脸。

直至今日，她才为时已晚地得知，自己早已在当年便爱上了他。然而她的这份浑然不知却是到了失去之时，才得以清晰明了地痛彻心扉。

可怜了——

> 不得哭，潜别离。不得语，暗相思。两心之外无人知。
> 深笼夜锁独栖鸟，利剑春断连理枝。河水虽浊有清日，
> 乌头虽黑有白时。唯有潜离与暗别，彼此甘心无后期。

天衍元年，新帝即位。

在经历了这样一场天灾浩劫之后，希国的军力衰败而下，南蜀国趁人之危，卷土重来，前方战势告急，寂藏锋接任父将之职，拖着初愈的病躯，带着仅存的士兵们深入敌国腹地，孤军奋战。

时值正月，春寒料峭，本应是喜迎春节的时日，可沅宸却终于积劳成疾了。这一年来的光景，她救治了许许多多的伤员、患者……可她却无法救得了自己。

大限将至，临终之前，军营里空荡而寂寥，战士们都已奔赴战场，连同廖军医都随军前行了。唯有小师弟何心隐守在她的病榻旁，眼角染着泪痕，他凝视着师姐那毫无血色的面容，痛心问道："师姐，你可还有何未完成的心愿？如若师弟能做到的，但且告诉我吧。"

沅宸苦笑着，她的身体发肤已如枯树一般了无生机，可她并未回答何心隐，而是反问他道："师弟，你可有想要守护的人与物？"

何心隐皱深了眉心，违心地摇摇头。

"没有？"沅宸的声音渐渐变得虚弱，连目光也开始涣散，道："那真是可惜了。"

那个时候，何心隐尚不知沅宸是以怎样的心情来问出这句话的，如果

时间能够倒流回去的话，何心隐曾想着一定要去问她："想要守护的人与物……可真的存在？像我这种渺小的人能够做到吗？我明明，连师姐都无法守护。我明明那般努力学医，治得了瘟疫，治得了病痛，却救不了劳累过度的师姐。"

"师弟，不要责怪自己，冥冥之中，万物万事，皆有定数。"沅宸气若游丝地交待道，"从今往后，师弟一定要照顾好自己。待藏锋哥哥回营，你告诉他，不必因我的离去而悲伤，我去陪灵霁妹妹了。望他一定要珍重，要让他替我和灵霁活着，好好地活着……"

何心隐忍不住边哭着边点头，答应这番话一定带到。

沅宸眼睛中忽然多了一丝神采，只喃喃道："师弟，我是等不到大师兄了，如若有生之年，你还能遇到他，请替我向他说一句'对不起'，此生终是我负了他……"她轻声咳嗽几声，何心隐等着她继续说下去。

"师姐我曾有一愿……只希望亲人、百姓少些贪求与欲望，都只求果腹，而不追逐名利、声色，家人体健、夫妻和睦、子孙满堂、余生平安……知足安稳，盛世……喜乐……"话音缓缓落下了，沅宸却带有一丝遗憾地闭上了双眼。

直到死，她也再未见到衷赢，未等到藏锋征战归来。除了何心隐，再没有人送她最后一程。

营外下起了雪，何心隐转过头，眼里映着白茫茫的一片。他仿佛感知不到悲伤，只觉得胸中像是有什么东西被沅宸一起带走了。

"生不逢时……"何心隐握住沅宸的手，泪水滴落在她的手背，他哽咽道，"师姐，如有来世，你我再不要以姐弟相称了。"

情不知所起一往而深，情不知所终一往而殆。

不知道过了多久，当她再次睁开眼的时候，沅宸知道自己已经死了，她看见周身飘浮着许多不知去处的鬼魂，她猜想自己身在阴森的地府。

书中曾说世分清浊，平分三界，仙界、人界与冥界。人又分阴阳，生为阳，亡为阴。生前日月神州做陪衬，死后赤条条黑白接引，肉体俗胎，死后必入冥界。她记不得自己是怎么来到这里的，隐约回想起有黑白无常出现，将她引来了此处，想必她已进入了鬼门关，这门内两侧寸草不生、天色阴郁，哀号声不绝于耳。她孤零零地站在黑暗之中，尚不知自己该去向哪里，忽然看到前方跳动起来的一盏一盏的橙红色灯笼。长而蜿蜒的队伍在缓慢前

进着，看不见尾，只有前方提着稍大些的灯笼的身影引路，看上去是个戴着牛头面具的人。

她本想去追赶那队伍，却又闻到一缕清凉且淡的香气从身后飘来。她忍不住去轻嗅。好香……又带有一丝惆怅的清冷，就像是在呼唤着谁。

这香气越发浓厚，沉宸觉得身后有脚步声，她困惑地转身去看，身后不知何时站着一位面如冠玉的男子。他身着碧色暗纹锦衣衫，领襟上绣的纹路异常艳丽，而他本人的气质虽疏远冷淡，却也能看出是个站在繁华顶端的人。

他是谁？

见沉宸盯着自己，他眼神微微一动，仿佛一眼便看完了沉宸的生前。随即，他眼底有悲伤神色倾泻而出，他对她道："你在人世历经了浩劫天灾，实属不易，若尽早投胎，我愿为你寻个好人家，免受苦难。"

她听不太懂，而后皱起眉，忽然又觉得身上的衣服大了些，低头去看，袖子长出一大截，便喃喃自语道："上一次回到了十五岁，这一次难不成要回到十岁了不成？"

这样说完，她的身体忽地一下子消散了，只留下十五岁时穿的衣衫。

他则沉声叹息，也并无惊色，而是随着她消失的方向走去，逐渐映入眼帘的是冥界的地狱之火。火焰如蛇吐信子一般，它们汹涌地喷涌而出，他转过眼，可以感受到她魂魄的去处。

悲鸣声、哭泣声、哀号声、怨恨声……那些生前"死"在她手上的冤魂纠缠着她，如枷锁一般缠绕着她，令她脚步沉重。正是因为她自认罪孽深重、满怀心结，才会惹得怨魂纷纷袭向她。

她在火海中遗世独立，怨魂们扯着她的身体，她紧锁眉心，不过是十岁出头的模样。那怨魂之中有几个同龄的孩子在推搡着她，嘲弄她、辱骂她是"遗孤"，她的眼中蕴藏着怒气，一把抓起地上的石头砸向了他们。惨叫声响彻四周，她险些砸散了那几个孩子的魂魄，人们的斥责、谩骂，她沉默地聆听。然后她满不在乎地转过身去，容貌退化成了更小的年纪。

这次只有六岁。

每遭遇一次伤害，她就会将自己紧紧地关进一个密不透风的匣子中。心灵在逐步退化，连同灵魂一起。可是当她背过身去的时候，沿途遍野留下了一地的黏稠血迹。滴答，滴答，她的身与心在血流不止。

他眼中满是怜惜。

角落里，她将自己缩成小小的一团，抱住膝盖蹲坐在地上，以此来逃避现实带来的种种伤害。他走到她的面前，年幼的女童抬起泪眼，他微微弓下身来，对她轻声道："你可愿投胎转世？"

女童神情阴郁地垂下头。

他便向她伸出手："如若不愿，便跟我走吧。"

"你能带我去哪里呢？净土真的存在吗？"女童摇头道，"我累了，想要休息，不想再去救人了，也不想再去抉择谁人生死了。你也离我远一点吧，我不想伤害任何人，也不想被任何人伤害了。"

他迟疑了一下，最终低声道："你遭遇过的事情都已结束了，凡尘俗世再不会伤害你，至于我，在这冥府之中无人可伤及我，因我是冥帝和墨。"

女童带有一丝怯色地抬起脸，诧异地看着他。

和墨的语调缓缓入心，沉沉如湖水，无波无澜，却惊起心浪，他道："天无以清，将恐裂；地无以宁，将恐废；神无以灵，将恐歇；谷无以盈，将恐竭；万物无以生，将恐灭；候王无以正，将恐蹶。故至誉无誉。是故不欲琭琭如玉，珞珞如石。如若你明白这其中道理，留在我这地府之中也未尝不可。你这眉心有一抹朱砂疤痕，便于地府之中做孟婆吧。"

奈何桥，忘川水，黄泉路，孟婆汤……泪水从女童的眼中滑落下来，她望向冥帝，终于点了点头。

自那之后，沉宸成为了冥府的孟婆。她尽忠职守，整日熬着带有清幽药香的孟婆汤，为踏桥而来的众鬼递上一碗，看着他们一饮而尽，忘却前尘，她似乎因此而感到内心安稳。渐渐地，她遗忘了自己曾经作为沉宸的时光，连同那些过往都埋藏在了灵魂深处，不愿忆起。

每逢中元节到来，鬼门大开，人声鼎沸，朱红色的灯笼连成蜿蜒的小路，样式奇特的花灯顺着河水静静沉浮，夜空之中绽放朵朵绚烂烟花，街市上车水马龙、光怪陆离，孟婆便坐在桥头上来观望这太平盛世、人间美景。

姑娘公子们结伴从她面前嬉笑而过，谁也看不见桥上坐着的孟婆，而她也只想静默地观赏这热闹景象，从不在意是否还有人记得也曾流连过人世的她。这边的小女在放着纸船，许愿自己的如意郎君可以金榜题名；那边的痴心男儿将签文挂在常青树上，祈求上苍保佑他的心上人同他两情相悦；老妇协同孙儿一起放飞纸鸢，上面坠着希望征战中的父亲平安归来的心意……

也有一大一小的两名孤女挎着花篮穿梭在人群之中，可怜巴巴地念着官人老爷，买支辛夷花吧，买吧。

辛夷花……

孟婆循声望去，只见那两名孤女约莫十岁和七岁的模样，衣衫褴褛，面容脏乱，各自提着一篮娇艳的辛夷花在拼命地叫卖着。孟婆仿佛回想起了许多往昔，她的眼神中泄露出一丝深厚眷恋，偏偏牛头和马面在这时叽叽喳喳地出现在她身边，争抢着为她献上冰糖杏儿糕、粉蒸糯米菱角。

孟婆心不在焉地接过他们的"供品"，眼神还在盯着那对孤女。终于，她忍不住追上她们，剩下牛头和马面自顾自地吃着手上小食。

"牛头，你有没有发现这位孟婆姐姐总是心绪满怀的？"马面用胳膊戳了戳牛头，神神秘秘地嘟囔。

"有吗？不觉得，你想太多了吧？"牛头只顾着吃美味，随口附和。

马面气道："我说有就有！总之就是有！"

这边的两鬼还在吵嚷，那边的孟婆已经追上了孤女二人。可她快要接近她们时，却又迟疑地停住了。孟婆一脸怅然地目送着那对孤女相互挟持着下了桥，再也看不见踪影了。唯有一朵辛夷花留在桥面，孟婆俯身拾起，捻转着花枝若有所思。身后传来林冉冉的声音，她正咬着油炸丸子，扛着红缨枪，大摇大摆地走到孟婆身边，含糊不清地问道："这花能吃吗？"

孟婆自然摇头，林冉冉哼了一声，道："我曾以为没有你不吃的东西呢，要说你我合得来，都是吃食结的缘。"想来林冉冉这样暴脾气的冥府将军，很少有投缘的女性朋友，孟婆算是唯一一个了。且在冥府之中，林冉冉除了听从冥帝和墨的吩咐外，较为顺从的人，也只有孟婆。

孟婆只是笑笑，将辛夷花收进了袖口中。林冉冉忙道："你带不回去它的，凡尘的花草到了冥府都会化为污泥，小心脏了你的袖子。"

孟婆笑而不语，半晌之后才看向林冉冉道："我同你亲近，也并非只有你我都喜爱吃食这个原因。你舞弄红缨枪的模样十分惊艳，又那般英姿飒爽，红色披风也衬得你容颜更为娇丽。"

林冉冉只觉孟婆像是在透过自己怀念着某位故人，她倒也不介意，十分受用这番夸赞，又把手中还剩一颗的油炸丸子分给孟婆吃。牛头马面在这时追赶上来，指着天空同二人道："孟婆姐姐，将军姐姐，快看天上，是青龙星宿图！"

孟婆与林冉冉一同抬头去看，夜空中隐隐闪现的星宿图案的确是苍龙腾空的形态。

"竟真的是。"孟婆喃喃道。

牛头则是摸着下巴观星道："星宿带动天气，山川带动地气，天气为阳，地气为阴，阴阳交泰，天地氤氲，万物滋生。且这天上二十八宿，环天一周，着实是兢兢业业。想来有朝一日同他们小酌一杯，倒也别有情调。据说青龙旗下的七宿要数房宿酒量最好，青丘狐族与他极为交好，改天我也要去拜访一下狐族的同仁了。"

马面听着他这一通长篇大论，翻翻白眼道："牛头，你何时成为狐族的同仁了？尾巴长出来了吗？且你从哪听来的乱消息，酒量最好的明明是心宿，他可是天火，天王之位！"

"哦？我怎么没听过心宿擅酒？你有何证据？"

"擅酒要什么证据？你以为人人、鬼鬼、妖妖、仙仙的都像你那样半杯即醉不成？没出息！"

牛头羞红了脸，掐住马面的脖子叫道："你、你说谁人没出息！找打不成？"

马面被掐住了脖子，还在不服输地支吾道："我才不怕你，说的就是你！能怎样？"

这下可好，平日极为要好的二鬼莫名其妙地打起架来，惹得黑白无常也赶忙跳出来拉架。结果又变成了黑白无常陷进泥潭，牛头和马面扯出陈芝麻烂谷子的往事针对起黑白无常，又演变成一致对外的双鬼对双鬼的掐架了。

孟婆一脸迷茫地观赏着这阵势，她想起了牛头方才送给她的冰糖杏儿糕还没吃完，便默默地吃起来。咬了一口，呦，真酸，酸掉牙了。不好吃不好吃，撇去还给牛头，却偏偏砸中了马面，这下可好，马面认定是黑白无常搞的鬼，又去拉扯黑白无常二鬼，这场架怕是要打到天荒地老了。

林冉冉笑岔了气，她扶着自己的腰，眼泪都笑出来了。孟婆也觉得蛮好笑，可更多的是感到发自内心的温暖。

谁道冥府恐怖无情？她却觉得，这里或许要比人世喜乐得多……

第二十二节

天衍二十六年。

苍茫大地，万物浮沉，玄机城城墙巍峨厚重，飞鸟难上。长风浩荡如飓，穿过一片栗色的砖瓦，墙门上的宫灯随风起舞，相互碰撞着，在耳畔发出幽深声响。翠绿山脚下有小狐结伴出没，它们从洞中探出头来，似在担心：人世间的疾病是否已得到处理？

长街市集上的行人渐渐出没得多了些，他们不再剧咳不止，酒馆的招牌也重新挂了起来。春的生机在复苏，静默沉睡着的生灵缓缓地睁开了眼，孤寂的玄机城内——数不清的村落里开始燃起了袅袅炊烟，村民们在争先恐后地清洗药材，慢火温煮，炮制药汤，一一饮下。

尽管没人对他们许下承诺，可百姓们心中却已有所预感：瘟疫有救了。

自打孟婆与何心隐带着救命的昊草归来后，整个玄机城的病人们都获得了活下去的希望。二人日夜投身在制药、救人之中，他们奔走在一个又一个垂危绝望的病人身边，为他们送上一碗又一碗的续命药汤。获救的人们一点点地痊愈，他们身上的红斑在消退，憔悴的面容也开始出现了血色。原本被隔离的亲人终于得以团聚，孩子们回到了母亲身边，相隔千里的小夫妻再一次团圆，糕点铺子的老板开始了营业，小茶馆里也出现了三五客人……孟婆见到这般景象，不禁喜悦，她擦掉了额上的细密汗水，来不及稍作歇息，而是快马加鞭地交代守城的督尉，让他赶快派人寻来更多的草药。越多的人去采药，就会有更多的人得到救治。

何心隐想起曾在山脚下路过一个瘟疫村，他赶忙写下了解药药方，并让寻药的士兵们将药方带给那村子，一来可以自救，二来也了却他心中挂念。

孟婆所在村子里的村民皆对何心隐感激涕零，住在村脚处的李阿婆本以为自己要驾鹤西去了，可是何心隐不仅喂她喝下了药汤治好了她，还救了她全家老小七口人。她无以为报，干枯的双手紧紧地握着何心隐哭诉道："何药士，你可真是现世神医、活菩萨啊！你救苦救难、救人救命，你会有福报的！可惜我家中贫寒，无以为报，不过我会要我的子孙们替我报答你、追随你！"

何心隐每次都会笑着对他们道："在下行医救人不求回报，医者尊重生命，不分贫富，万物平等，众生一样，救一个人便等于救下了整个凡尘苍生。"

他这般心慈善良，不仅在行动上救治了无数的人，更在情绪上安抚了他们受创的心。短短十日，便有数个村落的村民得到了医治，然而，染病的百姓们实在是太多了，就算何心隐与孟婆将药方与寻药的方式告知了其他许多村中行医之人，甚至连当今朝廷也派遣御医出动，却还是有许多病人来不及喝下药汤，便病重离世了。

犹记得邻村的药材告急，何心隐与孟婆连夜带着剩余不多的草药策马赶去。那是邻村的大户人家，老爷、夫人与一双花信之龄的女儿都是染病数日之人，他们盼着、望着解药出现，已经等候许多时日了。在何心隐与孟婆二人赶到之时，已经有其他大夫到场救治了。可他们的草药中缺失昊草，也因此而耽误了病情，待到何心隐将昊草赠予大夫制药，还未配制成功时，早已病重的老爷终于支撑不住，又像是好不容易等来了解药、意识到家人终可获救从而心中松下了一口气，总之是撒手人寰了。夫人与女儿们皆是失声痛哭，不能自已。直到半炷香的工夫过去，治病的药汤制出了三碗，分别送于剩下三人的手上。

老爷的离去令三人伤心欲绝，可夫人拭掉泪迹，劝慰两个女儿道："你们父亲其实早知自己病重垂危，凭着意念吊着一口气，为的就是等来这救命的药汤，只要他知道至爱能够得以存活，便心中无憾了。如今我们母女三人绝不可浪费这活下去的机会，更不可让你们的父亲在九泉之下还继续担忧着你我。女儿们，喝了吧，逝者已逝，活着的人还是要坚强地面对今后，连同你们父亲的那一份，都要好生地活着才是……"

两个女儿早已是哭泣得泪涟涟，她们悲恸不已，望着一旁已经离世的父亲，不由得更加悲从中来。只差一步，父亲还是没等到这一刻……她们的病症较轻，喝下药汤，自是可以治愈。又想起父亲平日里教导着要谨言慎行、珍重性命，尽管仍旧痛苦，但她们还是在母亲的劝说下喝掉了手中的药汤。

母亲见女儿们都已乖乖喝了药，她也终于如释重负，将手里的药汤还给了何心隐，同他幽幽道："我与我家老爷的病情一样，都已是回天乏术了。即便喝下这药，也是浪费药材，不如留给病情尚轻的病人。眼下，我的女儿们都已服下了解药，我再无牵挂，也可以高枕无忧地随老爷去了。"说罢，她虚弱地靠在了老爷的身旁，终于不必再强忍着病痛了，她望着老爷，露出了一丝苦涩又欣慰的笑意。

女儿们这才明白母亲的良苦用心，她们纷纷扑向夫人身边，哭诉着："母亲不可自行放弃啊！您丢下我们姐妹二人，让我们今后孤苦无依，可该如何是好？"

妹妹也恳求道："母亲，您把药喝了吧，但凡有一线生存的希望，您也要去试才是！"

夫人艰难地抬起手，去抚摸两个女儿的面颊，她已经病得极重了，孟婆见她的手背上都是溃烂的红斑，的确是无药可治了。然而这般舍生为人的大爱也的确难能可贵，孟婆为其叹息，听见她对两个女儿最后道："天下所有父母的最大心愿，就是能够看着自己心爱的孩儿健康、快乐地活下去。母亲的身子母亲自己最为清楚，如若方才不哄你们喝下，孝顺的你们又怎会同意母亲的决定呢？不是母亲不肯陪伴你们了，而是这病……早已深重……可在这外面，还有许多像你们一样有存活机会的病人，自然要把药……留给他们……我的女儿们，你们定要好生照顾自己……"她的声音越来越微弱，到了最后，她伏在老爷的身上，沉沉地闭上了眼睛。

两个女儿无法接受失去双亲的绝望，她们声嘶力竭地呼喊着父母，跪坐在他们二老身旁泣不成声。孟婆见此情景，眼神黯然，真觉得人世间的遗憾与残酷是无法避免的，妻儿分散，父子分离，家破人亡，天人两隔……在灾难与疾病的面前，肉体凡胎实在是脆弱而渺小。即便是对生死早已司空见惯的她，也还是会在这一刻感到心绪悲伤、百味杂陈。

她不忍再停留于此，缓缓转身，走了出去。何心隐察觉到她的异样，便也将手中的药汤交给了其他大夫，随孟婆一同到了外面。

庭院里空荡荡的，花园里也早已无人打理、寸草不生了，孟婆独自站在花园前，还未等何心隐询问她，便有一名小厮模样的男孩跑到二人面前，"扑通"一声当即跪下，磕起头来。

孟婆面露惊色，急忙要去扶他起来，小厮却执意不肯，实打实地磕完十个响头之后，他抬起磕出血的头，感激地凝视着孟婆与何心隐道："二位恩人，阿传谢过何药士、孟姐姐半月前的救命之恩。"

何心隐率先认出他来，不由欣喜道："阿传，竟真的是你，如今你在这户人家做工吗？那可真是太好了，你日后也有保靠了。"见孟婆眼里有诧异，何心隐便同她小声道："半月之前，你我采药回来救治的第一批病人中便有阿传，他全家都染了病，但喝下药之后，只有他一个人活了下来。"

孟婆想了起来，她再看向阿传，只见他面容清瘦，且秀丽如女子，真与当日狼狈而憔悴的模样判若两人了，也难怪她一时没有认出他来。

她对阿传的印象其实是格外深刻的，因为全家十几口死于瘟疫的并不多，而阿传却是家中唯一的生还者。他喝下药汤的那日哭得极惨，触目惊心，嗓子都哭喊出了血。孟婆曾以为他那是对好不容易得来的新生的感激，也认定他此后会好生活着，可如今，他却伏在地上，头低得不能再低，整张脸都贴在冰冷的石砖上，声音是那般绝望而悲凉，他道："何药士，孟姐姐，那日匆忙，未曾道谢，阿传心想着有朝一日一定要找到你们二人，当面谢过，这样阿传才能了却最后一桩心愿，也能了却凡尘牵绊了。"

孟婆皱起眉，她察觉到了不妙，便问他："阿传，你怎说这般奇怪的话？"

阿传的语气颤颤巍巍，他痛苦道："阿传的爹、娘、祖父、祖母、外祖母、外祖父、兄弟姐妹共十七人染病而死，阿传在这世上已无亲无故、无友无念。只有阿传一人活着，阿传心觉对他们有愧。阿传何以有资格享受这美食、美景？又何以能够高枕无忧地独自苟活？这半个月来，阿传每日都会梦见爹娘他们，梦见从前的幸福时光，更梦见大家团聚在九泉之下，好一番快乐景象啊，唯独留下阿传在这人世，实在太悲凉、太孤单了，美食美景都显得无滋无味了。阿传想爹娘，想哥姐，日想夜想，阿传觉得再不能独自苟活了，这痛苦、愧疚和对今后的恐惧折磨着阿传，比那瘟疫更痛一百倍、一万倍，阿传再也受不住了。"

孟婆露出无措的眼神，何心隐也十分担忧，他在心中责怪起自己太疏忽了，竟忘记阿传已无半个亲故，必定会在病愈后产生解不开的心结，他应该多去开导他、劝慰他才是，可他一直忙于救治其他病人，到底是忘记去帮助那些在病愈之后还要同另一种"心病"战斗的人们了。

"阿传心里想着，只要同二位恩人道过谢，阿传便再没有丝毫的遗憾。"

阿传忽然抬起脸，对孟婆与何心隐展现了一个极致喜悦、感激的笑容，他哭着道："孟姐姐，何药士，你们二人是阿传的再生父母，阿传感激你们二人给了阿传半月的新生，可阿传……阿传还是决定把这命还给你们二人了。"

只不过一眨眼的工夫，阿传从袖里掏出了一把匕首，毫不犹豫地插进了自己的胸口中。那一刀狠绝凄厉，正中要害，鲜血喷涌而出，阿传倒在了血泊里，却是带着微笑的。

孟婆震惊、恐惧、难以置信地走向阿传，她俯下身去查看，阿传已经没了气息。孟婆久久不能平静，她能做的只有颤抖着手去合上他的眼睛。

何心隐要比她冷静得多，他只是悲痛地长叹一声，然后扯下衣衫上的一块白色布料，走上前去盖住了阿传的脸。

"我们救得了他的命，却难以救他的心。"何心隐悲声喃喃道，"很多人都是这样的，宁愿死去也不愿在失去亲人的世间独活。在下……多少能够理解阿传的心思。"

孟婆嗫嚅着嘴唇，良久不语。何心隐起身走向她，劝她道："走吧，孟姑娘，我们都尽力了。"

孟婆却失声反驳道："救人救得这般不彻底，谈何尽力？"

"各人有各人的痴执，行医救人者，难免要接纳死者带来的遗憾，在下改变不了，你自然也改变不了，冥冥之中，自有天意。"何心隐的语气似乎很平淡，仿佛早已看透了一切，也接纳了一切，因这是无力改变的一切。

反而孟婆却不似他那般通透，也许她始终都不曾放下过前世的痴执，即便到了今日，也还是会为她所不能改变的事情而痛心。

正如冥帝和墨总会点拨她的那一句"归根曰静，静曰复命，复命曰常，知常曰明"，万物归集回它的根本是谓清静，清静是谓复归于生命，复归于生命便成自然，识得自然可谓聪明。思及此，孟婆也只能悲伤地闭上眼，终于还是转身，随同何心隐离开了。

类似的遗憾在之后救治的过程中还会时而遇见，只是随着军队参与采集药草，人数逐渐充足，越来越多的病人都得到了救治，这些痛心的遗憾之事也在慢慢地、渐渐地消失。

然而孟婆仍旧忘不了阿传临死前的那个眼神，那不是畏惧死亡的人，而是拥抱死亡的人。旁人都在争先恐后地求生，可偏偏也会有阿传那样的人……也许这世间的确没有任何事会比失去至亲更为痛苦了。孟婆意味深长地轻叹。

那之后，又过去了一段时间，何心隐所在村落里的病人都已得到了有效救治，除了那些病重之人。眼下，只有寥寥几人还未康复，其中便有一位待产的妇人。那日，妇人的丈夫徐生急匆匆地来寻何心隐，求着何药士去他家中救救他妻子。

何心隐顾不得手中尚未喝完的稀粥，只管背着药箱赶了去。孟婆担忧他，便也急急追上他。徐生的妻子赵氏从昨夜便开始肚子疼，可是她身染瘟疫尚未得到救治，一家人都不知所措，生怕生出来的孩子也会染上病。但是总不能不生，于是天一亮，徐生便来求助何心隐了。

徐生紧张地絮絮叨叨道："我们全家都染了病，多亏何药士前几日带来了药汤，现在几乎都已病愈，可我老婆怕影响腹中孩儿，迟迟不肯喝药，昨晚她疼得厉害，我们实在束手无策了。何药士，胎儿会否被他娘的瘟疫传染上啊？"

何心隐忍不住轻声斥责道："都已经人命关天了，还在担心药汤会影响腹中胎儿，实在胡闹！不喝解药才危险！而且没人能保证胎儿是否被传染，你只想着孩子却不考虑产妇，岂非糊涂？"

徐生拍打着自己的脸，直道自己糊涂，糊涂至极！孟婆在这时提醒徐生，何心隐虽是大夫，但不是产婆，是帮不了生孩子之事的。徐生忙说产婆已经等候在家里了，只是想着何药士再来帮赵氏制一碗药汤，再者就是查看生出来的孩子是否有感染迹象。

三人这边说着，已经到了徐生家中，孟婆跟着走进屋内，只觉一股子腥味扑鼻而来。草屋里十分潮湿闷热，赵氏在产婆的鼓舞下已经开始生产，全家老少见到何心隐来了，就像看见救星一样扑过来："何药士！你可总算来了！"

何心隐安慰他们别急，眼下只需等孩子平安降生。而他又要孟婆出外等候，他心细，说女孩子家不可见此场景，他一人制出药汤即可。孟婆自然不想给他添乱，便答应了，暂且走出草屋，毕竟透过窗子她仍旧可以看到赵氏产子的过程。赵氏本是亭亭玉立的女子，嫁为人妇后从珠玉变成了鱼眼，操持家务，生儿育女，为人妻、为人母着实不易。孟婆见赵氏满头大汗、表情痛苦扭曲，却还能难得地保持着清醒，对何心隐道："何药士，且劳烦你尽快制出药汤了，我仿佛看见孩子身上有红斑……"

何心隐的汗水顺着脸颊滑落，他也十分焦急，生怕会错过最佳的救治时间。孟婆更是心焦，等候的时间太漫长了，撕心裂肺的叫声回荡于耳畔，她紧紧地握着手，不忍再看。仿佛是过了一百年那般，产婆终于叫道："生了！生出来了！"可是孩子脱离母体，在产婆的怀中却没有丝毫声息。

赵氏露出绝望的神情，何心隐当即剪断脐带，打量孩子全身，不由松下一口气。并非感染，那红斑只是胎记，然而孩子紧闭着双眼，赵氏虚弱地念叨着："这是命……"

可到了下一秒，孩子忽然在何心隐的怀里发出一声清脆的啼哭，众人皆大欢喜起来，徐生忙凑上前来抱过孩子，他喜极而泣，同赵氏道："是个女儿！老婆，长得像你，漂亮得很哩！"

孩子放声大哭，赵氏的泪水止不住地流淌。何心隐为她递上一碗药汤，欣慰道："你是位了不起的母亲，正因你顽强地与病魔抗争，孩子才没有感染。如今你已顺利诞下孩儿，快服下药汤吧，一切苦难都结束了。"

赵氏感激地接过了药，孟婆在屋外注视到这一切，心中不由感慨。

婴儿的啼哭声仿佛扫去了玄机城内的所有阴霾，新生接替了死亡，疾病消逝在了昨日。孟婆忽然觉得脸上很湿，抬手一碰，竟是流泪了。历经数不尽的死亡，伴随经久不散的哭喊，这一切来之不易。

徐生还在不停地同何心隐表达谢意，何心隐却眼神飘忽地怅然道："在下也不过是效仿故人的所作所为罢了，同她当年相比，在下也只是尽了一些绵薄之力。更何况，要不是有那位孟姑娘一直帮助在下，想必解药也不会这么快就寻到。"

徐生忙道："之前我就总听何药士提起那位故人，我虽为村野莽夫，可也能明白何药士对故人的牵挂，不知故人可还安在？"

何心隐苦笑着摇了摇头，沉声道："她已病逝多年了。在下所做的这一切都是秉承她的意愿，更是想为她积攒福报。"

徐生不好意思地挠了挠头，道歉道："真是对不住，何药士，我没想提及你的伤心事。我以为总和你在一起的那位孟姑娘就是你寻到的故人呢，可对不住了。"

何心隐似乎怔了一怔，半晌过后，他意味深长地道出："孟姑娘与在下已逝的故人的确有几分神似，有时候在下会有种错觉，同孟姑娘在一起就仿若是和在下的师姐重聚了……唉，实在是在下痴心妄想。"他说话的神色极为哀伤，牵动着屋外孟婆的心。

她转过头，忧心地垂下了眼。

在回去的路上，孟婆与何心隐都沉默无言。许是村里的病人都得到了救治，令二人逐渐放下心中巨石，又许是各怀忧思，不知同谁人说起。路过溪水池边，远远地就看到无痕眉开眼笑地跑了来，她扑到孟婆身边，开心地笑道："孟姐姐，何药士，无芯喝药之后睡了两天两夜，今早终于醒了！且她不仅退烧了，红斑也都消退了不少，坚持服药数日，定能痊愈了！"

孟婆微笑着摸了摸她的头，自然明白她的喜悦之情。如今，这一场瘟疫终于告一段落，非但无芯得到了救治，整座城池的病人都得救了。

而恰逢此时，有一只小狐狸悄悄地从溪水对面的草丛里钻了出来。它通体的毛发是金色的，唯有两耳与四足玉白，可它尾上有伤，深入骨中，几乎断尾。它小心翼翼地舔舐着清水，忽然感觉到对面的三人，颤巍巍地抬起一双朱红色的眸子，美艳绝伦，令孟婆与何心隐都看得出神。

可它"嗖"地一下就跑掉了，消失得无影无踪，像是极度恐惧人类。

第二十三节

怕是这小狐曾经遭受过来自人类的伤害，孟婆情不自禁地念出一首诗："有狐绥绥，在彼淇梁。心之忧矣，之子无裳。有狐绥绥，在彼淇厉。心之忧矣，之子无带。有狐绥绥，在彼淇侧。心之忧矣，之子无服……"

无痕困惑地问："孟姐姐，这是什么诗？讲的是什么？"

孟婆望着她，回答道："这是一首情诗，讲的是有狐在溪水岸旁，我的心里真忧愁啊，因为它的身上没有衣裳，我恐它着凉，恐它慌。"

无痕斟酌着孟婆话里的含义，若有所思的样子。何心隐则望着小狐消失的方向一声喟息，道："这只狐在瘟疫暴发开始时曾出现过一次，后来便不见踪影了，如今又出现，尾巴却受了伤，也十分害怕人类，不知受了何等虐待。"

孟婆思虑道："弱肉强食，这些弱小生灵存活于人世，本就不易，如若能遇见心善之人加以怜惜还算造化，如若不能，也是命数。"

"狐本是具有灵性之物，历代帝王也与之交好。"何心隐看向孟婆和无痕，嘴角含笑道，"据说这希国从前的开国皇帝，是一位女将军，是她建议首领把各部落合并统一，保护了整个国家的百姓，正是和狐族有深厚的渊源……"

在几百年之前，当希国还不叫作希国时，其尚且只是众多部落结合成的联盟，曾经有一位叱咤风云、能文能武的女将军。那名女将军姓云名希，她出身贵族，表兄是城邦的首领，而她继承家族使命衣钵，成为了保护城邦的大将。她在战场上总是冲锋在前、英姿飒爽、骁勇善战。即便是在被敌军偷袭的情况之下，她也可以一己之力冲破千军万马的重重包围，斩杀敌军主将，站在万人堆积成的尸山上高举敌军主将头颅，令敌兵们无不纷纷归顺。

可是她性情强硬正直，誓死不顺从"狐仙"的规矩。早在城邦建立初期，云氏便受到过狐仙的帮助，而狐仙提出的要求便是在每年由云氏送上活人祭品，以此来继续求得狐仙赐福的风调雨顺。然而云将军上任之后，却不肯执行这种无理的要求，从而惹怒了狐仙。狐仙发怒，拧折了云将军部下的脖子，让城邦旱了半年，又降病给全城百姓，命云将军年底之前必须献上贡品，否则就要屠城。

三千世界，墨守成规，即便云将军守护城邦多年，立下汗马功劳，可与仙魔相斗，实在是以卵击石。全城的百姓都恳求她顺从狐族，连身为首领的表兄都对她好言相劝，然而她誓死不允许狐族在自己的城邦中肆意妄为，坚决不从。

无奈之下，首领只得寻来一位道士为城邦求雨。道士相貌年轻英俊，长着一双凤目，据说是外地人，姓胡。胡道士同云将军约定，假设他求雨成功，云将军便要听他一言。

云希本不信邪，可胡道士当真向上天祈求来了一场大雨。即使如此，愿赌服输，云希问他有何要求，胡道士只说希望她允许自己护在她身侧，直到年底。云希允了，可她并不认为自己需要任何人的保护。

胡道士告诉云希，真正的仙人是不会为难凡人的，只有冒充仙人的妖才想压榨凡人。那被历代将军们侍奉的狐仙并非仙人，它既不能带来福禄，也不能保佑将军们征战，是一名邪恶的妖神。

她同胡道士道："我身为大将军，自是不会任由他人摆布。我本以为它是仙人，我等身为凡人必定要尊它，大不了接受惩戒便是了，可它却是冒充仙人的妖神，我又怎可让它随心所欲呢？"可云将军太轻敌了，她竟然冲去山中寻找狐妖，要讨伐它。

狐妖大怒，顷刻间降雪、冰雹惩戒城中的百姓，又唤来百鬼去城中食人，原本繁华热闹的街道在顷刻间便成了一片犹如血海的地狱景象。云将军没料到会危及自己的百姓，狐妖在这时现身，云将军举起手中的长刀质问它，狐妖却道她自视甚高，太过高傲，身为城邦将军却不肯遵守承诺献上贡品，又敢扬言来讨伐它，不得不诛。

云希不服，举刀相问："你既是妖神，又凭何榨取凡人贡品？我城邦繁华你又有何帮衬？谎称仙人，无为却在邀功，你才是罪无可恕！"

狐妖震怒，大喝一声，雷电交加，它已然是要将云希置于死地。恰逢此时，胡道士赶来，他化作一匹九尾天狐与狐妖交战，原来他竟是狐妖的长

子，因看不惯父亲作为，与之产生分歧。

可胡道士并不是狐妖的对手，厮杀几个回合后终是败下阵来。云将军担心他安危，狐妖却道：人与人之间有规矩，妖与妖之间有礼数，父子之间也决不姑息。

是啊，胡道士自然也是知道的。可礼数规矩这种事，又怎能和"情"字相提并论呢？他求狐妖问道，要如何才能放过云将军。

可云希破坏了历代的贡品规则，她必将受到惩罚，这就是规矩。但最后看在胡道士是自己骨肉的份上，碍于情面还是决定放过云希，然而，作为交换，城邦的百姓必须经历一场瘟疫，十户去二三，而她所守护的盛世也将不复。否则，她必死无疑。

为了一个人，要牺牲全城十户之二三。

胡道士自当同意，有何不可呢？全天下的凡人死掉，也好过云希一死。

然而云希却沉默了。

她望向高殿之下，透过乌黑云层，她仿佛能够看见痛苦悲鸣的百姓、被病魔啃食的孩童，以及遍地的尸体与白骨……她身为将军，自当是要保家卫国，哪怕是舍弃性命。于是，她忽然举刀，将刀刃逼向自己的颈项，就那么轻轻一划，划破了动脉的血管。

云将军自刎殉国了。她选择用自己的性命来换回城邦百姓的安稳，为了大义，牺牲小我，有何不可？至此，狐妖如约放过了整个城邦。而城邦的首领为了纪念云将军，便将她奉为开国皇帝，城邦由此将各个分散的部落合并，以其芳名为国号成立了希国，由云将军的表兄做了第二任皇帝。

至于胡道士，他继承了父亲的位置，成为了狐族新的首领，可他却没有选择在位，而是将自己修炼积累的功德福泽洒照在了希国上空，庇佑希国风调雨顺，之后便随同云希将军一起入了黄泉。

后来大家才得知，云希六岁时随父亲叔叔们上山围猎，大家发现一只浑身雪白的幼狐，想将其皮毛拿来做个暖手套送予将军夫人做生日礼物。那只幼狐被众人团团围住，只有将它生擒剥皮，方可保留完整的皮毛。

云希见其中一位将领搭弓，准备将幼狐的一只爪射穿在地，让其无法逃离。正在这时，年幼的她不知哪里来的勇气，喊着："别伤它性命。"随后便冲上前去将身子护在幼狐身前，但箭已离弦，只见那一箭竟将云希的左肩射伤，鲜血喷了出来，那只雪白的幼狐浑身上下皆是喷射出来的云希的血液。

众人皆惊作一团，赶忙将云希带回城中救治，放了那只被吓得在原地瑟瑟发抖的幼狐。

自此之后，那只幼狐每月有几日都会偷偷爬到云宅的屋顶之上，看着云希的闺房，看着她的身影，听着她银铃般的笑声，直到房中烛火熄灭，方才恋恋不舍地离去。

后来成年时，见到云希成为城邦大将，被她一身红色铠甲迷住了心神，从此自愿跟随她身侧。

据说在云将军的墓碑上，刻着这样一行字，是胡道士离去之前刻的：

吾愿为你刃，劈山破地；

吾愿为你盾，抗妖抵神；

吾愿与你共入轮回，共坠忘川，共生，共眠。

这一折故事荡气回肠，何心隐讲完后长声叹息，孟婆与无痕则是久久不语。

"开国女将固然痴执，也正是这份执着才得以与不公抗衡，才得以保家卫国，而胡道士又何尝不是呢？痴心伤己，执念劳心。"何心隐的话中像是有所暗示，孟婆侧眼望向他，见他目光沉沉，仿若陷入自身的痴执之中。

"将军百战死，壮士十年归。女将军为国身死，实在壮烈。如若……"孟婆没有再说下去，她只是想到了曾经。未说完的话则是：如若灵霁还在世，也定会同那位女将军一样，成为一位了不起的骁勇名将。

无痕在这时扯了扯孟婆的衣襟，她对孟婆道："孟姐姐，无芯已经获救，无痕尚且还有一愿未了。"

孟婆问道："何愿？"

无痕的眼中有些许哀色，可很快便坚定道："或许这也是无痕的痴执吧，无痕想寻到父亲。"说罢，无痕露出自己一直系在手腕上的长穗铃铛，大小不一，共有三颗，她若有所思道："据母亲说，这是父亲留给我的，凭借着此信物定可找到父亲……"

孟婆的目光落在那串铃铛上，早在与无痕来到这片故土时，她便看出了那铃铛的主人究竟是何人。终究是躲不过去啊，孟婆不由哀从中来，表情复杂。

何心隐听闻二人对话，唤了一声孟婆，孟婆转头看向他，听他怅然道："孟姑娘，恐怕要就此别过了。"

孟婆望着他，眼神中似有不舍与留恋，最终只道："何药士，你我定能再会。有一句话本不当讲，但若不管不顾那礼数，就直言了：我看何药士早已到了娶妻生子的年纪，虽然众生苦难，但是也不该耽误人伦之常。整日这般形单影只，也不是长久之事。"

何心隐苦涩一笑，看着远方有些茫然道："人生既漫长又苦短，我心中的女子早有他人，原本只是期许爱慕之人能够幸福，能常伴她左右即可，可惜她芳年早逝。之后几十载寒暑竟未曾遇到过任何令我动心的女子。既然如此，宁缺毋滥。只期望能在有生之年，再遇大师兄，将师姐临终之言转告。多救治些苦主，也为我爱慕的女子多积累福报功德……"

孟婆一听，心中一颤。在世时总觉得何心隐如弟弟般亲近，他总爱围着自己打转，却不想那十多岁的少年已然有了自己的心思。只是这份心思，过了这么多年依旧放不下，竟成了一份心魔，执着至此。

何心隐收敛神情，有些恍惚地说道："这番话我从未与他人提及，不知为何，与孟姑娘相识虽浅，但是觉得内心之言皆可吐露，这也是我的幸事。让孟姑娘见笑了，还请孟姑娘珍重。"

孟婆点头道："何药士亦是。"

何心隐翻身上马，从孟婆与无痕的身边经过，再也没有回头。前路漫漫，青草萋萋，孟婆目送何心隐渐行渐远，可在她的眼里，何心隐的背影还如同当年那般瘦弱年少，她也只能在心中无限眷恋地唤他：小师弟，珍重。

> 我住长江头，君住长江尾。今朝今日，当真已是恍如隔世。
> 缑山仙子，高清云渺，不学痴牛騃女。
> 凤箫声断月明中，举手谢时人欲去。
> 客槎曾犯，银河波浪，尚带天风海雨。
> 相逢一醉是前缘，风雨散、飘然何处……

临近黄昏，孟婆已经离开了村落，可是身后总有跟随她的脚步声，她终于回头去看，见是无痕仓皇地想躲。孟婆叹息一声，走向无痕道："无痕，不是说好了我独自去寻你的父亲吗？你只管在村子里陪伴无芯，一旦找到，我便会施法将你带去父亲身边的。”

无痕担心道：“可是前路漫漫，孟姐姐孤孤单单，我同行是想要在路上与孟姐姐做伴，也怕会出现闪失，无痕不想孟姐姐有危险……”

如此被人关心，孟婆露出了久违了的惊讶神色。想来她在冥府多年，早已见惯了生死，牛头马面、黑白无常等众鬼又十分尊敬她，就连冥帝与林冉冉也从不会担心她的安危。她是孟婆，没有人能轻易伤害到她，她并不是那身躯柔弱的人类了。可无痕却将她视为凡人，同无痕自己一样的凡人，这反而令孟婆感到温暖，不禁感慨地俯下身，摸了摸无痕的脸颊，轻声细语道：“无痕忘记了吗？孟姐姐是鬼啊，鬼不怕孤单，也不会染病，你只管放心地等候，我定会找到你父亲的。”

无痕还想再说些什么，孟婆已经施了法，从无痕的面前消失了。

望着空荡荡的周遭，无痕明白孟婆是希望她不要再追随了。尽管失落，无痕也只得乖乖地原路返回了。

她一步三回头地顾盼，祈祷孟婆能够平安，也祈祷……她真的可以找到自己的父亲……

离开了玄机城，孟婆施法来到了南蜀国。

她站在高山之上，俯瞰着这片偌大的土地，那极其富饶却充斥着一丝诡异的城池，还有那一座屹立在城池中心地带的高耸入云的千层塔。孟婆眯起眼，心想怕是玄鸟都飞不上那塔尖吧。不料身后传来卫兵的脚步声，她不想惹麻烦，便借着傍晚的昏暗悄悄离去了。

南蜀国的守卫果然如传闻一样密不透风，连高山上也不乏精英士兵。孟婆一路踩着野花下山，待她来到主街，还未停留片刻，便察觉到不远处的人群中起了骚动。

有一列威武的仪仗队途经于此，孟婆走近，看到一辆华丽的宫车正缓缓而来，百姓纷纷退避，无不敬畏。孟婆只抬眼看了一眼，见领头的女官骑着高头大马，共四名，皆是环绕于宫车四周。那车被装点得格外富丽堂皇，鎏金凤纹的车帘上绣着金丝线，轻风携雨来，吹起了帘子一角，露出了车内女子的曼妙容颜。

虽然上了些年岁，但仍算是个美人。孟婆想。

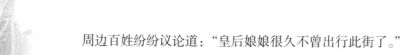

周边百姓纷纷议论道："皇后娘娘很久不曾出行此街了。"

"自打太皇太后卧病以来，她去道观中祈福，足有整月了。也是到了今日才出观返回宫中。"

"休要再提太皇太后了，如今她病着，皇上才能暂且脱离她老人家的垂帘听政，唉，咱蜀国的江山可不能再易主了啊……"

看来南蜀的王只是个傀儡摆设罢了。孟婆心中轻叹，又觉此地不宜久留，正打算离开时，忽闻"啪嗒"一声轻响。

她循声而望，只见宫车后遗落了一串银铃。

孟婆踱步过去，俯身拾起，穗子是绛紫色，银铃铛看上去十分光洁，许是整日擦拭的缘故。

宫车停了下来，女官策马回来，居高临下地命令孟婆道："大胆刁民，还不快快交还银铃！"

看来是那位娘娘遗落下的。还未等孟婆物归原主，那边便传来柔弱却有力的声音："阿柳，休得无礼。"

"娘娘……"女官阿柳见皇后已经走下宫车，赶忙下马行礼。

被两名女官搀扶而出的皇后娘娘着实母仪天下。她身着鹅黄色华裙，面颊红润，柳眉下镶着一双桃花眼，唇红齿白，耳坠金玉，眉间还有着一丝英武之气。

她的目光停留在孟婆脸上，有点惊奇似的，轻笑着数落阿柳道："真是个眼拙的阿柳，这哪里是刁民了？分明是位难得一见的美丽姑娘。"

阿柳闻言才惊觉自己尚未好好打量孟婆一番，立即侧眼去看，刹那间绯红了脸，诚实道："的，的确如娘娘所言……姑娘美得令我自惭形秽，是阿柳莽撞了。"

皇后则是面向孟婆，道："有劳姑娘了，银铃……"话到这里顿了顿，随即又道："便送予姑娘了。"

孟婆推辞道："既是娘娘的贵重之物，民女理应奉还。"

皇后眼里含笑，是十分婉转优美的眼波："这银铃今日被姑娘拾去，便是它选了姑娘，银铃也通人性，遇见有缘人不易，就请姑娘收下吧。且无论何时提它来入宫都可畅行无阻，见它如见本宫，宫里人都是明白的。"

孟婆凝视着她，她脸上的笑意娇俏又清俊。再低眼去看银铃上留有一抹污黑之色，孟婆便淡然一笑，道："那就恭敬不如从命，多谢娘娘。"

到了傍晚时分，孟婆带着皇后送给她的银铃，安然无恙地通过了南蜀国皇宫内一道又一道的宫门。一来是这串银铃大家确实都认得，二来是孟婆施了慑人心的法术，从宫女到侍卫都像失了魂一般，任凭孟婆进入。甚至在见到宫女时，她拿出银铃，说自己要见皇上，宫女便恭敬地为她引路。可见这银铃，的确是有如皇后亲现。

到了皇上的御书房，宫女们为孟婆让出一条路来，道："夫人，这便到了，请随奴婢入殿。"

孟婆领首，宫女们躬身离去。当她踏入大殿时，腰间系着的紫色玉佩随着她的动作而晃了几晃。

御书房内富丽堂皇，色调是鎏金与赤红，大殿中央有方青玉池边的水潭，其中只养着一条锦鲤，难免会显得孤寂。

再往前走，引起孟婆注意的是前方半米处立着的一座龙凤屏风，有身影正坐在屏风后批阅奏折。孟婆一步一步地，缓缓地绕过屏风，来到了他的面前。

殿内极静，连呼吸声都清晰可闻。

戏里曾唱：情不知所起，一往而深，生者可以死，死可以生。生而不可与死，死而不可复生者，皆非情之至也。

孟婆细细地打量着正埋头忙碌的他。他老了，鬓上已有了白丝，可是体态仍旧如少年般清瘦而坚毅。那身彰显贵气的龙袍穿在他身上着实好看，长袖上绣着碧水波纹的图案，衣领上点缀着青绿色的暗纹，衬出了他骨子里带着的华贵之气。

他并未抬头，以为她是内侍，便命道："张总管，给寡人拿杯茶来。"

面前之人并没有听从他的安排而行动，他心觉疑虑，于是抬起头来，用那双明亮但却不刺眼也不黯淡的眸子看向她。

孟婆与之四目相对，她的面容令他的表情不由僵住，手中的毛笔也在奏折上晕染出了大片大片的墨迹。他震惊不已，失声喃喃道："宸儿……"

这一声久违的"宸儿"令孟婆心中一痛，此般如梦似的呼唤仿若将她带回了十八岁时的过去，那年花香弥漫，枝丫低垂，他一身铠甲染着星光，于胜利荣耀中走向她，令她心绪荡漾，久久不能平息。

如今，他已沧桑了面容，从桌案后起身走向她时的神色中布满了复杂情绪，似想念、悲痛、欣喜，亦有不敢相信……

孟婆的内心同样百味杂陈，她凝望了他许久，凝望着这个身上载满了她全部少女时光的男子。半晌过后，她轻轻唤了他的名字："藏锋哥哥。"不，此刻的他已经是南蜀国的——

"陛下。"她略微垂首，躬身行礼。

他急忙去扶起她，她根本不必如此。他扶着孟婆的双肩问她道："宸儿，这么多年过去了，为何你还是这般青春容貌？你一点都没有变，可当日你的确……"藏锋没有将"病逝"二字说出口。他如获珍宝般看着眼前的孟婆，竟然动容到泪光闪烁。这是孟婆还是沉宸时从未见过的景象，她的记忆之中，藏锋总是目光深藏，除了灵霁死去时他曾落泪，其他时候无论受了何等委屈、何等伤痛都是目光如常。

"我……"孟婆一时之间竟然不知该如何回复这热切的眼神。

"好，好，寡人不再问了，宸儿，你能回来就好！"藏锋猛地把孟婆拥入怀中，紧紧地抱着，生怕她下一秒就会消失一般。

孟婆有些不知所措地任由藏锋这么紧紧地拥抱着，因为抱得太紧太用力，甚至让她觉得骨头有些生疼。

"宸儿，当初若是你答应了皇后娘娘的指婚，或许这一切都会不同。我们会成婚，会在父亲身边共享天伦。灵霁可能也不会死去，一切都不会是今日这番景象了。一年啊，我等了你一年回来完婚，谁料你竟然拒绝了这门婚事，还将你的师兄和师弟带回营中。我见你们三人朝夕相处，心中的苦楚你可知道？后来，我听闻你竟然与衷赢定下了婚约，那时的我实在是感到万念俱灰，却始终没有勇气和你说一个字。我耳边日日都响起父亲的教导，放下儿女私情，我努力做了，可是内心却无法平静。我大病初愈就替父亲征战沙场，在战场之上得知你劳碌力竭，心中忧虑万分，那时我才知道自己真正的心意，原来我骗得了别人，却仍旧骗不了自己。我拖着病躯奋力而战，获得胜利之后马不停蹄地赶回玄机城。我想当着你的面向你说出心意，向你求婚。可是迎接我的是满身白色丧服的何心隐，和寂家陵墓中的一包新坟而已……"藏锋眼含泪花地一口气说了许多，这些话更像是说给他自己听的，像是压抑了许久之后的爆发。

孟婆听得心中五味杂陈，过往故人们的面容一一浮现了出来。她轻叹了一口气，挣脱开了藏锋的拥抱，她幽幽地说了一句："可我，早已经不是原来的那个沉宸了。"

藏锋还想抓住她的双手，可他发觉她的手很冰、很冷，便不由得心生一丝怀疑，小心谨慎地退去一步。他自己也很清楚眼前之人绝非当年那个真正的沉宸，在他看来，她虽然有着与沉宸十分相似的脸庞、身姿，然而也有不同之处，此时的她就仿佛是一朵盛放的花朵在最娇艳的时刻腐烂成泥。

如今的藏锋不愧是帝王，直觉敏锐、眼神机敏，他自然察觉出了她的异处，可孟婆也不打算亮明身份，她收起了那份来自前世的眷恋，继而从袖子里拿出一串铃铛，大小不一的三颗，问藏锋道："我究竟如何成为现在这般模样已不重要，眼下更为重要的是——陛下可还记得此物？"

藏锋陡然怔住，他直直地盯着那串信物，伸手接过来，如获珍宝般喃声道："自然记得，刻骨铭心。"

孟婆怅然道："你倒的确是深情可鉴，就连送给当今皇后的礼物都是仿造这串铃铛，足以证明你的长情了。"她又将皇后赠予她的那串银铃拿出来，藏锋却并没去看，仿若并不在意那串仿制品。孟婆便问道："这信物既然这般重要，为何要交付他人？你与对方的关系，一定非比寻常。"

藏锋的眼神顿时变得有些飘忽，他如痴如梦般忆道："当日，你也是在场的。试药之人抽签的时候，是灵霁抽到了长签，可灵霁为了护寡人，便故意将自己的长签掰掉一截，成了断签，剩下的一部分断签便在这铃铛里，寡人始终珍藏着……然而这怎么会是平平无奇的枝丫呢？这分明是灵霁从未说出口的心意，寡人却是在很久之后才参透。可惜也只剩下遗憾与回忆了，自此，这信物便被寡人视作性命一般珍贵了。"

"而你把性命一般珍贵的信物给了一个名为无痕的女孩。"孟婆引导他道，"她与瘟疫斗争，保护妹妹无芯，实在是吃了不少苦头。"

听闻"无痕""无芯"这两个名字，藏锋的双眼立即亮起了光，忍不住追问孟婆："她们现在如何？可都安好？"

"自然安好。只是无痕……"孟婆露出了略显惋惜的神色。

藏锋急道："无痕怎么了？"

"无痕尚有一个心愿，便是寻到自己的父亲。"孟婆幽幽地看向藏锋，轻

声道，"不知陛下可愿见她？无痕与无芯，毕竟都是陛下的女儿，不是吗？"

原来她早已知晓了，藏锋的表情由惊讶变为平静，他恍惚中点头道："是啊，她们的确都是寡人的女儿。无痕，无芯……"他的眼底泛起忧郁，隐隐显露泪光，思绪也回到了那段美好与痛苦夹杂的时日中……

第二十四节

十年前。

那是一个隐匿于黑暗雾色中的幽静小村落。白色的袅袅烟雾飘散在夜色之中，村脚处环海，惨白的巨大满月悬挂于空，绵绵细雨随风落下，在这片浅海水面上，漂浮着一艘孤船。船帆破旧衰败，船身又极小，它正艰难而执着地逆风而行。

海面上的飓风不断，波涛汹涌，有好几次都险些将那孤船掀翻淹没。唯独船身上的隐隐灯光始终不灭，如同绝望中的一抹夺目星光。

有光……

距离村脚不远的岸上，遭遇敌军埋伏的藏锋躺在那里，身受重伤的他奄奄一息。可是凭借着惊人的意志力，他挣扎着保持着最后一丝清醒的思绪。在此之前，他屡次睁开眼，看到的始终都是空旷黑暗的水面。唯独这一次，他终于看到了船只，看到了光。

他吃力地张开苍白干裂的嘴唇，想要呼喊，却早已无力。幸好天不亡他，因为身旁有一堆干柴，他颤抖着鲜血淋淋的双手掏出怀里的火石，足足费了一炷香的工夫才打着火，点燃了干柴。炫目火光如同千丝万缕的呼唤映红他的眼，孤船被岸上的火光吸引，终于调转方向，乘风破浪，好似过了一千年般，那终于驶来了岸边。

藏锋眼神急切地看着那艘孤船越发接近，心中的求生欲望也越发强烈。遗憾的是他再也动不了，生火已费尽了他最后一丝力气，且他伤得太重了，战袍损坏成褴褛、长剑粉碎成铁片，就连整个后背都已皮开肉绽。

他也恨自己大意，竟然会中了敌军埋伏，不仅全军覆没，连自己也险些命丧黄泉。正心中咒骂着，他看到一双绣鞋停在他面前，可他的视线因伤势而模糊，只依稀可见那是位身穿藕色素衣的女子。

　　女子匆匆走近他，震惊于他的惨状，不由喃喃自语道："实在是伤得太重了，就这般放任于此，定会被野狼叼去分食了……可他身上穿着敌国战甲，如若真的救了他……"女子内心虽万分挣扎，可最终还是于心不忍地弯下身，伸出手来抚着他的额头，同情地喟叹道，"不能见死不救，你放心，我会把你藏好的。"她的声音轻柔如水，又坚定有力，"你要撑下去，千万别死。"

　　雨水不断坠落，藏锋终于疲惫、安心地闭上了眼。

　　耳边传来鸟鸣声，好似从前军营里的喜鹊。可是他已征战半年有余，还未回过一次军营，而南蜀国的风又是那般凛冽，吹乱他的心绪，亦吹进了他黯淡悲愁的梦里。

　　那梦是他十二岁的光景，他随在那位高大、英武，眼里总是带有一丝忧郁的将军身侧，走进了他的将军府。他带他去了后园，唤着正在园中玩耍的两个女童的名字。其中一个女童率先跑来，跌跌撞撞的纤柔身影闯进了他的眼里、心里……

　　她的名字……是沅宸……还是……灵霁?

　　他觉得眼前恍惚，面前的身影模糊混乱、摇摆不停，其中一个女童撒娇似的抓着他的手，嬉笑着道："藏锋哥哥，你今日来陪我一同背药谱好不好?"而另一个女童出现在他的另一侧，递给他一把红缨枪，邀请道："藏锋哥哥，你今日来陪我一同练武吧。"

　　身后传来那位将军的叹息声，他先是要其中一名女童去好生学医，又数落另一名女童要刻苦练功。然后单独将他叫到一旁，语重心长地对他说："锋儿，你是为父今生最后的期许。自古道：慈不掌兵。既然决心要走这条路，就要心无旁骛，且一生一世都要为国家百姓奋战，要摒弃儿女私情方可。你这两个妹妹都属意于你，但你若选了其中一个，定会伤了另一个。待她们到婚配之年，为父将她们都许配给合适的人家，再为你打算。娶妻要贤，无须要深爱之女子，人若深爱，必遭其累，更何况是我们这样整日出生入死之人，必须心无挂碍方可长久。把情放下，就如多了一层盔甲在身，便能心志坚毅、冷静处世。切记，切记啊。"

　　画面一转，到了他十八岁时，他打完胜仗凯旋。艳阳高照，空气中可以闻到阵阵花香和草香。远远就看见在玄机城门口迎接他的两位妹妹，一个一袭白衣，一个一袭红袍，都是那么热切的眼神，热切得让他想闪躲。他下意识地摸了摸怀中的发簪，那是回城途中路过一个首饰铺，无意中见到一根银簪，上面包镶着用白玉雕刻的一朵待放的玉兰花。他想起沅宸的笑颜如花，觉得特别适合她，刚想买下一支回去做礼物，但转念想起父亲的话，手抖了一下，勉强地苦笑一下，请老板包起两支一样的玉兰发簪，回去带给妹妹们做礼物。晚宴时分，他将两根玉兰发簪同时赠予两位妹妹，妹妹们相视一眼，都笑着帮彼此戴起来了。两朵白玉兰在两位明媚动人的妹妹发上都显得更为生动，惹人怜爱。转眼看向父亲，他正含笑看着自己，微微地点了点头。看着父亲的赞许之态，他将心里的情愫隐藏得更深更深，深到连自己都仿佛察觉不到一般。

秋风清，秋月明，
落叶聚还散，寒鸦栖复惊。
相思相见知何日？此时此夜难为情！
入我相思门，知我相思苦，
长相思兮长相忆，短相思兮无穷极，
早知如此绊人心，何如当初莫相识。

记忆如同烧灼的烙铁，刻进皮肉之中，藏锋痛苦地辗转反侧，他努力回想她们的名字，却总是被某种力量所无情阻拦。最终，他吃力地开口询问："你……的名字……是什么？"此刻的藏锋高烧不退，他的意识混浊不清，恍惚地睁开眼睛，去看身侧为他换药的女子，甚至一把抓住了她的手。

她惊慌了一下，却也没有把手抽走，只是柔声道："我的名字是蒿忧。"

得到了她的名字，藏锋慢慢松开手，再一次陷入了昏睡。这次的梦逐渐清晰了，他在梦里看见她日复一日地为他换洗药布、包扎伤口，为他清洗全身上下每一处可怖的伤口。

为了避人耳目，她把他藏在了家中的牲口棚中，棚里有厚厚的干草堆，她就把他安顿在草堆的后头。又把他身上的铠甲全部脱掉，换上普通村民的布衣。

说起来，换衣服的过程实在是很不顺利。她此前从未接触过男人的肌肤，如今却在为一个异国的男子更换衣裳，她脸颊绯红，心跳如鼓，始终不

敢去看。然而救人要紧，她也顾不了那么多了，心中又害怕他真的会死去，担忧催促着她不得不尽快做这一切。她起早贪黑地寻找治伤的草药，每次都嚼烂后在他的伤口上敷好，其中有两处是毒箭伤，箭头还留在肉里，她为克服抠出箭头时的恐惧而事先喝下了好几口烈酒，然后烧红了剪刀，满头汗水地取出了箭头。

残留的脓血被她亲自用嘴吸了出来，又穿上针线，为他把伤口一个接一个地缝合起来。独自一人忙完这些，已经过去了三个整日，她也瘦了一整圈，可望着躺在干草中的他，面色苍白、双唇干裂，她实在害怕他会撑不过去。

白天，她需要帮助年迈的父亲喂养家禽，上山采野果、野菜，到了夜里，她便不辞辛劳地为他换上新药、缠好纱布，再喂他吃下些许流食。前几日里，想喂他喝下稀粥极为艰难，且不说他嘴唇紧闭，就算好不容易喂了下去，他也会咳出来，混杂着浓厚的血迹。一筹莫展之下，她只得把采来的草药磨碎成粉末，再混入水中，掺杂米浆，不厌其烦地一次又一次地喂他喝下去。

她就这样衣不解带地照料着他，一直过去了一整月，他的生命迹象终于得以平稳，还未等她松下一口气，隔壁邻居家的老妇便发现了藏身于此的他。那老妇本是想来借一些干草生火用的，她与父亲恰巧不在，老妇便自行来取，一下踩到了他的脚，可把她吓得半死。

这下可好，她"私藏"重伤男人的事情很快便在村子里传开了，这村落本就闭塞而落后，众人皆用有色目光看待她，不仅对她指指点点，还讥笑她的老父嫁不出去女儿了，不知是从哪里带回来个不清不楚的男人，这下子谁还敢娶她？

老父整日唉声叹气，嫌弃她连累自己成了众乡亲的笑柄，他几次要把藏锋从草棚里丢出去，可她却以死相逼，她同父亲哭诉着不可这样草菅人命，她已费了许多工夫来救他，眼下岂可前功尽弃呢？只要她问心无愧，她全然不在意旁人如何奚落她，她自是光明磊落！

老父拿她无可奈何，想来家中只有他们父女二人相依为命，他也是不忍见她伤心的，索性随她去了。又过去半个月，藏锋突发高热，他尚且还在昏迷之中，梦呓不断。她不知所措地跑去村里求大夫来看，大夫却断然拒绝，他们根本不知藏锋来历，怎可随便医治？眼下南蜀国与希国关系紧张，如若藏锋是希国人该怎么办？救敌可是死罪啊！倘若她不说清楚藏锋的来历，村里没人敢救他。

她是死活不肯说出他身份的，她必要保全他到底。于是她自行寻找退热的药材，在暴雨中迎难而上，又顶着暴雨下山为他制作退热的药汤。

那天晚上，他说了很多的梦话，她也听到了很多。他念着许多人的名字，父亲，妹妹，沅宸，灵霁，还有瘟疫，以及他惨死的部下们……他满头大汗，被痛苦的梦魇纠缠，她吓坏了，情急之下跑去屋外浇了许久的冷雨，然后冲回来，不由分说地躺在他身边，企图用冰冷的身子来缓解他的高热。

她冷得瑟瑟发抖，全身都止不住地哆嗦，可是她仿佛能够感觉得到他的体温因此而一点点地降了下来，然后终于平静地再一次沉睡。

长夜漫漫，暴雨滂沱，他睡得很沉很静，她反而害怕起来，不由自主地凑到他身边，小心翼翼地听他的呼吸声。他虽气若游丝，却是稳定了，她也因此如释重负，竟也在他身旁睡着了。

隔天一早，她沉重地、缓缓地睁开了双眼，抬起头时，发现他已经醒了，正在注视着她。

彼此四目相对，她有片刻的怔然，随即赶忙爬起身来，她满身都是沾着雨水的泥泞，长发凌乱，样貌狼狈，她心生窘迫，竟羞愧得低下头去，惴惴不安地道出："你……你终于醒了……"

他虽面色憔悴，却也对她露出感激的笑意，致谢道："在下寂藏锋，多谢蓠忧姑娘救命之恩。"

他在昏迷之中竟也还能够记得她的名字，不知为何，她竟感动得泪流不止，双手捂住脸，默默哭泣起来。这么久的时日过去，她也不知支持着她守在他身边的究竟是最初的救人心切，还是这默默相处中点滴的无声陪伴。她的哭声里有委屈、有欣喜、有动容，似乎，也有动情……

在这说长不长说短不短的五十几天里，她经历了太多太多，那些流言蜚语，那些担惊受怕，她原本可以不去承受。可她还是熬了下来，没有怨言，毫不后悔。

暴风雨下了一整夜，如今已经停了，和煦的日光穿过云层洒照在千树万树的枝丫上，垂落下一丝丝一缕缕的朱红鎏金。她不再哭泣，抹掉泪水再一次看向他，而他始终都凝视着她，从未移开视线。他们就这样望着彼此，很久很久……

"在那之后不久，寡人便娶蓠忧为妻。她为寡人付出了太多，寡人不忍

她沦为村中笑柄，也着实感激于她的善良与执着，寡人愿为她平息流言蜚语，也愿与她共享凡尘人伦。"藏锋说这话的时候，眼里有着无限的怀念与遗憾，他的爱虽沉默，却深厚，想来他在异国他乡的确心中有苦衷，亦有难言，而蓠忧的勇敢与温情打动了他坚硬的内心，他自然愿扛起这凝聚着深深责任的夫妻情分。

孟婆静静地听着他诉说往事，那是她与灵霁从未参与过的只属于他的从前，他对妻子的爱，统统都是她与灵霁无缘的。烛火随着窗外吹来的风轻轻摇曳，映照着孟婆如玉如画般的脸颊，她沉默半晌，轻声道："你必定也是很爱妻子的。"

"世间的爱有很多种，隐藏深埋的爱，永记于心的爱，承担责任的爱……说起来很惭愧，我对蓠忧更多的是责任之爱。隐藏深埋的爱早已随着宸儿的离去而消散，永记于心的爱已随着霁儿的离去而殆尽……"他回答得很缓慢，眼神也很躲闪。

孟婆见状，心中难免一颤。转言问道："你为何要离开她们母女三人？"

藏锋闻言，眼神中渗透出淡淡的哀戚，他的心中涌动着千思万绪，只得一点点同孟婆道出："寡人并非有意离开她们，如若不是寡人得知自己是这蜀国帝王的子嗣，寡人也定不会蹚这浑水……听闻蜀国帝王还是皇子之时，曾与贴身护卫一起在边境巡游两年，未承想这巡游期间增添了一抹风流韵事，他与一位渔女一见倾心，那渔女不久之后生下一男婴，便是寡人了。想必这种不雅的风流韵事并不会给皇子增添光彩，也无利于他夺嫡，故此，此事只有为数不多的亲随知晓。且男婴出生之际，臂膀上有一胎记，图案似虎，亲随道这是天降暗示，实在不妙。"

孟婆喃喃道："虎如野心，有王气之暗喻，的确是要被宫中提防……"

藏锋若有若无地点了点头，沉声道："且当时为了隐瞒皇室，那皇子只用银两打发了渔女母子二人，令他们流落于市井。可怜的是渔女从头到尾都不知道他尊贵的身份，他骗她是希国游商，与她恩爱时出手阔绰，自然可以瞒天过海。以至于寡人多年来一直以为自己是两国混血，真是讽刺至极。"

藏锋的眼里带着轻描淡写的恨，与早已宽慰了的惋惜。他知道母亲虽然美艳娇丽，可身份低贱如蝼蚁，她生下的孩子于父亲而言，自然也是生不逢时的孽畜，他且能留下他们母子二人性命，便已算得上是至高无上的宠爱了吧。

"自古生在帝王家，总是身不由己。"藏锋说着说着，眼神变得冰冷起来，语调也更为漠然，他道："寡人自幼穿梭于市井，从不知自己生父的模样，连名字都不知晓。母亲每每提及此事都会伤心流泪，她总说父亲是回去了希国，再没了踪迹，许是死了，许是在故国早已有了家室，不得不抛下他们母子。蜀国战乱多，寡人的母亲因战祸误伤而早亡，她连死前都希望寡人能够认祖归宗、寻到生父。然而寡人没寻到父亲，却被寂将军从战场上收养，他把寡人带回了希国，悉心教导，抚养成人，视如己出……在寡人心中，他早已是寡人真正的父亲，寡人曾以为那将会是寡人生活一辈子的国度。希国于寡人而言，并非异国他乡，反而像是寡人的故土。唯有在那里，寡人度过了一生之中最为幸福、快乐的时光……"藏锋仿若陷入了深深的回忆之中，他的脸上浮现出欣喜的笑意，而后，他慢慢地看向了孟婆。

透过孟婆的躯体，藏锋脑子里面涌现的全部都是零散回忆，他能看见她曾经的音容笑貌、轻声笑语，可如今竟是恍如隔世了。

孟婆只叹息着道："可惜了，天意弄人。"

藏锋被一语点醒，不再泥足深陷于回忆之中，猛然间醒了神，直道着："你说得对，是天意弄人，是造化变迁。倘若当年寡人的娘没有生下寡人，寡人自然不会成为战时遗孤，亦不会被寂将军收养，更不会坐在今日这个冷冰冰的王位之上了……"他如梦呓一般自问道，"当年，寡人究竟为何要出征蜀国？如若不是寡人的盔甲破裂，臂膀处的胎记被对方主帅看到，寡人又怎会得知自己的这番身世？说来可笑，那主帅竟然是当年皇子身边的亲信，他迫不及待地赶去把这一消息禀告那早已病危的蜀国帝王，如此一来，蜀国有后了。"

当天夜里，大雨滂沱而下，雷电交加，宫墙里的琉璃灯被狂风打灭，皇宫内朝南房里的烛光微弱，一缕袅袅烟雾从白色帐幔中飘飘而出，重病的南蜀帝王听闻亲信禀报之事，不由得面露惊色。

这空旷的房里只有他们一主一仆二人，帝王颤抖着手，不断地问道："此话可当真？可当真？"

窗外一道闪电划过，闷雷乍响，亲信面向帝王而跪，俯身叩头道："陛下，微臣所见真真切切！"说到这，他情不自禁地压低音量，小心翼翼道，"那敌方将军的臂膀上，的确有猛虎图腾啊……再定神细看，他的面容与那位渔女极为相似，自古儿子像母，他定是当年流落民间的小皇子。陛下，如

今有皇子在宫外，岂不是天赐的美事？陛下膝下子嗣本就甚少，仅有的两位皇子都已染病身亡，储君之位空虚已久，宗亲们虎视眈眈，眼下必要迎接皇子回宫，认祖归宗，继承皇位，也好避免内乱纷争啊！"

帝王闻言，心情颇为复杂，似震惊，又有欣喜，最终竟止不住地狂笑出声，他疯魔般地举起双臂，甚至高呼出声道："天怜寡人，天佑寡人啊！寡人竟然还有存活于世的皇子，寡人这下死也瞑目了！难怪吾儿臂膀有这猛虎图腾，果然是天降贵子，只可惜当初寡人年少轻狂，竟然使他们母子流落民间。此时上天将吾儿送还蜀国，实乃大幸之事！快传寡人的口谕，接他回宫！即刻接他回宫！"

寂寞深宫怨，牢牢锁人心，富丽堂皇殿，只手可遮天。南蜀国晚秋时节，在帝王奄奄一息之际，帝都宫殿里却举行了盛大的迎接仪式。

当年已过不惑的藏锋正式举行了登基大典，成为了南蜀国的新帝王。那一日，他锦瑟珠冠，于文武百官的朝拜之中登上了那铺着红毡的阶梯。

在他人看来，藏锋的脚下是万丈荣耀与世代繁华，可他自己看来，他的每一步都走得极为艰难，如履薄冰、如踏荆棘。

他被硬生生地拉上了这个冰冷的御座，沧桑但依然清俊的面容上带着三分笑意，一身尊贵，满腹苦衷，心怀难言。

一声声"吾皇万岁万万岁"，一句句"陛下寿与天齐"，皆是令他感觉枷锁捆绑，深陷泥潭。那个曾经流落在市井的贫民少年已手握国玺，他从贫苦低贱的蝼蚁摇身一变成了一国之君。这皇权，这王位，这曲高和寡的帝王之命究竟为何会令人争得头破血流？成为了王，便可独揽众生宿命吗？可他究竟得到了什么？又能给予什么？

是什么换来了他的今日？

是当年留给他母亲的那份谎言？是先皇的无情抛弃？是血统？还是他臂膀上的猛虎？抑或者是因他娶了他的妻，生下了一双女儿？是这种种不公令他成为了傀儡帝王，成为被内阁众臣控制的提线木偶。

"你自然可以拒绝继承皇位，"犹记得那如同枯槁一般的先皇曾对他字字如玑地道着，"可你永远都无法摆脱你是寡人皇儿的事实，无论你逃去何处，你身上依然流淌着寡人的血。你生是蜀国的人，死亦是蜀国的鬼，你和希国永生永世都是势不两立的，寡人与你娘亲都是蜀国人，至于希国，那里没有你的亲人，更没有你存在的意义，你……你自当成为蜀国的帝王，一统这万里山河，促成千秋伟业！你要代替寡人……成为流传千古的明君……"

那便是他的生父，满脸交错纵横的褶皱纹路，仿若露出白骨的干裂双手，一次次地将他抓进皇宫，他亦会一次次地逃离出去。直到那一天，他好不容易逃出宫去，可是回到村中，却发现家里空无一人。蓠忧与无痕不知去处，就连尚在襁褓中的无芯也找不到。他心中大惊，仿佛已经有了答案，于是快马加鞭地赶回宫里，却见到城楼上挂着四个人头。

他不敢置信地仰头望着那血淋淋的头颅，是一个女人、一名老者与两个孩童……他震惊不已，久久失神，是在那一刻，他终于起了杀意。他穿上了蓠忧为他藏在箱里的那副破碎的希国战甲，手持利剑，他只身一人闯进宫中，要为妻女、岳丈复仇。

这是个局，为了引他回来，先皇派兵镇压他，他杀出一条血路，愤恨交加地要夺先皇的命。然而寡不敌众，他终究败下阵来，被士兵们押送到先皇的面前。他满眼狠戾，如一只来自地狱的恶鬼，早已无畏生死。

先皇却慢悠悠地喝着清茶，命人从屏风后带出了蓠忧与他的两个女儿。蓠忧惊慌失措，抱着孩子呼唤他的名字。他惊喜于她们还活着，又困惑于这出戏究竟在演什么？

先皇看穿他的迷惑，冷笑一声道："如果不演这样一出戏，你又怎会心甘情愿地回来自投罗网呢？"

这个老狐狸将自己玩弄于股掌，他怒不可遏。先皇要人带她们妻女退下，蓠忧的哭喊声渐行渐远，他终于按捺不住地质问先皇："你这负心的昏君究竟意图何在？要杀要剐，我寂藏锋悉听尊便！你放了我妻女，此事是你我之间的恩怨，与她们无关！"

第二十五节

　　先皇身侧的亲信将领怒斥他放肆，先皇却满不在乎地摆摆手，然后居高临下地看着他，全然不像一个凝望着儿子的父亲，更像是一个命令奴隶的主人，他道："身为君主，不该被人识破弱点。你血统高贵、身份显赫，更不该因为报恩就将这村野女子视作妻子。日后你会有嫔妃无数、子嗣绵延。这女子出身低微，怎可与之有染？就算她曾救你性命，你亦可以赠她金银珠宝作为谢礼，哪须委屈自己娶她为妻，随意打发了就是。蜀国王室定然不会认可她这样的身份，就连做个侍妾都不够格。而她的孩子们也不配踏入皇宫，更不配认你做父。"

　　他咬紧牙关，红了眼眶，憎恨地看向先皇，一字一句道："正如我的生母，也被你视作贱妇，而我，在你眼中不过是风流韵事增添的孽畜，何以配坐你的皇位？你这般蔑视我、侮辱我，又何必强制我、逼迫我！"

　　先皇冷漠而严厉地训斥道："放肆，你身上流着寡人的血，人与人一出生便分了贵贱高低，司天监观你生辰与紫微星相符，况且你一出生身上就带有天赐的猛虎胎记，寡人的蜀国以虎为祥瑞之兆，你本就是天命所属之人，不过是上天借由你母亲躯体送予寡人的子嗣。你生母虽然卑贱，但是你却尊贵无比，你是上苍给予蜀国的希望，所以你必要为寡人完成遗命。自古帝王将相，无须感受人伦之乐，寡人今日只是教会你莫要把他人性命看得比你自身重要。你日后既成了帝王，便要舍弃人伦、悲悯，才可凌驾于他人之上，攀向权利的顶峰，统领众生。只因他人会拿捏住你的弱点折磨你、操控你、威胁你，如此软肋，必要斩尽。"

　　帝王不可有弱点，帝王不可有真情。

　　生在帝王家，既是幸，亦是不幸。

　　藏锋染血的脸因悲痛与气愤而嘴唇乌紫，他如今已是受制于人，他有弱点，不得不向这狠辣无情的男子低下头，从喉咙中艰难地挤出声音来："只要你肯放过我的妻女，你要我做什么我都答应。"

先皇闻言，露出了一丝诡异但却满意的笑容，他凑近他，用那年迈浑浊的眼珠盯着他，悄声道："寡人要你记着，这是你今日第一次妥协，从今往后，你会有无数次的妥协，除非你肯放弃你的弱点，否则你永生永世都将要在妥协中度过。"

帝王之道，自是孤绝之道。可他继位之后，所做的第一件事仍旧是先皇口中的"执迷不悟"。他收拢了些许心腹，偷偷派其将蒏忧与一双女儿送走，他要把她们送去希国，并将那一穗长铃铛系在无痕的手上，他依依不舍地同蒏忧道："到了希国，拿这铃铛去见寂家军营里的将领，他们认得铃铛，定会保你们周全。倘若有朝一日终是失散，寡人也能凭借这铃铛找到你们，这是信物，定要好生保管。"

蒏忧虽无限留恋他，可为了孩子的安危，她不得不随心腹去希国。可在城郊却遭到了蜀国内阁派出的刺客追杀，荒郊野外，山路崎岖，蒏忧终究是惨死刀下，无痕与无芯不知所终，自此音讯全无。

自此这世上就真的没了亲人，他成为了帝王，也成为了真正的孤家寡人……

> 缺月挂疏桐，漏断人初静。
> 时见幽人独往来，缥缈孤鸿影。
> 惊起却回头，有恨无人省。
> 拣尽寒枝不肯栖，寂寞沙洲冷。

"宸儿，你一点都没有变，依旧如几十年前那般。而寡人已经是两鬓斑白。"藏锋看着孟婆，心生感慨。

孟婆苦笑着摇了摇头，道："我已不是往昔的沉宸，沉宸死后去了冥界，做了孟婆。所以大家都称呼我为孟姑娘。陛下唤我孟姑娘就好。沉宸这个名字，于我而言好像已经是很久很久以前的一位故人了。"

孟婆将沉宸死后成为孟婆的经历，详细地告知了藏锋。

藏锋听后面色一惊，瞬间又释怀了，是啊，这样才能解释她为何容颜不改。自己终究是错过了她，连生前最后一面也未见到，每每想起都是心疼

不已。

孟婆见藏锋一脸神伤，说道："今日有幸还能与你这般促膝长谈，已是缘分深重了。可惜灵霁妹妹再也听不见你唤她的名字，更看不见你这般变化了。"

藏锋听后久久没有回话。是啊，自己已经变化了许多，不再是那个妹妹们依靠的藏锋哥哥。而这些自小到大的经历，逼迫着他不停地改变与妥协。自幼的屈辱、母亲的含恨而终、自己的隐忍与遗憾、各种委曲求全……

藏锋脑海中闪现出一幕幕的过往，原来这些记忆早就深刻入骨……

那夜下起了鹅毛大雪，厚厚的积雪堆满了深宫内苑，他独自一人坐在皇座上，沉默地看着手中的长剑。宫殿空旷而寂静，仿若了无生机，他抬起头，凝望着朱红色金门外的雪色，满眼的哀戚，竟流下了泪水。

想起母亲临终之时也是一个寒冬之夜，雪虐风饕，风雪吹袭着那座单薄的茅屋，好像怎么都不会停止一般。年幼的他穿着单衣瑟瑟发抖地跪在母亲的土炕之前，想喂母亲喝一口热米汤。

母亲别过脸去摇摇头，她那时已经面色苍白，无神的眼眶里流下两行清泪，气若游丝地说道："儿啊，娘对不起你。娘的身子骨没法再照顾你了，可日后，但凡你还有一口气在，你就一定要寻到你父亲，一定要认祖归宗。要让亲戚族人们知道你不是野种，也不是私生子，只是因为战乱和父亲失去了联系而已。

"为娘这一辈子最要脸面，但却因为此事遭族人唾弃，每每想起，夜不能寐。若是他日上苍怜惜，让你找到父亲，替娘告诉他，我一直在等他，心意从未改变，能与他相遇、相知再有了你，为娘一生无悔。

"也不要责怪你父亲，他定是有他的难处才无法接我们母子团聚，而你也一定要尽孝于他，不可忤逆。若有机缘再将娘的遗骸迁入父家祖坟。哪怕只是个妾侍，也要为娘要个名分，这样为娘就可以含笑九泉了……咳咳……儿啊，若有来世，娘还想再续我们的母子情分……"

说完此话，母亲就气竭而尽了，只是那双没了神采的美目始终大大地睁着，就像透过茅屋的屋顶看见天空散落的雪花一般。他流着泪合上了母亲的双眼，在地上磕了九个响头。就如母亲还在世一般，替她盖好破旧的棉被，独自在炕前跪了一夜。

第二日，雪停了，太阳高升。他将母亲的遗骸裹上草席，和村中的几个玩伴一起草草浅埋了她。

> 半死梧桐老病身，重泉一念一伤神。
> 手携稚子夜归院，月冷空房不见人。

他终究是完成了母亲的遗愿，亦付出了巨大的代价。

先帝因顾及他的要求，追封母亲为慧妃，得以迁葬皇陵，终年得享香火供奉。而皇室宗族牒谱之上也终于有了母亲的名字。

在母亲的家乡也建一祠堂，赞美母亲的高节与守贞，与先帝失散多年依旧坚贞如一。此后每逢节庆，当地官员与氏族们都会入堂参拜。至于母亲的兄弟、侄儿们都得到了田地宅院的分封和赏赐。可当初正是这些人将怀有身孕的母亲赶出了家门。

这名分于生前的母亲是污点与苦楚，而在母亲死后竟成了荣耀与辉煌。他跪在母亲的陵前，摸着冷冰冰的石碑，食指轻抚着"慧妃"二字，泪竟止不住地流了下来，心中更是悲凉至极。这个"慧"字像是在嘲笑他的母亲，为了一个始乱终弃的男人苦熬了一生，却至死不悔。

曾几何时，他也像今朝这般落泪？

在灵霁死去那日，他同样恍觉人生如梦，万般无奈，令人肝肠寸断。

到了隔日，先帝生前最为宠爱的太妃也随先帝而去了。皇宫的灵堂内烟雾缭绕，侍女们皆是素白缯丝服，四名道士各持桃木剑与金铃在灵牌前诵念着经文。

头戴白纱帽的帝王藏锋正站在堂内，双眼空洞无神。而灵堂外忽来一仗人马，负责开道的侍卫秩序井然，他们站在灵堂两侧让开路来，一辆马车缓缓驶近，车门打开，走下来的人是太后。

他在内阁重臣的提醒下去迎接，走到太后面前，违心地唤其母后。太后颔首示意，又为逝去的太妃上一炷香，继而同他叹道："太妃心地善良，到了天上，仙人们也不会为难她。倒是可怜了皇帝你，后宫只有先帝为你选的几位宗室妃嫔，膝下也是子嗣凋零，这般年纪可要早日立后才是。后位虚空对国家也不是好事。哀家日后有皇帝照拂，皇帝老去那天也该有人照应才可叫哀家放心啊。"

他毫无兴致道："生老病死，人之常情，寡人明白这道理。只是眼下我

蜀国与希国纷争不断，双方势均力敌，边境百姓苦不堪言，饱受战乱之苦，寡人劳心政务，后宫之事自是无暇顾及。

"若是早日立后，那么后宫大小事由都可交由皇后打点，皇帝也会减少烦忧。"说罢，太后凤目一转，提议道，"当朝威武大将军之女王洛泇能文善墨，美貌非凡，又是哀家的宗亲，出身自是高贵显赫，正符合当朝皇后母仪天下的姿容。皇帝，你意下如何？"

他既是傀儡，不正是善于妥协二字吗？哪怕期望以自己的仁政来阻止更多的杀戮，哪怕他深知内阁从不将他的喜怒哀乐放在眼里……他也只能选择隐忍接纳，自当顺从道："母后美意，朕自当感激不尽。"

"皇帝真是懂事理，哀家这就传洛泇进宫面圣，择日完婚。"太后的目的只是巩固宗亲在朝廷中的地位，他们王氏一族历代与南蜀皇家平分秋色，家族势力把持军队，可与内阁文臣分庭抗礼。

突如其来的一阵冷风拍打着大殿的窗户，"啪啪"作响的声音将藏锋从回忆中拉回。他早已摒弃左右侍从，独自与孟婆在这空旷而清冷的大殿之中。他快步走向窗口，将窗户锁好，转身苦笑一声说道："是啊，灵霁妹妹再也听不到我唤她的名字。她走得太早，就如娇弱的玫瑰一般，花期太短。"

谈及灵霁二字，藏锋默然垂眼，凝望着手中铃铛叹道："当日年少轻狂，不懂一笔情字刻骨，如今蹉跎半生，回首再看过往，实在对不住她们情深义重。"

他说"她们"，这令孟婆神情微微一滞，不由问他："陛下半生英勇，儿女情长仿若早已被你置之度外，可凡尘俗世之中，陛下是否感到孤寂清冷呢？"

是啊，这么多年，自己孤寂清冷吗？自己又隐藏和压抑了多少内心的情愫？她声如溪水，柔柔缓缓，流入心涧。暗夜无声，烛火轻晃，他仿若在这一刻回想起那年他征战归国，迎接他的队伍前头有一位骑着战马的妙龄女子。她身着赤红色铠甲，黑发挽成两个高低鬟束在脑后，背上背着一杆红缨枪，神气又娇美。

而到了皇宫正殿，他拜见皇帝与皇后时，又见到了站在皇后身侧的那名少女。少女穿着云霞纹饰的官衣，容颜甚美，一双杏眼机敏清透，眼睛里的光芒如同火苗那般炽热。

想必他都不敢去看她的眼睛，害怕被灼伤，更害怕心中产生亵渎她圣洁的污秽想法。他急急告退，逃似的来到大殿，却又听到身后传来喊他的声音，转头一看，正是少女跑向了他。她身上的轻纱裙摆随风舞动，一股旖旎娇艳的药草清香四散在风里，他有那么一瞬间意乱神迷。

宴席之上，皇后娘娘突然颁旨要赐婚他与宸儿。那一刻，他的心滚烫如火，他强忍着内心的悸动与期待，仿佛时间都停滞了，这突如其来的赏赐让他惊得一个字都说不出来。直听到灵霁的酒杯落地破碎，他定神看去，灵霁面色苍白，原本握杯的手在不自主地微颤着。一时之间自己竟然不知作何反应，他想鼓起勇气领旨谢恩之时，却发现自己连站起来的气力都不足了。下一刻，沉宸竟当着满殿官员的面委婉回绝了懿旨。

他第一次感受到手脚冰凉，身上阵阵泛冷。宴席进行了一半，他就以旧伤复发为由，请辞先行回了将军府。离开大殿之时，他感受到身后的三道目光。炙热的目光来自灵霁和沉宸，关切的目光来自养父。

当夜他在床榻之上辗转反侧，想起自幼被族人唾弃、被旁人说是野种，低贱得就像地里的泥。母亲病逝之后，幸得寂老将军收为养子，视若己出。让他这个从小没有父亲的孩子，第一次感受到了父爱，让他本低贱如泥的人生自此发生了翻天覆地的改变。这份大恩在他心中重万斤，就算拼出性命也在所不惜。

他时时提醒自己，勿要忘记养父的叮咛。两位妹妹谁都伤害不得，两位妹妹待自己真情实意，而两位妹妹于养父而言更是掌上明珠。养父会将她们婚配给朝中门当户对的文官，妹妹们也能远离战场、安逸终生。对于自己，养父也有安排，将为自己迎娶贤德女子，好操持家务、安顿后方，让自己心无挂念地征战。他知道这是为人父母的一片苦心，是对儿女人生前途的思量与盘算。

他翻来覆去地躺着，强迫自己合上双眼，什么都不要再想。也不知几时，终于迷迷糊糊地睡着了。

当天夜里，他做了一个很奇怪的梦，梦到了灵霁，也梦到了沉宸，她们变成了两朵长在皑皑雪崖上的高岭之花。他不知那花的花名，只觉一朵赤红热烈，一朵雪白娇丽，他忍不住伸手去抚摸那柔软的花瓣，可花瓣因此产生了一道肉眼可见的裂痕。

他立即收回了手，担心自己会伤了它们。他又嗅了嗅自己的身上，有汗水与泥土的臭味，便知趣地远离了两朵花，不想自己身上的尘土污染了它们

的圣洁。

他就坐在不远不近的一米之遥处，默默地凝望着一红一白的两朵花，偶尔轻嗅它们散发出的清香，用披风为它们遮阳避雨，免它们花枝凌乱，免它们受苦受难。

曾经忧心自己陷入儿女私情的他，也觉得这便足矣。

梦陡然醒来，已是卯时时分。他呆坐在床榻一侧忆起昨夜的梦，不由自主地苦笑一声。

自此之后，他只能远远地看着，看着她与旁人谈笑风生，看着她与旁人出双入对，而自己能做的只有远远地看着，看着她笑看着她闹，也就知足了……

他猛地收敛神情，将自己从过往的回忆中抽离出来。

"沧浪之水清兮，可以濯吾缨；沧浪之水浊兮，可以濯吾足。举世皆浊我独清，众人皆醉我独醒。寡人一生早已习惯了孤寂清冷，并不觉得有何不妥。凡尘一生，总有爱而不得，也总有失而复得，寡人的爱早已随着所爱之人的逝去而消散殆尽。取而代之的责任之爱也随着恩情而复活过，亦随着逝者再次消逝。但如今寡人却依然可以去爱众生、爱世人。一旦爱取之不尽，自当生生不息。"

藏锋转眼望向窗外，意味深长道："正如同今夜与你能够在此相聚，既已来之，自是上天给寡人的将压抑内心多年心声加以倾诉的机会。"

"只是……"藏锋在这时回过眼来，把目光落在孟婆的身上，眼神忧郁地凝视着她，深陷回忆般幽幽道："如若你当年肯与寡人终成连理，寡人的今生定不会这般遗憾了。"

她的遗憾，亦是他的遗憾。

"寡人自知不该再说这些不可实现的梦了，但今朝不同你道出多年来心中的眷恋，寡人怕是永远都没有机会了。"藏锋探出手去，终于握住了她冰凉的双手，竟像少年一般露出痴心又喜悦的笑意道，"寡人当年曾幻想过你属于寡人的朝朝夕夕，倘若那梦实现了，寡人定会紧紧地抱着你，想不放开就不放开；也定会日夜伴你身侧，深深凝望你的脸、你的眼……"

孟婆听着他的这番情深意切，眼眶不由泛红，将双手从藏锋温厚的手掌之中抽出，下意识地向后退了一步，低声道："这么多年过去，陛下至今还未忘记沉宸，还将她珍藏心中，有这份情意，沉宸也该知足了。"

他也曾赋予她真情意，她却回以他空欢喜。

藏锋不记恨她当年的拒婚，更不记恨她与衷赢许婚，海中月，是天上月，心上人，在水一方。他同样红着泪眼，与她四目相对，久久不曾分开目光，柔声地真切道："纵然是生不逢时，纵然是吾已老去而你已不再如初，可寡人一生所爱，皆同曾经的沉宸埋葬在了那新冢里，今生今世不曾改变……"

两行清泪从孟婆的脸颊上滑落，前世的她也曾恋他许久，是他令她初次知晓情字缠绵，如今彼此容颜皆已变迁，饮尽了人间冷暖、尘世悲欢，那些往昔的迷情与眷恋都似璀璨烟火般昙花一现，唯有诉尽衷肠，默然垂泪。

如此也罢，如此……也安得圆满。便让藏锋哥哥与沉宸妹妹都留在过往的明媚笑颜之中，谁都不必再离开谁了。

忆得旧时携手处，如今水远山长。

罗巾浥泪别残妆。旧欢新梦里，闲处却思量。

可惜的是此行并非只有叙旧，孟婆不得不收起心绪，向他坦白了自己与无痕的交易。

藏锋听完孟婆的交代，不由一阵默然。他穷尽一生地妥协，到头来，却依旧无法换回失散女儿的一生安稳。

他神色黯然地悲叹道："寡人一生悔恨多不胜数，最为愧对的要属蔺忧，亦愧对无痕与无芯姐妹二人。当年分散之际，无痕还不满三岁，无芯尚且牙牙学语，多年来寡人苦苦寻觅她们二人下落，却总遭到内阁重臣的层层阻挠。如若寡人当年再稍事谨慎，蔺忧或许不会死，她们也就不会分散至今，寡人对不起蔺忧，更对不起自己的一双女儿……"

她亦是不忍见他自责伤心的，便劝慰他道："无痕之所以同我定下交易，是因她已经死于瘟疫。如果要怪，陛下但可埋怨天灾人祸，莫要为难自己。"

瘟疫二字令藏锋如梦初醒，多年来的权力争斗、尔虞我诈令他清醒而精明，他再一次将目光落在孟婆身上，似乎想要借助她的力量来完成他的夙愿那般真切道："寡人今日要告知你一个秘密。"

孟婆以眼相问。

藏锋眼里闪动着冰冷的光芒，他沉声道出："瘟疫不仅仅是简单的天灾人祸，它事出有因，而操控着瘟疫的正是瘟魔。"

孟婆嘴里喃喃重复道："瘟魔……"

一股冷风从窗外吹进，撩动烛火，竟显现出几分诡异的光晕。藏锋细细说道："蜀国虽历代富饶，可内藏蹊跷。这国家本就重视巫蛊之术，下到三岁孩童，上到八旬老人，都对巫术有种特别的迷恋与崇拜。四十年前，寂将军曾派兵征战蜀国，蜀国兵力不足、节节败退，这促使先皇迷恋上了巫蛊之术，妄想利用巫术来攻打希国。然而那时的希国有道家高人坐镇，很快便平息了来自蜀国的巫蛊之术，只是那巫蛊与当时的一场小疾病相遇，竟形成了瘟疫，一发不可收拾。"

"竟有此事？"孟婆愕然地睁大了双眼，略蹙起眉，额心朱砂更为凸显。

"绝无虚言。"藏锋身居帝王之位，自然深知南蜀历代机密，他知无不言道："当年，因为成了瘟疫，巫蛊之术也不起作用，更加不受蜀国巫师们的控制，甚至还形成了一个巨大的怨灵团，巫师们叫它瘟魔。正是它的反噬，伤及了蜀国。那之后两国百姓均是死伤无数，尤其是希国，在这场瘟疫中损失惨重。虽然希国君王拿出解药救了两国许多百姓，可蜀国却被反噬得厉害，元气大伤，双方才得以休战。"

那正是希国出现的第一场瘟疫，孟婆闻言，心中乱了方寸，只因她想起了死在第一场瘟疫中的三位兄长。她痛心不已，是因在那一场瘟疫中，她失去了太多太多的亲人，她永远也无法忘掉那份刻进骨髓里的悲痛。

孟婆的眼神逐渐变得有了一丝凶狠，她低声问道："这瘟魔如今下落何在？"

藏锋轻叹一声，道："蜀国的巫师们也试图掌控这个不受控制的怪物，却次次铩羽而归。直到二十年前那场瘟疫忽然暴发时，正值两国交兵的关键时刻，蜀国再次战败，当时的巫师们为了国家利益，想要利用瘟魔。可那瘟魔原本就是不受控制的存在，岂是几个巫师可以掌控的？所以瘟魔发威，令三名巫师死亡，以示惩戒。可为了国家与百姓安危，蜀国集齐了全国上下所有道行高深的巫师，一举全力将瘟魔赶到了蜀国与希国的交接处。"

"正是希国军营的驻扎之地。"孟婆点点头，又急急问道，"它如今可还在那里？"

"自是不在了。"藏锋摇了摇头，但却肯定道，"可寡人已追踪这魔物多年，对它出入的地方也略知一二。"说到这里，他望向孟婆的眼睛，斟酌着道，"宸儿，不……孟姑娘，寡人有个不情之请——既然孟姑娘已是来自冥府的孟婆，自当有无限的法力，寡人恳求孟姑娘能够与寡人联手，一同消灭这个魔物。寡人别无所求，只想令后世百姓免受疾病灾祸的威胁。"

孟婆自然不会拒绝，她甚至十分迫不及待，坚定地同藏锋说道："陛下放心，你只管召集军队人马，我必定亲自同你去讨伐这匹瘟魔。"

藏锋提醒道："这必定是一场大战，如非万不得已，寡人并不想将你牵涉进这趟浑水。"

孟婆笑道："陛下凡体肉身，根本无须担忧我的安危，我早已不是沉宸，而是孟婆。"

鬼与魔的较量，不经过一番残酷厮杀，又怎知孰轻孰重呢？

第二十六节

傀儡皇帝的招兵买马之路并不算顺利,索性告知臣民此次出兵是为了斩杀瘟魔,皇后王氏便说服了太后,将一批精英军队交由藏锋带领。想来这瘟病的确折磨了两国数年之久,百姓疾苦难言,如若再暴发瘟疫,也不是利己之事。更何况,皇后也希望自己的三皇子将来继承的是一个安稳的太平盛世,谁都不想南蜀国在日后留下一个民不聊生的烂摊子。此事亦有关各方在朝中的今后势力,太后与内阁重臣商议之后,便准了此事,且又派出了御用的巫师一族,由此也可如虎添翼。

此后的日子里,孟婆才慢慢得知藏锋在南蜀国的种种不易。

南蜀国一直由太后的王氏一族把持军务,其势力可与内阁文臣分庭抗礼。

藏锋之所以毫不犹豫地答应娶王氏为后,一来他知道自己别无二选;二来他想借风而行未必不是一件利事,且蓄势待发,待这些内阁重臣逐渐衰老,他也可有足够的时间来培养皇子们。

立下诸君,丰其羽翼,待其日后继位,南蜀国定能与希国修好,百姓也可免受战乱之苦。他余生的心愿就只是希望两国之间不再连年交战,百姓得以休养生息,不再有那么多如灵霁、沉宸和自己那般的战祸遗孤……

而藏锋的几个皇子尚且年幼,太子自然要立嫡出的三皇子,这三皇子的确天资过人,聪慧机敏,然而他小小年纪,性情却锋芒毕露,受其外公王老将军的影响,总想着吞并希国。三皇子若将来继位,怕是王氏仰仗自身势力,更加嚣张跋扈。王氏一族自古来以武建立功勋,若是三皇子继位,恐怕日后依旧战乱不断,这是藏锋最不想看到的一幕,所以,在他心里并不想将皇位传给三皇子。纵观其余几位皇子,只有四皇子心思缜密,又善隐忍,心性与容貌都与藏锋年少时很像。可他太年幼了,藏锋也不忍他坐在这孤寂悲凉的金座上枉受一生煎熬……

孟婆独自一人时，不禁感叹藏锋哥哥的一生都在隐忍与压抑，着实不容易。而现在在南蜀国皇室的每一步都是如履薄冰、战战兢兢。

转眼便到了出兵之日，南蜀大军集结在城门前，此次带兵的将领不是别人，正是当年的寂少将，如今的南蜀皇。

已过知命之年的藏锋面容瘦削，眉梢眼角处刻满沧桑的纹路，他身穿战甲，骑在高头骏马之上巡视着浩荡的军队。头戴轻纱帏帽的孟婆则身在前排的巫师队伍中，她由藏锋钦点为异域巫师，携领南蜀一众巫师参与讨伐行动。

"将士们！"藏锋眼神坚毅，鼓舞着他的军队道，"此番讨伐将是寡人率领你们的第一战，也是最后一战！你们英勇、无畏，你们集成了大蜀最精锐的一支军队！可今日，寡人不是要你们视死如归，而是要你等为你们的亲人、妻女、儿孙与后世，为蜀国甚至是全天下的万千子民拼死而战！此战结束后，你们必将是大蜀无上的英雄，你们的刀将会斩断妖物的臂膀，你们的刃将会刺穿瘟魔的喉咙！今日过后，世间再不会有瘟疫，再不会有那般灾难将你们与至爱拆散！你们不是为寡人而战，你们是为自己而战，为世人而战，为太平盛世而战！"

这一番怒吼似的壮烈言语不仅令士兵们为之动容，就连孟婆也被深深地打动，她抬眼望向天际的乌黑云层，有隐隐的日光被压在云后，只缺少一阵飓风，吹开那孤冷的厚重。

士兵们将手中的长枪高举，然后捶在地面，震耳欲聋的呼喊声响彻云端，他们高呼着"斩瘟魔，平乱世！"孟婆牵着马缰来到藏锋的身边，悄声叮咛他道："你不要离我太远，如有万一，这一回，我定可保护你。"

藏锋看向她，眼神闪烁着熠熠光点，一如回到了少年时征战四方、叱咤沙场的光辉岁月中，他只道："你不必在意寡人生死，你只需保护众将士，而寡人自会护你周全。"

孟婆苦涩而又宽慰地笑了，凡体肉躯的藏锋却一心想要护她安稳，或许在他心中，她永远都是他认为的沉宸。

这一众人马浩瀚如海，在藏锋的带领下前往瘟魔的所在地——长有昊草的崎岖山谷。想来这么多的人出现在山谷中，必定会打草惊蛇，所以巫师们施了法术，隐去了军队与马匹的脚步声，孟婆又加以辅助，本应浩浩荡荡的

人马却悄无声息来到了山谷。

山谷里绿树繁茂，参天大树拔地而起，仿若可以遮天蔽日。

士兵们纷纷仰头望向头顶，只觉得自己像是被困进了一个巨大的黑笼之中，四周阴郁，看不见天，山林之中静得令人恐惧不已。大家仿佛谁都不敢喘息了一般，一根弦绷得好似随时都会断掉。

哪知忽然传来一声接连一声的雷鸣，大风从上方垂直而下，整个队伍因此而滞住了。身穿清一色砖红长袍的巫师们坐在马上，竟是被巨风吹得颤颤巍巍，不知又从哪里传来了断断续续的啜泣声。

士兵们被哭声扰得心里发毛，他们左顾右盼一通，除去军队，荒野无人，究竟是从哪儿传来的哭声？

"瘟、瘟魔定是发现我们了……"其中一名士兵苍白着脸，结结巴巴地嗫嚅道，"也许现在回去还来得及……"

藏锋闻言，蹙了蹙眉，立即令道："巫师已经施了法术，怎会被瘟魔察觉？继续前进！不准退缩！"

士兵们只得听命，然而每走一步，艰难不说，惧怕更深，耳畔的风像极了号啕的鬼，伴随着女子的阴森哭泣声，让人全身寒毛直竖。

谁知一道闪电劈空而下——

白光刺痛人眼，几个士兵吓得跌倒在地，他们实在是忍受不住了，拖着长枪朝来时的方向仓皇逃跑。

藏锋还未喝令，便有大雨瓢泼骤降，雨滴大如卵石，砸落在逃兵的盔甲上。他们怕得全身颤抖，只想着快逃、快逃！不料被碎石绊倒，几个人摔入断崖下的泥泞，手中的武器掉落，他们慌忙去捡，然而几个人却被狂风猛然掀起，只听"咔嚓"一声，血溅到了草地上，像一道凛冽的朱砂印。

待到藏锋与其他将领赶来，皆被眼前景象震慑。

三名逃兵被倒吊在了断崖上的矮树枝头，脖子被拧了个圈，头朝背去了。见此情景，一名副将失神地跌下马，尚有理智的其他人赶忙去扶，听他疯魔似的念叨着："瘟魔……这是瘟魔发怒了……陛下，我们此战实在是以卵击石啊！"

这副将的恐惧仿佛聚成了心魔，令藏锋在战前的一番鼓舞统统都瓦解了，士兵们开始惊慌失措。这也难怪，那瘟魔在暗处，且看不见、摸不着，哪怕是出征之前已鼓足了士气，而刚才的那番杀鸡儆猴自是动摇了军心。为了让局面得以安稳，巫师们则是在孟婆的带领下站了出来，以孟婆为首，其余二十名红袍巫师围成一个圆圈，他们纷纷合起手掌，一同念诵起咒文。

孟婆站在圆阵的中央，她的脚下随着咒文的吟唱而出现了蓝色的法阵，法阵上刻着一条金色的蜿蜒指针，那针随着咒文而变换摇摆着位置。孟婆闭上眼睛，努力地想要感知指针指去的方向。

红袍巫师塝钰道："有气息从东方飘来，是魔物之气！"

巫师净池则道："不，北方也有魔物之气！"

另一位巫师却道："我分明感受到了来自西方的魔物之气！"

孟婆猛然睁开了眼，她这才惊觉到不妙。并不是巫师们的感知不准确，而是瘟魔在最初就已经将身躯扩展到了整个山谷上空，待到军队完全走入山谷后，再一点点从山谷外逐渐包围军队，令军队成为不折不扣的瓮中之鳖！瘟魔如此狡诈，就算孟婆与巫师们隐去了军队的气息，可它早就识破了这一点，竟将错就错，引君入瓮！

它在要弄孟婆！

"岂能顺了它的意，坐以待毙？要反守为攻！"孟婆的愤怒令眉间朱砂痕变得血红，她忽然腾空飞起，俯瞰到指针在不停地画圆打转，她立即明白了，指针之所以无法找出瘟魔的具体位置，是因为瘟魔已经无处不在！既然如此——孟婆的轻纱帏帽如疾风般掉落，她重新降落到法阵中央，以一种空灵却有力的声音召唤道：

"东方青帝，南方赤帝，西方白帝，北方黑帝，中央黄帝，北斗三台，天文五星，妖魔封结！"

法阵指针顿时指向四面八方，形成无数条锁链在空中此起彼伏地攀附，一个无形的东西渐渐被聚集在了锁链里，并一点点地缩小、缩小……最后形成了一个女子的形态。

她在哭泣，背对着众人无比悲伤地哭泣。士兵们见她被困在了锁链里，不由得放松了警惕，交头接耳道："原来瘟魔竟是个女子。""那姓孟的巫师姑娘可实在厉害，三两下就抓住了瘟魔。""她方才的法术可真是威风啊。"然而孟婆却觉得事情没有那么简单，她打量着那女子的背影，不敢轻举妄动，藏锋也告诫大家不可妄自行动。然而，一阵冰冷的风拂面而来，夹杂着一丝淡淡的幽远香气。

许是因为闻到了熟悉的气息，藏锋猛地转过头，蓦地怔住了。

一片缭绕的烟雾之中，锁链里的人转过了头，她的长发虽然遮挡着脸庞，可露出来的下颚却光洁白皙。她的嘴唇苍白，从口中吐出的音调让人不寒而栗。

"夫君……数年不见，你难道认不出我了吗……"她将纤纤玉手从衣袖中伸出，却是鲜血淋漓，她哀怨地哭诉着，"你让我等得好苦啊，我好苦，好恨啊，你怎可狠心抛弃我们妻女……"

藏锋震惊得瞪大了双眼，不敢置信地喃声道："蓠……忧……"

孟婆看见藏锋魂不守舍地走向那女子，她听他念着妻子的名字，不由得大惊失色。因为在她看来，锁链里的人只是个鲜血淋漓的骷髅女尸，而藏锋却受到了蛊惑，竟怔怔地走向了女尸。孟婆大喊他一声，藏锋因此回神，而那女尸瞬间怨恨而凶恶地咆哮了起来，她欲挣脱铁链撕扯孟婆，孟婆在这时从袖中抽出一把长鞭，那是历经日月精华而锻造出的深海黑龙筋条制成的鞭子。她抽打那瘟魔，瘟魔哀叫一声退后，忽然又变成男子模样，模仿着那男子的语气同孟婆道："师妹，你怎能如此狠心对我？"

孟婆怔住了。

那是衷赢的声音。它模仿得太像了，以至于有那么一瞬间，孟婆真的以为它就是衷赢。然而她怎会被这种愚蠢的伎俩欺骗呢？她又一鞭挥向瘟魔，怒斥它道："休得冒充我师兄，否则我定要把你鞭挞成碎片！"

瘟魔愤怒不已，它见把戏不奏效，干脆开了杀戒。一缕微弱的金色气息从它的头顶缓缓升腾而起，洋洋洒洒地飘浮在了空中，顿时，一片黑色的怨灵涌现而出，它们在幽深的山谷里席卷向了整支军队。

"不、不好！"

"是鬼啊！"

"快逃啊！"

士兵们吓破了胆，纷纷四下逃窜。而瘟魔又伸出满是鲜血的双爪从地面中唤出了无数的死灵，他们是死在这山谷中的采药人、村民、逃亡者，亦有被强盗加害于此的游人……他们有的没了头颅，有的断了臂膀，有的开膛破肚，有的面目全非……这群死灵和怨灵纷纷扑向了士兵与巫师，它们如同百鬼千妖，张开血盆大口去吞人、去吃人，翠绿的山谷在顷刻间便成了一片犹如血海的地狱景象。

惨叫、哭喊、悲鸣……刹那间，断肢与血肉横飞，尸体与鲜血随处可见，而那些声音传到了藏锋的耳里，他无法忍受士兵们的哀叫，挥起长刀便要向瘟魔冲去。

孟婆一把拉住他，斥责道："不要中了圈套！"

藏锋愤怒得红了眼睛，高声道："它在屠杀寡人的士兵！寡人如何能忍？"

孟婆阻拦他道："凭你的肉体凡胎，能战胜那魔鬼吗？一旦你接近它，它定会将你撕碎！"

话音落下的瞬间，山谷突然开始剧烈地摇晃起来，瘟魔仿佛嗅到了某种久违的气息，它在寻找什么人，它化作一只长着眼睛的巨大鬼手在上空不停地寻觅着下方的众人。很多目睹此景的士兵与巫师吓得大叫一声，昏死了过去。

藏锋正欲奔向那巨手，头顶蓦地落下一棵参天大树，险些砸中他。孟婆将他推到身后，两袖一挥，合掌令道："白虎听令，速速前来！"

一头通身雪白的巨大白虎灵兽腾空而现，它脚下踏火，四肢缠冰，正是孟婆的坐骑。

孟婆翻身骑上白虎，正要拉藏锋上来，那只鬼手终于在人群中找到了孟婆，迅猛地朝她压过来。

藏锋要去抢夺孟婆，巨手猛地将他弹开，他飞到树上，背部受到重创，顺着树干一点点地滑落在地，耳廓内都渗出了血迹。可他很快就苏醒过来，拼了命地朝孟婆跑去，试图去保护她。然而，鬼手尖锐的指甲猛然将藏锋的背部划出了几道长且深的血痕，顷刻间皮开肉绽。

孟婆惊恐地推开藏锋："不要管我！"

藏锋执意道："寡人说了会保护你，就要一生一世都护你周全！"

孟婆眼中含泪，告诫他："你斗不过瘟魔的！即便是我，也要为战胜它而付出巨大的代价！你快走啊！"

下一秒，一阵狂风席卷而来，吹得藏锋几欲腾空。待到风平浪静，他睁开眼去看，孟婆不见了。

其余的怨灵也消失了，除了遍地的尸体，余下的生还者寥寥无几。藏锋正是其一，他满脸怅然地跪坐在地，环顾四周，哪里都没有孟婆的声音。几声闷雷乍响，他抬起头去看，暴雨已停，竟是一轮满月当空。

而在一片黑暗之中，孟婆缓缓地睁开了双眼，她逐渐恢复了意识。看向身侧，白虎似乎受到重创而退化成了幼猫的模样，正酣睡着。孟婆看向四

周，蓦地一惊，自己竟然趴在南蜀国高耸入云的千层塔顶端！

这塔足有百余层，抬头可看月，伸手可摘星。她爬起身来环顾周身，赫然看见有一张巨大的脸孔在空中俯瞰着她。

它的整张脸都是赤色的，尖牙外露，突起的眼球，额上还有锋利的尖角。它一张嘴，两条舌头露出来，发出蛇信子般的"嘶""嘶"声。可它又不仅只有一张脸，它转动着头颅，又变出一张青色的脸，再转一次，则是黑色的脸。它有着数不尽的面孔。

孟婆打量着这狰狞可惧，却又变幻莫测的怪物，举起手中的长鞭指向它，大声问道："你可是瘟魔？"

瘟魔目露凶光，斥责孟婆道："小小一介冥府孟婆，何等放肆！吾辈乃是集聚天下万千怨灵的宿主，岂可容你直呼大名？休得嚣张跋扈！"

孟婆不怒，反而平静道："你既是自认高高在上的瘟魔，又何必在意我小小孟婆如何称呼你？把我带来此处，你又有何意？"

瘟魔在这时忽地转化出一张白脸，这张脸上布满了哀怨凄楚，竟泪水涟涟，同孟婆哭诉道："吾辈觉得你身上有故人气息，吾辈很想和你单独聚上一刻，哪怕只有一炷香的工夫，半炷香也好……"

赤色红脸在这时挤掉了白脸，它凶狠地同孟婆叫嚣道："你敢踏入吾辈山谷，妄想夺去吾辈的性命，吾辈要你三更死，你就不可活五更！"

青脸又在这时跳出来，阴阳怪气地叹息道："吾辈见你道行尚浅，定是个还没有在职百年的孟婆吧？要说这三界都有各自的规矩，你身为冥府中人，又怎可同凡人联手，企图坏掉三界规矩呢？吾辈是鬼，你亦是鬼，何必同根相残？"

孟婆充满疑虑地盯着这几张来回变幻的脸孔，她虽不知这魔物在搞什么鬼，可她觉得这正是除掉它的好机会。于是她悄悄地从袖中拿出了一个雕花小方盒，正欲打开，却被瘟魔察觉，它愤怒地发出一声低沉的吼叫，从头顶飞出无数只冰刃飞向孟婆。

孟婆挥动长鞭化作一面盾，挡住了那些冰刃，可仍有一支冰刃穿过缝隙刺中了孟婆的胸口。

"滴答"。

"滴答""滴答"……

血珠不停地砸碎在地，孟婆的胸口流淌出涓涓血迹，不是红色的血，而是蓝色的。如海般湛蓝的液体染污了她的白衫，她抬起眼，终是震怒了。

"你这瘟魔，实在不知好歹！"孟婆的眼神渗透出狠戾之色，她极少这般模样，这便说明她已然决定要与之一决生死了，"这几十年来，你利用瘟疫祸害两国不知多少无辜百姓，连累我前世亲人尽失，又在第二次瘟疫中害我为此奔波而亡，你竟敢大言不惭地同我谈同根相残？你我的确皆为鬼，可逆天而行，必将被诛杀，于情于理，我都不该再让你于世间祸国殃民。今日相见，我必要把新仇旧账都同你算个清楚！"

说罢，孟婆破釜沉舟地默念起咒语，袖中的雕花小方盒便自行飞了出来，盒子里装有孟婆数年来积攒的福报珠子，甚至还有前世救治众人换来的福报底子，那些灵珠与福报凝聚到了一起，全部都被孟婆吸进了自己的体内。

这一刻，她获得了无穷无尽的法力。可惜的是所有的福报珠子都毁了，一切又都需要从头开始。

然而孟婆却没有半分犹豫，她既已遇见这瘟魔，必要将其诛杀，否则又怎么对得起这多年来内心深处的悲怆与痛楚？因为瘟疫，她失去了兄长、养母；因为瘟疫，灵霁与养父死去；因为瘟疫，千千万万的百姓妻离子散、家破人亡；因为瘟疫，她错失了本该厮守终生的衷赢……而酿成这一切恶果的皆是眼前的瘟魔！

孟婆眼中升腾起杀气，她将从福报珠中得来的力量凝聚到手中的长鞭上，一甩鞭子，鞭中的龙筋幻化出一条深海黑龙，天边的一角也因此而泛起红光，夜空被染上了一片绚丽之色。

巨大的黑龙腾空飞起，深沉的龙啸声长鸣天际，它鳞光闪闪，扑向了瘟魔，以龙爪去刺瘟魔的头。瘟魔突起的眼球被抓伤，竟有涓涓血液流淌而出。瘟魔痛苦不堪，黑龙长啸一声，盘旋几圈后又将瘟魔紧紧地缠绕了起来。

孟婆趁此机会唤来白虎，由于她重新获得了力量，白虎也随着她的法力而恢复了原形，气势汹汹地驮着孟婆冲向瘟魔。孟婆手持长鞭，数鞭抽打在瘟魔的头上，每一道鞭子落下去，瘟魔的头上就多出一道深入骨髓的血口子。

瘟魔的白脸最先被抽打而亡，白脸似乎最弱，也最厌战，没几鞭子便嘴角流血死去。见自己的其中一个头已死，瘟魔气急败坏地换上黑脸，幻化成

一条蟒蛇的形态挣脱开了黑龙，狂风般袭向骑着白虎的孟婆。

孟婆灵敏地躲闪开一击，瘟魔身上又涌现出无数的怨灵包围住孟婆，瘟魔则狂笑着道："孟婆，你乖乖受死吧！吾辈有五个头，你费尽千辛万苦才摧毁了吾辈最弱的白头，可吾辈聚集了数年来的怨灵与死灵之力，你根本就不是吾辈的对手！"

孟婆用长鞭一把攀住瘟魔的脖颈，那长鞭随着孟婆心中的意念长出无数锋利的尖刺，接二连三地刺进瘟魔的脖颈中。她轻蔑道："那我就一个一个地把你的头切下来，像你这种没出息的鬼，如若不利用怨灵来吓唬人，恐怕再没有什么真本事了罢？"

瘟魔勃然大怒，它奋力挣扎着，可它越挣扎，鞭子便缠得越紧。孟婆这边也十分吃力地紧抓长鞭，她咬紧牙关，又命白虎向后飞去，于是长鞭一扯，瘟魔的黑头便从脖颈上飞了出去。

红头立即接替黑头现身，它愤怒地吐出了一团烈火。

第二十七节

白虎瞬间挡在烈火前，一声虎啸，口中吐出了一面冰墙，将烈火全部阻拦。孟婆在这时骑着白虎朝塔顶的云端奔去，她甚至不停地说着挑衅的话，惹得红头瘟魔怒不可遏地追赶她。

孟婆则是要白虎再跑得高一点，再高一点，踏入云端之际，乌云滚滚，孟婆便可用手中长鞭中的龙筋召唤天雷。而瘟魔仿佛察觉到了孟婆的打算，竟停下了追逐，孟婆挥舞长鞭，黑龙再现，拦住了红头瘟魔的去路，孟婆趁势高举长鞭挥舞，念出咒语，召唤了天雷。

一道闪电划破苍穹，紫光怒闪，天雷从天而降，笔直地劈在了瘟魔的红头之上。那红头被无情地劈成了两半，青脸便随之急急探出来，然而它自知敌不过孟婆，便想要仓皇逃掉，孟婆骑着白虎下了云端，飞快去追。

瘟魔已是伤痕累累，孟婆的法力不断消耗，额头上也渗出了细密的汗珠。她心想，如果这种时刻林冉冉与牛头马面能在她身边便好了，自是可以助她一臂之力。不过如此危险的境地，她又怎忍心连累同伴呢？

这必是她的孤勇之战。思及此，她便加快速度，扬起手中长鞭，以此为无尽绳索，如旋涡一般缠住了逃在前方的瘟魔。

青脸的身躯被死死地困住，失去了三个头，它的力量已经极弱，甚至连怨灵都无法召唤了。它力不从心且恐惧惊慌，一个打滚儿倒在云层之上，作势跪下同孟婆求饶起来："孟婆姑娘，孟婆大人！您饶了吾辈吧，吾辈只是一个从未占据过这躯体的头颅罢了，吾辈既没有兴风作浪，也没有做红头与黑头那般十恶不赦之事，吾辈向来被它们欺压打击，本就可怜不已，孟婆大人大发慈悲，饶吾辈一命吧！"

孟婆从白虎背上翻身而下，踏在云层之上缓缓地走向瘟魔，眼神默然地对它道："你本就是瘟魔体内滋生而出的一个形态，又何必这般惺惺作态地

推诿罪孽？你若不死，瘟魔便可再续能量，岂不是又要残害人间？"

青脸苦苦哀哭着："吾辈无意做瘟魔，都是那些可恶的南蜀巫师将吾辈害成这副模样！他们的巫蛊之术造就出了吾辈这种魔物，吾辈……"说到这，它的目光一凛，忽然变了嘴脸道，"吾辈怎会死在你这孟婆的手上！"说罢，青脸阴险狡诈地冲向孟婆企图给她致命一击，然而孟婆早就看穿青脸的险恶用心，她只轻轻一挥鞭子，长鞭打在青脸的头上，没了其他头颅，早就失去力量的青脸就此一命呜呼了。

孟婆望着瘟魔奄奄一息的躯体，不由轻叹道："终于只剩下一个头了……"

然而，瘟魔的躯体却在这时从蟒蛇的身躯逐渐变化成了人类的肉躯。那肉躯身着贵重战甲，腰间系着鎏金红绸，孟婆睫毛微颤，她认得这鎏金的红绸带。即便这红绸带的主人化成了灰烬，她也认得出！

这……这怎么可能呢？难道又是瘟魔使出的下流伎俩？想要蛊惑她的心智，令她乱了阵脚！她直至今日还依稀记得那年的将军府里哀乐鸣响，白幡漫天，灵堂前的香案上升腾起袅袅烟雾，堂下的乌色棺木里睡着那面色苍白、染有红斑的他的身躯……孟婆失了心神一般地又向前走去一步，打量他的面容。

他便是在这时缓缓地睁开了双眼，乌黑眼瞳，凛洌的神色，如花似玉般的面容仿若永生都停留在了十八岁的大好年华。他凝视着她，柔和地唤着她的名字："宸儿妹妹……"

只此二字，令她整颗心都轰然塌陷。瘟魔的伎俩自是无法叫出她的本名，除去他，这一声"宸儿妹妹"又还会有谁知晓呢？她恍惚地跪坐到他的身边，颤抖着伸出手去触摸他的眉、他的眼、他的脸，泪水滑落的瞬间，她叫出他的名字："予夺……哥哥……"可这最后一个瘟魔的头，怎会是你呢？

"宸儿妹妹，久未谋面，你不要流泪啊……"他此刻的声音听上去十分无助痛苦，虚弱不已。

多少年？数不尽的日日夜夜，他病逝的那一年，她才只有八岁，已然是痛彻心扉。然而这么多年过去，她从未有片刻忘记与他之间的承诺，她那颗行医救人的初心也是因他而生，他是她崇拜、喜爱的长兄，在将军府中的日子里，她总是黏在他身边撒娇，而他自是十分宠溺她……可她从未想过有朝一日会是今日这般惨烈的重逢，她将他扶起来，他的头靠在她怀里，瞳孔渐渐涣散，吃力地同她道："你长大了……宸儿，你我还能像这般相见一次，我也心满意足了。"

孟婆痛心地问道："为何……你竟会是瘟魔？"

寂予夺喟叹道："自古帝王乃天之骄子，享尽荣华富贵，上古有三皇五帝，后有天子周王，无一例外都在生时占有帝王命相……你可还记得为兄的生辰八字？"

他又问："当年太子的生辰八字又是何？"

孟婆蹙起眉心，恍然大悟，寂予夺与太子同年同月同日同时生，八字顺行、四库齐备，又降生在这万人之上的家族之中，如此命格在降生的那一刻便带有帝王之气。

寂予夺的语气充满了遗憾与惋惜，他的思绪逐渐陷入往昔回忆，沉声道着："帝王将相，身不由己，天有天意，造化弄人，然而和大怨，必有余怨；报怨以德，安可以为善？有德司契，无德司彻。天道无亲，常与善人。为兄且是德不配位，必遭灾祸……"

他眼神浑浊地望向远方，孟婆也随他看去，呈现在眼前的皆是他的记忆，寥寥白光，涌进眼底，大漠孤烟，驰骋沙场，刀下亡魂数不尽，街市美人歌断肠。

那一幕幕，一曲曲，写满了少年将军如皮影残骸般的梦回故里，严父慈母，兄弟手足，机敏幼妹，亦有心上伊人……清水塘，香袭人，回眸一笑似惊鸿，又若游龙，一抹官扇，刺鸳鸯……

> 铜钩玉槛，黛瓦粉墙；
> 饰以珠玉，溢脂流芳。
> 上下影摇波底月，往来人度水中天。
> 姑苏台上乌栖时，吴王宫里醉西施。

天启十五年。

时间倒回到了寂予夺参与的一场皇室捕猎上，那天是太子麒的生日，刚到舞象之龄，帝与后自然要为宠爱十足的嫡子举办隆重的宴会。在太子生日的前三日时，皇帝便昭告天下——全国百姓举国欢庆七日，齐贺太子年满舞象。那几日，街市上不分白昼黑夜地张灯结彩，华灯与彩花琳琅满目，数不

第
二
十
七
节

尽的纸鸢飞满高空，小贩们吆喝着贩卖佳肴小食，百姓们结伴游街欢庆，好一番盛世景象。

到了太子生日当天，便有重臣提议进行皇族捕猎，以此来取悦皇帝与太子。本来那日是要请戏班来宫中表演杂耍的，戏班里都是寂将军搜寻全国遍地找来的身怀绝技之人，且还有会绳技的人。皇帝本也是想观赏这绝世绳技，可皇后总觉得太子满腹诗书，一股子孱弱之气，倒很鼓励他同众多皇族、将士子女一同捕猎游玩。

恰好那天也是寂予夺的生日，他自是与太子同年同月同日生，又是皇后的亲侄，如此喜上加喜之事倒也令寂将军颇为自豪。寂予夺早早就赞同了捕猎，同太子麒勾肩搭背地唆使道："太子自然也是愿意去捕猎的，绳技那般杂耍小戏，待到晚宴时再观看也是为时不晚。"

太子麒自幼便不喜舞刀弄枪，总认为那是蛮横粗野之事，他也不太愿意同寂家的几个儿子同玩，因为总会被身强力壮、血气方刚的寂予夺按倒在地，每次都要他苦苦求饶才肯罢手。

太子麒便叹了口气，道："依本太子看，是你想去捕猎才对……"

寂予夺冷哼一声，嘲笑他道："太子怕是不敢同我一比高下吧？看在今天是你我同个生日的份上，我自当让你十箭，你若在第十一箭还没有射中一只野味，我便要赢过你了。"

太子麒不满道："本太子可不曾答应你要比试这些粗野游戏……"

寂予夺毫不客气，转身指着一匹漂亮的高头大马道："我就选这匹了，不知太子是不是也属意此马啊？你若喜欢，微臣自是不会横刀夺爱，区区一匹马儿而已，让给你便是。"

太子麒虽为亲王，脾气却一直很好，他不理会寂予夺的挑衅，只挑了一匹瘦瘦小小的黑马道："本太子要这匹，此马很温顺，本太子甚是喜欢。"

寂予夺在心中嗤笑，一主一马，瘦弱的模样倒颇有几分相似！

皇帝与寂将军把这些看在眼里，也不以为意，只觉得是小孩子家家斗嘴架。可其他重臣却极为不满寂予夺的嚣张气焰，他们的儿子自然也会参加捕猎，几簇人凑到一起像议论着什么阴谋似的，惹得寂予夺有些不快。

一炷香工夫过后，捕猎队伍便已准备就绪，皇帝与寂将军也会一并参与，且各带一队，皇帝带队黄衣人马，寂将军带队蓝衣人马，双方套好衣服，就浩浩荡荡地策马奔向野外山林里去了。

其间寂将军同身着蓝衣的寂予夺小声叮嘱着："你且要有轻有重，不可伤了两族和气。"自然是在暗示皇帝与寂家的情分。

寂予夺年少轻狂，又十足傲慢，他将红绸带系在前额，目光上下打量着前方的太子麒，笑道："父亲放心吧，我也算是姑姑的娘家人，不会让姑姑的心肝宝贝输得太难看的。"说罢，他便策马追上前去，皇帝见他率先骑马进了山林，不由赞叹着虎父无犬子，寂予夺颇有几分寂将军年轻时的英姿。听见父皇夸赞旁人，太子麒也是不甘示弱地紧随其后，可寂予夺的马跑得太快了，转眼便没了踪影。太子麒也跟着他一起进了山林，两人就这样消失在了众人的视野里。寂将军担忧起来，反而是皇帝乐在其中道："你不必过于担心，小孩子嘛，有分寸的。"

几名重臣请缨前去追赶，皇帝准了，寂将军瞥见那三名臣子的箭囊和别人的不太一样，鼓鼓的装得甚满，可他却也没放在心上。

待三名重臣追到山林里时，正见太子麒为了射杀一只野兔而跌下马去，他满身泥泞，着实是吃了不少亏。寂予夺虽在马上笑话着他，可还是打算翻身下马，欲去扶他。

哪知身后突然射来一箭，不准，擦过寂予夺的脸颊，只略微破了点皮，一条淡淡的血痕。

他困惑地去看箭射来的方向，一名臣子再次对着他拉满了弓弦。寂予夺百思不得其解地皱起眉，为何要对他放箭？一旁的太子麒也看不明白，可另一名臣子已经将箭射到了寂予夺脚下，他尚未防备，心下一惊，那名早已拉满弓弦的臣子又紧接着放出一箭。这一次，要不是寂予夺及时躲开，小命便会不保。

那臣子不满地啐了一声，寂予夺忽然意识到了某种危险，他赶忙跳上马背策马狂奔，那几名臣子立即追赶而来。果然如他所料，他们想要杀他。

莫非是与父亲敌对的党羽？朝中自是有很多见不惯寂家得宠的臣子，想要趁此狩猎之际除掉寂将军的嫡子也是一桩美事。可胜过寂家又有何用？如若真想在这希国有一席之地，叛逆篡位岂不是更为直截了当？取那太子麒的命才是上上之策。

寂予夺猜不透对方究竟是何用意，只能快马加鞭地企图甩掉他们，还好他选了一匹宝马，再加上他十岁起就同父亲征战沙场，早练就了好身手，那些舞文弄墨的臣子怎可能追得上他呢？

然而跑着跑着，他慢慢地勒住马缰，竟发现自己在这山林中迷路了。还没等寂予夺分辨出具体方位，他便听见前方草丛中传来簌簌的响声。声音很大，也许是头野猪。寂予夺立即从箭囊里抽出羽箭，搭在弓弦上，屏息等待野猪现身。

只是从草丛里钻出来的不是野猪，而是一名少女。寂予夺手中的箭下意识地射了出去，那少女非但没躲，反而面不改色地侧过身，羽箭钉在她身后的树干上，她看向寂予夺，一脸狐疑。

寂予夺骑在马上，居高临下地将她打量了一番。青竹暗纹的衣衫，小家碧玉的眉眼，与宫中那些艳丽妖娆的女眷们相比，这同他年纪相仿的少女一看便是山野中的小门小户，背着个花竹篓，定是来采药、采果的。

他喊她一声，问她这是哪里，要如何回去皇宫。她不理他，背着竹篓向前走。寂予夺便骑着马去追她，连称谓都没有地唤个不停。她便有些愠怒地盯住他道："皇宫中的人都似你这般蛮横无礼吗？倘若你如此傲慢自大，定可自行找到出路离开山林才是。"

寂予夺被她噎得无话可说，虽然不悦，倒也退了一步道："我叫寂予夺，乃是当朝国舅寂将军的长子，自然是身份尊贵。你这民女既然不想被人无礼对待，就把你的名号告知于我吧。"

她漫不经心地继续走着，见到珍奇药草便采进竹篓里。就在寂予夺等得不耐烦时，她才娓娓道出："我姓夏，单字一个芷，人们都叫我阿芷。"

寂予夺揶揄她："你是采药的？"

阿芷点点头："我家是城西头开药馆的，我爹在宫里做医师，不过不是御医，是御医的帮手。"

看来是个没官职的。寂予夺在心中轻蔑着，两人陷入沉默，一前一后地走了半晌，耳边传来声声蝉鸣，阿芷已经带他走到来时的路，并对他说："你再往前面走半炷香的工夫，就能找到出山林的路了。"

寂予夺愣了愣，忽然觉得自己一直在以小人之心度君子之腹，反而羞愧道："那我就……先走一步了，阿……阿芷。"

阿芷奇怪地看着他："你脸红什么？"

寂予夺立即反驳："我哪里脸红了？我，我只是不习惯叫女子名字罢了！"

"那就别叫。"阿芷像懒得理他似的，嫌弃地背过身，继续采药。

寂予夺实在说不过她的伶牙俐齿，正欲离开时，他又忍不住回头喊住她。

她回过头，他口是心非道："我可不打算谢你，也不打算去你家医馆找你，你要是知趣就来宫里头，我会勉强见见你。"

阿芷哭笑不得，眉眼弯成一个圆润的弧度，仿若是倒挂的下弦月，映入了寂予夺眼里，却不知，也挂在了他的心尖。

"阿芷……"此时此刻，孟婆轻喃了一声这个名字。那个时候她还未曾来到寂将军府中，可日后的她也曾见到过一位青玉竹衫的女子时常出入府中，她那会儿尚且年幼，还不知她便是长兄的心上人。只是知晓长兄在见到阿芷的时候，会露出一种旁人都不曾见过的笑容。

似眷恋，如宠溺，又携有无限的包容。

寂予夺的目光沉沉，失去瘟魔的控制与加持，他的这具残骸本就脆弱不堪，他只想在最后的时间里将一切真相告知于她："想必从那个时候起，皇帝便已对我起了杀心。即便他也曾内心挣扎，可敌不过宠臣的屡次谏言。可惜的是阿芷成了权力斗争的牺牲品，倘若不是我心念于她，她必定能逃过此劫。然而那些有她在身边的时日当真是美好至极啊……天气晴朗时，一同去山中寻药，冬雪腊月时，便一起踏雪折梅。当宸儿妹妹你同我说要学医救人时，我便更为珍视你，你与阿芷皆是那般柔善，是支撑我在宦海旋涡中浮沉的良木，可，或许……正因我这份炽热的爱意，才害了她……"

他转过眼，凝视着孟婆，就仿佛看到了与之相似的阿芷的脸孔。她的面容上呈现出一种幽微的悲伤，让他的思绪逐渐地沉坠进往昔。

年满十七岁时的寂予夺正在品尝爱恋的甜美滋味，他经常出入城边的夏家药馆找阿芷，他们一起策马游玩，一起在空地上奔跑着放纸鸢，一起躺在屋顶上数夜空中的星辰，一起在皑皑白雪中寻找最珍贵的药材，也一起在将军府中喝酒畅谈……

寂将军早已将这一切看在眼里，寂夫人更是想要早日把阿芷娶进府中给长子做妻。尽管夏家并非名门望族，背景也并不显赫尊贵，但两情相悦、郎才女貌，更何况阿芷心思纯善，夏父在朝中也是本分的医者，何乐而不为呢？寂将军却为此而踌躇了，他未曾告知夫人与长子，太子麒也到了指婚之

龄，皇帝似乎有意将阿芷赐给他做个奉仪。

为何偏偏是阿芷？寂将军曾猜测是否是朝中臣子见夏医的女儿经常出入将军府，才在皇帝面前提出此人选呢？似有意要借此来挑拨皇帝与寂家的关系。明知寂予夺与阿芷爱慕彼此，却要横刀夺爱，岂不是要惹起是非？如此一来，寂将军便要压制住此事，他深知长了脾性，必定会中了圈套去大闹朝廷。为了保全皇帝与寂家二族和气，这个恶人必要他自己来做了。

他自当不同意寂予夺与阿芷的婚事，甚至不准寂予夺再与阿芷来往，态度无比强硬，令全家上下都感到为难。

然而人算不如天算，阿芷因此而伤心欲绝，茶饭不思，竟是一病不起。得知此讯的寂予夺更加坐立不安，终于在某一日的夜晚，寂将军发现寂予夺失踪了。

他竟带着阿芷私奔了。

寂将军怕私奔一事败露，连夜派出亲信队伍去抓二人回来。此事绝不可声张，一旦传进有心人的耳朵里，怕是不仅保不住阿芷，连同寂予夺都会遭到祸乱。

寂予夺的语气中充满着恨意，他怅然道："父亲为皇帝征战多年，他自当比谁都了解皇帝的身世与性情。皇帝得来帝位极为坎坷，他自幼不受先皇宠爱，心中自然猜忌他人会对自己的皇位虎视眈眈。想来我与太子的八字命格分毫不差，再加上其他宠臣的日夜离间，自是会走上这般不归路……父亲敏锐，早已察觉，便想着要保全我，可他忠于皇帝，亦不想让皇帝整日活在担忧受怕之中。一面是主上，一面是爱子，他夹在中间分外煎熬，却也清楚一个阿芷只是引子，如若重臣想要铲除寂家势力，日后便会有千千万万个阿芷出现，劫难躲不过，不如顺应天意……"

孟婆明了道："所以，父亲便改变了主意，想要就此放你们浪迹天涯……"

"父亲自可找两具尸首来充数，好让我远离宫廷的尔虞我诈，同阿芷过世外桃源般的生活。世间再不会有寂予夺，既可保全我性命，也能让皇帝此后高枕无忧。"寂予夺悲叹道，"可惜了，我当时年少轻狂，哪里能参透父亲的用心良苦？是我的傲慢害了阿芷，害了自己，更牵连了父亲……"

假设他当年就此带着阿芷远走高飞，假设他没有半路返回，假设他心中对朝廷真的有一丝忌惮……

第二十八节

　　的确如众臣所言，他从未将朝廷百官放在眼里。他自是骁勇善战、锋芒毕露，也瞧不上太子麒的孱弱清瘦，可他却从未对皇位有过丝毫想法，更别说是想要谋反了！

　　他只是担心那日阿芷病重，不忍她与自己长途跋涉地策马逃跑，犹豫良久，还是决定带着阿芷回去负荆请罪。

　　他想着先把阿芷送回夏家养好身体，此事与她毫无关联，他自行回到将军府扛下所有罪过便是。父亲想来纵容溺爱他，怎会舍得加罪于他呢？

　　可他失策了。皇宫侍卫早已在夏家大门前守株待兔，领头的是皇帝身边的心腹内侍，见到寂予夺带着，阿芷骑马归来，内侍冷冷挥袖，所有的侍卫立即排开一队，乱箭齐发。

　　那些飞箭如雨，均向寂予夺射来。夏家夫妇在门下惊恐万分，夏夫人更是泣不成声，撕心裂肺地喊着，莫要伤了我家阿芷！

　　寂予夺将阿芷护在怀里，他满心错愕，不明白自己只是带着阿芷出逃，为何会这般惊动朝廷？这与朝廷又有何关联？

　　内侍在这时令道："寂家长子寂予夺引诱太子奉仪出逃，如不谢罪归顺，必将一律射杀！"

　　太子……奉仪？阿芷？就在寂予夺出神的空档，一支箭"嗖"地射中了他的左肩，他仿若是一只倦鸟般从马上跌落。阿芷见状痛心呼喊，踉踉跄跄地翻下身来扶住他。

　　只一支细箭，于他而言不过是皮肉小伤。他面不改色地把箭身折断，护阿芷到身后，又从腰间抽出佩剑，向前迈去两步，死死地盯住内侍，沉声相问："你方才说，谁人是太子奉仪？"

　　内侍居高临下地扬起下颚，拿出手中圣旨宣道："奉天承运，吾皇诏曰：

赐夏氏之女夏芷为太子奉仪，即刻入宫见圣，不得延误吉时，钦此。"

夏家夫妻立刻战战兢兢地去接旨，唯有阿芷誓死不从，寂予夺更是震怒，他道着今日谁人敢带走阿芷，他就杀了谁。内侍斥责他口出狂言，实在放肆！如此轻蔑朝廷，必要斩尽杀绝！

侍卫们再一次围向寂予夺，他本是无所畏惧，可身后传来一声骏马嘶鸣，寂将军及时赶到，他大骂寂予夺是逆子，又扬言要家法处置，之后便向内侍求情将逆子带回，必将严加看管。内侍瞥见寂将军带来的大队人马，自己带来的侍卫在人数上便已明显处于劣势。且寂将军毕竟是当朝国舅，又战功赫赫，连皇帝都敬他三分，身为内侍更要"打狗看主人"了。于是内侍眉开眼笑，化干戈为玉帛，又命人带走被封为奉仪的阿芷，回往宫里。

阿芷一步三回头地看向寂予夺，她不敢不随他们走，她怕寂予夺会鲁莽行事。寂予夺下意识地叫出她的名字："阿芷！"

寂将军一杆长枪将他打翻在地上，怒斥道，太子奉仪之名，岂容你等属下直呼？

寂予夺的愤怒哽在喉口，他望着阿芷的背影越来越远，望着她青玉色的竹衫裙消失在茫茫夜色之中。风里带来槐花的香气，扑进他胸腔，混杂着那说不出的深深眷恋，一同碎成了泥。

"那是我最后一次见阿芷……"寂予夺说这话的时候，声音飘忽，极度心痛，他道："奉仪是最为卑贱的后宫之位，俨然只是太子的妾。既是妾，本不被允许有大婚之礼，可有臣子提议唯有操办大婚，才可替那年久染风寒不愈的太子冲去晦气。皇帝溺爱太子，自然允许，想必他也无暇顾及寂将军的心情了。不过是一个女子罢了，弱水三千，当真会有人只饮这一瓢不成？然而女子不是物件，尤其是阿芷那般从一而终的女子……"

孟婆眼底泛起悲切光点，她听寂予夺继续道着那段痛彻心扉的往事。

大婚当日，极为隆重，红毡铺满御路十里，金鸾凤车上载着朱红嫁衣。寂予夺独自坐在将军府的厢房中，这里曾是阿芷所收集药材的囤放之地。身边充斥着淡淡的药香，如窗外飘洒而下的轻雪，落在心头，化作眷念。他摆弄着一枝干掉的葳蕤草，想起当日阿芷同他讲述着药草的作用，她认认真真地描述着微弱味甘，气平，可入心、肾、肺、肝、脾五脏……她讲起药草时总是滔滔不绝、眉飞色舞，站姿十分优美，轻捻着的手指纤细柔软，指甲修整得干净圆润，又用那手捋过散落在额前的碎发，青玉簪子上一点红翠，而她讲了什么，他全然没有听进耳里，在她看向他时，他飞快地吻上她的唇，惹得她一脸绯红，羞涩又生气的模样，带着只显现给他看的娇嗔。

寂予夺的思绪忽然就断在了这里，只因二弟急匆匆地推门而入，他气喘吁吁，面色凝重又哀愁，忽然垂下脸去同他道："大哥，你……且要节哀。"

他心中不安，缓缓站起身来。

二弟拿出手中一块染血的红帕，伤心地同他道："我只能带回这个了，大哥，阿芷姐她……她从皇宫高殿上跳了下来，她死了。"

他怔怔地接过那血红的绣帕，上面绣着她写给他的字字珠玑：一心人，一生爱，一孤冢，一世守……

他惶恐、震惊、心痛欲绝，攥紧了绣帕不知所措。三弟也赶来，同二弟一起拦住他，悲哭阻止："大哥！人死都死了，你莫再去了！阿芷姐的用心良苦你还不明白吗？就算不是为了你自己，为了父亲，为了寂家，你不能去寻仇！你斗不过天子！"

斗不过……天子？

他从未想过去斗，也从未想过要争权夺宠，奈何天子猜忌他，他一退再退，却连心爱的女人都护不住！她誓死表了对他的忠心，决绝地跳下万丈高殿，而他却如丧家犬一般忍辱负重、苟且偷生吗？阿芷是无辜的，她有什么错？她不过是爱着他，想嫁他为妻而已！她宁愿死，也不想和不爱她的人成婚，她的心思只是这么简单罢了！偏偏人拆凤凰、棒打鸳鸯！

"为何要这样对我？这样对阿芷？我究竟做了什么，惹他这般痛恨？我与太子同年同月同日生，难道生辰八字便可决定帝王之命？究竟谁人配做天子？天子又有何了得？亦有何可值得贪恋？"这一声怒吼响彻将军府，本是因愤慨的无心说辞，可传进了有心人耳里，他们一传十，十传百，百传千，变了原本的意思，增添了异样诡异的枝叶……

可他只是痛心失去了心上人。不过是帝王御座罢了，在他眼中，又怎配同阿芷相提并论？

然而阿芷之死极为壮烈，倒也让皇帝知晓了这女子本就属于寂予夺，是他听信谗言为太子麒横刀夺爱，实在是有愧寂将军。于是他下令对外宣称太子奉仪初入宫中，与三位陪嫁侍女游玩宫殿之时，不慎从高台坠落而亡。还将三位陪嫁的侍女处死，给了一个护主不力的罪名。凡事总要有个说法，总

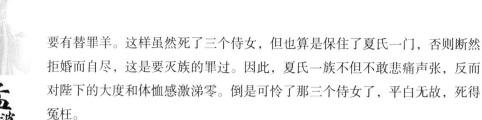

要有替罪羊。这样虽然死了三个侍女，但也算是保住了夏氏一门，否则断然拒婚而自尽，这是要灭族的罪过。因此，夏氏一族不但不敢悲痛声张，反而对陛下的大度和体恤感激涕零。倒是可怜了那三个侍女了，平白无故，死得冤枉。

此事就这样作罢，宫中也不准有他人再提及，毕竟有了太子奉仪的名分，阿芷得以葬入皇室陵寝。自此之后，除了皇室之人可以上坟祭拜，其余人等皆不能靠近。而寂予夺为了保护夏氏一族，也不得不守了规矩，只能在夏家灵牌前祭奠阿芷。

这夏家夫妻痛失爱女，整日郁郁寡欢，日渐憔悴，他们深知阿芷心心念念于寂予夺，便将阿芷的一些遗物给了他。寂予夺睹物思人，总是想起同阿芷在山林间游玩的画面。他曾征战负伤，她便为他采集治愈伤口的良药。可惜找到的药材有点少，不过能尽快治愈他，总归也是好的。她采药归来，看到他早已来到她家中等候。许是等得久了，便在树下酣睡着，她俯下身去仔仔细细地打量他的容颜，眉间带着贵气，眼窝深邃如泉，轻风吹拂，扫过他耳畔，睫毛微动，他睁开眼，看见了她。

日光下的她染着一身华美绚丽，光华旖旎，好似南柯一梦，以至于她对他露出微微笑意时，他竟想要在此梦中一睡不醒。

富贵荣华、功名利禄，与阿芷二字相比，皆是泥潭里的淤泥，不值得他抬一下眼。

可混沌尘世总有污秽迷离，高殿之上，纵身一跃，殒落一缕芳魂，消逝在他已经干涸龟裂的心池底……

> 玉户帘中卷不去，捣衣砧上拂还来。
> 此时相望不相闻，愿逐月华流照君。
> 鸿雁长飞光不度，鱼龙潜跃水成文。
> 昨夜闲潭梦落花，可怜春半不还家……

"我想起来了……"孟婆的记忆逐渐清晰，"那个时候我刚来到将军府不久，起先的确总看到长兄与阿芷姑娘成双入对地出入，可后来阿芷姑娘便再也没来过了。我也曾去偷偷问二哥，二哥不准我再问阿芷的事，也说世间再无阿芷此人，更不准我同长兄提及这个名字。"现在想来，才知道那是二哥不想他人触碰长兄心里的伤痕。

寂予夺嗤笑一声，他艰难地上下哽咽，声音是干涩的："我的确消沉了很长一段时间，父亲曾同你们说起我是出征去了，可我哪里也没去，不过是在母亲常年驻足的道观中浑噩度日。我尚没有从阿芷之死的阴影中走出，也不愿再为朝廷效力，唯独道长一句话点破我心中阴霾，他道：使我介然有知，行于大道，唯施是畏。大道甚夷，而人好径。朝甚除，田甚芜，仓甚虚，服文采，带利剑，厌饮食，财货有余，是谓盗竽。非道也哉！正如他所言，寂家为希国打下了半壁江山，却时常遭到皇帝猜疑，那么如若皇帝执意走上邪路，我就算再为他厮杀征战也是徒劳。他既要失道，必同我再无关联，我又何必要憎恨于他，增加我的业障呢？他是从我这里夺去了阿芷，但他也是一个可怜人，分辨不清是非，做不成明君已是可悲，失道之人自有天惩，我只想看着那一天早日到来。如此一想，我便收起了恨意，重回将军府……"

他的确尽他所能地想要忘却憎恨，宽恕帝王。他渐渐恢复了往日笑容，把阿芷藏在了自己的心底深处。他表面上笑意如初，内心依然旧伤未愈，比起父母亲，他更加愿意同妹妹沅宸在一起。当沅宸说她要行医救人，并与他许下承诺时，他仿佛在她身上看到了阿芷，转瞬即逝的悲伤滑过心头，他想着等沅宸长大，定可以成为像阿芷那样心怀柔善之人。

然而，他却没有这样的机会了。

刀剑不曾击败他，战争无法夺走他的性命，权力争斗亦是没能让他倒下，唯有一场瘟疫，竟使他成了任凭病魔宰割的案板鱼肉。

他死于瘟疫的那一年正逢天启十八年，而他也仅仅只有十八岁。瘟疫将他折磨得痛不欲生，他高热不断，满口梦呓，终于还是敌不过病魔而英年早逝。耳边充斥着母亲、弟妹的哭泣，他仿佛还可以看见父亲也流下了一行清泪。想来父亲总道男儿不弹泪，可坚毅如父，却也还是放不下人世间的七情六欲，这般伤心神色，实在令他肝肠寸断。

当他的身躯被推入乌木棺材里时，他感觉自己的魂魄已经离开了躯体，正飘浮在不知何处的幽深境界中。不知过了多少时日，他的魂魄都在茫然地游荡着，他手持长剑，身穿铠甲，腰间系着那鎏金红绸，一派名将姿容，光华荣耀，却已是死魂而已。他漫无目的地走着，走着……渐渐地听到有声音在他耳边问起："你可就甘心这般死去？"

他转头去那找声音的来源，只看见一个形态模糊的东西在他身边萦绕，如同魑魅魍魉。他本不愿理会，忽然听它追上来纠缠道："少将军，吾辈与你在此相遇也是修来的缘分，你又何必将吾辈拒至千里之外呢？吾辈不过是想要把很多你不曾知晓的秘密告知于你罢了……"

他皱起眉头，不耐地问道："你到底是何方妖魔鬼怪？"

那声音嗤嗤地笑着，阴恻恻地道："吾辈是瘟魔，是掌管事间瘟疫的魔鬼，可操控众生生死，帝王将相、市井百姓，皆不在话下。"

"原来，是你害死了我！"他咬牙切齿地将长剑挥向那团迷雾，可是瘟魔这个时候没有形态，它无形无状，又存在于四面八方，他奈何不了它。只听道它在耳畔笑道："害死你的可不是吾辈，而是那高高在上的掌权之人。"

"胡说！"寂予夺怒斥道："我是染了瘟疫而死的，你既是瘟魔，自然是你夺去了我的性命，你又在此阴魂不散，究竟有何企图？"

瘟魔艳羡地感叹道："像你这般拥有帝王八字的人可着实百年难遇，吾辈自当是想要获得你的身躯与灵魂，让吾辈得到帝王般的保护，从而可以在人间大肆地收割生命，也好增强吾辈的法力。"

寂予夺冷哼一声，道："真是个痴心妄想的瘟魔，就凭你，也能侵占我？"

"那就要看你自己的决定了。假设吾辈把你不曾看到、却真实存在的一幕幕展现在你面前，你是否还会这般意志坚定呢？"瘟魔勾心摄魄般地狂笑起来，它忽然变幻出一个人形，虽没有脸，也没有龙袍，可依稀能从形态上分辨出那是当今皇帝。

只是这皇帝在瘟魔的比拟下仅仅是个皮影似的躯壳，它竟口露獠牙，如恶魔般地交代着属下："寡人并不是不救他，库房中的确有现成的药材，可寡人只能这般推脱下去，实在是因他的八字与太子一致，而他的父亲功高盖主，倘若他狼子野心、萌发夺权之想可该如何是好？寡人当年已经错了一回，间接害死了他喜爱的女子，他必定记恨寡人在心，而眼下……岂不是除掉他的大好机会？"

瘟魔的烟雾转眼又幻化出数名臣子的身形，同样无脸无嘴，却点头哈腰地奉承道："陛下圣明，陛下圣明啊！不瞒陛下，我等早已识透出那寂家长子的狼子野心，为了陛下的千秋伟业，我等曾私自在庆祝太子生日的围猎比试上试图要了那小子的狗命，可他命不该绝，到底是躲过一劫！本想着自当是给他个警示也好，然而，他依然不将朝廷放在眼中，轻蔑太子殿下，与之抢夺女人不说，更有甚者！他曾口出狂言——竟敢大逆不道地讲着天子有何了不得，他生来就具有帝王之命，他才配做当今天子啊，陛下！"

皇帝道："简直不成体统，放肆至极！寡人容不下他了，实在是容不下了！寡人要他寂家军营的士兵都给他陪葬去吧，他……他是不能救了，可……可寡人没料到他的手足和母亲怎会这般。为何他的手足也会染上瘟疫？他死了总归是好的，可他的弟弟们如何会在他死后才发病？寡人虽已赐予名医灵药去了寂家军营，奈何时日已晚，竟是回天乏术了。

"寂家二少和三少按辈分都是喊寡人姑父的，寡人看着他们俩长大，他们与太子相交甚好，皆是好文喜书之人，寡人请名师教导这二子忠君爱国，更是让他们饱览群书、明史通今，本想着将来好生培养，留到太子登基之时可做近臣。然而，这真是可惜了寡人的一番心思。可怜这寂将军连丧三子，也难怪寂夫人受不起心中伤痛，郁郁而终了。寂将军是寡人的左膀右臂，是皇后的亲哥哥，手握重兵、驻扎边关，若是他萎靡不振，被敌国伺机进犯，这该如何是好？"说到这里，皇帝瘫坐在龙椅之上，面色苍白。

大臣们同他一起唉声叹气，劝慰着皇帝说："陛下不必忧思，寂家二少、三少生时得蒙圣眷，只是他们命中福薄，未能尽忠于太子。这是他们自己的命数，陛下仁慈宽厚才会为这二子扼腕。想我希国人才济济，要为太子挑选可用之人不是难事。何况陛下正值春秋鼎盛，太子登基之事暂且不必考虑。至于寂将军对陛下忠心不二，又是太子的亲舅舅，久经沙场，他一定会以大局为重，不会因为这家中丧事而懈怠军务。"

其中有一位重臣上前一步，对皇帝说："陛下慈爱臣子，连子嗣问题也替臣子们考虑。吾等真是幸而生于希国，得以追随圣君左右。其实这子嗣不是难事，寂将军英武非凡、正值盛年，大可再多娶几房妻妾，来年就有新的子嗣了。这朝中愿意和寂将军结亲的文武百官那是数不胜数啊。陛下若是赐婚，可考虑臣家中待字闺中的嫡女，年芳十八，样貌端庄娟丽、礼仪得体，自幼与公主们交好，一同由程夫子教导，识文懂墨、琴棋皆佳。若是她有幸成为寂夫人，定会为寂将军开枝散叶，也会将寂家军的动向事无巨细地禀告陛下。而且小女心胸开阔，不似那普通女子。陛下可同时再赐婚几位侧夫人给寂将军，一同弥补将军丧子失妻之苦。小女定会与几位侧夫人和谐合心，伺候好寂将军，让陛下和皇后娘娘放心。"

接着，瘟魔变作寂家二少、三少病时的模样，两人因疮口破裂痛得在床

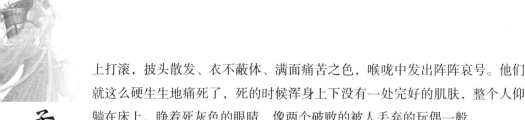

上打滚，披头散发、衣不蔽体、满面痛苦之色，喉咙中发出阵阵哀号。他们就这么硬生生地痛死了，死的时候浑身上下没有一处完好的肌肤，整个人仰躺在床上，睁着死灰色的眼睛，像两个破败的被人丢弃的玩偶一般。

瘟魔随即又幻化出女子形态，仿佛是寂予夺的母亲，她因连失三子而悲痛欲绝，忧思憔悴，整日以泪洗面，最终含恨而终，临死之前倒在病榻，一口鲜血染红了床榻。

"夺儿啊！娘这就随你而来了！咱们母子泉下相聚，可惜要撇下你爹爹和妹妹……夺儿，娘这就来！"

瘟魔如变戏法那般让母亲的身体随风而散了，寂予夺望着眼前这一切，周身仿佛是曾经的将军府，漫天白绫，他所在的整个房间、整个天地都是一片血红。

再一低头，他看见自己的怀中抱着一个人，满身是血，污了嫁衣。一抹绣帕盖在她的脸上，刺着她的绝字。寂予夺全身僵硬，他颤抖着双手，忽然如梦初醒地一把抱紧怀里的人，哪知她如雾纷飞，皆是瘟魔赐予他的假象。

眼前又拉开了一幕戏，那像是一个戏台，皇帝站在上面，他牵着年幼的男童，咧开血盆大口，龇出尖牙问他道："夺儿，你看这皇宫美不美呀？"

男童点头笑道："自然是美。"

"那这盛世你喜不喜爱呀？"

男童迟疑了，他还太幼小，不知该如何回答这个问题。

皇帝却引导他道："夺儿，你们寂家功不可没，是希国的英雄。你父亲是英雄，你将来也会成为英雄，也将是百姓的希望，可你亦会是盛世的延续者，你说，你究竟该怎么做呀？"

男童咧嘴一笑，童言无忌道："姑父，你是要让夺儿做皇帝了吗？"

至此一句，万箭穿心，天际箭如飞雨，铺天盖地地射向了此时此刻的寂予夺。他全身上下中了千万支箭，那些箭穿透他的身体，化成了云烟，他痛心疾首地跪在地上，额头、后脊连同手心里都是淋漓的冷汗。

他紧紧地攥起了双拳，以一种绝望嘶哑的声音问道："难道……他从最初就把我视作眼中之钉、肉中之刺？难道父亲多年来的忠心耿耿在他眼里都是子虚乌有？"

瘟魔晃晃悠悠地落在他的面前，声音虚无空洞且充满了诱惑，它妖魅地笑着，仿佛要给他致命一击般："他可是你的亲姑父，你们是宗亲啊，然而他竟只在意自己的王权，其至将人命视作鞋底上的烂泥，连蝼蚁都不如！

"他怎么能不记得自己的天下是依靠你父亲得来的？若不是你父亲不顾生死、鼎力相助，他这么一个不起眼的皇子，何以登上宝座？若说这宝座有你父亲一半的位置，一点都不为过。你是将军长子，将军对你期许最高，关爱也远胜于对你的两个弟弟。他将你视若生命，是他的传承之人，处处替你着想。

"你染病之时，皇上明明有药可医治，但他就是想你死。为了遮盖谎言，在你两位弟弟也染病之时，他亦没法把宫中现成的药送去，只是说在西域采购，待药采购回来，你的两个弟弟已经回天乏术了。

"你母亲忧思成疾，终日以泪洗面，茶饭不进，没多久就衰竭而亡了。你的两个妹妹整日在你的坟前哭泣，每日都采摘新鲜花朵放去你的坟前，当真是险些哭瞎了双眼。

"你父亲虽刚毅沉稳，但也因为你的离世而一夜白头。你家一连死了四口人，皇上迟迟才来探望，你父亲还感恩皇上不顾自身危险而来，哈哈哈哈，真是好笑，皇上随从的密夹里放着的就是那味药，何来危险一说。

"打你死了之后，皇上才得以心安，你两个无辜的弟弟惨死，他也毫不惋惜，他遗憾的只是觉得培养了那么多年，将来留给太子的人死了，白费了心思罢了。他可有把你们三人当内侄？还是他眼中可以利用的狗？

"你母亲新丧不足七七，朝臣们就都已经想着推举取代她的女子。新的寂夫人和寂将军琴瑟和鸣，将来再生几个子嗣，可有人在意你等孤魂野鬼？怕是过几年，这世上再无人记得你们母子四人了。"

寂予夺的表情逐渐扭曲起来，他被愤怒吞噬了心，被憎恨掩盖了眼，他喃喃道着："他在耍弄寂家所有人，他简直不曾有过一句真心肺腑之言，皆是试探，皆是谎骗！"

瘟魔再进一步道："可他想要你死倒也罢了，毕竟他恐惧于你的命相。可他为什么不救你的两个弟弟？又连累你母亲生无可恋，促使你父亲中年丧子，一门绝后，他究竟是如何对待你们寂家这赫赫功臣的呢？"

寂予夺全身颤抖，他眼底的愤怒如熊熊烈火，瘟魔再道："他有何资本身居帝位？他令你痛失爱人、家破人亡，这等猪狗不如之人岂可苟活于世！"

"我要杀了他……"寂予夺彻彻底底地被诱惑了，他泪流满面，失了心一般怒吼道："我要他血债血偿，我要把他千刀万剐、凌迟致死！"

　　是在那一刻，他崩溃了，瘟魔露出了阴森的笑容，它形成一团黑雾冲进了他破裂的心中，寂予夺伴随着蚀骨的剧痛昏死过去。

　　他终究是被瘟魔侵占了身、心，还有魂。

第二十九节

　　话到这里，寂予夺的身体止不住地颤抖起来，他对皇帝的愤怒与憎恨令他直至今日依旧刻骨铭心。可此时此刻，他的身体、魂魄都已近乎极限，他忍不住低低地呻吟了一声。

　　孟婆望着濒死而痛苦的他，心痛不已，她默默地伸出手，轻轻地擦拭掉他眼角的泪痕，又为他细细整理凌乱的发丝。哪怕躯壳已残破不堪，他的眼神依旧凛冽如刃，眸子深处藏着历经炼狱般的沧桑，自嘲般地道着："宸儿妹妹，你大可笑我意志薄弱了，竟会被魔鬼侵占了灵魂，任凭它操控至今日，给人间带来这般残酷的祸乱。"

　　孟婆含着泪光，摇头哽咽道："我怎会笑你？倘若我早知你深陷如此水深火热，我又怎会让你独自承受这一切？"

　　寂予夺长长地喟叹一声，再一次缓缓道出："那瘟魔占据了我得天独厚的八字命格后，便令它有了一层强大的保护伞。只是，它的瘟疫每每散发一次，都需要用二十年的时日来恢复能量。待到二十年后再次挥发，散播而出的瘟疫则会更加强大，所以希国在曾爆发的第二次瘟疫中，染病而死的人也就更多，速度更快，以至于皇帝的夜明砂也救不了人了……"

　　孟婆自然永生不会忘记那第二场瘟疫所给予她的惨痛经历，她微微蹙眉道："在那次瘟疫里想要救人，只能用药王山谷的秘方。"她不忍回想有关第二场瘟疫的点滴，不由得用力闭上眼，试图转换思绪。过了好久之后，她才问道："如若按照这般来算，第三场瘟疫不应该更为惨绝人寰吗？为何相对于上一次瘟疫来说要弱了很多？"

　　寂予夺怅然道："那是因为这数年来，我始终都在对抗着瘟魔的控制……"

　　当瘟魔侵占了寂予夺的身体之后，第二场瘟疫便开始在瘟魔的计划之中

了。直到二十年之后，那场令孟婆不愿再回想的可怖瘟疫暴发了。

当皇帝临死的那晚，暴雨倾盆，地动山摇一般。睡在偏殿的太子麒惊醒，他呼唤侍女前去关窗，却发现殿里早已空无一人。满天横飞的白色帐幔在此刻显得极为阴森，太子麒忽然担忧起睡在内殿的皇帝，便赶忙翻身下床，疾步走向内殿。

骤乱的风雨在耳畔狂怒咆哮，太子麒忽然听到一声凄厉无比的惨叫，他惊慌失措、心跳如鼓地循声进了内殿，只见皇帝在纱幔之中垂死挣扎般爬起身，伸出双手向他求救道："麒儿，快带寡人离开这里！他回来了，他要回来杀寡人了！"

太子麒的目光落在皇帝那布满了溃烂红斑的臂膀、手背、脖颈上，他竟是心觉恐惧地退后了一步，颤抖着声音问道："父皇……你是又梦到了寂予夺吗？他已经死去那么多年了，你近来为何总会梦到他？他死了，不会再回来了，又怎会杀你呢？"

皇帝已卧病在榻许久，自打从寂家军营回来之后，他便整日恍恍惚惚，神志不清，此刻更是歇斯底里地跌落下床，爬到太子麒的身边死死抓住他的衣衫，面露惊恐地道："不，他即便是死了亦是阴魂不散，他恨透了寡人！他是要化作厉鬼回来复仇了！麒儿！希国不能亡啊，这可是父皇用命为你换回的江山，你不可拱手让人啊！希国不能改了姓氏，你才是天子！你才是！父皇做这些都是为了你啊！"

太子麒当时被皇帝的疯癫模样吓得魂都丢了三分，可他见皇帝被病症折磨得很痛苦，又不忍推开他，便安抚着与之度过了极为漫长的一夜。待到隔日，皇帝驾崩，太子麒的身上也隐隐地出现了红斑。

一连下了数日的暴雨毫无停歇之意，河水高涨，洪灾袭来，百姓们苦不堪言。重臣仿若恐惧一国无主，国丧还未过，便草草地将太子麒推上了帝位。

皇宫之外一片惨景，皇宫之内却依然歌舞升平。加冕之日，丝竹声靡靡，皇亲贵族们仍旧踩着百姓们的血肉欢声笑语，他们如同另一种致命疾病，无视外面的惨叫、哭喊，只管饮着杯中如血液般的陈酿，噬着盘中似骨髓般的佳肴。帝麒便那样孤零零地坐在王座上俯瞰众臣恶鬼一样的笑颜，他觉得身上极痒，抓个不停，侍女们劝慰着陛下，不可这样抓挠，会抓破皮肤的。帝麒心烦意乱，又问自己的母后在哪里？侍女们摇头叹息，道着太后实在是身体抱恙，无法出席。帝麒的心中更加凄凉了，他不愿再独自坐于此处，仿若供人当作玩物取乐。正当他欲起身之际，宫外一道闷雷响起，电闪雷鸣之际，他忽然眼前一片晕眩，接着便倒在了金銮殿上。

待到他再次睁开眼时，映入眼帘的一切几乎使他魂飞魄散。

大殿内堆满了众臣的尸体，一个叠在一个身上，他们的血，流成了浅浅的河，一直蔓延到了帝麒的脚下。再去看向身侧，几名侍女死状各异，有的被扭掉了头，有的被开膛破肚，有的肠子满地，手指头掉在了鎏金酒盏中……帝麒脸色惨白，他听见了头颅被割掉的声音，颤巍巍地循声望去，只见高高的尸山之上坐着的，正是身穿战甲的寂予夺。

"你……怎会……你……"帝麒望着他，惊恐得语无伦次。

寂予夺的眼睛里跳动着血红色的光，连同双手都染满了淋漓鲜血。此刻的他显得孤高而决绝，在尸山之巅居高临下地俯瞰着帝麒，竟渗透出一股冷傲的悲壮。

他的容颜似乎永生永世都停留在了十八岁，可他的声音却来自一个魔鬼，他对帝麒道："你父皇欺骗了我，使得我兄弟三人和母亲在一月之内接连往生。而我父亲大人为你父皇打下这大好江山，他却如此回报寂家。他已为此付出了代价。而你，我不杀你，姑母待我如亲子，我不忍她神伤，这白发人送黑发人的痛苦，我母亲和父亲都受过了，姑母就你一个独子，我下不了手。我只是要你生生世世铭记住今朝所见，生生，世世。"

那之后，帝麒变得疑神疑鬼，有时自言自语，有时要在寝宫里点满百余支蜡烛才能入睡。

可瘟魔却变本加厉。

在第二次瘟疫中，瘟魔不仅夺去了皇帝的性命，连同寂将军，以至于众多无辜百姓的性命也一同收割。瘟魔毕竟是魔鬼，为了储备强大、无尽的能量，它早在最初就打算将人间夷为废墟，从而创造出属于它的一片血腥炼狱。与之共享一个躯体的寂予夺渐渐察觉到了瘟魔的本意，即使他恨极了皇帝，可众生终究是无辜的，他岂能容忍瘟魔肆意虐杀百姓？

寂予夺痛心地闭上眼，他同孟婆说道："我本以为报复了皇帝，我便可以解脱，谁知瘟魔不肯放过我，它利用着我的八字来保护它自身，也强迫我去顺从它意，为它所用。它甚至妄想篡改我的记忆，更妄想通过这种方式来令我对人世充满仇恨……"

于是在与瘟魔共存的岁月里，寂予夺开始了漫长的与之斗争的过程。他也曾被瘟魔控制如提线木偶，麻木地任凭瘟魔散播瘟疫、收获死亡带来的能量。他也一度被扭曲了记忆，甚至有很长一段时间记不起自己的名字。

直到第三场瘟疫初现人世之际，寂予夺真实的记忆才一点点地苏醒，因为他看见了故土的虚空与血腥，在那些逐渐被瘟疫吞噬的村落里，仿佛每一寸土地、每一棵青草都渗透着死亡的气息。

在孟婆还未应无痕请求回到希国之前，寂予夺便已见到了被瘟疫折磨致死的百姓。在短短的几日里，数万人染病而亡，在这之中竟有因饥饿而不得不分食病尸的人们。恍惚间，寂予夺那些被篡改的记忆在慢慢地复苏，尤其是在见到一个接连一个的村落被火焚的时候。官兵们为了阻止瘟疫的蔓延而大肆纵火焚村，他们封锁村落，令其里不出、外不进，哪怕是那些村子里还有尚未染病的健康之人。瘟魔在见到人性最为丑陋的黑暗层面时总会暴发出狂笑，那是因为死于瘟疫的人越多、死相越惨烈，它获得的回馈也就越多、越丰厚。那些因全身溃烂的死者模样过于惨烈，寂予夺看着那些眼珠浑浊的死者，他非但没有感到丝毫快意，反而令他于心不忍。瘟魔企图令他憎恶世人，而他爱憎分明、睚眦必报的本性使他非但没被洗脑，更令他逐渐清醒。

希国的长街、边境的村庄、破败的茅屋，在瘟疫的面前显得如此微不足道，这些地带在转眼之间便尸横遍野，赛过史书上任何一次千军万马举刀相向的悲惨战役。在火海与血腥之中，孩童们凄厉的哭喊不绝于耳。

"爹！娘！你们在哪里啊！"

寂予夺看到大火熊熊的街道上，一名衣衫褴褛的男童在尸横遍野中呼喊、驻留。他在不停地翻找尸体中的亲人，哪怕血迹污了他的双手，哪怕脓水染了他的鞋面。

"抓住他！"有街邻看到了那男童脸上的红斑，他们立即拿着手中的锄头、镰刀去捉那个孩子。

男童很清楚自己的亲人就是这样死在街邻的利刃下的，他反而不再哭喊，而是抓起地面上的一根长棍，试图做最后的殊死之搏。街邻见此情景，大笑不止，他们不费吹灰之力就毁掉了男童手中的长棍，奚落他、推搡他，像玩弄一只幼小的兔子般踢打他。这些人原本都是男童友好的邻居，每日相互问候、欢笑有加，可自从得知男童一家染上瘟疫后，善良的邻居转眼之间变成了恶鬼般的屠夫，他们将其举报，又纷纷拿起手中的一切利器去杀害男童一家，只因这是得了瘟疫的一家人。

男童已然被街邻折磨得奄奄一息，他的两个弟弟在这时跑来救他，可弟弟们更为年幼，在凶恶的邻居眼里更像是一顿美味的晚餐，在如此饥荒与疾病交错的时期，幼男无论是蒸煮还是制成肉馅都是天赐的食粮。于是乎，男童眼睁睁地看着自己的两个弟弟被凶神恶煞的邻居抓获，不管他如何撕心裂肺地求饶、谩骂都无济于事，呈现在他眼前的是一片充斥着血腥味道的地狱。

然而希国与南蜀国交界的边境小镇，来往着各国的行商，在这"三不管"的小镇之中，那街道尽头的茶馆里，竟还围坐着一群"商女不知亡国恨"的看官。台上的说戏人正在演着皮影戏，他讲得眉飞色舞，居然是当年希国名将寂将军痛失三子的故事。

众商贾边饮茶食果边听着白袍说戏人唱着："爹爹！吾乃不孝之儿，今要弃你们而去了！疫病如山倒，此命呜呼矣！还望爹爹在儿死后多去坟冢前上几炷香，孩儿轮回转世之时方可找到回家之路！"

寂将军的皮影哭喊道："夺儿！爹爹不舍，爹爹痛心，你且带上爹爹一同而去吧！"

"长兄！"弟弟们一一出现，"我等亦愿随长兄共赴地狱黄泉！"

"吾乃染病之人，你们休要糊涂！"

"手足不可分离，长兄病矣，我等陪同！"

"兄弟皆死，爹娘何辜？"

"长兄独去，爹娘怎舍？"

"你等必要好生孝敬爹娘，莫要接近吾，染了此病，再无解救！"

"长兄！"

白袍说戏人忽然悲叹一声，唱道："真是再无解救？是那帝王暗藏心机、居心叵测啊！自古伴君如伴虎，名将之子皇天独宠，可怜胞弟双双死去，寂氏望族一门绝后，仿若黄粱一梦，声声悲苦呀！"

说戏人转手一挥，三个兄弟的皮影支离破碎，寂夫人含恨而终，只剩下年迈的老将军，也命丧了在病魔的鬼手之中。

猛然之间，回忆的碎片终于拼合着凑到了一起，汇聚成了完整的图像。

寂予夺头疼得厉害，许许多多的声音在脑海里不停地穿梭旋转。被瘟魔扭曲的记忆仿佛画卷一般被快速地铺展开来，在这些年来，他被瘟魔利用，

夺走了数不清的人命，他甚至连自己的意志都险些交由瘟魔掌管。而这一刻，他要收回自己的八字命格，他不想再做瘟魔的人间容器。

当他的脑海内浮现出这一意识的瞬间，瘟魔的声音骤然在他的头顶响起——

"你难道想要抛弃吾辈不成？你别忘了，是吾辈为你报仇雪恨，没有吾辈，又怎会有你苟延残喘的今天？"

那是带有极其怨恨的腔调，不断地回荡着，寂予夺却全然不打算在意了，他与瘟魔注定背道而驰。他从腰间抽出佩剑，再用鎏金绸带去细细擦拭剑身。

"你在耍什么把戏？"瘟魔有一丝不安，它自知与寂予夺已是一体，如若寂予夺伤害自身，便是伤害它，这导致它更加愤怒道："你忘记你是怎么被那狗皇帝毁掉性命的吗？人间统统都是一群猪狗不如的牲畜，他们的性命只配做吾辈的食粮，待到吾辈彻底洗刷这臭烘烘的凡尘污秽，吾辈保证你可成为这人世间的新帝，待到那时，你与吾辈平分人间，岂不是大快人心？"

"如若……我不肯呢？"寂予夺的眼神狠戾，有着杀意，"我自有帝王之命，但凡想要称帝，也轮不到你来帮衬。"

瘟魔震惊地问道："你是要逆天而行了？"

"今舍慈且勇；舍俭且广；舍后且先；死矣。天将救之，以慈卫之。"寂予夺双眼坚定，他转过身，用剑指着空中那团如雾似云的袅袅黑烟，字字珠玑，"我并非逆天而行，我不过是要违逆于你。"说罢，他挥舞长剑刺向那团黑烟，黑烟没有丝毫变化，反而是寂予夺的胸口有涓涓血迹流出。

瘟魔狂笑道："你难道忘记了不成？吾辈就是你，你亦是吾辈啊！可你越想杀吾辈，只会毁了你自己！痛与血会折磨着你自己，这又是何苦呢？"

寂予夺痛苦地扭起眉，他用力抽出长剑，正打算再一次劈开黑烟时，面前忽然出现了一扇阻止他的门。

那扇门缓缓地打开，迎面扑来一阵夹杂着药草花香的微风。

长裙落在地面发出轻柔的摩擦声，寂予夺抬起头，他看见了阿芷。

寂予夺怔怔地站在原地，动都无法动。阿芷慢慢地睁开双眼，眼神中带有深重的哀伤。她不言语，泪水慢慢从两颊上滑落，面对着寂予夺，她向他伸出了手。

她在挽留他。

寂予夺望着那只纤细白皙的手掌，一如往昔般温柔。像是一种深情的呼唤，他痛心地拧起了眉，缓慢地抬起手去握住她。

她的手掌冰冷刺骨，令他不觉感到指尖满是湿凉。

"予夺，"阿芷唤着他的名字，"留在这里吧，这里没有人能打扰我们，再也没人能把你我拆散，只有这里……"

寂予夺凝望着近在咫尺的她，他与她距离这般接近，只要他一低头，就能吻到她的脸颊。久违的心上人如今就在他面前，他无比深情地将她拥入怀中，四周的黑暗在一点点瓦解，脚下的地面在震动，巨大的翻覆声充斥在耳畔，滚滚岩浆从脚下的裂缝之中大片涌出。

可寂予夺仿佛看不见咕嘟咕嘟冒着气泡的炽热岩浆，更看不见要将他拖入血河之中的"阿芷"不过是一具白骨，是瘟魔要再一次控制他而创造出的假象。

他的记忆仍旧会被篡改、扭曲，直到他最终失去心神，他终将被瘟魔吞噬。可恰逢这时，那名身穿白袍的说戏人站在血河之上喊了他一声，他恍惚去看，那名老者竟是皇帝的脸。

他对寂予夺笑道："予夺侄儿，人生如戏，戏如大梦，你我都已是随尘而去了，何不放下仇怨，放下执迷不悟，就此醒来？"

寂予夺浑浑噩噩地定了定神，他骤然清醒，竟见自己身在滚滚岩浆之中，而怀中的白骨早已沉入血河深处，不见踪影。他在这时恍然明了，这一切都是幻象，他险些又被耍弄。既然如此，他便要以其人之道还治其人之身，抽出腰间的鎏金红绸带扔向空中，那红绸上绣着的凤鸟竟然腾空而起，将黑暗染上了一片绚丽。尖锐的鸟啼长鸣天际，凤鸟扑向黑烟最为密集的地方，振坏了幻象，然后展翼去啄瘟魔的头。

彼时的瘟魔已经吸取几场瘟疫带来的死亡能量而长出了四颗头颅，红头突起的眼球被凤鸟啄伤，使得瘟魔惨叫连连。可当瘟魔发现这是寂予夺利用红绸带制造出的幻象后，它怒不可遏，正欲惩罚他一番，寂予夺忽然举起手中长剑，毫不犹豫地刺向了自己的心脏。

这一次，寂予夺虽然重伤，可红头瘟魔的胸口竟也是血液飞溅。正如瘟魔所言那般，寂予夺伤不到他，可他们既是一体，寂予夺伤害自己，便可伤及占用他灵魂和躯体的瘟魔了。

"由于那次重伤，瘟魔的威力也得以降低，这也便是第三场瘟疫的剧烈

程度远不及第二场瘟疫的原因……"终于道尽了这一切，寂予夺仿佛心愿已了，他虚弱地看向孟婆，嘴唇已苍白如纸，"宸儿妹妹，如今你已斩除瘟魔，世间再无瘟疫，你也让我得以解脱吧。"

孟婆望着他这张如同衰败残阳的俊美却扭曲的面容，不禁有苦难言，抬起手轻抚他的面颊，眼中泄露愁苦。他不是旁人，而是她的长兄，面对着他与瘟魔共同犯下的罪孽，她又如何能忍心告知于他后果？于是种种复杂的情绪焦灼着她的心，她悲伤、惊乱、迷茫，终究还是同他道："即便你无心伤及众生，可众生却也是因你而死；你给予瘟魔保护，也纵容瘟魔屠杀，因累及无辜百姓遭灾殒命，对你的惩罚便是在以后的轮回中永入畜生道，一世接连一世，为牛为马、辛劳终生，直到赎清罪孽。"然而一旦跌入畜生道，万劫不复，便要痛苦地挨至业力消尽，方有望再度为人。

遥想这人世中的牲畜，有许多在野外漂泊的弱小动物，它们长期遭受寒、热、饥、渴、被猎杀及相互啖食之苦。被人类畜养的动物，则被劳役、鞭打，更被宰杀而取皮、肉及骨等，一样苦不堪言。

可寂予夺却欣然接受了这可悲的惩戒，他含笑道："我自是心甘情愿。"

"长兄……"孟婆不舍地握住他的手，她此刻的声音听上去十分无助，就如同当年的幼妹一般无措地询问自己依恋的长兄道："你可还有何未了的心愿？我定当为你全力以赴。"

心愿……寂予夺吃力地抽出被她握于掌心的手，轻轻地去触碰她的眉，她的眼，她的脸颊与耳廓，触景生情般问道："自行了断性命之人，可否轮回？"

孟婆不忍他伤心，骗他道："自然可入轮回。"

他心满意足地笑了，瞳孔开始涣散，用尽最后一丝力气对她道："我知道你是不想我含恨而终，但我也知道此愿无人能为我实现，倘若来生真能再遇见她，是牛是马，我亦无怨言，只要……能再见她一面……"

他的手垂落下去，慢慢地闭上了眼睛。孟婆的泪水顺着脸颊滑落下来，她的五脏六腑搅成了一团，痛到无力呼喊。她想去抱住他，可他的身体却逐渐幻化成了白色的沙砾。在眼前摇摇晃晃的皆是幼妹与长兄嬉笑玩耍的光景，每一块桂花糕，每一次游花灯……那被他捉在手里的金雀，那对她展露的温情笑靥……全都消逝了。

待到孟婆回过神时，寂予夺的身躯已经消失不见，留下的只有一地白色的沙砾，闪烁着晶莹如同琉璃般的光彩。一颗泪珠顺着孟婆的眼眶掉进白色的沙砾中，地面上顿时盛开出漫山遍野的白色花朵。

头顶上空的乌云缓缓散去了，周身的景象也恢复了原来的模样。山林里死去的士兵与巫师们竟重获新生，他们从地上爬起身，彼此交换着疑惑的眼神，就仿佛是刚刚做了一场噩梦，如今梦醒了，一切都还是最初的景象。

藏锋站在原地，他看到孟婆的身影一点点地浮现在她消失的地方，他不由大喜，连忙跑到她的身侧询问她是否安好，孟婆仰起满是泪痕的脸孔，藏锋不语，仿佛是心照不宣一般，他什么都不再问，只是慢慢地伸出手，揽过了她纤柔的肩膀。

她靠在藏锋的肩头，沉沉地闭上眼，再一次泪流满面。

第
二
十
九
节

第三十节

天衍二十六年。

暮色从天际缓缓消失，接替黑暗的是晨曦柔和的日光，万丈光芒穿透了云层，仿佛将久违的暖意洒照在了南蜀与希国的每一寸土地上。那些曾经笼罩在两国大地上的病痛、饥寒、灾难都随着黑暗渐渐消逝，来自四海八荒的清风环绕在两国边境，动荡的时代似乎已然告一段落。

而在这两国的交界处，有一片正开得繁茂的杜鹃花田。这个时候，南蜀国的帝王藏锋骑坐在骏马上，他神色忧郁地凝望着面前的花田，身后跟随着若干心腹侍卫，他却让侍卫暂且退到后头，唯他独自一人骑马踏进了花田中。

时值杜鹃花灿烂鲜艳之日，一片片怒放的花朵如云似霞。曾几何时，他同另外三人一起发现了这片花田，当时策马风流，对酒当歌，一身红色铠甲的灵霁策马跑在最前头，她迎着夕阳，道着人生要快意恩仇、敢爱敢恨，沅宸则是跟在她的身旁，偶尔回过头来，对着他和衷赢露出温和灵动的笑靥。

那时候，他们四个人，好似没有忧愁，又都各怀心思。就是在这片花田中，他也曾见到沅宸同衷赢并肩骑马，彼此以眼神交流时的默契让他不由得别开脸去，他不愿去看。而天碧如海，花香芳芳，他又不忍错付这好时光，便怀揣着一抹淡淡的忧思，在这些锦绣的花朵中放声高歌：

> 呦呦鹿鸣，食野之苹。
>
> 我有嘉宾，鼓瑟吹笙。
>
> 吹笙鼓簧，承筐是将。
>
> 人之好我，示我周行……

灵霁听进耳里，心情大好，不由接下他的歌唱道：

呦呦鹿鸣，食野之蒿。

我有嘉宾，德音孔昭。

视民不恌，君子是则是效。

我有旨酒，嘉宾式燕以敖！

到了最后，沉宸、衷赢也随着他们二人一同和歌而唱，婉转的曲调响彻花田上空：

呦呦鹿鸣，食野之芩。我有嘉宾，鼓瑟鼓琴。鼓瑟鼓琴，和乐
且湛。我有旨酒，以燕乐嘉宾之心……

一群鹿儿呦呦欢鸣哟，在那原野悠然自得地啃食着艾蒿。一旦四方贤才光临舍下，我将奏瑟吹笙宴请宾客哟。君子贤人纷纷来仿效，弹瑟奏琴勤相邀，融洽欢欣乐尽兴。我有美酒香而醇，宴请嘉宾嬉娱任逍遥！

我有美酒香而醇，宴请嘉宾心中乐陶陶哟！

那清澈的歌喉、动听的歌声久久地回荡在杜鹃花田之间，年少轻狂、潇洒奔腾，他曾觉得人生亦如当下快活，可那之后发生的一切注定了没有人会真的潇洒。

数十年变迁，青丝成了白发，光华褪去了懵懂，当年的四人只余他独自一人回到这杜鹃花田，再无红衣灵霁，再无白衫沉宸，亦无那仿佛永远都将微笑挂在唇边的衷赢……

他当真是成了孤家寡人。

此时的藏锋轻轻叹息，沧桑风霜爬满了他的鬓角与眼眉，他凝望着脚下的杜鹃花，眼里有着难以掩饰的悲凉。耳边回响起的是无痕那叫他父亲时的激动呼喊，犹记得那日打败瘟魔，一行人浩浩荡荡地从山谷中凯旋，孟婆随他回到南蜀宫殿中，她要他清理走了多余的人，当只剩下他们二人时，孟婆对他道："我要让你见一个人。"

话音落下，孟婆引无痕出现。这个苦命的少女已死于瘟疫，她因与孟婆订下交易才得以重回人间。当她走向藏锋时，只试探着轻声问了句："爹爹，

是你吗？"

藏锋的身躯蓦然一僵，他闻声看去，看着她一步一步走向自己，心中仿佛是有一壶被推倒的烈酒，洒了满地，染疼了心伤，火辣辣的痛楚。

"无痕？"他犹豫似的唤着她的名字，无痕瞬时间泪如雨下。她曾朝思暮想、殷切盼望的这一天终于到来了，她甚至不敢相信自己的眼睛，更加不敢相信自己的爹爹已是高高在上的南蜀国帝王。他的锦绣华衣上纹着水墨海波金线，腰间坠着珍贵无比的玉佩，与那串她熟悉至极的银铃铛。他离她这般近，又好似远在天涯。可无痕实在无法隐藏心中的激动，她哭喊着一声又一声的"爹爹"，藏锋更是心中激动，迎上前去抱住了女儿，紧紧地抱住。

十年来未曾谋面，藏锋心中苦涩，眼里神色复杂。他有愧疚、怜惜、悔恨与欢喜，也有不安与悲痛，他自是知道女儿接下来的处境，可又不知从何说起，只能深深地凝望她容颜，抬手将她额前的发丝拂开，颤声道："爹爹对不住你们姐妹，亦对不住你们娘亲，爹爹想要弥补你们……"说到这里，他忽然看向身侧的孟婆，竟真切地恳求她道："宸儿，寡人愿用自己的余生和轮回的福报来换无痕与你之间的交易，只要能让无痕得以转世，寡人为此不惜一切代价！"

然而，孟婆没有回答，只是无奈地垂下了眼。烛光照耀着她的面容，勾勒上了一丝清冷，宛如没有生气的瓷雕。

"三界皆有规矩，即便是上古天神，亦无力更改定局……"良久之后，藏锋听到她的低声喃喃，语调落寞。

仅此一句，便令藏锋的心如坠冰窟。他恍然间觉得世间所有都是这般虚无，即便他高高在上，即便他君临天下，可他却连自己女儿的性命都无法挽回。他要这城池有何之用？要这"吾皇万岁"亦何乐之有？然而，无痕却轻轻地推开了面前的藏锋，她对他展露出一抹宽慰的笑意，可眼里依旧含泪，只轻声道："爹爹，莫要为了无痕伤心，也莫要令孟姐姐为难，这是无痕的命数，自当顺应天意。而无痕早已无怨无悔，今生今世有无芯作伴，又在最后一刻见到了爹爹，无痕此生当真足矣。"

"无痕……"藏锋欲言又止，无痕试图将自己的手从他的掌心中抽出，她说自己该走了。

"爹爹，我离开之后，希望你能照顾好无芯。无痕请求爹爹不要将她接进宫里，这里太寂寞太残酷了，无痕只想妹妹生活得快乐。爹爹，可以答应无痕吗？”无痕最后请求道。

藏锋自是点头，坚定道："爹爹自会保护无芯，她再也不会有任何闪失，只要爹爹在，定护她一生周全，也定让她远离宫廷，伴她开心长大。"

无痕感动地道："爹爹，你是一个好皇帝，你会成为流芳千古的明君。"

藏锋笑着湿润了眼睛，他道："爹爹不想做好皇帝，亦不想做明君，只愿做你们姐妹二人的爹爹，做朝耕暮耘的凡人……"

"可爹爹有自己的使命，就像无痕已经完成了自己的使命一样。"无痕放开他的手，流下眼泪，对他说，"再见，爹爹，珍重，爹爹。"

藏锋极为不舍地松开了她，泪目婆娑，终究是说出了那句："痕儿……若有来世，我们再续未尽的父女缘分……"

孟婆牵过无痕的手，她望向藏锋，藏锋亦望向她，二人久久深望彼此，却是谁也没有再多说，都只是略微颔首，然后，藏锋看着孟婆转过身去，带着无痕消失在了自己的面前。

江山如画，美人如玉。

这孤愁寂寥的余生里，藏锋将默默地珍藏着曾经的爱恋、忧思、懊悔、迷惘，也将把对无痕与蓠忧的思念放在内心深处，悄悄回忆，深深哀思。

那之后的一日又一日，一年复一年，藏锋迎接日出，送走日落，他流连在宫廷与百姓之间。他将无芯接到离皇宫有一段距离的宅子里安顿好，派了专人悉心照料，每隔几日也都会亲自去看望。无芯亦是十分期待他的到来，又在侍女的陪同下学会了弹琴。每次藏锋来时，都会笑着同她道："无芯，为爹爹弹上一曲吧。"

无芯知道藏锋喜欢听《鹿鸣》，便坐在椅上捧起琵琶，轻抚琴弦，悠悠吟唱："呦呦鹿鸣，食野之苓。我有嘉宾，鼓瑟鼓琴……"

每每听到这乐声，藏锋都犹如回到了故里。

他做了一个梦。

在那个梦里，他看见了所有已故的亲人。养父寂将军、灵霁与众将士、蓠忧、无痕，自然还有沅宸。他们都在寂家军营里把酒言欢，见到他独自一人站着，便立即招手唤他过来。

藏锋喜悦地笑了，他迫不及待地跑向他们，在奔跑的过程中，他的白发幻化成了黑丝，龙袍转变成了战甲，他重新做回了当年骁勇的寂少将，腰间系着酒囊，背上背着长枪。

那夜的月色美极了，洒下一片银色光晕，如同迷离的香粉在众人身边萦绕。藏锋坐在大家中间，随着他们开心地笑着，他许久不曾这样开怀笑过了，他竟害怕这是一个梦，害怕梦会醒。于是他笑着笑着便惊慌失措起来，他看到身边的亲人们一个接着一个地离开了。

先是寂将军，然后是灵霄……他们都毫无留恋地转身而去，令他满心错愕，他仓皇地起身去抓他们每一个人的衣袖，哪知留在手中的，只剩云烟。

他慌乱而不安，为何自己回到了曾经少年，却还是留不住这团聚的一幕？

直到最后，他的面前只剩下了沉宸一人。

他竟像是松了一口气那般说着，宸儿，还好你在，还好我没有失去你，倘若连你都离开了我……

话还没有说完，沉宸便对他摇了摇头。她的衣衫不知在何时变了模样，从一袭白衣变成了青衫，眉间浮现出朱砂色的疤痕。她眼神忧郁，缓缓来到他的面前叹道："藏锋哥哥，你回去吧，现在还不是时候。"

回去哪里？他问，他的家就在这里，他哪也不去，他不想无家可归，更不想一无所有。

她露出无奈的笑意，清风徐来，吹起她的鬓发，她唤醒般地道："你答应过无痕会好生陪伴无芯成长。"

无痕、无芯……他默念着这两个名字，忽然像是想起了什么一般地亮了双眼，"好耳熟的名字，无芯……"

沉宸看着他，颇为伤感地说："她是你的女儿，你还要陪伴她长大，她经历了那么多的苦难，如今得以与你重逢，你定要好好待她，要把心思放在她的身上，让她享受无痕无缘体会的父爱。我知道你疲累了，亦知道你厌倦了凡尘俗世，但是藏锋哥哥，你要坚持陪着她长大，亲眼看着她出嫁。等哥哥把一切都做完了，宸儿亲自来接你，你不会孤单寂寞，大家都会看着你，看着你为希国和蜀国得之不易的和平而不断努力，为两国百姓的福祉而倾尽全力。哥哥这一世皆是为了旁人活着，处处周到、事事用心，最终却是苦了自己……"

她长袖一挥，又令他看见了人世间无芯正抱着琵琶为他弹唱的景象，而他酣睡在一旁的长椅上，鬓角苍白，面容垂老。

他竟是那副衰败的枯容了吗？他不敢置信地探手去碰，面前的景象就像是一面镜子，手指触在上面，镜子就漾出了层层水纹，如涟漪一般徐徐散去。

"原来我已是这般苍老了。"他失落地垂下了手，无比缅怀自己逝去的青春岁月，痛心疾首道："这副年迈之躯，留着何用？"

她站在他身后道："如若不是这般年迈了，你又如何会珍惜起过往？"

他回过身，看向她，幽幽地问："今日一别，会否再相见？"

她深深地凝视着他的眼，微动唇角，苦涩地笑了，只道："从此以往，再见亦是奈何桥上见。"

他恍惚间觉得心痛，可想起方才她那番话，又默默地点了点头。深吸一口气，露出一个温暖的笑容，看着沉宸说："好，我这便回去了。等到那时，宸儿一定要亲自来接哥哥才是。"说完，他毅然转身走进了一团迷雾之中。

梦在这时醒了。

夜风微凉，他侧眼看到了无芯，她停下了手中的弹奏，略有担忧地望着他。他忽然觉得这几年来极为亏欠无芯，她与自己失散多年，如今好不容易失而复得，他自己却总是放不下过往的伤痛，时常会忘记身边有她陪伴。

他是该好生珍惜无芯，不该让她忧心忡忡。他便唤她坐到自己身边，终于想起要问一问她与无痕曾经的生活了。无芯很开心，她露出欢喜的笑脸，撒娇地黏在父亲身边唤着爹爹，我当年与无痕姐姐呀……

往事悠悠，时日不再，可海中月到底是碎在了海里，而身边人，仍旧与之共度点滴。一生戎马，半壁江山，山河璀璨，日月星河。然而，只要无芯还在他身边，他就不会是只身一人，更不会是在走孤寂之道了……

　　　　昨夜寒蛩不住鸣。惊回千里梦，已三更。
　　　　起来独自绕阶行。人悄悄，帘外月胧明。
　　　　白首为功名。旧山松竹老，阻归程。
　　　　欲将心事付瑶琴。知音少，弦断有谁听。

时日已到，与无痕的盟约也已经结束，孟婆完成了自己在人间的交易，她如约收取了无痕的"回报"，无痕也终究要随孟婆归去了。尘缘已了，踏上黄泉路，入了忘川河，她也曾回头望了一眼孟婆，却是唇角含笑，没有丝毫的遗憾。

无痕的福报珠足够亮，也足够大，孟婆望着无痕离去的背影，心中竟会有一丝不舍。也许因她是藏锋的女儿，也许……因她经历了同自己前尘一样可怖的瘟疫，抑或者，她也是一位想要保护妹妹的姐姐。

待到这一切都尘归尘、土归土，孟婆离开忘川，回到了久违的冥府。一直等候着她的牛头马面听闻她今日归来，便早早就等在了大门前。孟婆刚一到，二鬼便争先恐后地迎上去，同孟婆诉着各自的思念"衷肠"。

牛头许久不见孟婆，倒有些羞涩起来，挠头道："多日没见到孟姐姐，我本有一肚子话要和你分享，谁知今日见到了，反而不知如何开口了，我实在是无用。"

马面哼他一声，自是嫌弃他无用得很，随后便得意地献给孟婆一个竹篮，嘻嘻笑道："孟姐姐，我昨儿个就开始亲自剥核桃，想着要做琥珀核桃糕给你吃，你瞧，这一竹篮里全是我亲自做的，你快尝尝！"

孟婆不由得感到了温暖，拾起一块琥珀核桃糕放进嘴里，满意地夸赞道："马面的手艺越发长进了，这是我吃过的最美味的琥珀核桃糕。"

马面被夸得也有些羞涩，牛头趁机在这时也笑起他没出息。接着，林冉冉从身后头飞快地跑了出来，她手持红缨枪的模样依旧飒爽风流，一见到孟婆，她开心得手舞足蹈，恨不得抱起孟婆在空中旋转几圈。可又瞥见马面送给孟婆的小食，她随即不满地大声吵起来："马面！我就知道你偏心孟婆，昨天我想尝一小块儿你都不肯，还骗我说是做得不好吃，怕我吃坏肚子，我一个鬼还能坏肚子了？看吧，你分明就是留给孟婆的，我就知道有猫腻！"

马面吓得急忙躲到牛头的身后，小声地嘟囔着："孟姐姐好不容易回来了，我自然是要好吃好喝地招待她，你又没有一年半载的没回来，天天都在冥府里白吃白喝的，哪有孟姐姐辛苦……"

林冉冉听得一清二楚，她气炸了，挥舞着红缨枪去抓马面。牛头可不想趟这浑水，赶忙躲到一边，马面大骂他不是兄弟，林冉冉则是一把将马面的头按到地上，逼迫他给自己也做上一篮琥珀核桃糕，否则要他好看。

好汉不吃眼前亏，在林冉冉的"淫威"之下，马面只好暂且从了。林冉冉这才罢休，放开马面，拍拍手掌，一副得胜的自豪模样。

孟婆将这些看在眼里，她感到开心而喜悦地笑个不停。

马面委屈地抱怨道："孟姐姐，我都成什么样了，你怎还忍心笑我啊？"

孟婆轻遮着脸颊，弯着眼睛好生快乐道："实在是许久没见到这番熟悉的景象，我觉得温暖得很，便忍不住欣喜了，你们就见怪不怪吧。"

林冉冉这才发现她面容上的异样，立即走上来打量她一番，又盯着她的额心问道："孟婆，你的朱砂疤痕怎么如此之淡了？如若不仔细看，仿佛都快要消失了一般。"

孟婆闻言，抬手摸了摸自己的眉间，随后淡淡地笑道："也许是因为我已解开了心结吧。"

林冉冉察觉到她的那份若有所思，不由好奇地追问起来："你在人间到底发生了什么令你解开心结的事情？快讲给我听一听，也不枉费我日夜盼你归了！"

孟婆打趣她道："那不如我送你一份当归？也算了你心愿了。"

林冉冉还想再说什么，忽然越过孟婆的头顶看向前方，喃声道："我看，你应该送她一份当归才是，她也是日夜盼你归呢。"

马面和牛头也附和道："她又来了，真是一只执迷不悟的花兔子啊。"

孟婆怔了怔，随后慢慢地转向自己的身后看去。只见黑雾缭绕的鬼门前，漂浮着花兔妖的魂魄。她身形清瘦，衣衫袅袅，一张龅齿兔面与女子容颜相互交错着若隐若现。即便是到了今日，她也没有用心修炼，法力依旧薄弱，难以维持人形。

孟婆心中轻轻叹了一声，踱步走向花兔，语调中有着无奈的音调，她问道："这么多年了，你为何还是这般固执？为何不肯听我的劝告？"

花兔却失魂落魄地张了张嘴，欲言又止，最终也只是垂下眼帘，表情痛苦哀伤。

孟婆于心不忍，亦念及那梦中的一场情分，想来也该做个了断了，便问她："我知道你的心心念念，可是已经这么久过去了，你的心愿可还如初？"

花兔浑浊的眼中仿若亮起了光，重新抬眼望向孟婆的方向，神色殷切。

孟婆再一次叹息，她心中仍旧记得那个梦境，自然也记得自己答应过她的事情：如若有朝一日，她们再次相见，孟婆定要为她实现一个心愿。早在数年前，孟婆惩戒她是因为她竟敢偷取冥府中的生死簿。可人间之行令孟婆的心结已解，自然也想帮执迷之人解开梦魇般纠缠不休的心结。更何况，她也不忍见玉甯整日伤心忧郁。于是她将双袖在空中一挥，顿时无数蓝色光点坠落，而那些蓝色光点最终汇聚成了一个小小的木片，看上去像是人的形状，有头，有手臂，有双腿，十厘米左右的长度，缓缓地飘落到了花兔妖的手中。

木人身上刻着黑字，字上写着"李氏"之名，旁边则是更小一些的字迹，是他的生辰："天启三十又三年，甲寅年戊辰月庚辰日丙戌时"。

花兔妖感激地捧着手中的木片，喃喃开口道："多谢姐姐能够实现妾身的心愿……"

孟婆点了点头，随即念了一道咒语。接下来，花兔妖手中的木片绽放出大片大片的赤红光芒，所有的光芒凝结在一起，积聚成了一个男子的身形。

"李公子……"花兔妖早已瞎了，她只是凭感觉分辨出那光芒中的身形是李煊。

"对不住啊，玉甯姑娘，让你久等了。"李煊在光芒中走向花兔妖，红着眼眶擦泪道，"小生前尘亏欠你的太多了，小生愿和你一起入轮回，到了来世，小生要加倍地报答你对小生的好，小生再也不要伤你的心，更不要与你分离了。"

花兔妖哽咽一声，她向前几步，扑进了李煊的怀抱。凝望着此景的众人似乎也被感动，尤其是林冉冉，竟触景生情，忍不住低头啜泣起来。

在这片炽灼如霞的朱红色光芒中，玉甯和李煊携着彼此的手，薄弱的身体缓慢地腾空消失，最终一点点地变成透明。他们要进入轮回了，等了这么多年，花兔妖终于等到了这一天。孟婆望着他们，眼神深邃，低低唤了声："玉甯，再会了。"

花兔妖循声看来，微笑着留下一句动听的告别："谢谢你，姐姐。"

他们二人消失在了鬼门上空，孟婆仍旧凝望着他们离去的方向，久久驻留。林冉冉戳了戳哭红的鼻子，走上前来问孟婆："这花兔子实在是一往情深，可把我感动坏了。但她为何叫你姐姐？你又怎么知道她的名字？你们俩难道是旧识不成？"

孟婆低下头，意味深长地笑了笑，"不过是一些陈年往事罢了。"

林冉冉便也不再多嘴相问，孟婆则是同她道："既然已回，我该去面见冥帝才是。"

第三十一节

　　天地六道，自有天界道、人间道、修罗道、畜生道、恶鬼道、地狱道。冥府掌管鬼界三道，也可决定转世轮回之人去往何道。而冥府之地，向来无花无草，暗黑九天，风声深邃。此时的冥帝和墨正静静地坐在高台上，凝望着跪在殿内的孟婆。

　　今日是孟婆从人间归来之日，她手里握着那颗得来的福报珠，长发垂腰，面容宁静。眉间那抹刻骨的朱砂疤痕已然消失殆尽，冥帝见状，已是心领神会了。

　　孟婆在这时抬起脸，微笑道："冥帝大人，我在人间的任务已经完成，从此会一心一意在冥府之中当差，必如从前那般尽忠职守。"

　　和墨凝视着她的眼睛，略有惊异，问道："你既已了却前尘心愿，竟不打算转世投胎吗？"

　　孟婆微笑，颔首道："承蒙冥帝大人厚爱，孟婆只愿在此为大人效力。"

　　和墨抬起案上的青瓷茶碗，轻抿了一口，不疾不徐道："孟婆，你从来不擅巧言，依我看，你是还有自己的私愿未曾了却吧？"

　　孟婆闻言怔了怔，随后陷入思虑之中，眼神中也泛起了淡淡忧伤，沉沉道："果真是瞒不过冥帝大人的眼睛，我的确还有着私心。我想再多熬几年孟婆汤，至少还要再熬二十年，我要确定下一个二十年后还会不会有瘟疫在人间发生。再者……"她顿了顿，叹息道："我也想在奈何桥上等一人现身，前生已无缘相见，如若死后也等不到他，我绝不甘心就此转世。"

　　和墨见她这般执迷不悟，不禁叮咛道："冥界有冥界的规矩，你在人间救了那么多众生，也收取了与契约之人的福报，我自当会为你选一个好人家令你转世投胎，商贾权位，皇室望族，这些自当任由你随意挑选，你会带着你的福报重新为人，再不必于那悲凉的奈何桥上见证痛彻心扉的生死轮回。

这般大好前景，你又何必贪恋前尘之缘呢？"

　　可孟婆却轻轻地摇了摇头，她的声音里有着幽幽的哀戚，道："孟婆送鬼孟婆汤，了却他们的前尘，目送众鬼转生，本是一件救苦救难的美事，我并不觉得悲凉，只因我见过更为悲凉的、数不尽的生生死死。我身为孟婆，已是死去之人，本不该再有痴心妄想，然而三界之中，皆有因果，我并非贪恋前尘之缘，只是想给自己的这份执念一个交代，也想着……去给他一个交代……"

　　听到这里，和墨发出长长的深沉的叹息声，历任孟婆皆痴情，唯独这一任更为执着。守着执念的人儿自然令人怜惜，和墨也深知她所言之人是谁，便点头道："倘若他修道诚心，寿命必定会超过百岁，甚至是两百岁、三百岁，你也许还要在奈何桥上等他到很久很久，你可愿意守着那难挨的寂寥？"

　　"心中有所期待，便不觉寂寥。"孟婆眼神坚定道。

　　和墨有些怜惜地看了孟婆一眼，轻声说道："前世你们有缘无分，而你年纪轻轻就抱憾往生，他亦失望至极，遁世而去，再也没有找寻过你的下落。若是在这奈何桥上你等到了他，而他却对你早无了挂念与情愫，你不会觉得难过和遗憾吗？"

　　"只要能再见他一面就好，哪怕他已经将我忘得一干二净。我心中有他就足矣，我要将前世来不及说的话当面同他说，如果此话不能亲自讲给他听，我必定抱恨永世。无论他届时待我如路人也罢，唯有了却这番牵挂，我才肯心中释然地去投胎转世。"

　　和墨苦涩地笑了笑，点头道："待你转世后，必定会出生在一个繁荣太平的盛世，再不用受疾病、灾难之苦。至于他是否能修行到有了神职、仙籍，那就是他的造化了。若真是那样，他就算逝去也不经过冥府判定，而是直接去了天界，由那边来安排他何去何从。就算今生功德不足，来世再投胎为人继续积累阴德，怕也是再难认出你了。我能为你做的唯一一件事，就是破例和天界天官告请，若他修得神职驾鹤飞升之前，先来冥府与你见上一面，也算了结你的心结。"

　　孟婆感激地谢过冥帝，谢冥帝允许她留在冥府继续做孟婆，谢冥帝允诺了她的来世安好，更谢冥帝为他破例。难怪牛头、马面和黑白无常都说"冥帝看上去冷漠而孤寂，其实内心是那么细腻与温暖。对待历任孟婆都如亲妹一般，不着痕迹地为她们着想。"

那之后的岁月里，孟婆依旧如过去那般站在奈何桥上精心熬着她的孟婆汤，每当鬼门大开之时，一袭青衫的她都端姿站在桥上，盛好散发着清幽药香的汤，递给每一个决心了却前尘的鬼。一年又一年过去，孟婆等尽了这一个二十年，又等起了下一个二十年。庆幸的是在这些年中，再也没有瘟疫横生，瘟魔的确已灰飞烟灭了。

有时完成了每日的工作，她会走下桥来，独自坐在奈何桥旁的那棵巨树下出神。巨树无枝无叶，更无果，只有千丝万缕的祈愿签条挂在上面。每当一个鬼饮下孟婆汤，他心中的愿望都会呈现在签条上，有人想来世再不做女子，有人想来世寻一户好人家降生，亦有人想在来世成为呼风唤雨的人上人……孟婆会坐在树下去读签条上的心愿，读得累了，便会靠在树干上沉沉睡去。

她再也梦不到其他人了，唯有他，是她梦境的全部。

梦里的他依旧是年少时的模样，身姿清瘦，容颜如玉，可她总是要梦见那个他与她分别的时刻。她恳求他帮她救救藏锋，他眼中的错愕与绝望令她心碎成殇。而在这个梦里，他站在她的面前，她不再对他有任何的无理请求，只是局促地对他哀求道："大师兄……你能不能原谅当年的我……"

他不言语，忽然消失了，她刚要开口，他从黑暗之中走向她的身后，她不必回头便能够感受到他的气息，他沉声道："沅宸，已经太迟了，你我之间终究是生不逢时。"他距离她很近，温热的呼吸起伏有度地划过她的后颈。

她痛心失声道："我是懂得太迟，可在药圣山谷的那段时日里，你我相知相守，亦是相爱。"

他打断她道："相守是爱，背弃是恨，爱恨交加，从何原谅？"

她无言以对，也无从辩驳，他早已看穿了她，一针见血，不留余地。可她一直在等着他，她自知对他有愧，然而她不曾有一刻停止对他的思念，她颤抖着声音道："的确是我不对，当年是我私心，是我将你置于危险之中……"她忽然转过身面向他，流下眼泪道，"可在那之后的每一天、每一时，甚至是无时无刻，我都活在自责与哀苦之中！我后悔当初的决定，更后悔自己为何……为何没有早点发现深爱之人是谁！"

他眼神黯然，仿佛不再信任她一般，冷声问道："你所爱之人，可曾是我？"

她高声道："是你！"

他却嘲弄似的笑了，神情中满是哀莫大于心死，他道："如若是我，你又怎舍得那般绝情？"

她不断地摇头，急切地说道："我是别无他法，我并非绝情！倘若再重新回到当日……"

她却说不下去了。

他便叹息着垂下眼，喃声道："即便回到当日，你我之间也不会有任何改变。"

他的声音略显喑哑，再次抬起眼时，他的眼底有了薄薄的水汽。此时的他仿若失去了活人的气息，他成了一具没有灵魂也没有心的躯壳，从她背弃他的那一日开始，他的心便已经死去了。可他还记得初次见她时的光景，她满脸泥泞，眼神却无比坚定。

是那双眼睛令他深深地迷恋着她。那回荡在耳畔的采莲歌，那朝朝暮暮的陪伴与药香的萦绕，让痴心的男子沦落成了无心的修道人，把热忱的女子煎熬成了悲凉的守桥鬼。

究竟是宿命？抑或是天意？她与他，本该在那世外桃源般的山谷里厮守到老，奈何命运摧残，天地之间容不得有情人终成连理。她和他这般南辕北辙，人间地下，不得相见。

"大师兄……"她苦苦挽留他，向他伸出手。

可他站在她的面前，却不肯握她的手。

她的脸颊上滑落两行清泪，忽然睁开眼，却看见林冉冉握着她的手，正担忧地望着她。

"你怎么睡着睡着竟哭了？"林冉冉叹了口气，坐到她身边为她擦拭泪痕。

孟婆的形容略有憔悴，她恍惚地回道："我做了个梦，也不知怎的便流泪了。"

林冉冉望着她："定是个伤心梦。"顿了顿，又道，"哭一哭也好，能在梦里哭，也是件尽兴之事。"

孟婆的泪水又流了下来，她忙拭去说道："是啊，能哭一哭也是好事。世事一场大梦，人生几度秋凉？夜来风叶已鸣廊。看取眉头鬓上。"

听见林冉冉枕着双臂靠在树干上感慨道："时间真快啊，自打你从人间回来都已经过去六十年了，那世间再如何长生不老之人也该下到这里见一见苦苦等候于此的你了吧？"

孟婆静静地说道："不管是多少个六十年，我都能等下去。"

林冉冉苦涩道："可见他是个诚心修道之人，修得这般好，死都死不成了。"

孟婆不语，两人陷入了久久的沉默，直到牛头和马面忽然从桥上急急忙忙地跑了下来，一边跑一边吵吵嚷嚷道："孟姐姐！林将军！不好啦不好啦，出大事啦！"

林冉冉觉得这二鬼十分不会看脸色，没看见孟婆正伤心呢吗？她立即跳起来训斥二鬼道："吵什么吵，有什么了不得的大事，慌慌张张的模样哪里像冥府的鬼差？"

马面气喘吁吁地辩解道："我也不想这样！实在是事情蹊跷，黑白无常在鬼门那里堵着呢！"

林冉冉气急败坏道："到底是怎么一回事？细细说来！"

牛头和马面便相互附和着说道："方才我们又打开了鬼门，正要放那些鬼众进来，本想着是今日第二次开鬼门，不会有太多的死魂，哪承想大门之外堵得水泄不通！你们猜是怎么回事？竟是人间一位德高望重的道长仙逝了，那些曾经被他净化过、超度过或是帮助过的魂灵听闻此讯，都追寻他一起前来冥府投胎转世了。要说这修行好的得道高人就是不一样，死了之后都被生前帮助过的人铭记着，连投胎都要追随他的脚步。可哪能一下子让那么多的魂灵进来？所以我们就先把那道长放进来了，待到他上了奈何桥，再去处理那些门外的魂灵。"

林冉冉听到这，不由露出惊喜之色，她猛然看向孟婆，孟婆也是同样的震惊，她的眼中有喜悦，又有困惑、迷惘与迟疑，很快又被不安与退缩吞噬。林冉冉从没见过她这般不知如何是好的模样。

然而……孟婆看向林冉冉，忧心忡忡地问道："会是他吗？"

林冉冉也不知道该如何回答，只好坚定道："是他，快去吧，你等到这一天了！"

孟婆踌躇了片刻，忽然就飞快地奔向了奈何桥。牛头马面也要去追，林冉冉拦住他们，不准他们去坏事。

这一路上，孟婆脑中千思万绪，脚步飞快，心中更是迫不及待。

清风袭人，露重情深。

第
三
十
一
节

x

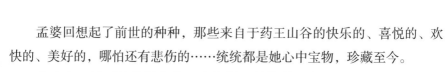

孟婆回想起了前世的种种，那些来自于药王山谷的快乐的、喜悦的、欢快的、美好的，哪怕还有悲伤的……统统都是她心中宝物，珍藏至今。

十八岁，她还只是前往药王山谷学医的籍籍无名的少女，刚刚入了门下，听到廊外人声鼎沸，大家都道是大师兄来了。她好奇，挤过人群去张望，便一眼瞧见了一身风华的他。

那日花影婆娑，风暖斜阳，他走在缓缓一行人的最前方，正同身侧师弟低语，手拿一把淡绿色折扇，腰间坠着那块紫色玉佩，映着空中飘落下的几朵桃花，将他出尘的身影勾勒出一股子极致韵致。

他察觉到她直勾勾的视线，侧眼扫来，是轻描淡写的含笑一瞥，却足以硬生生地刻上她的心尖。

她不曾知晓，自那之后的时间里，他之于她，早已是一种如山似海的沦陷。

他为她抛弃功名利禄，随她来到她的国度，他为她提诗写词，为她描眉点唇，为她温一壶酒，也将她抱在怀里，低念她的名字："沉宸。"

那一场旧梦，会否续成今日之缘？

迎面袭来清风，吹散她的思绪，孟婆已然来到了桥上，她抚平自己起伏的喘息，抬起头，看见桥的那一端站着一个俊秀身影，像是在迎接她。

来到冥府，那人已然留有年轻时最为俊秀的姿容，见到孟婆出现，他上前来作揖道："在下修道圆满，在此等候一碗孟婆汤，好转世轮回，再续前世功德。"

孟婆凝望着他的面容，心中期待也一点点地落空下去，终究……不是她要等的人。于是她点点头，引他来到桥头，递给了他一碗孟婆汤。修道之人一饮而尽，孟婆却哀伤地流下了泪水。

他见她哭了，忙问："孟婆这是怎么了？"

她摇摇头，又悲苦地笑了："不过是所等非君罢了。"

那人听不明白，倒也不在意，转身跳入忘川，自是功德无量。

唯独剩下孟婆独自一人站在桥上，怀揣着一腔空欢喜，寂寥地望向奈何桥的尽头。她幻想着下一次，他真的会出现在那里，缓缓向她走来，唤她一声"沉宸"。

在那天到来之前，她仍旧会守着这座桥，一直、一直等下去，哪怕等到沧海干涸，哪怕等到尘世无烟。待到那日，她定会换上最美的衣衫，点上朱唇，清清洒洒地走到他面前，对他露出浅浅笑意，仿若当年。

岁月星河皆可变，唯有痴心不改。

她以血、以泪、以生死换与他一次相见，奈何桥上，忘川河畔，她携满风霜，只为等一场繁花初见……

（全书完）

孟婆番外篇：何露

灼灼曼珠沙华，亭亭立于生死的边缘，总在不经意之间灼伤人心。

一个苍老的男子收回看向曼珠沙华的目光，看向手里那一根洁白的羽轴，轻叹一声，缓缓步上奈何桥头。

男子这一生恍恍惚惚，知道身在何处，却不知心在何处，更不知道此心应该在何处。

不知是多少年前，他苏醒在无人的山谷，头脑一片混沌，全然失去此前记忆。那时的他身着铠甲，右手拿着长剑，左边衣袖空空，显然是失去了左臂。身上信物，有口中紧咬的一根羽毛和怀里染血的一方绣帕，帕子上绣着"露从今夜白，月是故乡明"。除此之外，便是难以忘记的一种味道。

当他爬上崖壁，看到的却是遍地尸骨的战场。

此刻，奈何桥上，他看着手中那羽绒凋零后唯有一根羽轴的羽毛，端起一碗孟婆汤，一饮而下。

然后慢慢起身，一步迈下奈何桥，轻轻闭上眼睛，一滴泪水悄然落下，与前世告别。

与此同时，一个身着白衣，眉间带着羽毛形状刺青的姑娘，缓缓走上奈何桥，眼中带着化不开的温柔。

牛头马面看到那白衣姑娘，立马红了眼。

"何露姑娘，今天给我们做了什么好吃的？"马面迫不及待地问。

"什么姑娘不姑娘的，叫姐姐！"牛头在一旁"教训"完马面，接着又很谄媚地说道，"何露姐姐做的露水鸡真是太好吃了，简直是此味只应天上有，冥界哪得几回闻呀。"

何露看着一旁的牛头马面，朱唇轻启，笑着说道："喏。"随后将手里的篮子高高举起。

"曼珠沙华！姑娘刚去曼珠沙华丛就是去摘这个给我们入菜？据说这些曼珠沙华从开天辟地，成立三界以来便生长于此，数十万年来，尝食怨灵，不知竟然可以做菜。"牛头若有所思地说道。

何露看着牛头马面不敢相信的样子，淡淡地笑了。

"何露姑娘，你尽管做，我吃，我可不像他们两个这般连吃一道菜都掂量许久。"一边熬汤的孟婆插嘴道。

此任的孟婆是女将军渥丹，生前虽然在战场上英勇无比，但是脱了盔甲就是馋猫型的吃货。

"谁说我们不敢吃了？何露姐姐尽管做，我马面一定敢吃，牛头，你说是吧！"马面立刻一本正经地说道。

何露轻笑，心想："原来冥界众鬼相处得竟然这般和谐，既然如此，自己的事情托付给孟婆，她应该也会帮助自己的。"

何露也算是初来乍到，对冥界众鬼还是稍微存疑的，毕竟民间鬼怪故事多半将冥界塑造得比较吓人。

她稍稍出神，不知怎的牛头和马面已经在奈何桥上打了起来，看来这冥界当真是尚武啊，一时间风云忽变，何露心里有点惊讶。

孟婆看着何露怔怔的目光，走上前打断了何露的思绪，将其拉到自己身边，笑呵呵地解释道："不用惊讶啊，冥界不似人间，有着种种变化，万般美好，花鸟鱼虫，湖光山色。冥界更多的是安定，毕竟冥界安定了，三界才能安定，所以冥界最是寂寞。像我一般，百年来不变地熬着孟婆汤，不离奈何桥，而牛头马面穿梭于人间冥界，领路开道，却也不见人间日出，除了上元节是我们休息放松的日子，其他时候也很是乏味。闲来无趣，就剩下斗嘴和打架了。"

何露听完孟婆的解释，又看向打斗正酣的牛头马面，然后问道："孟婆姐姐可以帮我一件事吗？"

"愿意留在冥界而不去投胎的，或是心中有所牵挂，或看透人间生死，我看你应该是第一种。你来冥界数月，给我们做了无数的好菜，帮你个忙也不为过，而且愿意找我帮忙，你也算是拿我当朋友了。既然朋友需要帮助，只要我能做到的，直说就是。"孟婆道。

"多谢孟婆姐姐帮忙，希望孟婆姐姐在分发孟婆汤的时候留意一个人，那人左手手心有一羽毛状刺青。我知道这可能……"何露刚想说"有点强人

所难"，孟婆就说道："还以为多大点事，举手之劳罢了。"

看孟婆如此爽快，何露也爽快地说道："那以后做的菜，孟婆姐姐都是第一份。"

"那刺青与你额间刺青一样？"孟婆问。

"对。"何露道。

"刺青多刺在身上其他部位，很少有人刺在脸上，不过之前有些罪犯将刺青刺在脸上，表示一种惩罚，而你应该是将别处的刺青移到脸上的吧。不过我也是猜测，若有冒犯，请姑娘见谅。"孟婆如是道。

"确实如此，原本这刺青在手心，后来我将它移到了额间，不过这不是惩罚，而是希望有人能够看到它。"何露淡淡地道。再者说，眉间心上。

孟婆眼眸一转，猜到一些东西，但没有细问，不过有些事情还是要说明一下："不过你要知道，若今世你找的那人还活着，他来之时我定能找到；若是他已经死去，且不说容貌必然会变化，那来世他的手心能否有刺青便更不好说了。"

"如此，那就看缘分吧。"

何露渐渐觉得这冥界并不如想象中那般冷酷，反而比人间许多地方都多了些温情，还有许多有趣的事情，比起自己前世所经历的漫长等待，在那期待和失望中反复地徘徊，这里的一切显得那么热闹而有生气。特别是当任的这位孟婆，虽然来的时间不久，但也知道她武功了得，只要遇到那些妄图逃跑的鬼众，都会毫不客气地教训一顿，连牛头和马面搞不定的刺头都要孟婆出马方能收拾服贴。

转头一想，自己还见过一次冥帝和墨，那是孟婆带着她去求情，希望能滞留于冥府等待她想见的人。自己那时紧张极了，估摸着冥帝一定如人间的画纸上那般凶神恶煞，想到这里不免打了个寒战。倒是孟婆安慰自己说，冥帝和墨是一个温和的人，断然不是民间传说中的那般。

何露带着忐忑的心情跟在孟婆身后，亦步亦趋地走着，一进冥帝的书房就赶紧跪下，低着头不敢直视书桌前的冥帝。后来听到冥帝和孟婆对话的声音充满了磁性，冷漠中透着温暖，就忍不住偷偷抬眼看了一下，这一看心中一惊，原来这冥帝和墨长相异常俊美飘逸，骨子里透着冷漠和温情，这两种看似矛盾的气质却在他身上很和谐地融为一体，周身上下都散发着高贵而神秘的气场，话语很少，听完孟婆替她求情的一番整脚说辞，嘴角带着似有似无的笑点了点头，只说了一句话："既然孟婆想吃你的露水鸡，那你就留下来吧。"在一旁的孟婆一听，赶紧解释道："冥帝大人，我不是为了吃那好吃的鸡才留下何露的，我是觉得她心中有万般放不下，所以……"还没等孟婆把话说完，和墨嘴角含笑着跨着步子走出了书房，独留还在想着说辞的孟婆和小心翼翼地跪在一旁的何露。

时间总在不经意之间溜走，执着的人注定等待。

不知今夕何年，何露每天重复着相同的事情。做完美味的饭菜，分给众鬼，然后帮着孟婆熬汤。

"何露姐姐，孟婆这都去人间大半年了，离着一年之期越来越近，你暂代孟婆之职，都没时间帮我们做菜了。"马面身后铁链拉着几个将要步入轮回的鬼，走一步，铁链便发出当啷一声。

"看来你又馋曼珠沙华了。"何露对着马面一挑眉。

"何露姐姐饶命，您什么都做得好吃，就是这曼珠沙华，您还是别做了，更别研究了，还是回归正道吧。"马面哭唧唧地道。

"我怎么记得你和牛头为了争我做的曼珠沙华鸡，还打了一架呀，嗯？我应该没记错吧。"何露笑着对马面道。

"那还不是因为你把曼珠沙华做成了露水鸡的样子，要知道是曼珠沙华做的，我怎么都不会吃的。而且我跟牛头那不叫打架，那叫切磋！"马面痛心疾首说道。

"也对，毕竟你输的时候多。"何露很"一本正经"地说道，"唉，这不是看在你吃了我的曼珠沙华鸡后法力大降，被人间的小鬼打得差点回不来，还被冥帝教训一顿的份上，我才给你做了一个月的露水鸡呀，你可别再讹我了。"何露一股子"我才是受害人"的委屈模样。

原本被人间小鬼打了已经很丢人，可那人间小鬼偏偏又把事情传了出去，他马面的名声算是毁了。当真是好事不出门，坏事传千里。

嬉戏打闹本就是冥界日常，毕竟这漫漫岁月，太过难熬。

说笑之间，前面几个鬼的孟婆汤已经分完，铁链末端的道士，身上的道袍破烂，脸上也带着不少伤口，身上还有不少水渍，不过他面容平和，做了个揖，慢慢上前对着何露和马面道："福生无量，多谢您的孟婆汤。"

何露低头将孟婆汤送上，不禁一愣，随后猛地抬头，看向那道士。

何露愣愣的，眼角不禁有些湿润，嘴唇动了动，却说不出话来。

孟婆番外篇：何露

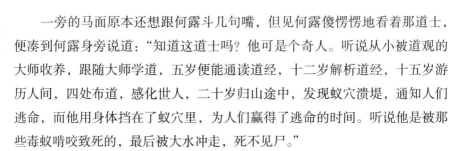

一旁的马面原本还想跟何露斗几句嘴，但见何露傻愣愣地看着那道士，便凑到何露身旁说道："知道这道士吗？他可是个奇人。听说从小被道观的大师收养，跟随大师学道，五岁便能通读道经，十二岁解析道经，十五岁游历人间，四处布道，感化世人，二十岁归山途中，发现蚁穴溃堤，通知人们逃命，而他用身体挡在了蚁穴里，为人们赢得了逃命的时间。听说他是被那些毒蚁啃咬致死的，最后被大水冲走，死不见尸。"

听到马面的话，何露顿时红了眼。

"何露姐姐你都见到多少生生死死了，怎么还哭呀！不过你也别难过，这道士是有功德的，只要他来世好好修行，最差也能做个地仙吧。"马面说道。

"来世？修行？地仙？"何露自言自语道。

"对呀，这个是得道成仙，摆脱人世嘈杂，可遇而不可求的良机呀！做个地仙，再修几百年，说不定就能够位列仙班了。这是多少人都羡慕不来的，更是可遇而不可求。"马面露出羡慕的神情。

何露缓缓抬手，撩拨发丝，盖住额间刺青。

"打扰一下。"那道士忽然发声，孟婆不禁望去，面上带着一些期待，一些凄苦。

"这孟婆汤真能让人忘记一切吗？"道士虽然面无表情，神情中却带着几分疑惑。

"确实。"何露道。

"可有例外？"道士有些不死心地问道。

"这孟婆汤可以让人忘情，但若情深到忘己，那孟婆汤便不再有效。毕竟情深忘己，如何还有情？"何露淡淡地道。

"多谢指点。"道士道谢。

"你……"何露还想说什么，却又不知道该说什么。明明已经做出选择了。

"前路坎坷，望君安好。"何露看着道士的眼神流露出一些不明的意味。毕竟她曾经也说过这般话。

道士对着何露施了个礼："多谢。"

随后，道士一步一步地向着奈何桥的另一边走去。

此时，牛头风尘仆仆地赶来，笑着说道："何露姐姐，孟婆今日便可归来，咱们给孟婆接接风。"

马面立刻懂得了牛头的意思，接着说道："对呀，我去冥帝那里要些好酒，何露姐姐做些孟婆爱吃的露水鸡，我们一起热闹一下。"

被牛头马面两个一闹，何露稍稍恢复神色，对两鬼道："是你们两个馋我的露水鸡了吧！"

无意间听到何露所说的话，还差一步就要迈下奈何桥的道士愣了一下，一颗心有种飘飘乎的感觉，忽然失去了着力点。

两个鬼差见这道士不动了，不耐烦地道："快点走。"

道士走下奈何桥，却不知一股法力已经注入到自己身上。

百年千年，哪怕是万年，对冥界众鬼来说不过是一场场轮回。

何露还在奈何桥前等着，不过她已不需要孟婆帮着再看谁的手上还有羽毛状的刺青了。

若那道士这一世修道，有成仙的可能，便不会再来这不见天日的冥界，何露也看不到心心念念的人，可是她还是在奈何桥待着，心里矛盾至极。明明是自己放走了那人，为何还盼着那人来？

冥府的日子好像没有计数，何露也不知自己又陪着孟婆熬了多少年的汤，只是觉得这里的鬼差们都是内心善良之辈。

一日，何露正在桥上边发着呆，边帮孟婆熬着汤。不远处，牛头马面领着一群鬼众缓缓走来。

"何露姐，我在人间学了一句词，'和露摘黄花，带霜烹紫蟹，煮酒烧枫叶'，这'和露'是不是你名字里的意思？"牛头道。

"'露从今夜白，月是故乡明'，这个才是我的名字。"何露道。随后声音很低地呢喃道："这里面也有他的名字。"

"有什么解释吗？"马面问。

何露正想起自己当年在灯下连夜绣出一方绣帕的场景，听到马面的话，微微一愣。

"你们是不是想配上枫叶酒吃螃蟹？"何露含笑一问。

被说中了心思，牛头和马面也不尴尬，并且很是坦然。

"嘿嘿嘿……"破锣敲响一般的笑声传来，黑白无常拉着铁链，也带着一批鬼众走来。

"今天有什么好吃的？"黑无常道。

白无常点头附和。

何露无奈扶额："我没来之前你们也是这样？"

众鬼很快反应过来，黑无常很正经地说道："人间都说，食色，性也。天性而已，不要太过迂腐了。"

"诸位早就不是人了！"何露道。

"要是这么说的话，还要怪你了，要不是你当初做了那么多好吃的诱惑我们，我们怎么会喜欢上凡间的吃食？你就是厨神界的妲己，来冥界祸乱我们的。"白无常嘻嘻哈哈地补充了一句。

这话让何露哭笑不得。

黑白无常带来的众鬼已经步上奈何桥，何露忽然看到一道白光从众鬼之间闪现。

何露手里的汤匙掉落，心中百味杂陈。

她盼的人来了，但是她却并不开心。

那人与上一世一样，今世还是道士，而且还是走在队伍的最后面。

看到何露的失态，黑白无常和牛头马面都顺着何露的目光看去。

"此人前世修行，功德颇高，此世若能好好修行，定然可以功成名就，不用踏足冥界，可惜呀。"黑无常叹了口气，一副痛心疾首的样子。

"装模作样的干什么，这种事情我们都看过多少了，早就习以为常了，什么英雄帝王乞丐叛徒，在我们这里不过一个故事，一场糊涂，快点接着说这道士怎么回事。"马面道。

"唉，马面，这道士前世是被你锁的吧，这你应该知道些。他前世立功德，修善行，以肉体凡胎挡洪水，也是英雄一条，汉子一个，不过今生却很遗憾。前世修得让他此生顺遂，少年成名，也教化过不少人，做了不少善事，名声显赫，被朝廷知晓，出使他国进行道法交流，为一国赢得声誉，更是让他国国君拜其为师，赢得两国和平，回朝之后被册封为国师。但就在被封为国师的前一天夜里，坐化了。强行坐化，逆天而为，终遭反噬。原本他这一生好好修道便可，谁知一夕之间，今生功绩化为乌有。"黑无常如是说。

"确实可惜，唉！"听此，众鬼皆叹惋。

"其实第一世看功德，第二世看恒心，他没过关，心中有心魔。"孟婆淡淡地开口道。

"心魔……"何露自言自语道。

"黑白无常，牛头马面，既然你们的事情忙完了，那就快些回去吧。"孟婆道。

黑白无常、牛头马面虽然爱闹腾，可都不傻，孟婆的逐客令都下了，他们离开便是。

"你是不是认识他？"孟婆问何露，随后又补充道，"你在他身上留了记号，而这种法术是我教给你的，你瞒不了我。"

何露点头。

"心魔，有些人转世之后便可忘得一干二净，但是有些人，尤其是内心坚韧之人，一旦被心魔控制，便难以解脱，甚至几世纠缠。俗话说'解铃还须系铃人'，便是这个意思。他是道士，懂得大道，但是大道若劫，若过不去便成魔，成仙成魔一念之间，'地狱门前僧道多'这句话你应该听过吧。其实你一直不想投胎转世，也就是为了等一个人，但从三十年前你忽然告诉我不再需要留意那个人，我想你要么是找到了那个人，要么是放下了。但是你应该没有放下，毕竟你还没有选择投胎。而看到这个道士身上有你留下的记号，这更证明我的猜测是正确的，你找到了想要找的人。"孟婆道。

"的确如此。"何露道。

"这道士前世有大功德，再修一世便可脱离轮回，这也是你选择放他走的原因，而你留下来等待，是你还放不下。但是你有没有想过，你对他的放不下，就是你的心魔，或者说你们彼此互为心魔。"孟婆道。

何露猛地抬起头来，看向不远处的道士。

孟婆不再多说，拿着汤匙在锅子里转了几圈，不久后，这一锅孟婆汤便熟了。

前面的众鬼陆陆续续喝完孟婆汤离开，最后只剩下那道士。

道士看了眼孟婆汤，没有端起来，而是问孟婆："请问这孟婆汤真能忘记一切吗？"

与前世一模一样的话再次从何露耳边响起。

"大师此言何意？"孟婆没理何露，转而问道士。

"大师不敢当，称呼贫道无尘便可。此前一直有一种味道不时缠绕在心头，每当那种味道出现时，便整颗心都不得安宁，似乎有什么事情想做，有什么人要见，有什么话想说，可是想不起来，无论如何背诵经文都毫无用

处。而且贫道能清晰地感觉到，那种味道似乎跟随了贫道好几世。"道士虽然面色平静，但是他的心却不平静。

"还有这刺青，每当心情烦躁之时，看到这生来便有的刺青，便觉得好像哪里对了，但随后就是更加不平静。说来也可笑，贫道度化世人却度不了自己。"道士嘴角带了点苦涩的笑，看着自己手掌上的刺青。

"大师可知那味道是何味？"孟婆问。

"应该是鸡肉的味道。贫道自幼在道观长大，虽不曾吃过，但是路过一家闻名一时的酒楼时却闻到了，那种味道跟记忆中的完全重合，并且闻到这种味道时，会有一种莫名的心安。贫道打听过，那道菜就叫露水鸡。"道士道。

道士自嘲道："我本修道，心里却牵挂着一道荤菜，并且牵绊几世，可能真的不适合修道吧。"

何露一直静静地听着孟婆与无尘的对话，不曾发出过声音。

"几世轮回，此间味道不曾忘记，看来孟婆汤帮不了你了。"孟婆略带遗憾地道。

无尘也很从容，甚至有些早有意料，并未有失落之态。

"不过我们冥界有一友人，做得一手好菜，尤其是露水鸡，可愿品尝一下？"孟婆问。

"不必麻烦了，既然那味道牵绊了贫道几世尘缘，那贫道再去红尘中寻吧，想必自然是有什么机缘未了，只要这味道不散，我便一直追寻。"无尘很坚定地说道。

"无尘，就是不恋红尘吧。"一直沉默的何露道。

"所言不错。"无尘面色平静地道。

"这一股不散的味道纠缠了你几世，你不恨吗？再者说，就因为这种纠缠，让你错失了最好的成仙机遇，你不悔吗？"何露问。

无尘先是愣了一下，很快就恢复如常，嘴角含笑说道："今世因贫道有些许功绩，便要被封为国师，留名千古，被世人传颂。但是贫道心里有执念，自己都无法度化，自觉担不起这尊贵，当晚便心魔交战。而后贫道的护法仙人出现，护法仙人说我有大功德，且潜心修炼，好好过完这一世，就免入轮回，不再受这种轮回之苦，并且他可以帮贫道压下执念，助贫道成功，此为第一条路。第二条路便是强行坐化，寻那味道的源头，此世成就的机缘便随风而逝。"

无尘看向何露的背影，接着说道："能来到这里都是贫道自己的选择，何来悔之说。再说这几世的纠缠，都是贫道不愿忘记，不愿放下，这又恨得了谁。"

何露眼眸微动，随后抬手撩开额间秀发，将那额间刺青引到原来手心的位置。

何露转身，伸出右手。

无尘看去，瞳孔放大，随后将自己的左手拿出来，凑到何露手边。

孟婆清晰看到，两个人的手心各有一个羽毛刺青，几乎一模一样。

"想知道吗？"何露问无尘。

无尘答道："想。"何露求助地看着孟婆。孟婆叹了口气，让何露反手抓住无尘的手，两个刺青轻轻贴在一起，何露与无尘的眼前出现了一幅景象。

毕县，那是一个初秋，天气微寒，一个十岁的小女孩拉着一个脸色发白，带着病态，差不多同龄的小男孩。小男孩是她的邻居，两家只隔了一道院墙，两人自小便一块玩耍，很是要好。

小男孩姓唐，名子敏，字夜白，家中世代是教书先生，在这毕县之中也颇有名气。只是这唐先生有三个儿子，老大、老二都身体健康，只是老三夜白自幼体弱多病，看了许多医生，也给不出特别好的方子，只是叮嘱了一大堆不能吃的东西、不能做的事情，让孩子凭添了很多拘束。

"夜白，你的病一定能治好的，我给你暖手，你就不怕冷了。"小女孩笑得很单纯。

"谢谢你愿意陪着我。何露，等我病好了，我来给你暖手。"夜白笑着道。

"好。夜白你长大了想做什么啊？"何露道。

"我想去参军，好男儿应该保家卫国，不远处的边境城池常常受到敌国的侵略和践踏，每次听说书先生说起这些，我都恨不得早点长大，可以去杀敌护国。我家代代文人，若是盛世可以以文治国，但这战乱之世，我们习文之家反而显得没了用处。本朝自新帝即位，周邻多有来犯，只惜我国自古尚文，身体强壮能骑射的男子很少，在诸多战事中都节节败退，百姓深受屠戮之苦。若是连家和国都保护不了，又谈什么礼仪诗书呢？可惜我身体一直不好，家中世代都是教书先生，想必父亲大人将来也不会让我去参军的。"夜

白将前些日子在军中任职的舅舅与父亲在书房里的一番对话慷慨激昂地说了一遍，说着说着，本来意气风发的面庞渐渐显得有些落寞。

站在一旁的何露听呆了，一个十岁的女孩只是随口一问，怎料对面这个十岁男孩的一番豪言壮语，竟让自己半晌接不上话来。

看着何露满脸崇拜的表情，夜白心里有些得意。

就在此时，"咕噜……"夜白的肚子里发出饥饿信号。

"你饿了，是不是又没好好吃饭，都生病了，怎么还不好好吃饭？"何露有些生气地问。

"何露，你先别生气，我有好好吃饭，就是大夫说不让我吃肉，只能吃粥，我吃一点就饱了，不久就饿了。"夜白道。

"这怎么行，不吃肉哪有力气，怎么能恢复好身体？你还说要参军呢，我父亲说得了病，只有不愿意吃饭的病人，没有劝着病人少吃饭的大夫，这是个庸医！"何露一股子劲上来，凶巴巴地说道。

看着何露凶巴巴的样子，夜白反而觉得她特别可爱。

"你想吃什么，我去给你做！"刚学会做菜的何露信誓旦旦地道。

"我想吃你家的露水鸡，因为爹娘带两个哥哥去你家酒楼吃过，回来都赞不绝口，虽然我不知道那是什么味道，但我想肯定特别好吃。"夜白带着期待地说着。

何露的太爷爷是前朝的御厨，战乱之时带着家人隐姓埋名逃来这里安家落户。太爷爷会做的菜很多，但是为了避嫌，只教了子孙一道菜，就是"露水鸡"。何家就凭着这道名菜在县城立稳了脚跟，酒楼开了三代人，也算得上是城里数一数二的老字号了。过往的客商都要慕名前去品尝一番。

这鸡并不是什么名贵的食材，只是用时颇久，要花费两个时辰。除了要特别放养的走地鸡，还要用十多味祖传秘料，将鸡放在荷叶之上包裹腌制，最后加上采集的露水蒸制而成。鸡汁鲜润剔透，香味遥飘十里，入口芳香四溢。

"这有何难？你随我回家，爹爹和娘亲现在应该还在店里忙着，家中没其他长辈在，我到家中厨房做给你吃，我七岁那年就跟着爹爹学做这道菜了。"何露略带自豪地说着，一双漆黑的眼眸闪烁着光芒。

何露牵着夜白的手回到家里，挽起袖子就给夜白做鸡肉吃。何露在厨房里做菜，被赶出厨房的夜白看到一地的鸡毛里有一根五颜六色的羽毛。

夜白随即收藏起来。

等待的时间有些漫长，但是却心中暖暖的。

两个时辰后，勾人的香味从厨房里飘出来，此后这一嗅的味道被记了几世，再也忘不了。

此后，何露隔三岔五就给夜白做露水鸡吃，这菜着实好吃，夜白吃了好些年也不觉得腻味，每次吃起来都像第一次品尝时那般美味。何家长辈渐渐地也得知了何露总是给夜白做露水鸡和其他各种花样的吃食，看着这夜白长得斯文清秀、知书达理，也是书香世家，与自家女儿也算门当户对，便默许了何露的行为，有时还提醒何露这个节气该给夜白做点什么其他的补补。何老爷想得也简单直接，毕竟未来姑爷身体好，女儿才能幸福。

也不知道是这经年累月何家食疗的功效还是那医生的药方子起了效用，随着年岁增长，夜白的病也渐渐好了，身子骨也变得强健了起来，气力和耐力皆强于两位兄长。为了增强体魄，唐家也煞费苦心地请了武师教他习武，希望能彻底摆脱病痛的纠缠。

此后每每夜白出门习武，何露便挎着小篮子带着夜白爱吃的鸡肉和其他应时节的吃食去找夜白。两个人一起吃饭，然后一个习武，一个站在一侧看，每每对视，便相视一笑。

"露露，你长大想做什么？"夜白问。

"我爹娘就生了我和弟弟两个，弟弟对厨艺一点也没有天分，就只知道吃而已。这三代人流传下来的厨艺到我这里就是第四代了，我不忍心让它失传，况且我那么喜欢做菜，最喜欢看大家津津有味地吃我做的菜，那时特别有满足感，我想长大了就帮着爹娘把酒楼继续开下去。"何露爽朗地笑着说道。

"那你就是个厨娘了，人家都说厨娘一边做菜一边偷吃，要不了几年光景就会胖成个球，到时候就没人肯娶你了。"夜白笑道。

"好你个夜白，你竟然这般说我。"何露羞红了脸，气呼呼地道。

追逐打闹，嬉笑怒骂，慢慢长大。

两人刚到成年，双方家长刚想商量婚事，便发生战事，征兵册里就有夜白的名字。

何露带着露水鸡去了夜白家里，相顾无言，唯有泪千行。

"你别难过，也不必过于担心。其实从军本也是我儿时所愿，自小家中

都是读书人，反而让我特别羡慕那些说书人故事中的热血战场和逍遥游侠。况且父亲大人找武师教我习武多年，我还是能自保的。"夜白安慰着何露。

"真的不能不去吗？我可以求爹爹找县太爷塞些银两，替换个人去，有很多贫瘠之家愿意顶替名额，只要给他们一笔安家费就好，这事你不要操心，我去办就好，你看如何？"何露着急地问道。

夜白浅笑着摇了摇头说："你这么好的姑娘，怎能找一个贪生怕死之辈？况且以战止杀，我们去打仗不是为了攻城略地，为的是我们的子孙后代能得享长安，为的是我们的家中长辈能平安终老。这是去报国，这是大义，若是人人都只顾小家，那么国家何存呢？况且此战也是为了救更多的人，这也是我的本心本愿。"

夜白从锦盒里拿出一根五颜六色的羽毛，递给何露道："听说将鸡身上最漂亮的一根羽毛收藏几年后，做成簪子送给新婚的新娘，那新娘便可以一生幸福。这根羽毛是你第一次给我做露水鸡时我收藏起来的，现在送给你，希望你以后成亲的时候可以带着，就算我不在你身边，你也能一生幸福，让它替我守护你。"

何露将羽毛推回夜白身边，说道："我要你亲手给我带上那簪子，你拿着它，爱护好了，每次看到它都要告诉自己一定要回来，我还在等你。"

夜白一言不发地低头站着。

半晌，何露轻叹一声，说道："我们一人留一个羽毛的刺青吧。"

夜白看着何露点了点头，说道："我愿捧着你，一直在手心。"

何露泪眼婆娑地说："我知道拦不住你，你想以己之力救更多人。"

夜白点了点头说："知我者，何露也。"

于是，何露含着泪不再言语，只是拿着针在两人的手心里刺下了，一人一个刺青，每一下的针扎都比不上离别的心痛，两只手紧紧地握在一起，任血水流淌了下来。

第二天，夜白出征，何露相送。

"这个给你。"何露道。

夜白打开绣帕，上面绣着"露从今夜白，月是故乡明"。

"你就是我心上的月亮，我一定回来，你定会见到我。"夜白道。

"前路坎坷，望君安好。"

此去一别，流年似水，年华如梦，谁知此生再无相见之日。

夜白在战场上奋勇杀敌，斩杀敌军主将。奈何敌军众多，设下陷阱，为了保存实力，夜白所在的营队牺牲自己为主力军断后，全营浴血坚守到最后，直到主力军队全部顺利撤离。营队之人也死伤殆尽，而夜白重伤掉落山谷，断了左臂，失了记忆；守着一个承诺，坚守心中期盼，流浪四野地过了一生。

一个浪迹天涯，四海为家，只为寻找心中的归处，记忆中的那股味道。

一个苦苦守候原处等一人归。战报送来，只写夜白失踪，众人皆说夜白已经战死，但是何露坚决不信，她说活要见人、死要见尸，她的夜白是个信守承诺的君子，说过会再与她见面，就一定会。自己要等着他。旁人如何劝说都无济于事，只能看着她韶华老去。唐家人也怜其痴心，每年都来劝她忘了夜白。她总是淡淡地说："夜白会来见我的，他说过。"除此之外便冷着脸没有第二句回答。

时间久了，大家也放弃了。何露一门心思都放在做菜之上，并把何家露水鸡的秘制技艺传给了慕名而来学习的弟子们，并嘱咐弟子们将来在各自家乡开店，若有人来问这露水鸡的由来，便问问此人认不认识毕县的唐家夜白。

她将那祖传四代的秘制露水鸡传向远处，只愿那味道可以帮自己唤来心中人。她终是没等到夜白，在一个初秋的早上离世了。

一个多年之后来到冥界继续等待，一个却因为失去记忆不断轮回，深情望己，被记忆中的味道纠缠几世。

随着丢失的记忆被再次唤起，无尘也就是夜白深深看向眼前的人。

"何露，我没失信。我终于见到你了。"夜白声音微颤，手有些发抖。

"夜白，我就知道你不会失信。"何露带着笑，脸上却泪流满面。

"何露，我很庆幸选择了第二条路，更庆幸能够再次见到你，我那颗流浪几世的心终于找到了家。"夜白道。

"我终于等到了你。"何露道。

孟婆看着两个人，露出淡淡的笑容。

"道是万物的来源与归宿，道也无所不在。所以人活在世界上，从道而来，回道而去，基本上没有什么得失成败的问题。要珍惜这一生，不要浪费在不必要的执着与困扰里面，任何事情都按照常规来进行。喝下这碗孟婆汤，走上这条轮回路，来世能否再相遇也只能看造化了。"

孟婆番外篇：何露

孟婆笑着舀了两碗孟婆汤，给了何露与夜白。

"夜白，我们来世不必再见了，我其实一直明白，你三世追寻的都是大爱，是对世人的大爱，而不是对一人的小爱。如今我们解开了彼此的心结，尘缘已了，你可以安心去修行，以你的修行度化更多苦难众生，这是你的理想。"何露道。

"知我者，何露也。"夜白行了礼。

相对而笑，两人端起孟婆汤一饮而下，何露心中明白，无论来世能否再相遇也都不再强求，各人有各人的路要走，了结了前缘才能开启新的篇章。三世的心魔已灭，与自己达成和解，这就足够了……

孟婆有些不舍地看着远去的背影，想着那道露水鸡，鸡汁鲜嫩晶莹，滴滴若露水……

二十年后，济灵观外。

"夫人，你走慢一点，你身怀六甲，怎么脚力比我这习武之人还好。"一个武将打扮的青年男子，快步追着不远处一个步伐飞快、身着绿衣的孕妇。

"你倒是快点啊，前面就到济灵观了，赶紧烧香替儿子祈福。"绿衣孕妇气喘吁吁地说道。

男子好不容易追上了女子，用带着宠溺的口吻说："露露，你要慢着点，要是万一有个什么闪失可怎么办？"

叫露露的女子一脸幸福地靠在男子肩头，撒娇地说："知道了，霍言你真啰嗦，哪里像个六品武将。我这不是想着赶紧上完香，然后去何记酒楼吗，你也知道他家铺子的露水鸡一天就这个定数，去晚了就怕卖完了。我倒是无所谓，主要肚子里你霍家的小子想吃罢了。"

两人轻声谈笑着进了寺门，拜了神、烧了香。转身离开之时，露露不慎撞上了一个年轻的法师，此人一脸肃穆，行举端正，一看就是副高道的模样，只是这面庞太过年轻，和他身上散发的那种沉稳的气场有些不符。

露露怔怔地看着这法师，反而是霍言赶紧行了个礼："我家娘子不慎，冲撞了法师，多有得罪。"

年轻的法师抬眼看了两人一下，好像蒙了一下，面色有些发青，只是一瞬间又恢复了如常神色，双掌合十低头回礼道："客气了，是小道未及时避让，让二位受惊了。"言毕，不等霍言回话，便径直走进道观后院，不见了踪影。

霍言目送着道长离开的背影，转头再来扶妻子，只见露露呆呆地站在原地，脸上挂着几滴泪珠。

"这怎么哭了？"霍言一边擦拭着露露脸上的泪珠一边问。

露露像突然回过神一般，用手摸了下自己带泪的脸庞，有些奇怪地回答道："我也不知道怎么会有眼泪，估摸着是在大殿内给香火熏的。"

霍言摸了摸她的头，牵着她的手说："走，咱们吃好吃的去。谁要我娘子怀了一个贪吃馋嘴的臭小子，等他出生时，为爹的要给他好好计算一笔账，看看他在娘肚子里吃了爹多少银两。"

露露笑意满满地依偎在霍言高大魁梧的身旁，两人如孩子般欢心雀跃地走了……

初秋的日子，风中总是带着一丝让人察觉不到的气息。

（完）

孟婆番外篇：何露